아우슈비츠

아우슈비츠

최창학 장편소설

문학동네

작가의 말

삼십 년 전 데뷔작을 쓰던 무렵이 생각난다. 그 무렵 나는 "과거에는 신이 죽었느냐 살아 있느냐가 문제였다. 그러나 이제는 인간이 죽었느냐 살아 있느냐가 문제다. 인간은 존재하지 않고 인간이라는 말만이 존재한다"라는 한 철학자의 말에 경도되어 소설에서조차 그것을 표현해보려고 애썼다. 데뷔작의 말미를 주인공 '상'으로 하여금 고장난 네온사인의 '상'자를 보면서 자신이 그 글자 속으로 빨려들어가 이 세상에 자기는 존재하지 않고 '상'이라는 글자만이 존재하는 것 같은 생각이 들게 처리한 것도 그런 내용을 암시하기 위해서였다.

그 말은 틀리지 않았다. 생애를 살아오면서 나는 너무나 자주 나의 '살아 있음'에 대해서 회의를 느꼈다. 나이가 점차 들며 어린 날 겪었던 전쟁보다도 더 엄청난 일들을 실제로 겪으면서도 어떻게 할 수 없는 나의 이런 삶을 과연 '살아 있는' 삶이라고 할 수 있을까 하는 절망에 재삼 빠지곤 하였다. 그렇다고 '살아 있는' 삶을 포기할 수는 없어 온갖 안간힘을 다해 '살아 있는' 삶을 살기 위해 발버둥쳤다. 그러나 아무리 발버둥을 쳐봐도 내 힘으로는 세상의 어떤 일이나 다른 누구의 삶은 물론 나 자신의 삶조차도 어떻게 할 수 없다는 걸 뼈저리게 깨달았다.

이미 옛날에 무시해버렸던 생각들을 다시 정리하기 시작한 것도 그 때문이었다. 그렇게나 많은 사람들, 보통 사람들만이 아니라 뛰어난 석학이며 예술가들까지 그토록 오랜 세월을 두고 논란을 벌여 온 그 '신'의 존재에 대해서도 좀더 냉철하고 진지하게 자문해가야만 되었다. 자문하려고 해서 한 것이 아니라 어쩔 수 없이 그 깊은 미궁 속으로 빠져들 수밖에 없었다. 이 소설은 한마디로 그 '미궁 속에서의 허위적거림의 기록'이라고 할 수 있다. 태어난 이상 어쩔 수 없이 겪게 되는 생존이며 사랑이며 죽음 같은 근원적인 문제들과 함께 '신'이라는 그 까다롭고도 미묘한 존재의 문제를 내 나름대로 검증해본 검증록인 셈이다. 그러니까 테마 자체는 새로울 것 없는 지극히 고전적인 것이나, 좀 다른 것은 읽은 책들과 사고, 회의, 질문만으로 검증하고 무시해버린 젊은 날의 검증록이 아니라 인생을 살 만큼 살고 난 후의 재검증록이라는 점이다.

이미 오래 전부터 소설의 위기에 대해서 이야기해온 사람들이 많았다. 현실이 소설보다 더 소설적이 된데다 영상의 물결까지 폭풍을 몰고 와 소설이 제대로 설 자리를 잃어가고 있는 게 사실이다. 아무리 꾸며봤자 현실이 그것을 뛰어넘고 있는 판에 그 누가 그 꾸민 이야기에 큰 관심을 가지려고 하겠는가. 근래 소설가가 등장하는 자전적 성향이 짙은 소설들이 많이 쏟아져 나온 것도 그 때문일 것이다. 진지해야 할 새로운 형식 실험이 제스처만 요란한 치기스런 유희로 전락해 유행하게 된 것도 그 결과로 보아야 옳다.

침묵의 기간이 너무나 길었다. 더욱이나 장편은 언제 쓰고 안 썼는지, 헤아려보니 십오 년도 더 넘었다. 이미 흘러간 작가로 취급받아 마땅할 정도의 세월이 아닐 수 없다. 흡사 혼수상태라도 헤매다가 가까스로 깨어난 것 같은 기분이다. 아직까지 잊지 않고 기다려준 고마운 독자가 있다면 질책을 받더라도 어서 만나고 싶다.

1997년 겨울
최 창 학

차례

1

살아 있다는 느낌보다 죽어가고 있다는 느낌을 더 많이 들게 하는, 그 해가 저물어가는 어느 겨울 오후 범준은 도섭에게 이끌려 가 〈라스베가스를 떠나며〉라는 영화를 보았다. 직업이 영화감독이어서 도섭은 만나면 한잔하기 전에 곧잘 영화관으로 끌고 가는 버릇이 있었다. 둘이 만날 때는 양쪽 다 시간 사정이 괜찮을 때라 미루어오던 일을 한꺼번에 해결하려는 심산에서인 것 같았다. 덕택에 범준은 젊은 사람들이나 영화 전공자들 못지않게 영화를 자주 보았다. 어떤 땐 지겹고 부담스럽기도 했으나 늘 그렇지는 않았다. 특히 좋은 영화일 땐 도섭을 친구로 둔 덕을 톡톡히 보고 있다는 생각조차 들었다. 도섭이 아니라면 중년도 넘어선 나이에 어떻게, 무슨 살판이 난다고 그렇게 많은 영화들을 볼 수 있었겠는가.

〈라스베가스를 떠나며〉는 마이크 피기스 감독이 니콜라스 케이지와 엘리자베스 슈를 동원하여 만든 영화인데 특별히 잘됐다는 느낌은 들지 않았으나 그냥 볼만했다. "알코올중독자와 창녀—더이상 빼앗을 것도 빼앗길 것도 없는 절망의 밑바닥에 있는 사람들의 사랑"이라는 광고 그대로였다. 주인공으로 나오는 남자와 여자가 상식적으로는 이해가 안 갈 만큼 개성적이었다. 남자는 중증의 알코올중독자고 여자는 저급의 창녀였다. 몸에서 술기운이 떨어지면 손을 떨 정도를 지나 술에 취했을 때보다도 더 의식 없는 행동을 할 정도로 폐인이 다 된, 한때는 작가였던 알코올중독자가 이제껏 살아왔던 도시를 떠나 라스베가스로 간다. 새로운 일을 찾아 살기 위해서가 아니라 마음껏 술을 마시다가 죽기 위해서다.

화면을 통해서 보아도 라스베가스는 알코올중독자에게는 잘 어울릴 것처럼 보이는 도시다. 거리를 걸어다니면서는 물론 운전을 하면서까지 술병을 입에 자주 가져가도 쉽게 시비하는 사람이 없다. 반쯤 썩어 있는 도시, 휘황하게 명멸하는 네온 불빛에서마저도 상한 고기 냄새가 날 것 같은 밤거리를 비틀거리며 걷다가 남자는 한 여자를 만난다. 거리에서 손님을 끌고 있는, 그러나 육감적이기보다는 세상의 때와 피곤의 그늘로 오히려 지적인 분위기조차 풍기는 미인이다. 남자가 말을 걸어도 여자는 처음엔 무시해버린다. 주정뱅이의 실속 없는 주정으로 받아들였기 때문일 것이다. 얼마 줄 테니까 함께 가겠느냐고 해도 남자의 위아래만 훑어볼 뿐 본체만체 대꾸도 않던 여자는 다른 마땅한 손님이 걸리지 않자 나중엔 못마땅해하면서도 따라간다. 남자가 기거하고 있는 방으로 따라 들어간 여자는 옷을 벗으며 어떻게 해주기를 바라느냐고 묻는다. 입으로 해주기를 원하느냐, 엎드려 엉덩이를 대주기를 원하느냐…… 하지만 남자는 허연 웃음을 허붓허붓 웃으며 고개를 내젓는다. 자기가 원하는 것은 섹스가 아니라 그저 대화일 뿐이니 그냥 함께 있자고만 하면서 정해진 금액보다 많은 돈을 준다. 그것이 괜한 장난이 아니라 진실임을 안 여자는 태도가 달라진다. 흔한 손님이 아님은 물론 쉽게 파악이 안 되는 무슨 사연이 있는 남자라고 느껴졌기 때문일 것이다. 남자의 의사와는 상관없이 여자가 돈을 받은 데에 대한 답례를 해보려고 애를 써보지만 뜻이 이루어지지 않는다. 불구인지 술 때문인지 남자는 남자로서의 기능을 발휘하지를 못한다. 그러면서도 남자는 안타까워하지 않고 흡족해한다. 여자의 그런 몸짓과 체온만으로도 순간적인 구원을 얻는 듯 앞으로 또 만나자고 말한다.

몇 차례 만나면서 여자도 점차 휴식 비슷한 걸 느낀다. 돈을 받지 않고도 함께 있는 게 좋을 지경에까지 이른다. 자기에게 매음을 강요하며 그 돈을 착취할 뿐만 아니라 걸핏하면 발길질을 하고 엉덩이에 칼자국까지 내는 포주의 학대가 심하면 심할수록 더욱 그 남자와 같이 있고 싶어한다. 포주가 마피아에게 쫓겨 자취를 감춘 후엔 남자로 하여금 자기 방으로 옮겨와 함께 지내자고 할 정도로 집착한다. 차며 시계를 팔아 이제 며칠 동안 사 마실 술값밖에 없는 남자를 사랑하기 시작한 것이다. 다른 손님들에게 몸을 팔고 들어와 남자의 시중을 들면서 그것을 귀찮아하지 않고 즐거워한다. 아무것도 가진 것 없는, 남자로서의 기능까지도 상실한 남자를 사랑하며 여자는 처음으로 삶의 보람을 느낀다.

그러나 며칠 후엔 죽기로 작정한 알코올중독자인 남자는 아무런 의식 없이 행동한다. 술에 취해 주인집의 기물을 부숴 난처하게 만드는가 하면 술집에 가 술을 마시다가 만난 다른 여자를 방으로 데려와 제대로 하지도 못하는 성행위 비슷한 장난을 하는 등 여자로 하여금 배반감을 느끼게 한다. 화가 난 여자는 끝내 견디지 못하고 물건을 내던지며 소리를 질러 남자를 내쫓는다. 내쫓겨가면서도 남자는 여전히 별다른 의식이 없다. 민망해하거나 불쾌해하는 기색도 없이 쫓는 대로 그냥 쫓겨간다. 쫓아냈지만 여자는 당연히 좋은 기분일 수가 없다. 아무렇지 않게 남자를 만나기 전처럼 살아가려고 해도 잘 되지 않는다. 밖을 헤매어도 집에 돌아와도 남자의 모습이 눈에 밟히어 견디기가 힘이 든다. 불량한 젊은이들에게 끌려가 돈도 받지 못하고 온몸에 피멍이 드는 혹독한 윤간을 당하고 나서는 더더욱 견디지 못한다. 견디다 견디다 견디지 못하고 끝내는 쫓아냈던 그 남자를 스스로 찾아 헤맨다. 미친 듯이 헤매다 드디어 찾아낸 여자는 남자를 안으며 흐느낀다. 술냄새밖에, 죽음의 냄새밖에 아무것도 안겨줄 것 같지 않은 그 남자의 체온이 감격스러워 여자는 안은 채 떨어질 줄을 모른다. 언젠가 술을 끊어보도록 병원에 가자는 말을 건넸을 때 제발 그 말만은 말아달라고 말한 적이 있어서인지 남자가 술에 젖어 금방 숨을 거둘 것 같은데도 여자는 병원으로 옮길 생각도 하지 않고 남자의 전부를 온몸으로 끌어안으며 숨을 거둘 때까지 기다린다. 술로써 자살을 택한 남자의 마지막 숨을 지켜줌으로써 여자는 극치의 사랑을 몸소 호흡한 것일까.

으레 그래왔듯이 영화관에서 나온 두 사람은 곧바로 부근에 있는 술집으로 갔다. 특별히 깨끗할 것도 더러울 것도 없는, 거리 어느 곳에서라도 쉽게 발견할 수 있는 대중 술집으로 들어가

자리를 잡았다. 아직 초저녁이어서 그런지 술집 안에 손님들이 그리 많지는 않았다. 우선 맥주부터 한 병 가져오라고 해 갈증을 채우고 나서 도섭은 범준에게 묻지도 않고 소주와 함께 간천념과 북어찜을 시켰다. 간천념은 도섭이 소주를 마실 때마다 거의 빼놓지 않는 안주였고 북어찜은 범준이 비교적 자주 먹는 안주였다. 범준의 잔에 소주를 따르면서 도섭이 말했다.

"마이크 피기스라는 친구 재미있는 데가 있지? 창녀야 그렇다 치고 그 상대역 남자가 왜 하필 알코올중독자야? 죽기 위해 술을 마셔? 술을 마시다가 죽으라고 그냥 놓아둬? 우리나라에서라면 저런 게 가능할까? 그런데 이상하지? 저런 영화를 젊은 애들이 많이 보니 말이야."

"왜, 볼만하던데?"

"물론 우리로서야 볼만하지. 너나 나야 알코올에 중독이 된 놈이니까. 그리고 창녀에 대해서도 이력이 있으니까. 하지만 새파란 젊은 대학생 애들이 저런 이야기에 어떻게 공감할 수 있겠냐?"

"공감까지야 안 할지 몰라도 재미야 느낄 수 있겠지. 대학생들도 웬만한 애들은 여학생 애들까지 다 술을 마시니까. 그리고 창녀에 대해서도 모르지 않을걸. 에이즈니 뭐니 해서 조심들을 하는지는 모르지만 꼭지 떼기라는 것도 있잖아?"

"꼭지 떼기?"

"안 들어봤어? 입대하기 전에 애인이 창녀촌으로 데리고 가 동정 벗게 해주는 것……"

"아, 알아. 자기 처녀를 주어서는 안 되겠고, 동정인 채로 군대에 가면 사고내기 쉽다는 미신에서…… 그것도 옛날이야기 아냐? 요즈음 애들은 대부분 다 자기 처녀를 줄걸. 애인이 입대하

15

는 날까지 간직하고 있는 경우도 별로 많지 않은 걸로 알고 있는데……."

"그럴까?"

"처녀막 수술이 맹장 수술보다 더 횡행하는 세월인데 처녀라는 게 무슨 의미가 있겠냐? 너 구경 삼아서라도 성형외과라는 데 한번 가본 적 있냐? 가보지 않았다면 모르겠지만 가격 조건표에까지 엄연히 씌어 있어. 이쁜이 수술 얼마, 처녀막 수술 얼마……."

"막이 문제가 아니라……."

"알아, 무슨 말인지. 내 이야기는 요즈음 대학생들은 우리만큼 창녀들한테서 매력을 느끼거나 그애들에 대해 어떤 환상 같은 걸 갖지는 않을 거라는 거야. 우리 젊을 때야 소냐다 춘희다 뭐다 해서 소설에서도 그랬고, 실제로도 창녀를 상당히 그럴듯하게 생각했잖아? 너는 어땠는지 모르지만 나는 젊어 한때는 창녀를 단골로 정해놓고 다녔을 정도니까."

범준은 쓴웃음을 지으며 고개를 끄덕였다. 창녀에 대해서라면 범준도 어느 누구에 못지않게, 아니 어느 누구보다도 더 잘 알았다. 창녀를 많이 산 것이 아니라 어린 날 휴전이 되고 난 몇 년 후 직접 그들이 사는 동네에서 산 경험이 있었다. 그것은 두고두고 범준을 아프게 만들었다. 생애를 살아오는 동안 의식 밑바닥에 열등감으로까지 자리잡았다. 한창 순진해야 할 그 어린 나이에 몇 년씩이나 그 동네에서 살며 보지 않아도 좋을 그 갖가지 꼴들을 보며 살아온 게 성격 형성에, 또는 인생관에 적잖은 영향을 끼쳤다. 성장해서 대학을 졸업하고 사회인이 되었으나 아직 결혼은 못 해 육체적인 문제를 해결하기가 곤란해 곧잘 창녀촌을 찾는 친구들을 보면서도 범준이 그것을 병적이다시피

16

기피해왔던 것은 그 때문이었다. 함께 어울려 술을 먹은 이유로 친구들을 따라 그곳을 찾아가서도 끝내 그 여자들과 육체 관계를 갖지는 않았다. 끌고 간 그들이 돈을 대신 내주어도 방에 들어가 이야기만 나누었을 뿐 그 짓을 하지는 않았다. 돈을 받은 데에 대한 값을 치르려고 그 여자들이 별별 몸짓으로 들러붙어도 성불구자이기라도 한 것처럼 뿌리쳤다. 몸은 팔아도 아직 많이 닳아지지는 않아 조금이라도 순진함이 남아 있는 여자의 경우는 그런 범준의 태도에서 모멸감 비슷한 것이라도 느끼는지 화를 내기도 해 모면하느라 난처해한 적도 있었다. 고등학교 때부터의 친구여서 그가 끄는 대로 허물없이 몇 차례 따라간 적이 있지만 범준의 이런 내막까지야 도섭은 자세히 알고 있지 못했다.

범준이 말없이 술만 비우자 도섭이 느글느글해 보이는 소의 간 한 점을 기름소금에 찍어 몇 번 씹지도 않고 삼키고 나서 말했다.

"하긴 그런 곳에 가본 지도 아득한 옛날이라 요즈음은 어떤지 모르겠군. 요즈음은 우리나라도 유리 부스 속에 나와 앉아 있다던데 가본 적 있냐?"

범준이 고개를 가로저으며 빈 잔을 채워주자 도섭이 단숨에 입에 털어넣고 나서 계속 말했다.

"많이 달라진 모양이야. 성형 수술을 해서 그런지 어쩐지 조각같이 생긴 애들도 많다는 거야. 쇼윈도에 앉아 구경시켜가며 팔려면 겉모양이 그럴듯하지 않아가지고야 되겠냐. 언제 한번 구경 가고 싶은데 갈 일이 있어야지. 계집애들 몸뚱이야 그런 애들은 장화를 신어야 되니까 이 나이엔 맛이 없어 안 될 것 같고, 영화도 근래에야 어디 그런 곳 찍을 일이 있었어야 말이지.

말 나온 김에 우리 오늘 밤 그곳에나 한번 구경 가볼까?"

"구경?"

"왜? 싫냐?"

"구경할 게 뭐 있겠어?"

"또 아냐? 구경하다 보면 세기말판 〈영자의 전성시대〉 같은 거라도 건지게 될지."

"건져봤자지. 그때니까 그만큼이라도 먹혀들어갔지 그런 걸 요즈음에 만들어봐. 그게 무슨······."

"네가 몰라서 그렇지 그런 애들을 주인공으로 해서 만든 영화가 그것말고도 꽤 나왔는데 다 쏠쏠했어. 많이 벌지는 못했지만 이 불황에 흑자가 어디냐? 좀 작품다운 것 만들어보겠다고 덤벼들었다가 하도 많이들 나가떨어지니까 어떤 영화사 친구는 아예 그런 것들만 시리즈로 만들기도 했거든. 그러고 보니까 마이크 피기스가 왜 엘리자베스 슈를 창녀로 만들었는지 이제야 이해가 가는구먼. 어때, 슈라는 여자?"

"매력 있더구먼."

"잘생기지야 않았지만 묘한 매력이 있지. 별로 이쁘지도 않으면서 묘한 매력이 있는 여자들이 있거든. 그런데 피기스가 슈를 창녀로 만든 것까지는 이해가 가는데 케이지를 왜 하필 알코올 중독자로 만들었느냐 그거야."

"그 점이 이 영화가 다른 창녀 영화들과 다른 점 아냐?"

"그래, 바로 그거야. 피기스가 우리나라 친구들하고 달랐던 게 그거지. 나만 해도 그렇게는 생각 못 해봤거든. 주인공 여자가 창녀면 주인공 남자는 당연히 그보다는 좀 처지가 나은 놈으로 설정을 해야지 술로 자살을 하려는 놈을······."

"소냐의 상대역은 살인범이잖아?"

"그런가? 그래도 그 살인범이야 얼마나 멋져?"

몇 잔을 연거푸 들이켜더니 취기가 올라오는 모양이었다. 도섭의 목소리며 눈빛이 조금씩 달라져갔다.

"그래서 너도 창녀 영화를 만들어보겠다는 거냐?"

"글쎄, 이 영화를 보니까 새로운 이 시대, 이 나라의 창녀 영화를 한번 만들어보면 어떨까 하는 생각이 갑자기 드는데……."

"사흘 굶으면 정승도 어쩐다더니……."

"아냐, 꼭 그래서가 아니라 창녀 영화도 이런 식이면 괜찮잖아?"

"누구 흉내를 내겠다는 거야?"

"흉내가 아니라 훨씬 더 차원 있게 만들어야지. 이제까지의 것들처럼 홍도야 우지 마라 오빠가 있다는 식이 아니라 사랑의 바이블……."

"뭐라구?"

"안 될까? 아마 안 될 거야. 창녀 영화가 고상해봤자지. 우리나라에서 그런 식으로 만들어가지곤 될 리가 없어. 그 영화를 보는 관객들 생각을 해야지. 그런 영화야 밤에 일하고 낮에 노는 여자들이 많이 볼 것 아냐? 몇 차례 나가떨어지게 만들었다고는 해도 옛정을 생각해서 제작자들이 아직까지는 완전히 외면하는 상태는 아니니까 담까지 뛰어넘는 짓은 하지 말아야지."

"잘 생각했어. 그렇다면 오늘 밤 그곳 구경 가지 않아도 되겠구먼?"

"핫하, 늙어가지고도 옛날처럼 그곳에 끌고 갈까봐 걱정됐던 모양이지?"

자세히는 모르지만 영화계에서 도섭의 위치가 별 볼일 없게 된 지도 몇 년 되었을 것이다. 일이 년에 한 편꼴은 감독을 맡아

왔었지만 삼십대 후반에서 사십대 전반에 꽤 여러 편 흥행에 성공했을 뿐 그 뒤로는 계속 실패해 맥이 빠져 있는 상태였다. 몇 년 전에는 분단 문제를, 재작년에는 노사 문제를, 작년에는 성(性) 고문 문제를 다룬 작품을 감독했는데 모두 신통치 않았던 것 같았다. 시사회 때마다 범준도 가보니 작품성이 뛰어난 것도, 그렇다고 오락성이 뛰어난 것도 아닌 어중간한 것들이었는데 상영이 된 후 물으니 그때마다 고개를 내저으며 쓴 입맛을 다셨었다.

"이것저것 따지지 말고 제대로 된 것 한번 만들어보지 그래?"

"그거야 희망 사항이지. 돈을 내놓는 작자들이 말을 들어먹어야 말이지."

"말을 들어먹으면 어떤 걸 만들려고?"

"기획은 몇 편 해놓았는데 어느 것도 다 자신이 없어. 또 실패하면 이놈의 짓도 영원히 그만둬야 될지 모를 상태거든. 네가 기가 막힌 걸로 하나 써주든지, 아니면 틀림없게 생긴 걸로 하나 골라달라니까. 머리 좋다는 소설가를 친구로 두어가지고도 평생 덕 한번 볼 수 없으니."

"소설가라도 팔리는 소설을 썼어야 말이지. 팔리는 쪽엔 나야 너보다 더 엉망이면 엉망이지 나을 게 없다는 것 잘 알잖아?"

"마음을 안 먹으니까 그렇지 머리야 알아주잖아? 고등학교 친구들은 모두들 알아주는 머리잖아?"

"알아주긴 뭘 알아줘?"

"아냐, 네가 동창회에 안 나오니까 욕들은 많이 하지만 네가 뛰어나다는 건 다들 부정은 안 해. 소설가라는 게 원래 머리가 뛰어나지 않아가지곤 될 수 없는 것 아냐?"

"소설가라도 소설가 나름이지. 알다시피 내가 뭐 소설을 써왔다고는 하지만 이날까지 뭣 하나 괜찮은 것 쓴 게 있나?"

"무슨 겸손이야? 친구한테까지 겸손 떨어 뭐 먹잘 것 있나? 영화로 만들기가 곤란한 것들이어서 그렇지 소설로서야 다 빠지지 않는 것들이지. 내가 딴따라라고 문학작품 보는 안목도 없는 줄 아나?"

도섭은 담배를 꺼내 물며 정색을 했다. 여간해서 잘 보이지 않는 진지한 표정이었다. 범준은 어색하고 민망스러웠다. 이 친구가 왜 갑자기 이런 식으로 나올까 하는 의구심과 함께 자신이 써온 작품들이 머릿속에서 회오리침을 느꼈다. 어울리지 않게 친구 앞에서 겸손해지려고 해서가 아니라 범준 자신이 생각할 땐 사실이 그랬다. 사람들로부터 평가야 어떻게 받았든 이제껏 써온 어떤 것 하나 만족스럽거나 자부심을 갖게 하지 않았다. 없앨 수만 있다면 모조리 다 없애버리고 싶은 충동을 느낄 때도 있었다. 사십이 가까워오면서부터 이제까지 쓰는 일에 등한히 해왔던 것도 그 때문이었다. 이 따위를 어떻게 작품이라고 할 수 있으며 이 따위를 세상에 내놓아봤자 무슨 의미가 있겠는가 하는 회의가 갈수록 심해졌었다.

태우던 담배를 재떨이에 눌러 끄고 나서 도섭이 범준을 응시하며 말했다.

"농담이 아니라 정말로 친구로서 네 덕 좀 한번 보자. 발광을 해도 내 머리로는 안 되겠고, 네 머리 좀 한번 빌리자. 기계라면 망가지고 부서져 녹이 슬어도 한창 슬었을 이 나이가 되어서까지 이렇게 술에 담배에 아무렇게나 살고 있으니 너나 나나 언제 죽을지 모르잖아? 남윤철이 봐. 그 친구한테도 또 한번 찾아가 봐야 할 텐데."

남윤철은 간암 선고를 받고 입원해 있는 친구였다. 역시 고등학교 동창이지만 다른 동창들과 달리 두 사람과 각별히 친한 편이었었다. 입원하기 전에는 자주 어울려 술도 마셨었다.

도섭이 말을 이었다.

"여러 번이야 안 되겠지만 죽기 전에 한 번쯤은 부탁할 수 있잖아? 덕 좀 보자구."

"이 친구가 왜 이래? 무슨 말을 하려고 이렇게 거창하게 나와?"

"네가 하도 까다로워서 그래. 다른 건 그렇지 않지만 작품과 연관된 것에는 유난스럽잖아?"

"뭔데? 또 영화 될 만한 작품 하나 써달라고?"

"한 번도 안 써줬잖아?"

"써줄 수만 있으면 벌써 써줬지. 나는 체질적으로 그런 계통의 글엔 소질이 없는 것 잘 알잖아?"

"이제는 다를 것 아냐? 그 동안 내가 그렇게나 많이 영화관에 데리고 다녔으니까."

"그럼 그 동안 영화관에 끌고 다닌 게 계획적이었다는 이야기야?"

"물론이지. 그런 계획이 없었다면 술 마시기도 바쁜 판에 뭣 하려고 널 데리고 다녀?"

"핫, 사람…… 그렇다면 헛수고했어. 내 힘 빌려봤자 망할 게 뻔해. 그렇잖아도 계속 실패해 입장이 난처하다면서……."

"망해도 좋아. 망해도 좋으니까 시간만 좀 내줘. 시간은 낼 수 있지? 요즈음엔 뭐 작품을 쓰는 것 같지도 않고 직장이라고 해봐야……."

범준은 기자직을 그만둔 후 소설 쓰는 일에도 별로 열중이 되지 않아 일자리 하나를 얻었다. 창(窓)을 전문으로 만드는 회사의 홍보실 일을 도와주는 일이었다. 월간으로 발행하는 기관지의 기획에만 관여하는 일이라 한 달에 며칠 나가지 않아도 되어 일자리치고는 시간이 자유로운 편이었다. 그 회사의 전무로 있는 잘 아는 선배의 권유로 잡은 일자리라 그러한 조건이 가능했다.

"시간이야 있지만 써줄래도 써줄 게 있어야지. 소설도 언제 쓰고 안 썼는지 감감한데 영화 각본을……."

"각본이야 쓸 사람 따로 붙여줄게. 이야깃거리도 다 정해져 있어. 넌 시간하고 머리만 좀 빌려주면 돼."

"각본 쓸 사람도 있고 이야깃거리도 정해져 있다고? 무슨 소린지 종잡을 수가 없구먼."

"그럴 거야. 그러니까 약속만 해줘. 내 부탁 들어주겠다고."

범준이 어이없는 헛웃음을 보이며 바라보자, 도섭이 다시 한 번 다짐하는 눈빛을 보이고 나서 술잔을 비웠다. 어느 사이에 술집 안은 손님들로 만원을 이루었다. 이삼십대 남자들이 대부분이었지만 여자들도 꽤 많이 끼어 있었다. 환풍기야 돌아가고 있었으나 구워지고 있는 고기들의 냄새와 담배 연기, 말소리들로 갑자기 숨이 막히는 느낌이었다. 그 답답함에서 벗어나기 위해 범준도 연거푸 술을 들이켰다. 다시 담배를 태워 물면서 도섭이 이제껏 뜸을 들여왔던 이야기의 자초지종을 털어놓았다.

……신문이며 방송을 통해 너도 잘 알고 있겠지만 박광렬이라는 사람 말이다. 아버지를 죽였다는 혐의를 받고 있는 대학 교수. 아무리 직업이 교수라지만 아버지를 죽인 그런 희대의 패륜범 이야기가 무슨 영화가 될 수 있겠냐. 말만 들어도 몸서리가 쳐질 텐데 돈을 주고 그런 자의 꼴을 보러 올 관객이 어디 있겠냐. 그런데 이상하게도 관심이 가는 것은 박광렬이가 보통 대학

의 교수가 아니라 엄연히 외국 유명 대학에서 신학박사 학위까지 받은 신학대학의 교수라는 점이다. 아니 박광렬이도 박광렬이지만 그 죽은 아버지 박태봉이 한때 군 장성까지 지낸 유명인사라는 점이다. 군복을 벗은 후엔 교회의 장로가 되어 고아원 같은 그늘진 곳을 돕는 등 좋은 일을 많이 해왔다고 한다. 확실히는 모르지만 대대로 기독교 집안이었다는 이야기가 있다. 박태봉의 선친은 이북에서 목사까지 지냈다는 말도 있다. 그런 집안에서 상상을 초월하는 그런 끔찍한 일이 일어났다는 게 참으로 이상하지 않느냐. 통계적으로 보면 범죄자의 사십 프로가 기독교인이라고 하지만, 그리고 기독교인들 중에도 엉터리 가짜 기독교인이 부지기수인 세상이긴 하지만 이 경우는 좀 다르지 않느냐. 아들이나 아버지가 가짜 기독교인이어서 그런 일이 벌어졌다고 생각되지 않고 오히려 그 반대일지도 모른다는 생각이 든다. 어쨌든 추적해보면 세상에 알려진 것보다 훨씬 더 깊은 사연이 숨어 있을 것 같다. 기자 경력이 있는 소설가의 머리로 이것을 한번 파헤쳐봐달라. 파헤치다보면 네 머리로는 좋은 생각이 떠오를 거다. 그러니까 사실 그대로를 영화로 만들겠다는 게 아니고 사실에 픽션이 가해진 너의 이야기로 영화를 만들어보겠다는 거다. 내가 왜 하필 이런 생각을 했느냐 하면 나한테 돈을 대주겠다는 제작자 부부가 철저한 기독교 신자인데 그들의 평생 소원이 뛰어난 기독교 영화를 한 편 만드는 것이다. 너도 알다시피 우리나라에서 나온 기독교 영화라는 것이 뭐가 있냐. 〈순교자〉와 〈낮은 데로 임하소서〉와 〈사람의 아들〉 정도 아니냐. 셋 다 소설가의 원작을 토대로 하고 있지만 하나는 실존하는 맹인 목사의 일대기라 전기와 비슷하고 두 편은 픽션인데 이 중에서 바로 〈순교자〉가 그런 케이스에 속한다고 볼 수 있다. 사변 때 실제로 그 작품 속의 신 목사 비슷한 사람이 있었다는 이야기가 있었는데 거기에 픽션을 가해 소설로 쓴 것이다. 제작자 부부가 〈순교자〉 정도의 영화라도 한 편 만들어주겠다면 아무 때나 넉넉히 돈을 내놓겠다는 거다. 아니 꼭 그래서가 아니라 나도 진작부터 뛰어난 기독교 영화를 한 편 만들어보고 싶었다. 아직 교회에는 못 나가고 있지만 나도 하나님은 믿는 입장이고, 우리나라 기독교 신자가 자그만치 천만이 넘는다고 하지 않느냐. 내가 영화감독이 된 것도 윌리엄 와일러의 〈벤허〉를 보고서였는데 욕심 같아선 그보다 더 나은 걸 한번 만들어보고 싶지만 그것은 제작 여건상으로도 힘들 것 같고, 어쨌든 좋은 기독교 영화를 한 편 만들어보고 싶으니 도와달라. 너의 부인도 철저한 기독교 신자라니까 너도 그쪽에 관심이 없지는 않을 거다. 또 네 소설에도 보면 가끔 그런 이야기들이 나오지 않느냐. 긍정이든 부정이든 소설을 쓰는 사람이 어떻게 종교를 무시할 수 있겠느냐…….

이야기를 듣고 나서 범준이 물었다.

"박광렬 교수? 교수가 아버지를 죽였다고 해서 떠들썩했던 건 기억나는데 그 집이 그런 집안이었구먼? 어떻게 죽였었지? 권총으로 쏘았다고 했나?"

"아버지가 군 장성 출신이라 예편이 되어서도 권총을 지니고 살았는데 그 총으로 죽였다고 했지. 박광렬이 자수를 해 자백을 했고, 실제로 그 권총에서 박광렬의 지문이 발견된 걸로 되었었지."

"죽인 이유는……?"

"돈 때문이었다지, 아마."

"돈? 교수가 무슨 돈은……."

"돈만이 아니라 박광렬이 죽였다는 것부터가 좀 미심쩍지. 하지만 사실이 그렇다니 믿을 수밖에 없는데……."

"그러니까 그 사건을 취재해서 기독교와 연관된 소설을 한 편 써달라. 그러면 그것으로 영화를 만들겠다……?"

"그러면 좋지만, 소설로 쓰려면 시간이 아주 많이 걸릴 것 같다든가, 또는 네 취향에 맞는 소재가 아니라면 그냥 영화만 만들게 이야기만 얽어줘도 되지."

"아들이 아버지를 죽인, 기독교와 연관된 이야기야 백 년도 훨씬 넘는 옛날에 이미 소설로 나왔잖아? 『카라마조프가의 형제들』도 안 봤냐? 그리고 그런 거야 꼭 만들고 싶으면 시나리오 작가한테 맡기면 되지 왜 나한테……."

"그 소설이야 전적으로 다르지. 그 속의 아버지야 무신론자인 이반이 충동질해 덜떨어진 스메르자코프인지 뭔지 하는 백치 거지 여자와의 사이에서 난 아들이 죽였지만 이 사건은 독실한 신자, 그것도 최고 지성을 자랑하는 교수가 죽였잖아? 어느 면에선 그 소설 속의 알료샤보다도 훨씬 더 신앙이 깊은 인물이라구. 그것도 집안 대대로 기독교 신자인 집의…… 그리고 시나리오 작가한테 맡기면 된다는 걸 왜 내가 모르겠냐? 시나리오를 쓰는 머리만으로는 안 돼. 뛰어난 영화들이 왜 거의가 다 소설을 원작으로 하고 있겠냐? 시나리오 작가한테 일임할 생각이면 애초부터 이런 사건에 관심을 가질 필요도 없었지. 겉훑기식으로 되어버리면 이거야말로 죽도 밥도 아닌 게 되기 쉽지. 영화든 소설이든 이 사건이 작품으로 되자면 최소한 신학이며 철학 계통의 책을 부끄럽지 않을 정도로 읽은 사람의 머리를 빌리지 않고는 안 돼. 그런 판단이 섰던 거야. 너는 책도 많이 읽은데다 기자 경력도 있고, 또 소설가 아냐? 너만큼 적임자가 없어."

"그래 봤자 결론은 빤한 것 아냐? 종교 쪽의 작품들은 결국은 전도용이 되고 말기가 쉬워. 아까 〈벤허〉 이야기를 했지만 그 작품의 원작자 월리스도 처음엔 기독교를 부정하는 쪽으로 쓰려다가 그렇게 되었다는 후문이 있잖아? 『사람의 아들』을 쓴 우리나라 친구도 후기에서 그런 말을 했더군. 계속 부정하는 쪽으로 끌고 가다가 끝에 가서 긍정을 해버려 결국엔 전도용 소설이 되고 만 셈이라고. 만일 부정하는 쪽이 되게 되면 어떤 사태가 벌어지는지 알아? 실제로 오래 전에 그런 일이 있었어. 한 신인 작가의 단편이 예수를 부정적으로 그린 게 있었는데 기독교 단체에서 들고일어나 노발대발하는 바람에 그 작품이 실린 잡지의 주간, 그 작품을 그 잡지에 추천시켜준 노작가, 그리고 그 작가가 합동으로 공개 사과하는 글을 신문에 싣고서야 간신히 무마가 되었어. 다른 종교의 이야기지만 루시디라는 사람 봐. 『악마의 시』라는 걸 발표한 후 다른 나라로 쫓겨다니며 숨어 살고 있잖아? 근래 우리나라에서도 어떤 일이 있었어? 한 학자가 신흥종교를 비판했다가 칼 맞아 죽었잖아?"

"그래, 알고 있어. 그래서 네 힘이 필요하다는 거야. 믿는 자나 믿지 않는 자나 충분히 공감할 수 있도록 쓰기가 쉬운 일이 아니지. 왜, 너는 신을 부정하는 쪽이냐?"

"아냐, 그렇지는 않아. 이반에 미쳤던 젊을 때와는 달리 요즈음엔 파스칼의 노름 이론에 동조하는 입장에 가깝지만 아직도 불가지론 상태에서 완전히 벗어나지는 못하고 있어. 마누라가 하도 성화를 부려 일요일엔 교회에도 자주 나가고 성경만이 아니라 그쪽 계통 학자들의 책도 좀 읽어봤지만 확실한 판단이 안 서. 술이니 여자니 하는 세속적인 욕망에서조차도 못 벗어나고 있잖아?"

"파스칼의 노름 이론?"

"하나님이 존재한다고 주장하는 쪽과 그렇지 않다고 주장하는 쪽 둘 중 하나에 내기를 건다면 존재한다는 쪽에 거는 게 훨씬 이익이라는 거지. 하나님은 존재하거나 존재하지 않는다, 이성은 그가 존재하는지 존재하지 않는지를 우리에게 알려줄 수 없다, 만약 존재한다면 그를 믿는 사람들은 행복한 삶을 상으로 받을 것이다, 만약 존재하지 않는다면 모든 사람의 생명은 죽음과 함께 끝날 것이다, 그러니까 신중한 사람은 하나님을 믿는 쪽을 선택할 것이다…… 힉(John Hick) 같은 자는 그것이 비종교적 태도라고 비판하기도 하지만 어쨌든 나는 뭐가 뭔지 모르면서도 존재한다는 쪽에 가까이 있는 것만은 사실이야."

"그렇다면 잘됐어. 내 영화와 상관없이라도 이번 기회에 한번 마음먹고 추적해볼 필요가 있을 것 아냐?"

"그래 봤자 그런 계통의 이야기는 『카라마조프가의 형제들』을 뛰어넘지는 못해."

"그걸 뛰어넘고 안 넘고는 문제가 안 돼. 그건 옛날 러시아에서의 이야기고 이건 세기말을 앞둔 오늘 우리 한국에서의 이야기잖아?"

범준의 대답을 더이상 들어볼 필요도 없다는 듯이 도섭이 자리에서 일어섰다. 맥주 한 잔씩으로 갈증을 달랜 후 소주 두 병을 나눠 마셨으니 마실 만큼 마신 셈이었다. 그러나 짧지 않은 동안 계속 이야기를 나누며 마셔서 그런지 범준은 별로 취기가 느껴지지 않았다. 밖으로 나오자 찬바람 때문에 그나마도 다 깨버리는 느낌이었다. 술이 깨는 게 아까워 술을 마신 후엔 찬바람을 쐬지 않았다는 어떤 선배 시인이 떠올랐다. 소변을 보고 오느라 그러는지 범준이 나온 후 한참이나 있다가 나온 도섭이 가게들로부터 흘러나오는 불빛에 손목시계를 비춰 보고 나서 말했다.

"이제 여덟시밖에 안 됐다. 어디 가서 맥주 한잔 더하자. 소개시켜줄 사람도 있고……."

"소개?"

"너, 미인 좋아하잖아?"

"여자 있는 술집에 가겠다고?"

"미쳤냐? 뭣하러 비싼 팁 주어가며 그런 델 가?"

"그럼? 언젠가처럼 또 네 영화에 나온 배우 불러내려고?"

"왜, 배우 생각 있냐? 배우가 좋으면 배우를 불러낼 수도 있고."

"야, 번거로워. 그런 짓 하지 마. 어디 호프집 같은 데 가서 간단히 목이나 축이고 가."

"호프집? 그러지, 뭐."

영화 상영 전의 광고들처럼 어지럽게 명멸하는 네온 불빛 속으로 걸어들어가 두 사람은 마땅한 호프집을 찾았다. 간판부터가 너무 휘황찬란하거나 너무 초라해 보이지 않는, 안정감이 있고 좌석이 편할 것 같은 한 집을 골라 들어섰다. 그런데 밖에서 보기와 달랐다. 웬 손님이 그렇게 많은지, 맥주를 마시지 않으면 당장 큰일이라도 날 사람들처럼 자기네들 머리통보다도 더 커 보이는 잔들을 앞에 놓고 떠들어대는 사람들로 시장을 이루고 있었다.

"안 되겠어. 너무 시끄러워."

범준의 느낌을 도섭이 대변하며 뒤돌아섰다. 취한 상태에선 이런 잔치 분위기가 오히려 더 좋을 수도 있을 텐데 도섭 역시 나이를 느끼는 것일까. 호프집에서 뒤돌아나온 도섭이 범준의 의사도 듣지 않고 앞장서 걸어 '겨울섬'이라는, 아늑해 보이는 카페로 들어섰다. 겨울 섬 그대로의 적막하고 쓸쓸한 분위기라고는 할 수 없었지만 비교적 조용하고 좌석도 고급스런 소파로 되어 있었다. 술시중을 드는 여자들이 있는 집인가 했는데 그렇지는 않았다. 여자는 카운터에만 앉아 있을 뿐 종업원들은 모두 남자였다. 널찍한 구석 자리에 앉더니 맥주와 과일 안주를 시키고 나서 도섭은 잠바 안주머니에서 휴대폰을 꺼내 전화를 했다. 조용한 집을 찾은 게 나이를 느껴서가 아니라 애초부터 계획이 있어서였던 모양이었다.

"어, 집에 있었구먼. 씨티극장 뒷골목에 있는 '겨울섬'이라는 카페 알아? 바쁘지 않으면 잠깐 나오지. 응? 물론이지. 차? 나도 그냥 나왔어. 전철 타는 게 빠를 거야. 뭐라구? 물론이지. 지금. 바로. 그래. 그렇다니까."

전화를 끊고 휴대폰을 잠바 안주머니에 집어넣는 도섭에게 범준은 난감한 표정을 보였다.

"부르지 말라니까. 바쁜 애들 불러내가지고 괜히…… 배우들이 감독 술시중 들라고 있는 거냐? 감독이라고 위세 부리는 거 보기에 안 좋아. 번거롭기도 하고……."

"자식…… 내 앞에서도 위선이냐? 속으로는 은근히 좋으면서…… 염려 마. 술시중 들라고 배우 부른 것 아니니까. 일할 사람이야. 사무가 아니라 공무."

늘 그렇지는 않았지만 도섭은 술을 마시다가 취기가 오르고 심심해지면 여자 배우들을 불러내는 취미가 있었다. 대개는 범준으로서야 이름도 얼굴도 알 수 없는 단역급이었지만 어떤 땐 조연이나 주연급일 때도 있었다. 이름도 기억이 나는 잘생긴 배우까지 나와 스스럼없이 술시중을 들어주었다. 미인들이 따라

주는 술을 기분나쁘게 받아 마실 술꾼이 세상에 어디 있겠는가만 범준은 그것이 항상 좋지만은 않았다. 그들로 하여금 별로 하고 싶지 않은 일을 억지로 시키고 있다는 생각이 앞서 거북하고 민망스러웠다. 그러나 연기에 능숙한 여자들이어서 그런지 그들은 한결같이 전혀 싫은 내색을 하지 않고 비위를 맞춰주었다. 어떤 무명 배우의 경우는 도섭이 이끌면 어디라도, 여관에까지라도 따라갈 태세를 보였다. 배역 하나를 얻기 위해 감독에게 그러는 걸 직접 보면서 범준은 견디기가 힘이 들었다. 심심하면 차라리 여자들이 있는 술집으로 가 그들과 노닥거리고 팁을 주는 편이 마음 편했다. 범준이 그런 의사를 분명히 밝혀 어쩌다 도섭이 그런 술집으로 안내한 적도 있었으나 그 술집을 나온 후엔 으레 못마땅해 투덜거렸다.

도섭이 휴대폰으로 불러낸 여자가 나타난 건 두 사람이 맥주 한 병도 채 나눠 마시기 전이었다. 따라만 놓고, 범준이 화장실에 다녀오고 도섭이 담배 한 대를 다 태울 무렵 앞에 나타나 활짝 웃음을 보였다. 처음 있는 일이 아니라 범준도 당황해하거나 부자연스럽게 맞이하지는 않았다. 다른 때나 비슷하게 잘생긴 여자이긴 한데 어딘지 분위기가 다르게 느껴졌다. 우선 화장이 짙거나 액세서리가 요란하지 않았고, 옷차림도 화려하지 않았다. 수수했지만 그 수수함이 초라하지 않고 우아해 보였다. 벨트를 맨 밤색 계열의 두껍지 않은 모직 반코트가 잘 어울렸다. 목에 두른 스카프도 인상적이었다.

"인사드리지. 하범준이라고 과거엔 유명 신문의 기자 노릇도 했었고 지금은 소설가. 아마 유 작가도 잘 알걸. 소설을 많이 쓰지야 않았지만 수준 있는 독자들은 알아주는 작가니까."

도섭의 소개에 범준이 어설픈 웃음을 보이며 고개를 끄덕여 보이자, 유 작가라고 불려진 여자는 웃는 얼굴에 눈까지 똥그래 지면서 좀 호들갑스러울 정도로 반색을 했다.

"알다마다요. 제가 하 선생님 소설을 얼마나 좋아하는데요. 저도 소설을 쓰고 싶었는데 하 선생님 때문에 포기했는걸요."

"네?"

"죽었다가 깨어나도 하 선생님을 따라가지는 못할 것 같아 일 찌감치 단념한 거예요."

두 사람은 크게 웃었다.

"그랬을 거야. 유 작가가 이 친구의 소설을 안 읽었다면 말이 안 되지."

도섭은 여자를 자기 옆자리에, 범준과 마주 앉게 하고서 소개 했다.

"지난번 내 영화 〈지하실〉 각본을 쓴 유정원씨. 처녀로선 나이 가 좀 들었지만 엄연한 숫처녀야."

"어머, 김 감독님도…… 아무 자리에서나……."

유정원은 밉지 않게 눈을 흘겼다. 방금 전 눈앞에 막 나타났 을 때까지만 해도 다른 때처럼 술시중을 들 배우로만 알고 있었 는데 시나리오 작가라니 뜻밖이면서도 일단 안심이 되었다. 유 정원의 농담에 크게 웃었던 것도, 도섭의 농담에 자연스럽게 웃 음이 나온 것도 그 때문이었다.

"눈을 흘기는 걸 보니 그렇다면 숫처녀가 아니라는 이야긴가. 이 친구는 결벽증이 있어서 숫처녀가 아니면 상대를 잘 안 하려 고 할 텐데…… 어때, 네가 보기에? 소설가의 눈은 틀림없잖 아?"

"이 친구, 숙녀를 앞에 놓고 못하는 소리가 없구먼. 이러니까 딴따라라는 소리를 듣지."

"그럼 상관없다는 이야기야? 너랑 함께 일할 사람인데 괜찮아? 나중에 뒷소리하면 안 돼."

"아니, 이 친구가……."

범준이 어색함을 웃음으로 모면하고 있으니까 유정원이 도섭이 따라주는 맥주를 받으며 아무렇지 않게 말했다.

"저야 숙녀에는 못 끼지만 하 선생님은 엄숙주의자이신 걸로 알고 있는데 어떻게 이런 점잖지 못한 김 감독님 같은 분을 친구로 두셨어요?"

"엄숙주의자? 그 말이야 수긍이 안 되지만 이 친구가 확실히 입이 험하긴 험하죠. 자리를 별로 가리지 않고 너무 험해서 내가 곤욕을 치르기 일쑵니다."

범준의 말에 도섭이 틈을 주지 않았다.

"엄숙주의자라니 이 친구가 점잖다는 말인 것 같은데 점잖기야 점잖지. 하지만 유 작가, 믿어선 안 돼. 점잖은 뭐가 뭐한다는 말이 있듯이 보통 엉큼하지가 않아. 여자는 미인만 좋아해. 아마 유 작가가 미인이 아니면 함께 일한다고도 안 할걸."

"어머, 어쩌나. 저는 미인이 못 되는데…… 하 선생님, 그러세요? 미인만 좋아하세요?"

범준이 미소를 지으며 말했다.

"이왕이면 미인이 좋죠. 유정원씨는 충분히 미인이십니다. 하지만 유감이 있는데 처음 만나면서 어떻게 날 엄숙주의자라고 단정짓는 거죠?"

"왜 처음이에요? 하 선생님은 처음이지만 전 처음이 아니에요. 소설에서 자주 만나왔는걸요. 만나긴 했는데 늘 어렵게 느껴졌어요. 저같이 공부하려는 사람이나 일부러 읽지 재미로만 읽으려는 사람은 쉽게 읽을 수가 없을 것 같았어요. 아녜요, 저야 물론 어려우면서도 재미있어서 읽었지만 다른 친구들은 저 같지 않았어요. 왜 그렇게 엄숙한 소설만 쓰세요?"

"나는 그렇게 생각하지 않는데…… 내 딴엔 재미있어서 쓰는데…… 그리고 내 딴엔 내가 낭만주의자라고 생각해왔는데……. 사람 자체가 워낙 재미가 없어서 그런 모양이죠?"

"아녜요, 저는 재미를 느낄 수 있다니까요. 선생님만의 독특한 세계가 얼마나 재미있는지 몰라요. 소설을 읽으면서 많이 웃기도 하는데요, 뭐. 엄숙하게 시치미떼고 웃기는 이야기들 많잖아요? 하지만 선생님이 낭만주의자시라는 건 오산이세요. 소설로 봐선 결코 낭만주의자는 아니실 것 같아요."

도섭이 끼어들었다.

"이 친구가 엄숙주의자면 어떻고 낭만주의자면 어때? 두 가지 면이 다 있겠지, 뭐. 소설을 쓰는 것 자체가 낭만이 있어서 쓰는 것 아냐? 엄숙한 거야 괜히 위선 부리느라고 그러는 거고…… 어쨌든 술 마시면서 일 이야기나 하자고…… 이 친구한테는 아까 이야기를 했었고, 유 작가한테는 그전부터 이야기를 해왔으니까 내 의도를 충분히 알 거야. 쫓아다니며 취재를 하든 머리를 짜서 꾸며내든 앞으로 두 사람이 힘을 합쳐 깜짝 놀랄 만한 걸 하나 만들어보라구. 꼭 박광렬의 이야기가 아니어도 좋지만 오늘날 우리의 현실과 맞고 기독교와 연관된 이야기여야 한다는 건 필수 조건이야. 그렇다고 돈을 내놓는 사람이 철저한 기독교 신자라고 해서 전도용 영화를 만들 생각은 추호도 없으니까 그건 염두에 두고……."

세 사람은 이 이야기, 저 이야기로 시간 가는 줄 모르다가 열시가 넘어 열한시가 거의 다 되어서야 카페를 나왔다. 주로 영화에 관한 이야기였지만 종교 이야기도 많이 했고, 이따금 성에 관한 이야기도 튀어나왔다. 노골적인 음담에도 유정원은 별로 낯을 붉히지 않고 자연스럽게 받아넘겼다. 처녀라면, 성에 대해서 잘 알지 못한다면 그럴 수 없을 것 같은데도 범준으로 하여금 전혀 부담스럽지 않게 만들었다. 적으면 서른서넛, 많으면 서른예닐곱 되었을 것 같은데 도섭은 처녀라고 말했지만 어쩌면 결혼 경력이 있는지도 모르겠다는 생각이 들었다. 그렇다고 당사자에게는 물론 당사자가 있는 앞에서 도섭에게 그 사실을 구체적으로 물을 수는 없는 노릇이었다. 또 숫처녀든 성 경험이 있는 처녀든 이혼녀든 아니면 유부녀라도 그것이 자기와 무슨 상관이 있겠는가. 분명한 것은 자의에 의해서가 아니라 타의에 의해서 이 여자와 앞으로 상당한 기간 동안 만나지 않을 수가 없겠다는 사실이었다. 삼십 년을 넘게 친하게 지내온 친구의 처음이자 마지막이 될지도 모를 간곡한 부탁을 뿌리칠 수는 없다는 생각이 들었기 때문이었다. 물론 다른 것과 달리 작품에 한해서는 엄격한 편이었지만 이 경우 소설이 아니라고 생각하면 문제될 게 없었다. 아니 취재를 해봐 소설로 형상화해도 좋을 이야기가 된다면 문제가 되기보다 오히려 잘된 일일 수도 있었다.

밖은 아까보다도 바람이 훨씬 찼다. 바람이 미친 여자의 웃음소리 같다고 썼던 자신의 어떤 소설 속의 구절이 떠올랐다. 그 바람 속을 잠시 동안 걸어 세 사람은 모두 강남역에서 2호선 전동차를 탔다. 도섭은 사당동, 유정원은 서초동, 범준은 대치동에 집이 있었으므로 교대역에서 헤어졌다. 도섭과 유정원은 그 차를 계속 타고 갔고, 범준은 내려 3호선으로 갈아탔다. 아직 막차는 아닐 텐데 차는 헤싱헤싱 빈 채로 서 있는 사람 없이 모두 앉아 있었다. 범준도 자리를 잡아 앉았다. 졸음과 함께 한 편의 영화가 떠올랐다. 유정원이 썼다는 〈지하실〉이라는 영화가 어떤 내용이었던가를 떠올리려고 하는데 그보다도 더 강하게 다른 외국 영화가 떠올랐다. 『죽음과 소녀』라는 많이 알려진 희곡을 원작으로 한, 로만 폴란스키가 감독하고 시고니 위버가 주연으로 나오는 〈진실〉이라는 영화였다. 두 영화가 흡사한 점이 많았다. 물론 우리나라에서도 성 고문 사건이 크게 문제된 일이 있었으니까 그 희곡을 표절했다고는 할 수 없겠지만 자칫 오해를 살 수도 있겠다 생각되었었다.

〈진실〉은 어떤 외딴집에서 사건이 전개된다. 미모나 지적인 분위기보다는 약간 그로테스크하고 광적인 분위기의 중년 부인이 지키고 있는 집에 저녁 무렵 두 사내가 찾아든다. 힘은 좀 쓸 것 같으나 특별한 매력은 없어 보이는 무덤덤한 인상의 중년 남자와 매섭고 날카로운 인상의 초로에 접어든 사내다. 부인의 남편이 차가 고장나 이웃 동네에 사는 사내의 차를 얻어타고 퇴근을 한 것이다. 부인은 정상적인 몸이 아니기 때문에 방 안에 그대로 있는데 거실에서 나누고 있는 두 사내의 이야기를 듣다가 경련을 일으키며 눈빛이 변한다. 남편을 차에 태우고 온 사내의 목소리와 그가 반복해 들먹거리는 '니체'라는 이름에서 한 기억을 떠올린다. 맞다, 바로 그 사내다. 처녀 시절 자기를 성폭행한, 전기 고문을 맡았던 그 의사. 안절부절 어쩔 줄 모르다가 부인은 총을 들고 나가 두 사내에게 들이대고 명령한다. 남편으로 하여금 사내를 노끈으로 의자에 묶어 꼼짝 못 하게 한다. 이 느닷없는 부인의 행동에 사내는 물론 남편도 아연한다. 재갈까지 물렸기 때문에 말을 못 하고 이게 무슨 미친 짓이냐는 노한 표정으로 눈만 부릅뜨고 있는 사내를 부인은 주먹질과 발길질로 모욕을 주다가 재갈을 풀어준 후 심문한다. 지금부터 십몇 년 전 아무 때에 운동에 가담했다 잡혀간 여학생을 전기 고문하다가 성폭행한 사실을 실토해라, 진실만 말하면 죽이지는 않겠다고 위협한다. 사내는 딱 잡아뗀다. 사람을 잘못 봤다고, 자기는 그 당시 그곳에 근무한 사실조차 없다며 오히려 여자를 몰아붙인다. 워낙 강하게 잡아떼 관객들로 하여금 여자가 착각을 한 게 아닌가 하는 느낌까지 들게 한다. 사내는 그곳의 전화번호조차 가르쳐주며 확인해보라고 한다. 남편은 사내보다 아내를 더 의심한다. 처녀 시절 그 악몽 같은 사건의 후유증으로 평소에 자폐증과 우울증을 앓아왔기 때문에 그 발작일 것이라고 생각하며 이 의사는 그 의사가 아니니 풀어주라고 종용한다. 사내가 가르쳐준 전화번호로 전화를 해보니 사내의 말이 맞자 더욱 강력히 종용한다. 그러나 아내는 그 전화에도 어떤 조작이 있을 것이라고 생각하며 말을 듣지 않는다. 사내로부터 차 열쇠를 빼앗아 밖으로 나와 사내의 차를 운전하고 바닷가로 간다. 가면서 차 안에 그가 성폭행할 때마다 즐겨 듣던 슈베르트의 현악 4중주곡 〈죽음과 소녀〉 테이프가 있음을 발견하고 그 사내가 틀림없음을 다시 한번 확인한다. 그러나 남편은 사내보다 아내를 더 의심하다가 끝내는 아내가 자리를 비운 사이 사내를 풀어준다. 화장실에 가겠다고 해 풀어줬다가 폭력적인 사내의 저항에 위기 상황이 된다. 옥신각신하다가 부인이 나타남으로 해서 사내는 다시 묶인다. 이때 전화가 온다. 남편의 직장 사람이 남편을 만나러 집으로 오겠다는 연락이다. 사람이 집에 오게 되면 이 사실이 발각될 것을 염려한 부인은 남편은 집에 두고, 묶여 있는 사내를 자기 차에 태워 바닷가로 간다. 헝겊으로 눈까지 가린 사내를 바닷가 방파제에 세워놓고 총을 들이대며 끝까지 고백하지 않으면 바닷속으로 처넣겠다고, 이미 차를 바닷속에 처넣었으니 빠져 죽어도 교통사고로 처리될 뿐이라고 최후 통고를 한다. 그것이 단순한 협박이 아니라 사실이라고 판단한 사내는 더 이상 저항하지 못한다. 그 사이 남편이 다른 루트를 통해 그 전화에 조작이 있었음을 알아내고 달려가보자 무릎을 꿇고 눈물을 보이며 비열한 몰골로 그런 사실이 있었다는 진실을 고백하며 살려달라고 애걸한다……

본 지가 꽤 오래 되어 확실하게 기억되지는 않지만 대체적인 줄거리가 그랬던 것 같은데, 〈지하실〉도 배경, 사건 전개, 인물들의 개성 등만 다르지 전체적인 내용은 비슷했다. 과격한 행동은 할 것 같지 않은 예쁘고 야들야들하게 생긴 여대생이 화염병이며 돌멩이를 내던지는 데모 대열에 끼었다가 붙들려 가 온갖 고문을 당한다. 그 후유증으로 실성기가 생긴 여자는 나이가 들어서도 결혼도 하지 않고 그 남자에 대한 복수만을 꿈꾼다. 끝내는 성형 수술을 하고 그 남자에게 의도적으로 접근해 통쾌하게 복수한다. 그런데 특히 거슬렸던 것은 고문 방법 중의 하나였다. 뭐라고 할까, 야비하다고 할까 저속하다고 할까. 메슥거려 견디기 힘들 정도였다. 여대생이 끌려간 곳은 지하실. 온갖 고문 기구들이 갖춰져 있다. 고문을 맡은 사람은 데모 대열에서 그녀를 붙잡아간 전경이 아니라 검은 신사복을 입은 삼십대 후반의 두 사내. 그 중에서 좀더 변태적으로 생긴 사내의 고문 방법은 다른 한 사내와 많이 다르다. 생긴 것처럼 변태적이다. 물통이며 몽둥이며 가죽띠며 전기의자며 인두, 쇠꼬챙이 같은 것들이 즐비하게 늘어놓여져 있는데도 그것들은 쓰지 않는다. 손만을 쓰는데 손으로도 뺨을 치거나 머리끄덩이를 잡아당기는 식의 상식적인 짓은 하지 않는다. 의자에 앉혀져 손이 뒤로 묶여져 있는 여자에게 고문이라기보다는 장난을 한다. 앞자락을 풀어헤쳐 유방을 드러내게 해놓고 젖꼭지를 툭툭 건드린다. 여자가 쏘아보며 침을 뱉자 자기 얼굴에 묻은 침을 핥아먹으며 이죽거린다. 대학생년의 침이라 맛이 괜찮군. 좀더 뱉어줄래? 여자가 다시 뱉자 더 맛있게 핥아먹으며 점잖게 말한다. 나는 침도 좋아하지만 침보다 젖을 더 좋아하는데 젖도 좀 줄래? 그건 안 되나? 그렇지. 그거야 짜거나 빨아야 나올 테니 스스로는 안 되겠군. 그렇다고 신사 체면에 강제로 빨아먹을 수도 없고…… 그렇다면 어떡한다? 아 그렇지, 오줌이 있지. 나는 오줌도 좋아하거든. 오줌 좀 싸줄래? 오줌이야 스스로 쌀 수 있잖아. 좋았어. 싸게 해주지. 사내는 여자의 청바지 혁대를 잡아 빼주고 앞지퍼를 내려주고 가랑이를 벌려준다. 팬티가 보일락말락한다. 그 속에 손을 집어넣어 만지고 나서 자기 손바닥을 입에 가져가 핥는다. 핥으며 중얼거린다. 응, 좋군. 대학생년 것이라 오줌 맛도 좋아. 침 뱉는 행위, 쏘아보는 행위에도 지친 여자는 이제 늘어져 있다. 얼굴을 사내 쪽으로 향하지도 않고 고개를 떨군 채 눈을 감고 있다. 심심해진 사내는 의자를 밀어 의자와 함께 여자가 벌렁 뒤로 넘어지게 한다. 놀란 여자가 번쩍 눈을 뜨고 쏘아보자 사내는 느물느물 말한다. 네년 침, 네년 오줌을 내가 먹었으니 이제 네년도 내 침, 내 오줌을 먹어봐야지…… 그러면서 자기 바지 지퍼를 내린다…….

나중에 여자가 복수할 때의 복수 방법도 별로 다르지 않다. 사내에게 접근해 수면제를 탄 술을 먹인 후 지하실로 끌어다 묶어놓고 여자는 사내의 옷을 다 풀어헤친다. 와이셔츠 단추를 풀고 러닝셔츠를 찢어 가슴을 드러나게 해놓는 건 물론 바지며 팬티도 반쯤 내려 성기도 드러나게 한다. 물론 화면에 성기가 자세히 보이지는 않지만 그렇게 암시되어 있다. 그 가슴, 그 성기를 여자는 목검으로 고문한다. 복수를 꿈꾸는 동안 여자는 검도를 배워왔는데 그런 식으로 써먹는다. 목검 끝으로 젖꼭지를 꾹꾹 눌러대고 성기를 살살 건드리다가 이따금 내려친다. 내려친 목검에 성기를 얻어맞은 사내는 죽을 상을 짓다 못해 기절할 지경이 되어간다……

설마 유정원이 각본에 그대로 쓰지는 않았을 것이다. 모르긴 몰라도 도섭이 머리를 짜내 만든 장면인 것 같은데 너무 심하다는 느낌이 들었다. 그때야 유정원이라는 여자의 각본이라는 건 몰랐기 때문에 그 사실 여부는 묻지 않고 소감만 말했었다.

"고문 방법이 좀 이상하잖아? 그자들이 실제적으로 어떻게 했는지는 모르지만."

"왜?"

"너무 야비하고 저속해 구역질이 나던데……"

"저 정도가 야비하고 저속하다고? 실제적으로는 저보다 훨씬 더 변태적이었다는 소리를 들었어. 생각해봐라. 그것만 전문으로 해온 작잔데 보통 하는 식이야 무슨 신이 나겠냐? 세상에 알려진 고문 방법이 몇 가진 줄이나 아냐? 수백 가지야. 저건 족보 축에도 못 들어. 나는 다만 변태적이었다는 것만 시사하고 싶었을 뿐이야."

"그 사내야 그랬다고 하더라도 여자야 달라야 될 것 아냐? 덩달아 여자도 그런 식으로……"

"복수하는 거니까. 복수라는 게 대개 다 그런 것 아냐? 상대방한테 당한 걸 되돌려주는…… 어떤 영화에 보면 그런 게 있어. 여자가 처녀 때 남자한테 묶인 채 강간을 당했는데 나중엔 그 여자가 그 남자를 묶어놓고 강간하는…… 상식적으로는 안 통할 것 같은데 재미있더라구."

40

재미…… 글쎄, 도섭도 어떻게 하면 좀더 재미있게 할 수 있을까 궁리한 끝에 그렇게 한 건지는 몰라도 범준으로서는 재미있기는커녕 씁쓰레하게만 느껴졌을 뿐이었다. 자기를 묶어놓고 강간한 남자를 나중엔 여자가 같은 방법으로 강간한다는 것도 특이하긴 하나 잘 납득이 안 되었다. 언니를 윤간하고 하반신을 불구로 만든 남자들을 그 동생이 차례차례 하나씩 유혹해 면도칼로 성기를 잘라 복수하는 끔찍한 영화를 본 일이 있는데 엽기적이고 통속적이긴 하지만 그쪽에 관객들은 오히려 더 설득당할지 몰랐다.

꾸벅꾸벅 졸다가 범준은 자칫 내려야 할 역을 지나칠 뻔했다. 정신을 가다듬으니 전동차가 이미 자기가 내려야 할 역에 와 멎어 사람들이 내리고 있었다.

2

살을 발라낸 뼈다귀를 불에 그을려놓은 것처럼 깡마르고 새까만 아이들이 손에 죽그릇을 들고 퀭한 눈으로 올려다보고 있다. 썩어가는 뱀가죽 같은 피부를 가진, 이름 모를 피부병을 앓고 있는 부인이 두 아이를 양팔로 안고 젖을 먹이고 있다. 잘려져 고름이 질질 흐르는 다리에 파리떼가 붙어 있는 것도 모르고 소녀가 맨바닥에 누워 잠들어 있다. 가볍게 밀기만 해도 쓰러질 것 같은 소년이 자기 키보다 더 긴 총을 멘 채 서 있다……

유니세프에서 편지와 함께 자주 보내오는 사진 속의 르완다 난민들이었다. 다른 할 짓들은 다 하면서도 돈도 돈이지만 은행에 가는 게 귀찮아서 그들에 대한 관심을 차일피일 미루어오기만 해 그런 것 같았다. 가수면 상태 속에서 그들의 환각에 시달리고 있는데 멀리서 들리는 총소리 비슷한 소리가 들렸다. 화들짝 놀라 눈이 뜨여 정신을 차리니 새벽 네시 반을 알리는 알람시계 소리였다. 등이 식은땀으로 끈적끈적했다. 눈을 뜨고 있어도 감고 있는 것이나 별로 다르지 않았다. 방 안은 아직 사물이 분간이 안 될 정도로 어두웠다. 뜨고 있는 것보다 감고 있는 게 더 편해 범준은 다시 눈을 감았다.

옆자리에 멀찍이 떨어져 벽 쪽을 향해 다른 이불을 덮고 자고 있던 아내 경애가 일어나는 기척이 느껴졌다. 새벽 기도를 가기 위해서였다. 이상했다. 이제는 조금도 짜증이 나지 않았다. 한때는 얼마나 짜증이 났었는지 모른다. 교회야 나갈 수 있는 거지만 꼭 새벽 기도까지 하루도 빠지지 않고 나가야 되겠느냐, 계속 나가겠다면 어쩔 수 없이 나는 다른 방을 쓸 수밖에 없다, 애들이 쓰고 있어 다른 방이 없으니 거실에라도 나가 잘 수밖에 없다(범준에겐 서재가 따로 없어 거실에 가리개를 설치해 쓰고 있다)……고 말렸으나 듣지 않았다. 경애 자기가 거실로 나가 자고 싶지만 부부가 방을 따로 쓰는 것은 하나님의 뜻에 위배되어 그럴 수 없으니 참아달라고 했다. 나가기 위해 옷을 챙겨 입으면서도 경애는 방의 불을 켜지 않았다. 범준의 잠을 방해하지 않겠다는 배려겠지만 소용없었다. 눈을 감고 있으면서도 범준은 경애의 움직임 하나하나를 생생히 감지하고 있었다. 거실로 나가 아들의 방 쪽에 붙어 있는 화장실에서 소변을 보고 양치질을 하고 세수를 하는 것까지도 실제로 보는 것 이상 머릿속에 환히 그려졌다. 다른 외출 때처럼 준비하는 데 많은 시간을 쓰지는 않았다. 십여 분 동안에 다 끝내고 밖으로 나갔다. 밖에서 안으로 현관문 잠그는 소리가 들렸다. 딸깍! 하는 소리가 귀 아닌 가슴에 와 울렸다.

벌써 십오 년이 넘었다. 십오 년이 넘는 그 동안 경애가 새벽 기도를 빠진 날은 거의 하루도 없었다. 있었다고 해도 손가락으로 헤아릴 정도였다. 자기 집 아닌 다른 집에서 자게 되어 어쩔 수 없이 빠지는 때에도 그것을 못내 안타까워하며 투덜거렸다. 새벽 기도를 빠지면 그날은 하루 종일 찜찜해 견디기 힘들다고 했다. 늙을 대로 늙어 허리 굽은 할머니가 되어서도 죽는 그날까지 새벽 기도를 할 수 있게 해달라고 평소에 기도한다는 말을 버릇처럼 자주 입에 올렸다.

　사람이 세상을 살다보면 변하게 마련이라고 하지만 어쩌다가 이렇게까지 변해버렸는지 범준으로서는 이해가 잘 가지 않았다. 변해도 너무 엉뚱하게 변해버려 전혀 다른 사람처럼 느껴졌다. 처녀 시절 경애는 예술을 진지하게 논할 줄 알았던 미술학도였다. 결혼 후엔 몇 년 동안 중학교의 미술 교사 노릇을 해왔고, 몇 년 쉬다가 지금은 미술학원을 운영하고 있다. 그러니까 줄곧 미술과 함께 살아왔다고 할 수 있는데 요즈음엔 미술이라는 걸 과연 예술로 생각하는가 하는 의심까지 하게 만들었다. 처녀 때 잠깐 말고는 언제 한번 자기 작품에 몰두하는 걸 본 일이 없었다. 작품을 좀 해보지 그러느냐고 하면 그럴 만한 형편이 되느냐, 당신이 그릴 수 있도록 만들어줬느냐는 항변만 했다. 교회에 바치는 시간, 정성, 돈이면 충분하지 않겠느냐고 하면 어떻게 작품과 하나님을 비교하느냐고 했다. 교회에 나가 하나님과 만나면 마음이 평안해지지만 작품은 생각만 해도 머리가 아프다고 했다. 미션 계통의 대학을 나오긴 했으나 처녀 때의 경애는 다른 교야 말할 것도 없고 기독교와도 전혀 상관이 없는 여자였었다.

　부부 시인과 화가의 아내가 힘을 합쳐 다리를 놓아주어 만났는데 나중에 알고 보니 그 인상과는 달리 술도 잘 마시고 담배도 잘 피웠다. 괜히 폼으로 예술을 공부하는 사람처럼 위선적으로 보이지 않으려고 그러는 게 아닌가 했는데 그렇지 않았다. 그 무렵 경애는 조소(彫塑)를 전공한 친구와 함께 인사동에 화실을 차려놓고 있었다. 데생을 배우겠다는 애들이 있으면 가르칠 생각이었던 것 같으나 애들이 없어 두 사람의 작업실로만 쓰다시피 했다.

퇴근 후 범준은 다른 특별한 일이 없는 한 그곳을 찾았다. 찾아가게 되면 거의 어김없이 술판이 벌어졌다. 물론 범준을 위한 술판일 경우가 많았지만 어떤 때는 가보면 다른 사람들과 이미 벌어져 있기도 했다. 화실이 물감 냄새보다 술 냄새와 찌개 냄새로 가득했다. 환기도 잘 되지 않아 담배 연기로 눈이 아릴 지경이었다. 니코틴에 완전히 중독되다시피 한 조소를 전공한 친구에 비하면 경애는 아직 초보인 셈이긴 했으나 그래도 범준이건 선배건, 어떤 때는 스승뻘 되는 사람이 있어도 가리지 않고 담배를 피웠다. 술도 맥주야 말할 것 없고 소주도 사양하는 일 없이 마셨다. 범준이 취해 있을 때 부축해주기보다는 더 마시자고 유혹하는 일도 있었다.

함께 어울렸던 친구들은 물론 조소를 전공한 친구조차 집으로 가고 난 화실에서 범준과 경애는 제일 늦게까지 남아 이야기했다. 줄리앙, 비너스, 아그리파, 호머…… 등 석고들이 지켜보는 가운데서 이야기를 하다가 어느 날엔 숨소리를 죽여 포옹도 했다. 범준이 망설임 끝에 술의 힘을 빌려 용기를 내어 껴안았는데 경애는 조금 놀랄 뿐 뿌리치지 않았다. 아직 책임질 자세가 되어 있지 않으면서도 범준이 그 행위를 한 것은 서로의 감정을 확인하고 싶어서였는지도 몰랐다. 감정이 확인된 이상 다른 건 그 무엇도 상관없을 것 같았다. 이 여자가 끝까지 자기 옆을 지켜주기만 한다면 부러울 게 없을 것 같은 생각이 들었다. 그만큼 범준은 그 당시 자신에 대해 아무런 자신감도 가질 수 없었다. 소설 한 편을 문예지에 발표해 문단에 얼굴을 내밀었다고 해도 그것이 무슨 내세울 만큼 대단한 것이 아니었고, 직장을 가지고 있다고 해도 그 당시는 신문 기자가 되기 전 잠깐 몸담았던 출판사 편집원을 하던 때라 그 월급으로는 생활 보장도 되지 않았다. 하숙비조차 두세 달씩 밀리며 살고 있었다. 먹는 것이 부실한데다 술만 자주 먹어 건강 상태도 좋지 않았다. 시골에 부모 형제가 살아 있다고는 하나 한푼이라도 도움을 받기보다는 도와줘야 할 형편이었다.

그러고 보니 경애를 포옹한 것 자체가 무책임한 행동이라는 자책이 왔다. 시간이 갈수록 다투는 일이 잦아진 것도 거기에 원인이 있었다. 미래에 대한 아무런 확신도 없으면서 무책임한 행동을 일삼는 자신을 참을 수가 없었다. 자학으로 인한 파괴적인 행동들은 곧 경애에게 오해를 사게 했다. 여자의 성격으로는 결코 온순한 편이라고는 할 수 없는데다 직선적인 경애가 범준의 그러한 행동들을 참아낼 리 없었다. 경애는 술을 범준의 얼굴에 끼얹고 범준은 경애의 뺨을 치는 따위의 격렬한 다툼까지 벌이다가 결국 두 사람은 위기 상황에까지 이르렀다.

건강도 나빠질 대로 나빠져 요양 겸 청탁받은 소설이나 쓰겠다는 작정으로 범준은 직장을 버리고 경애에겐 가타부타 말 한마디 없이 산 속으로 숨어버렸다. 서울에서 멀지는 않으나 차에서 내려 한 시간 이상 걸어야 당도하는 산 속 암자의 방 한 칸을 빌렸다. 일주일, 열흘, 보름, 한 달, 석 달, 여섯 달…… 소설에 아무리 깊이 빠져든다고 해도 보고 싶은 사람에 대한 그리움

을 이겨내지는 못했다. 쓰고 찢고 쓰고 찢는 짓을 소설 못지않
게 반복해온 편지를 결국 범준은 산을 한 시간 이상 걸어내려가
부치고 말았다. 부치고 나서 이 짓도 얼마나 무책임한 행동인가
에 대한 자책으로 곧 후회했으나 우체통에 넣은 편지를 도로 꺼
낼 수는 없었다. 기다렸다가 우체부가 오면 다시 빼앗을까 하는
생각조차 들었지만 참았다.

　그런데 이 편지 한 통이 두 사람의 생애를 바꿔놓는 결정적인
역할을 했다. 편지를 받은 경애가 그 깊은 산 속까지 당장 찾아
옴으로써 그 동안의 서먹한 감정들은 눈 녹듯이 녹아버렸다. 마
침 겨울이어서 녹지 않은 눈들로 해 길이 여간 미끄럽지 않았을
텐데 그 험한 길을 어떻게 올라왔냐, 지나다니는 사람들도 거
의 없는 컴컴한 길이 무섭지도 않았느냐며 범준이 격렬히 뛰는
가슴을 진정시키려 애쓰자 경애는 태연스레 밝게 웃으며 말했
다.

　"그래서 다 올라와 저 앞에서 담배 한 대 태웠죠."

　그러니까 당시에는 어디든 나다닐 때 담배는 항상 몸에 지니
고 다녔다는 이야기다. 담배만이 아니라 경애는 등산용 백에서
소주, 쇠고기 통조림, 주스 등을 꺼내놓았다. 건강이 썩 좋지는
않았지만 범준은 오랜만에 한잔하지 않을 수 없었다. 잔을 주고
받으며 두 사람은 밤늦도록 그야말로 회포를 풀었다. 결혼 첫날
밤처럼 성관계도 가졌다. 거부하지 않고 자연스럽게 받아들이면
서도 경애는 희열이나 쾌감 같은 건 전혀 느끼지 못하는 듯했다.
통증을 크게 호소하지는 않았으나 끝까지 수동적으로 참아내는
듯하더니 혼자 중얼거리듯 말했다.

　"이게 뭐가 좋다고 사람들은 그러는지…… 난 뭐가 뭔지 모르
겠어요. 키스만큼도 안 좋은 것 같아요."

그러나 범준은 이날 밤의 황홀을 잊을 수 없어 수도사가 수도를 포기하듯 얼마 더 견뎌내지 못하고 입산 생활을 청산했다. 쓰던 작품을 채 마무리짓지도 못하고 산에서 내려와 다시 출판사 편집원이 되었다. 신문 기자를 해보는 게 어떻겠느냐고 경애는 권했으나 무엇보다 건강에 자신이 없는데다 스스로 판단할 때 적성에도 맞지 않을 것 같아 받아들이지 않았다.

　　받아들인 것은 결혼을 하고서도 일 년이 더 지나서였다. 그야말로 병약한 몸뚱이밖에 아무것도 가진 것 없이 결혼하느라 진 빚도 빚이지만 월세방을 면하기 위해서라도 적성 여부를 떠나 우선 월급에 신경쓰지 않을 수가 없었다. 경애가 중학교 미술 교사로 나가 맞벌이를 했으므로 생활은 많이 달라졌다. 전세방으로 옮긴 후 얼마 지나지 않아 경기도에 집까지 샀고, 수년 후엔 지금 살고 있는 서울의 아파트로 이사도 했다.

　　그런데 경기도에 살 때 아이가 생김으로써, 아니 그 아이가 파상풍이라는 병으로 죽음으로써 문제가 생겼다. 두 사람 다 충격을 받았으나 그 충격을 극복하는 데 경애는 범준에 비해 훨씬 더 애를 먹었다. 실성한 것처럼 곧잘 눈물을 글썽거렸다. 다시 아이가, 그것도 죽은 아이와 마찬가지인 아들이 생김으로써 가까스로 회복되긴 했지만 경애는 그래도 전과 같지는 않았다. 어느 사이에 담배도 끊고 술도 거의 마시지 않았다. 아이 돌보는 여자를 집에 들이고 학교는 계속 나갔으나 집에 돌아와서는 아이를 돌보느라 자기 작품으로부터는 멀어져갔다.

　　작품으로부터 멀어져가기는 범준도 마찬가지였다. 기자 생활에 얽매이다보니 밤 시간까지도 자유롭지 못했다. 기사글에 익숙해져 글버릇도 나빠졌고, 잘 맞지 않는 적성으로 인한 스트레스도 이만저만이 아니었다. 실컷 애써 취재해 쓴 기사가 이런저런 이유로, 또는 아무런 이유 없이 거부를 당할 땐 당장 때려치우고 싶다는 생각밖에 들지 않았다. 한때도 가라앉지 않는 소요, 어느 하루도 건너뛰는 일 없는 험악한 사건들로 머릿속이 늘 뒤죽박죽인 상태에서 작품 생각을 한다는 건 무리일 수밖에 없었다. 설상가상으로 그 무렵 이제껏 시골 형님이 모시던 부모님을 올라오시게 해 아이를 돌보시게 하며 모셨는데 연탄가스 중독이라는 청천벽력 같은 사고로 두 분이 한꺼번에 돌아가셨다. 범준은 완전히 미치광이처럼 되었다. 자신이 돌아가시게 만들었다는 자책에서 어느 하루도 헤어나지 못했다. 따라서 술만 더욱 늘어갔고, 취하면 주정도 심해졌다. 직장의 상사, 정부의 관리, 경찰 등과 시비를 벌여 문제를 일으키기도 했고, 관공서 담벼락에 오줌을 깔겨 말썽이 되기도 했다. 직장을 그만두지 않을래야 않을 수 없는 지경에 이르렀다. 이것을 경애가 파악 못 할 리 없었다. 취해서 잠들어 있다가 안방 벽을 관공서 담벼락으로 착각하고 오줌을 깔기고 난 이튿날 아침 경애가 단호하게 말했다.

"안 되겠어요. 당장 직장 그만두세요. 그 기자 노릇 더하다가는 폐인 되고 말겠어요. 집도 샀으니까 이제 내가 버는 것만으로도 먹고 살 수는 있으니 당신은 들어앉아서 글이나 쓰세요."

경애의 말이 아니더라도 그만둘 수밖에 없는 처지에 더 망설이고 어쩌고 할 필요는 없었다. 그날 바로 범준은 사표를 썼고 자유인이 되었다. 애초부터 사명감 없이 월급 좀더 받으려고 기자가 된 것부터가 얼마나 우스꽝스러운 일인가. 아니 이런 세월, 이런 현실 속에서 정의로운 기사를 써 그것을 세상에 알리려고 한 것부터가 얼마나 철없는 일이었던가. 그러나 문제는 기자로서 쓴 기사만이 아니었다. 자유인이 되어 집에 들어앉아 처음으로 마음먹고 쓴 작품도 그냥 통과되지 않았다. 그 해가 마침 광주항쟁이 있었던 해여서 계엄령이 내려져 언론만이 아니라 출판물들도 군인의 손에 의해 사전 검열을 당했다. 계간지에 싣기로 한 범준의 장편도 예외일 수 없었다. 무슨 특별히 해서는 안 될 험상궂은 이야기여서가 아니라 '군인' 또는 '데모'라는 말만 들어가도 빨간 줄이 쳐지는 판이니 엉망일 게 당연했다. 그대로는 도저히 실을 수가 없을 것 같아 싣지 못하겠다고 했더니 그렇게 되면 잡지가 못 나오게 되는데 말이 되느냐며 잡지 편집자는 화를 냈다. 엉망인 채로 그 작품은 세상에 나왔고 그로 인한 비참함은 또 술 속으로 빠지게 만들었다. 세상 꼴이 이 모양인 판에 작품을 쓰겠다고 끙끙거렸던 것부터가 잘못이었다는 생각이 들었다. 자세히 구체적으로는 몰라도 아무 죄 없는 사람들이 멀지 않은 도시에서 수백, 수천 명씩 양계장에서 실려온 육계들보다도 더 무참하게 학살을 당했다는 마당에 한가하게 들어앉아 글이나 끄적이고 있었다는 게 사람의 할 짓이 아니었던 것 같았다. 범준은 계속 술에라도 취하지 않고는 제대로 숨을 쉴 수도 잠이 들 수도 없었다. 그러니 그 꼴을 경애가 아무렇지 않게 받아들일 리 없었다.

"못살아. 내가 못산다구. 들어앉아 글이나 쓰라고 했더니 그놈의 술, 웬수놈의 술! 아휴, 내가 정말……."

노골적으로 경멸하는 눈빛을 보이며 무시하기 시작했다. 사사건건, 아주 사소한 것을 가지고도 구박을 했다. 식은땀으로 인한 이부자리의 냄새, 악몽으로 인한 헛소리, 자주 쏟는 코피, 시도 때도 없는 구역질…… 등에 대한 구박이야 참을 수 있었으나, 소변만 보고 나와도 화장실에서 왜 이렇게 지독한 냄새가 나느냐고, 샤워만 하고 나와도 목욕탕에 웬 머리칼이 이렇게 많으냐고, 몇 달 만에 칫솔을 바꿔도 자기는 일 년도 넘게 쓰는데 웬 칫솔을 그렇게 자주 바꾸느냐고, 전화는 자기만 받아야 되느냐 자기 전화라도 대신 좀 받아주면 안 되느냐고, 허리가 부러졌느냐 왜 그렇게 누워만 있느냐고, 목욕을 하고 어쩌다가 큰 타월을 쓰면 질겁을 하며 빨기 귀찮게 왜 큰 타월을 쓰느냐고, 아이들한테 왜 그렇게 야단 한번 못 치느냐고…… 화를 내며 신경질을 부릴 땐 참기 힘들었다. 직장도 없는데 소설마저 쓸 수 없어 주눅이 든 판에 경애로부터 그런 무시까지 당하니 범준은 갈수록 더 이성을 잃어갈 수밖에 없었다.

바로 그 무렵 지방 대학의 교수로 있는 친구로부터 전화를 받았다. 그전에 계간지에 실린 소설을 읽은 학생들이 이번에 그 소설을 중심으로 토론을 하는데 그 토론회에 참가할 겸 바람을 쐬러 내려오라는 부탁이었다. 낯 모르는 여러 사람들 앞에서는 말을 잘 못 하는 체질이지만 범준은 그 소설이 왜 그렇게 엉망이 되었는가에 대한 해명을 하기 위해서라도 그 부탁을 받아들여야 되었다.

그런데 운명이었을까. 이것이 범준의 삶을 크게 뒤흔들어놓는 계기가 되고 말았다. 친구의 말과는 달리 토론이 아니라 강연이었다. 학생들 수백 명이 모인 강당에서 소설에 대해 무슨 이야기든 한 시간가량만 이야기를 해달라고 했다. 범준은 처음엔 못하겠다고, 약속과 다르지 않느냐고 화를 냈으나 이미 며칠 전부터 교내 게시판에 공고까지 해놓았다니 끝까지 버틸 수는 없었다. 한 번도 서본 일이 없는 마이크 앞에 서서 땀을 뻘뻘 흘려가며 목소리를 떨어가며 말문이 막히면 쉬어가며 되는 소리, 안 되는 소리 떠들었다. 주로 문학인들의 침묵에 관한 이야기였다. 재능 있는 소설가들이, 또는 시인들이 왜 어느 날부터 갑자기 활동을 중단하고 술만을 마시다가 쓰러져가는가. 멀쩡한 사람이

벙어리 흉내로, 또는 미친 사람 흉내로 어려운 시대를 살아갔다는 이야기들을 예로 들어가며 군사 정권, 언론 출판의 자유 운운의 말까지 들먹였다. 지난번에 발표한 자신의 작품도 결코 정치 현실만을 다룬 것도 아닌데 무려 이십여 군데나 삭제를 당했다는 이야기와 함께 이런 상황에서는 글다운 글이 안 씌어질 게 당연할 것 같다는 말도 덧붙였다.

강연을 하는 동안 가슴이 조마조마했다고 친구는 말했지만 강연 내용과는 상관없이 범준은 학생회 간부라는 한 여학생으로부터 꽃다발을 받았고, 이어서 그 여학생의 안내로 그 도시를 구경하게 되었다. 물론 친구가 시켰으리라는 상상이 갔으나 부담스러워하거나 싫어하는 것 같지 않고 오히려 자기가 이 역할을 맡게 된 걸 영광스러워하는 것 같은 표정이어서 물리치지 않았다. 그 여학생이 이끄는 대로 유명하다는 서점가며 바다며 공원이며 시장 골목 등을 구경했다. 이름이 강수정이라고 밝힌 여학생은 빼어난 미모라고는 할 수 없으나 생머리에 몸이 호리호리한데다 얼굴빛이 유난히 창백해 그 인상만으로도 문학 소녀의 분위기를 풍겼다. 말도 자주 하지 않았고 목소리도 조용조용 가라앉아 있었다. 범준의 소설을 무엇무엇 읽었는데 자기로서는 다 좋았다면서 지난번 소설이 이십여 군데나 삭제당했다고 하셨는데 잘 모르겠더라고, 어떤 부분들이 삭제되었는지 삭제되기 전의 작품을 보고 싶다고 말했다. 하루 수고한 대가로 저녁을 사겠다고 무얼 먹겠느냐고 했더니 순두부백반을 잘하는 데가 있다며 소박한 대중음식점으로 데리고 갔다. 범준은 밥보다 술 생각이 간절했으나 그 여학생을 앞에 놓고 술을 마셔서는 안 될 것 같았다.

이튿날 서울로 올라올 땐 역으로 배웅도 나와주었다. 다른 학생들과 함께 나와 맑고 그윽한 눈으로 미소를 보내며 고개를 숙여 보였다. 착각이었는지 몰라도 엷은 눈물이 감도는 듯했던 그 눈이 서울로 올라온 후에도 한동안 잊혀지지 않았는데 잊혀지려고 할 무렵 편지가 날아왔다. 주소를 어떻게 알았는지, 아마 문인주소록을 본 모양이었다. 별다른 내용은 아니었고 그냥 예의를 갖춘, 그러나 문학 소녀의 감상이 가시지 않은 편지였다. 마땅히 답장을 써야 도리인 줄 알면서도 번거로워 쓰지 않았다. 친구와 전화하면서 그 학생으로부터 편지 잘 받았다고, 고맙다는 말만 전해달라고만 했다. 그것으로 끝이었다.

아니 거기에서 끝났다면 무슨 문제가 생겼겠는가. 그런데 강수정이 대학 졸업 후 서울로 올라옴으로 해서 일이 벌어졌다. 범준이 지방에 내려갔을 때 그녀의 안내를 받았던 것처럼 그녀도 범준으로부터 안내받기를 소망했다. 잡지사에 취직을 해 근무를 하면서도 원고 청탁 등을 핑계로 이따금 전화를 걸어왔다. 몇 차례 만나 저녁을 먹고 차를 마시다보니 어느 사이 그녀는 성숙할 대로 성숙한 여자가 되어 있었다. 직장을 다른 잡지사로 옮기는 사이 결혼 적령기도 넘어서고 있었다. 범준은 몇 차례나 위기를 넘겼다. 강수정에게서 풍겨오는 여자 냄새를 참아내기가 힘이 들었다. 경애와는 반대로 항상 다소곳한 자세로 마음에 드는 말만 하는 게 무엇보다 끌렸다. 자신의 처지를 잊어버린 채 행동하고 싶은 충동조차 일었다. 소설이 씌어지지 않아서, 경애로부터 무시당하는 게 억울해서, 세상 돌아가는 꼴이 더러워서 어느 하루 술에 취해 있지 않으면 숨쉬기가 힘든 판에 강수정은 숨을 쉬게 해주는 듯했다.

끝내 범준은 일을 저지르고 말았다. 경애와도 언제 갖고 안 가졌는지 까마득한 성관계를 강수정과 갖게 되었다. 그녀가 대접하겠다는 저녁을 먹으러 그녀의 자취방으로 갔다가 세상 사람들이 말하는 소위 그 불륜이라는 관계에 이르렀다. 아무런 대책 없이 무책임하게, 쫓기고 쫓기다가 동굴에 숨듯 그녀를 껴안았다. 남편에 대한 모든 기대를 저버린 채 오직 하나님께 기도하는 것만으로 숨을 이어가고 있는 경애와 한집에 기거하면서 범준은 자기 나름의 숨쉴 방법을 찾아낸 셈이었다.

수년 전 광주항쟁이 일어날 무렵부터 새벽 기도를 빠지지 않았던 경애는 이런 범준의 변화를 전혀 눈치채지 못했다. 자기를 믿어서가 아니라 무관심해서라고 범준은 생각했다. 가장으로서 떳떳한 입장이 되지 못하면서 뜸해왔던 성생활도 경애가 새벽 기도를 나가면서부터는 완전히 중단된 상태였다. 일 때문에 또는 술 때문에 범준은 어쩌다가 성관계를 가질 때는 새벽에 가져왔기 때문이었다. 그것을 모를 리 없을 텐데도 경애는 신경쓰지 않았다. 교회는 나가되 제발 새벽 기도만은 나가지 말아달라는 범준의 말 속에는 그런 뜻도 포함되어 있음을 잘 알 텐데도 무시해버렸다. 말을 듣기는커녕 자기로 하여금 새벽 기도를 나가지 말라는 것은 사탄의 소행이라고, 사탄이 아니고서야 어떻게 그런 말을 할 수 있겠느냐고 화를 냈다. 당신이 계속 말을 듣지 않으면 다른 여자를 만나겠다고 말을 해도 능력 있으면 만나라고, 그 주제에 다른 여자? 돈이나 있다면 돈을 보고 들러붙겠지만 알거지나 다름없는 당신을 세상의 어떤 여자가 좋다고 들러붙겠느냐며 노골적으로 비웃었다. 실제로 만나고 있다고, 지금도 만나러 가는 중이라고 스치듯이 말을 해도 믿지 않았다. 구체적으로 솔직히 다 털어놓고 싶은 충동이 자주 일었으나 차마 그렇게까지는 하지 못했다. 경애에게나 강수정에게나 범준 자신에게나 좋을 게 없을 것 같았다. 경애를 속이고 있다는 자책으로 괴로웠으나 참는 것이 오히려 도리일 것 같은 생각이 들었다.

세상 사람들이 손가락질하는 그 불륜이라는 게 당사자에게는 결코 해서는 안 될 나쁜 일이라는 생각이 들지 않았다. 그냥 만날 때와는 달리 성관계를 가지면서부터는 강수정에 대한 관념이 완전히 달라졌다. 가족처럼 자신의 일부처럼 영원히 떨어져서는 안 될 존재처럼 느껴졌다. 경애의 입에서도 범준의 입에서도 피차간에 상대방한테는 한 번 나온 적이 없는 '사랑'이라는 낱말이 강수정의 입에서는 어렵지 않게 나왔다. "사랑해요, 오직 당신만을 사랑해요"라고 말하며 눈물을 글썽거렸다.

그 말과 그 눈물은 늪과 같았다. 처음엔 쫓기던 사람이 쉴 수 있는 동굴로 생각됐었는데 나중에는 빠져나오고 싶어도 빠져나올 수 없는 늪으로 변했다. 날이 갈수록 범준은 자꾸 깊이 빠져들어 거의 치명적인 상태에까지 이르렀다. 문학 소녀에서 성숙할 대로 성숙한 여자가 되어 범준과 성관계를 갖기 시작한 얼마 후 강수정은 시인이 되었다. 잡지와 신문에 자주 얼굴을 드러내는 이름난 시인이 되어 범준을 서서히 옥죄어왔다. 이제 숨어 살고 싶지 않다, 단 한 달만이라도 떳떳이 살다 죽고 싶다고 말하며 두 사람의 관계가 어떤 식으로든 결말이 나기를 갈망했다.

범준도 마찬가지였다. 늪이 너무 치명적이어서 이 상태로는 더이상 버텨가기 어렵겠다고 예감했다. 바로 그럴 즈음 그 일이 벌어졌다. 범준이 치루라는 지저분한 병으로 입원해 있는 사이 그 입원실에서 강수정과 경애가 맞닥뜨렸다. 병원이 서울 아닌 지방에 있는데다 (수술하기 까다로워 수술을 하지 않고 고친다는 병원을 찾아갔었다) 큰 병이 아닌, 다 아는 병이라는 이유로 범준이 입원할 때는 물론 입원한 후에도 며칠이 지나도록 한 번 찾아오지 않던 경애가 모처럼 찾아온 날 그 자리에 강수정이 와 있어서였다. 두 사람의 관계가 보통이 아님을 비로소 눈치챈 경애는 범준에게 물었다.

"어떤 사이죠?"

당황했지만 범준은 거짓말을 할 수는 없었다.

"그전에 말했었잖아, 다른 여자 만나고 있다고. 좋아하는 사이야. 말을 해도 무시하고 믿으려고 하지를 않았었지······."

이 어처구니없는 상황을 어떻게 헤쳐나가야 할지 잠시 망연해하는 듯하다가 얼굴빛이 변하며 경애는 혼자 밖으로 뛰쳐나갔다. 뛰쳐나간 후 그 성격에 어떻게 했을지는 충분히 상상이 갔으나 자세히는 알 수 없었다. 다시 나타난 건 이튿날이었다. 참을 각오를 단단히 한 얼굴로 나타났는데 강수정이 아직도 그 자리에 있음을 보고 안절부절못하다가 데리고 나갔다. 한 시간쯤 지나 경애는 가고 강수정만 들어왔다. 어떻게 됐느냐고 묻자 별일 없었다고 이야기만 나눴다고 강수정은 대답했다. 범준을 어떻게 생각하느냐, 사랑하고 있느냐, 이혼해주면 함께 살겠느냐고 물어 아무 대답도 하지 않았더니 세상에 좋은 남자들이 얼마나 많은데 잘생긴 처녀가 왜 하필 나이 많은 유부남이냐, 돈이 있느냐 뭐가 있느냐, 아무것도 보잘것없는 사람이다, 정신차리라면서 곧 다시 한번 만나자고 한 후 돌아갔다고 했다.

그후 결국 경애가 강수정에게 성경을 한 권 사주는 것으로 그 관계는 애매해졌다. 범준은 이혼까지도 각오했으나 경애는 상상했던 것과는 달리 이혼을 요구하지는 않았다. 다른 여자들 같으면 이혼하려고 하겠지만 자기는 하나님을 믿는 사람이니 이혼은 하지 않겠다면서 더욱 교회에만 열성을 보였다. 그 대신 그전에 권유하다 포기한 범준에게도 함께 교회에 다닐 것을 요구했다. 함께 다니지 않으면 계속 괴롭히겠다는 작정으로 사사건건 별별 트집을 다 잡아 집안을 어느 하루 평안한 날이 없게 만들었다. 범준만이 아니라 아이들까지 못살게 굴었다. 새벽 기도를 다녀와 아침 밥상을 차리면서 아이들에게 온갖 신경질을 부렸다.

경애가 사준 성경을 받고 마음을 바꿔먹었는지 강수정도 완전히 달라져 있었다. 범준이 만나고 싶어해도 만나주지 않고 전화도 받자마자 곧 끊어버렸다. 이러지도 저러지도 못하면서 범준은 입원함으로 해서 한동안 마시지 못했던 술을 다시 마시기 시작했다. 일주일, 열흘, 밥 한 숟가락 입에 대지 않고 술만 마셨다. 그야말로 〈라스베가스를 떠나며〉의 주인공 남자나 비슷했었다. 아무런 죄 없이 수사기관에 끌려가 고문을 당하고 난 후유증을 견뎌내지 못하고 하루에 소주를 네댓 병씩 마셔대다 끝내는 죽어간 시인을 떠올리면서 차라리 부러워하였다.

신경질을 부리며 아무리 괴롭혀도 범준이 말을 듣지 않자 경애는 방법을 바꾸었다. 울면서 매달리며 애걸하듯 말했다.

"당신이 사람이라면 좀 생각하는 바가 있어야 될 것 아녜요? 소위 작가라는 사람이 어쩌면 그럴 수 있어요? 그 어린 처녀를 그 지경으로 만들어놓고서도 이럴 수 있어요? 기도라도 해야 될 것 아녜요? 그 처녀를 위한 기도, 당신이나 나보다도 그 처녀를 위한 기도……"

경애가 해오던 그 어떤 말도 귀에 잘 들어오지를 않았는데 어째서 그 말은 그렇게 싫지 않게 들렸는지 몰랐다. 기도가 정말로 힘을 발휘할 수 있는 것이라면 한번 해봐도 좋을 것 같다는 생각이 들었다. 어쨌든 결과적으로 강수정에게나 경애에게나 해서는 안 될 못할 짓을 한 꼴이 되고 말지 않았는가. 범준이 강하게 거부를 하지 않자 경애는 힘을 얻은 듯 한층 더 애걸조로 매달렸다. 자기가 다니는 교회는 차를 타고 이십 분쯤 가야 되는데 그곳까지 가기 싫으면 가까운 아무 곳에라도 가자고 했다. 성경이야 읽었지만 교회라는 델 나가보기는 아득한 옛적 중학교 시절 잠깐밖에 없어 남의 옷을 걸치는 것처럼 어색했으나 어느 일요일 범준은 경애가 이끄는 대로 못 이기는 척 따라나섰다. 간밤에 마신 술이 아직 깨지를 않아 술 냄새가 풀풀 나는 몸으로 교회를 가다니, 자신이 생각해도 가관이라고 느껴졌지만 따라가 앉아 눈을 감고 있다가 찬송을 듣고 목사의 설교를 들었다. 기도야 되든 안 되든 눈을 감고 있는 일은 견딜 만했다. 그러나 찬송과 설교는 정말로 듣고 있기 힘들었다. 번역을 잘못해서 그런지 어쩐지 찬송은 가사부터가 말이 되지 않는 것 같았다. 내용보다도 문맥이 이상하게 걸렸다. "나 위하여 십자가의 중한 고통 받으사 / 대신 죽은 주 예수의 사랑하신 은혜여 / 보배로운 피를 흘려 영영 죽을 죄에서 / 구속함을 얻은 우리 어찌 찬양 안 할까."(403장)

그래도 가사라는 건 그런 경우가 흔히 있으니까 그냥 넘어갈 수 있었는데 설교는 도저히 들을 수가 없었다. 헌금의 소중함을 거듭 강조하는 내용도 내용이지만 소리만 크게 질러대는 그 목소리의 부자연스러움이 박차고 일어서고 싶은 충동조차 불러일으켰다. 다시는 교회에 나가지 않아야겠다는 결심만을 더욱 굳게 만들었다. 그런 범준에게 경애는 소감이 어땠느냐고 물었다. 범준이 사실 그대로 이야기하자 그럴 줄 알았다는 듯이 웃음기까지 띠며 경애는 말했다.

"왜 내가 이십 분씩이나 차를 타고 하늘문교회까지 다니는지 알겠죠? 신자라고 해서 다 같은 신자가 아니듯이 목사도 마찬가지예요. 선택을 잘해야 돼요. 얼마나 엉터리들이 많다구요. 자격 없는 목사들 많아요."

"하나님을 만나러, 하나님께 기도하러 가는 것이지 목사를 만나러 가는 건 아니잖아?"

"그렇죠. 그거야 그렇지만 들어봤잖아요? 당신이 저런 설교 듣고 믿음이 생기겠어요? 저런 설교를 좋아할 사람들도 있죠. 하지만 나나 당신은 안 돼요. 이 근처 교회 내가 다 다녀봤어요. 다 다녀봐도 마음에 안 들어 하늘문교회에 다니는 거예요. 다음 주일엔 하늘문교회에 한번 가봐요. 그곳에 가봐서도 마음에 안 들면 안 다녀도 좋아요."

그렇게까지 말하는데 안 가볼 수는 없었다. 다음 주일 또 술 냄새를 풀풀 풍기며 경애가 이끄는 대로 따라갔다. 당시엔 집에 차가 없었으므로 택시를 타고 갔다. 이십 분쯤 타고 가 내려 골목으로 들어서자 흰색 돌로 지어진, 교회 건물로서는 작은 편이 아니면서도 아담한 건물이 보였다. 그러나 교회 안으로 들어가기도 전에 범준은 거부감을 느꼈다. 웬만한 학교의 운동장만큼이나 커 보이는 교회 앞마당이 고급 승용차들로 단 한 대의 차도 더 들어설 수 없게 메워져 있었기 때문이었다. 마당만이 아니라 골목골목 어느 한 군데 차를 더 세우기는 힘들 것처럼 보였다. 그래서 그런지 여기저기, 점잖아 보이는 남자들이 서서 들어오고 나가는 차들에 대한 안내를 하고 있었다. 모두 가슴에 명패를 달고 있었는데 이름 뒤에 '집사'라는 직분이 덧붙여져 있었다. 아무리 차가 흔한 때라고 하지만 이렇게까지…… 이 교회 신도들은 모두 차가 있단 말인가. 있다고 해도 그렇지, 이렇게 복잡한데 교회에 꼭 차까지…… 가진 것 없는 사람의, 있는 사람들에 대한 시기심에서가 아니라 어쨌든 범준은 좋은 기분이 아닌 채로 교회 안으로 들어섰다. 입이 벌어졌다. 그 넓은 공간이 초만원을 이루고 있었다. 차 안내를 남자들이 하는 것과는 반대로 자리 안내는 여자들이 하고 있었다. 입구 양쪽에 서서 주보를 나눠주는 여자들이나 좌석들 사이의 통로를 왔다갔다하며 빈 자리를 찾아 지정해주는 여자들 거의가 경애와 비슷한 나이들로 비슷한 냄새를 풍기고 있었다. 예수를 믿는 중년 부인들의 분위기— 현숙해 보이고 교양도 있어 보이고 차림새도 단정해 보이지만 쉽게 친근감은 느껴지지 않는, 푸근함이 없고, 남편들로 하여금 밤의 잠자리도 부자유스럽게 할 것 같은…… 아니, 이것은 어쩌면 교회를 다니지 않고, 십계명을 제대로 지키며 살아오지 않은 범준 자신만의 느낌일지도 몰랐다. 안내해 지정해주는 옹색한 자리에 앉으면서 경애가 말했다.

"좀 늦게 오면 이래요. 당신 때문에 오늘은 좀 늦었거든요. 더 늦으면 이 안에 들어오지도 못해요. 지하에 내려가 화면 앞에서 드려야 돼요."

"하루에 몇 번 보는데? 볼 때마다 이렇단 말이야?"

"그럼요. 4부 예밴데 다 마찬가지예요."

"신도가 몇이나 되는데?"

"삼만 가까울 거예요."

경애가 왜 이 교회에 다니는지, 목사의 설교를 듣지 않은 상태에서도 짐작이 갔다. 아마 이보다 신도가 더 많은, 이곳 신도들보다 재정적으로나 사회적으로나 수준이 더 높은 신도들이 모이는 교회가 있다면 경애는 그곳에 다녔을지도 몰랐다. 그런 곳이 있다는, 그 규모에 있어서는 세계적으로 뒤지지 않는 교회가 있다는 소리를 들었지만 그곳은 집에서 너무 멀었다. 집에 차가 있다면, 그렇게 멀지만 않다면 그곳에 다녔을지도 알 수 없는 일이었다.

그렇게 생각했는데 이날 예배가 끝나고 난 후의 느낌은 또 달랐다. 보다 더 큰 그 교회가 집 가까이에 있었다고 해도 경애는 이 교회를 택했을지도 모르겠다는 생각이 들었다. 그만큼 목사의 설교가 범준이 듣기에도 귀에 거슬리지 않았다. 설교라는 것이 흔히 듣기 싫은 잔소리, 들으나마나 빤한 상투적이고 교훈적인 지루한 소리라는 관념을 뒤엎게 했다. 위엄이 있으면서도 자상한 아버지 같기도 하고 성경 속의 선지자 같기도 한 곽성현이라는 이름을 가진 오십대 후반의 목사는 범준으로서도 어렴풋이 기억날까 말까 한 『기독교와 사회 위기』라는 책을 쓴 월터 라우센부쉬라는 목사에 대한 이야기로부터 설교를 시작했다.

……19세기 중엽 미국에 이주해 산 독일 성직자 집안에서 태어난 라우센부쉬는 신학교를 졸업하자 뉴욕의 제2독일 침례교회 목사가 되었습니다. 세계에서 가장 크고 부유하지만 온갖 험한 일이 끊일 사이 없이 일어나는 도시. 마천루를 돌아서면 그 아래 웅크리고 있는 빈민가들…… 교회 주변은 지옥의 주변이라고 불릴 정도였습니다. 그곳에서 십일 년 목회 중 그는 질병과 가난, 범죄와 불평등과 부딪치지 않는 날이 없었습니다. 부딪치다 부딪치다 그는 과로로 쓰러져 끝내는 귀머거리가 되었습니다. 청각까지 하나님께 바친 것입니다. 그러나 그는 조금도 변하지 않았습니다. 변하지 않고 더욱 열심히 옳지 못한 모든 것들과 싸웠습니다. 그러한 그의 목회에 감복한 그의 모교 로제스터 신학교는 그를 교수로 초빙했습니다. 처음엔 사양했으나 워낙 간곡하게 권유하자 받아들인 후 그는 집필과 기도로 계속 싸워나갔습니다. 가난한 사람의 고난과 궁핍한 자의 탄식이 있나이다. 이제 역사하옵소서. 오 주님이시여, 약한 자의 어머니와 같이 우리를 돌보시기에 부정

을 미워하시고 백성들의 빈곤 위에서 부를 쌓는 자들을 심판하실 것이옵니다…… 이런 일련의 기도에서 그의 경건에 찬 열정과 국가 양심을 자극시키는 사회 정의의 추구를 봅니다. 경제 질서에 관한 그의 탁월한 이론은 20세기 중반에 와서야 빛을 볼 만큼 시대를 앞질렀습니다. 그는 완전한 구원이란 곧 성령에 순종하여 이웃과 자유롭게 교제하는 사랑의 관계라고 간주했습니다. 사회 구원에 대한 성서적 근거를 구약의 예언자들과 예수 그리스도의 구원에서 찾았습니다. 모세가 떨기나무 불꽃 속에서 하나님을 만난 것은 모세 개인의 구원이 아니라 압박받는 민족을 위해서였고, 이사야의 소명이 있던 때 그의 부정과 더러움을 씻김받은 것은 온 유대의 사회적 상황을 바로잡기 위한 것이며 또한 예레미야의 개인적 경험들도 나라의 운명과 전적으로 관련된 것으로 보았습니다…….

'개인적 경험과 나라의 운명'에 관한 내용을 골자로 하는 설교를 하기 위해 서두를 이렇게 시작하는 것부터가 다르게 느껴졌다. 표정, 목소리의 높낮이가 어색한 부분이 거의 없었다. 가끔 섞는 유머러스한 예화도 머리가 잘 돌아가지 않는 사람은 이해하기 힘들게 고급스러웠다. 설교가 아니라 학자의 재미있으면서도 깊이가 있는 강연을 연상시켰다. 신도들을 최소한 대학 교육은 받은 지식인들로 취급하는 것 같은 태도가 의아스럽게 만들었다. 집에 돌아오는 길에 소감을 물어 사실대로 이야기하자 경애는 그것 보라는 듯이 말했다.

"말씀의 은사를 받으신 분이에요. 말씀으로는 세계적으로도 알아주는 목사시라구요."

목사의 생김새나 병을 치료해주는 능력에 빠진 게 아니라 말씀에 빠졌다면 그나마 다행이라는 생각이 들었다. 어떻게 하겠느냐, 오늘만이 아니라 앞으로도 계속 다니겠느냐 어쩌겠느냐 경애가 물어, 꼭 다니겠다는 약속은 못 하겠고, 나오고 싶을 때는 나올 테니까 강요하지는 말라고 범준은 말했다. 말만이 아니라 실제로 느낌이 나쁘지 않으니 가능하다면 다녀야겠다고 마음먹었다. 매주 빠짐없이 꼭 다닐 자신은 없었고, 그 무엇으로도 도저히 견디기 힘들 때 이따금 나와 기도하고 이야기를 들어 해로울 건 없을 것 같았다.

그러나 경애는 이후 범준을 자유롭게 놓아두지 않았다. 매주 하루라도 빠지면 못살게 굴었고, 그것도 모자라 걸핏하면 교회와 연관된 모임에 데리고 가려고 애썼다. 새로 태어난 딸애를 키우느라 중학교 교사를 그만두고 집에만 있다가 딸애가 커 학교의 상급 학년이 되자 집을 저당해 융자한 돈으로 미술학원을 차려 시간에 쫓기면서도 성화였다. 새벽 기도를 다님은 물론 교회 학교 선생까지 맡고 구역 예배니 병문안이니 교도소, 고아원, 양로원 등 그늘진 곳 예방이니 정신 없이 쫓아다니면서 범준을 온갖 부부 동반 모임과 수양관 수련회 등에 참여시키지 못해 안달이었다. 이 일로 해서 두 사람은 자주 다투었다. 신앙의 자유라는 게 뭐냐, 당신이 그렇게 열성적으로 다니듯이 나는 다니고 싶으면 다니고 안 다니고 싶으면 안 다닐 수도 있지 않느냐, 강요하지 말라고 범준이 짜증을 내면, 당신이 불쌍해서 그런다, 얼마나 좋은 세계가 있는데 그 세계를 모르고 방황을 하고 있으니 부부로서 어떻게 두고만 볼 수 있겠느냐, 그냥 두고봤더니 그런 엉뚱한 일이나 저질렀지 않느냐면서 경애는 괴롭혔다. 어쩌다가 어느 한 주 일요일조차 빠지면 일주일 내내 신경질로 들볶았다. 그 들볶임이 피곤해서라도 특별한 일이 없는 한 일요일엔 빠지지 않으려고 범준은 애썼다.

제대로 되어지지 않는 기도 속에서 자주 강수정의 이름을 들먹였다. 지나치게 절망하지 말고 굳건하게 살아갈 수 있는 힘을 그녀에게 주시라고 빌었다. 그래서였을까. 아직 제대로 믿는 상태도 아닌데 하나님께서 벌써 그 기도를 들어줘서였을까. 일 년도 지나지 않아 범준은 신문에서 강수정이 대학원을 나온, 나이가 비슷한 문학 전공의 총각과 결혼했다는 기사를 보았다. "사랑해요, 오직 당신만을 사랑해요"라는 말이 귓가에 맴돌아 쓴웃음이 지어지면서도 한편으로는 다행이라는 생각이 들어 이 소식을 전하자 경애는 득의의 웃음을 지으며 말했다.

"당신이 기도해서 이렇게 된 줄 알아요? 모르죠. 그랬을지도 모르지만 교회에도 제대로 나가지 않는 당신 기도가 벌써 통했을 것 같지는 않고, 내 기도 때문일 거예요. 어느 하루 내가 그 애에 대한 기도를 하지 않은 날이 없거든요. 오 하나님, 감사합니다."

그랬을까. 정말로 경애의 기도로 강수정이 그런 과거를 지니고도 그런 남부럽지 않은 결혼을 하게 되었을까. 강수정은 그 남자를 속였을까. 아니면 사실대로 이야기하고 이해를 받았을까. 사랑만 한다면 총각이 애가 있는 미망인하고도 결혼하는 일이 다반사인 때에 그까짓 과거쯤이야 무슨 문제가 되겠는가. 그러나 강수정이 의식이 깊은 여자라면, 그리고 입버릇처럼 말했듯이 자기를 정말로 사랑했다면 남자가 아무리 졸랐다고 하더라도 과연 그런 결혼을 할 수 있었을까 의심스러웠다. 아니 강수정의 사랑은 보잘것없는, 어쩌면 허위로 뭉쳐진 것이었을지도 모른다는 생각이 들었다.

어쨌거나 자기의 말대로라면 경애는 기도의 힘을 범준에게 증명해보인 셈이었다. 이 일말고도 자기가 기도해서 이제까지 통하지 않은 게 거의 없는데 다만 한 가지 당신이 술을 끊게 해달라는 기도가 아직 안 통했을 뿐이라고 경애는 말했다. 술을 끊으려면 당신의 의지로는 안 되니 몸이 어디 한 군데 크게 망가져 몸져 누워야 되는데 하나님이 그렇게 쉽게 해주시겠느냐고, 지난번 입원해 그렇게 혼이 나고도 또 이 모양이니 알아서 하라고 은근히 협박했다. 협박이 아니라 그것도 얼마 지나지 않아 경애의 말처럼 되었다. 역시 술 때문이었을까. 대개의 경우 노인에게나 찾아든다는 백내장이라는 병이 나이에 맞지 않게 일찍 찾아들어 범준은 눈 수술을 받게 되었다. 입원해 있는 동안 경애는 교회 사람들을 데려와 기도를 해주었다. 그래서 그랬는지 수술은 예상 이상으로 잘되었고, 그후 범준은 술을 끊었다. 육 개월 이상을 마시지 않자 경애는 비로소 술에 대한 기도도 통했다고, 하나님 감사합니다 소리를 연발했다. 그러나 일 년을 채 넘기지 못하고 범준은 다시 마시기 시작했다. 그전에 비해 양과 횟수는 훨씬 줄었으나 일요일엔 거의 빠지지 않고 교회에 나가면서도 완전히 끊지를 못했다. 특히 어젯밤처럼 도섭을 만나기라도 하는 날이면 많이 마셨다. 그러니 자연히 경애의 구박과 신경질은 되풀이될 수밖에 없었다.

여섯시 이십분쯤 되자 현관문 열리는 소리가 들렸다. 새벽 기도를 마치고 경애가 돌아왔다. 불을 켜지 않아도 방 안은 훤해졌다. 방 안으로 들어선 경애는 옷을 갈아입었다. 이제부터 아침 준비를 할 것이고 그릇 부딪는 소리를 크게 낼 것이고 아이들에게 신경질을 부릴 것이다.

3

샤워 뒤끝의 물기가 채 마르지 않은 머리칼을 그대로 둔 채 정원은 크림빛 나이트가운 차림으로 안락의자에 등을 기대고 앉아 커피를 마시며 비디오를 본다. 〈엘리베이터〉라는 제목이 괜찮게 느껴져 어떨까 했는데 또 추리 수사물이다. 뉴욕 맨해튼. 우중충한 고층 건물들. 오가는 남녀노소. 분주히 움직이는 발걸음들. 유난히 날씬한 다리와 몸매. 여자로선 질투가 날 정도로 빼어난 미모. 엘리베이터 앞. 열리는 문. 안으로 들어서자마자 가슴에 와 꽂히는 칼. 칼이 꽂힌 자리만 클로즈업되어 범인이 누구인지는 알 수 없다. 그 범인을 잡기 위해 한 중년 남자가 나타난다. 털털하고 유머러스하면서도 눈빛이 날카롭다. 바바리를 입지는 않았지만 '형사 콜롬보' 스타일이다. 피살된 미인은 백만장자의 부인. 백만장자는 그 부인을 보통 사랑했던 게 아니었다. 본부인이 아니라 이혼하고 새로 얻은, 나이 차이가 많은 눈부시게 매력적인 여자여서 그 무엇과도 바꿀 수 없는, 세상에 다시 없을 소중한 존재로 떠받들며 살았다. 그런 부인을 잃었으니 그 슬픔이 오죽하겠는가. 백만장자는 식음을 전폐할 정도로 괴로워하며 수사관에게 하루빨리 범인을 잡아줄 것을 요청한다. 끝까지 보지 않아도 충분히 상상이 간다. 수사관이 범인을 잡아내는 이야기는 이제 신물이 날 정도다. 몇 가지 도식이 있다. 주위의 몇 사람 중 가장 범인이 아니리라고 믿어졌던 사람. 아니면 그것도 모자라 범인 자신이 범인을 잡도록 지시하거나 직접 잡으러 다니는…… 미모의 부인이 피살되는 이야기도 마찬가지다. 다만 그 장소가 문제다. 아파트냐, 대저택의 수영장이냐, 산속 별장이냐, 호텔이냐, 비행기냐, 열차냐, 여객선이냐……다. 엘리베이터 안도 자주 등장하는 장소다. 며칠 전에도 보았는데 그때는 피살당하는 게 아니라 겁탈당하는 내용이었다. 여자를 엘리베이터 구석에 세워놓고 여자보다 젊은 남자가 일을 벌였다. 현실적으로 과연 가능할까 의문이 갔다. 흉내나 접촉 정도는 몰라도 그 안에서 완전히 일을 끝낸다는 게 억지스러워 보였다.

그러고 보니 떠오르는 게 있다. 실제로 맨해튼 아닌 우리나라 서울에서 그와 비슷한 일이 있었다고 언젠가 신문에 났다. 빼어난 미모였는지 어쨌는지는 모르겠지만 어떤 부인이 아파트 엘리베이터 안에서 강도를 맞았다. 은행에서 찾아가지고 온 거금을 아파트에 다 와 빼앗겼다. 그런 일이야 더러 있었지만 다른 때와 좀 다른 것은 강도가 남자가 아니라 여자라고 했다. 젊은 여자가 무슨 돌멩이 같은 걸로 부인의 뒤통수를 내리쳐 실신시킨 후 강탈해갔다고 했다. 실제로 여자인지 아니면 남자가 여자로 변장을 한 것인지는 몰라도 그 강도는 은행 앞에서부터 부인의 뒤를 밟은 게 분명했다. 뒤를 밟아도 부인이 허점을 보이는 기회를 주지 않았던 것이리라. 하긴 은행 앞에서 오토바이 날치기들한테 당하는 일이 얼마나 빈번한가. 그걸 알고 부인은 특히 조심을 했을 것이다. 그러다가 집 앞에 다 와 안심을 했는데 바로 그 순간 그 꼴이 된 게 틀림없다. 단둘이 탔더라도 함께 탄 사람이 여자인데 무슨 의심을 했겠는가. 아니 의심이 갔다고 하더라도 엘리베이터 안에서야 무슨 수가 있었겠는가. 비상벨을 누를 수 있었더라면, 아니 경비실에 엘리베이터 안을 볼 수 있는 장치가 되어 있었더라면 어땠을지 모르나 그래도 완벽하게 당하지 않으리라는 보장은 없다.

　그런 사소한 사건은 신문에 났다. 그러나 어느 동네 아파트 단지에서 일어난 그보다 결코 사소하다고는 할 수 없는 사건은 신문에 나지 않았다. 미장원 안에서 들은 이야기니까 사실 여부야 알 수 없다. 어떤 부인이 화창한 대낮에 팬티조차 입지 않은 알몸으로 아파트 안에서 튀어나와 바로 미장원 부근까지 비틀거리며 달려왔다. 구경꾼들이 몰려들고 곧바로 사람들에게 이끌려 자기 집인 아파트 안으로 들어갔지만 왜 그런 일이 벌어졌는지에 대해선 처음엔 아무도 몰랐다. 어제까지만 해도 멀쩡했던 부인이 하룻밤 사이에 실성을 한 것 같은데 그 이유가 어디 있는지 그저 억측들만 난무했다. 사실이 밝혀진 건 상당한 시일이 지나서였다. 정신병원으로 실려간 부인이 어느 정도 회복되어 나오고 나서 반상회 때 반장을 통해 정식으로 그런 이야기가 나왔다. 부인은 보통 여자들보다 비교적 치장하는 걸 좋아하는 편이었다. 다이아 반지에 진주 목걸이, 금 팔찌에 비취 귀걸이까지 외출시에는 한결같이 어느 것 하나 빠뜨리지 않았다. 그러니 그런 것들을 노리는 자들이 그냥 둘 리 없었다. 어느 날 저녁 아파트 부근 카페 골목에서 목에 칼을 들이대는 자에게 모조리 빼앗기고 말았다. 그러나 잠깐 놀랐을 뿐 부인은 담담했다. 담담하다기보다 속으로 웃기까지 했다. 그것들이 모두 몇 푼 되지 않는 가짜들이었기 때문이다. 가짜들을 도둑맞았다고 액땜을 했다고 친구들에게 자랑을 하며 부인은 깔깔대기도 했다. 하지만 문제는 그 다음에 있었다. 그것들이 가짜라는 걸 안 그자가 불과 일주일도 못 되어 부인에게 다시 덤벼든 것이다. 부인이 그 아파트에 살고 있는 건 이미 알고 있었던 모양이었다. 햇볕이 유리알 같은 한낮인데 부인이 엘리베이터를 타자 누군가 뛰어와 따라 타 흘끗 보니 바로 그자였다. 어디에 숨어 지켜 서 있었던 게 분명했다. 기절할 지경이었으나 왼손으로는 엘리베이터의 닫힘 버튼을 계속 누르고 오른손으로는 칼을 목에 들이대는 그자 앞에서 부인은 어떻게도 할 수 없었다. 숨도 제대로 쉬지 못하고 제발 목숨만 살려달라는 표정으로 빌었다. 부인이 사는 층과는 엉뚱한 꼭대기층까지 데리고 간 그자는 말 한마디 없이 손짓과 턱짓으로 옥상을 가리켰다. 한낮 고층 아파트 옥상에 쥐새끼는 몰라도 사람은 있을 리 없었다. 그자는 제멋대로였다. 먼저 부인으로 하여금 옷을 모조리 벗게 했다. 벗지 않으면 죽이겠다니 벗어야만 되었다. 옷을 다 벗자 머리를 땅에 박고 엉덩이를 치켜들라고 했다. 처음엔 뒤에 올라붙으려고 그러는 게 아닌가 했다. 그런데 그자는 올라붙지는 않고 그렇게 꿈쩍 말라고 하면서 다른 짓을 했다. 바로 부인의 코앞에 엉거주춤이 마주앉아 바지를 까내리더니 똥을 쌌다. 구린내가 코를 찔렀지만 죽어가게 생긴 판에 그런 것이 문제될 리 없었다. 아니 문제가 안 되지 않았다. 똥을 다 싸고 나더니 그자는 부인더러 그것을 먹으라고 강요했다. 안 먹을 거야? 좋아, 둘 중의 하나를 택해! 이것을 먹고 살아나든지 아니면 죽든지…… 네년이 그 가짜들로 나를 모욕한 것에 비하면 이걸 먹는 것 정도의 모욕은 아무것도 아냐! 그렇게 윽박지르는 그자 앞에서 이러지도 저러지도 못하고 부인은 상처 입은 새끼 짐승처럼 괴상한 소리로 울었다. 차라리 죽는 게 낫지 어떻게 남의 똥을…… 아냐, 똥은 약으로도 쓰잖아. 판소리 창하는 사람들은 목청을 틔우려고 똥물을 들이켠다잖아. 이런 식으로 이런 놈한테 죽기엔 내 인생이 너무 가련해. 똥을 먹고라도 나는 살아야 돼. 부인은 눈을 딱 감고 똥강아지처럼 똥을 핥기 시작했다. 그자가 다시 윽박지르며 칼끝으로 뒤통수를 콕콕 건드리는 바람에 죽일까봐 겁이 나서 냄새고 뭐고 정신이 없었다. 억지로 싸서 그런지 양이 많지는 않았다. 시멘트 바닥의 똥은 치워졌고 대신 부인의 입가가 똥투성이가 되었다. 다 먹었어? 어때, 맛이? 아마 괜찮을 거야. 주둥이에 아직 묻어 있는데 아주 다 핥아먹지 그래? 그자는 느물느물 웃으며 약을 올리더니 큰 선심이나 쓰듯이 말했다. 됐어. 이래봬도 의리는 있는 놈이니까 약속은 지켜야지. 그대로 엎드린 채 작은 소리로 만 번만 세지. 만 번을 다 센 후엔 집으로 보내줄 테니까. 그러나 만약 만 번을 채 세기도 전에 고개를 든다든가 뒤를 돌아다보면 그때는 용서 안 할 줄 알아. 알았어? 자식이 귀 가까이에 대고 꽥 소리를 지르는 바람에 부인은 울면서 먹었던 것을 다시 토하면서 고개를 끄덕이지 않을 수 없었다. 고개를 끄덕인 후 작은 소리로 수를 세기 시작했다. 부인이 결정적으로 실성을 한 건 이 과정에서였다. 세어도 세어도 아무리 세어도 만 번은 셀 수가 없었다. 도중에서 헷갈려 숫자가 잘 생각나지 않아 센 수를 또 세고 또다시 되풀이 세는 일을 계속했다. 그러다가 실성을 해 뭐가 어떻게 되어 있다는 의식도 없이 일어나 엘리베이터도 타지 않고 층계로 뛰어 허겁지겁 내려온 것이다. 물론 그때는 이미 그자가 부인의 소지품을 뒤져가지고 유유히 사라진 후였다.

정원이 무슨 일을 하며 사는가를 대강 아는 미장원 여자는 이 이야기를 들려주고 나서 이런 내용의 영화 각본을 한번 써보라고 말했다. 구역질을 하면서 이야기를 중단시키거나 화를 내야 옳았으나 정원은 아무렇지 않게 쓴웃음으로 받아넘겼다. 많지도 않은 나이에 어느 사이 이렇게 뻔뻔스러운 여자가 되어 버렸단 말인가. 아무리 통속적인, 더러운 이야기를 들어도 이제는 소화가 안 되지 않는다. 그 동안 보아온 그 무수한 비디오들…… 시나리오에 관심을 갖게 된 후엔 재미로가 아니라 공부한다는 생각으로 거의 매일 보다시피 해왔으니까 수백 편이 넘는다. 그 중에는 오만 잡동사니가 다 있었다. 단순히 '통속적'이라는 말로는 부족한, 너무 저질스럽고 너무 해괴스러운 것들이 적지 않았다. 심지어는 가출한 딸을 아버지가 찾아나서는, 처음에는 꽤 심각하고 진지하게 시작되는 이야기가 끝에 가서는 환락가에서 그 딸을 찾아 아버지가 그 친딸과 성행위를 벌이는 내용으로 전개되는 것조차 있었다. 그런 것들을 보면서 정원은 처음 몇 번은 불쾌감 때문에 테이프를 집어던져 망가뜨리기까지 했다. 며칠씩이나 메스꺼워 입맛도 잃고 잠조차 설쳤다. 그런 일이 반복되면서 비디오 보는 일만이 아니라 시나리오 쓰는 일 자체를 그만두어버릴까 하는 생각도 했다. 대학 시절까지만 해도 음악도 클래식이 아니면 잘 들으려고 하지 않고, 영화도 명화로 알려진 영화가 아니면 잘 보지 않으려고 했던 자기가 아닌가. 상을 받았다고 해서, 좋은 영화라고 해서 보러 갔다가 볼 때마다 실망하여 앞으로 국산 영화는 절대로 보지 않겠다고 속으로 다짐까지 했던 자기가 아닌가. 그런 자기가 어떻게…… 그러나 세월이 갈수록 나이가 들수록 세상이 어떻고 사람살이가 어떤 것인가를 조금씩 깨달아갈수록 생각은 바뀌고 또 바뀌었다. 어떤 시구처럼 인생이라는 것 자체가 삼류 잡지의 표지처럼 통속적이라는 말을 거부감 없이 받아들일 수 있게 되었다. 아버지가 친딸을 범하는 일이 저질 비디오 속에서만이 아니라 실제로 우리 현실 속에서도 있다는 기사를 읽고 그것이 잘못된 기사가 아니라 사실일 수도 있다고 믿기에까지 이르렀다.

영화 각본을 쓰면서도 그랬다. 어차피 대중들과 호흡을 같이 해야 하는 이상 심각하고 무거운 주제의 영상미가 뛰어난 차원 높은 영화만이 곧 제일은 아니라는 생각도 자연스럽게 받아들였다. 영화판 사람들과 어울리면서, 흥행에 실패하여 영화사들이 망하고 감독들이 이상한 사람으로 변해가는 것을 보면서 그 생각, 그 자세는 확고해졌다. 현실에서도 얼마나 별별 일들이 다 일어나는데 하물며 영화 속에서야 그 무슨 일인들 못 일어날 수 있겠는가. 현실이 그런 이상 영화 속에서도 아름답고 고상하고 눈물겨운 일보다는 추악하고 혐오스럽고 저주스러운 일들이 훨씬 더 많이 일어날 건 당연했다. 그 일들이 아무리 통속적이고 저질스럽더라도 문제는 그것을 표현하는 방법에 있을 것 같다.

그래서 아마 명감독이 그런 영화까지 만든 게 아닌가 생각되었다. 언젠가 쿠엔틴 타란티노 감독의 〈펄프 픽션〉이라는 영화를 보고 정원은 어리둥절해졌다. 소위 칸 영화제라는 데서 최우수작품상을 받았다는 작품인데 엉뚱했다. 줄거리나 장면들 자체

는 그야말로 통속이니 신파니 만화니 하는 낱말로밖에는 표현할
수 없을 것 같았다. 강도, 폭력, 마약, 고문, 살인…… "삶은 난
폭하다. 그러나 인간은 웃지 않을 수 없다" "인생은 어차피 싸구
려 대중소설이다" "인간 내면에 잠재된 폭력성과 잔인성…… 그
리고 근원에 대한 희구라는 서로 상충되는 삶의 주제가 삼류 소
설에나 나오는 인간 군상들을 통해 날카롭게 해부된다"라는 광
고를 보아도 정원의 의식으로는 무엇이 어떻게 잘 됐다는 것인
지 구체적으로는 이해가 되지 않았다. 어느 장면 하나 감동스럽
지가 않고 그저 혼란스럽기만 했다. 첫 장면부터 등장인물들이
총을 들고 난동을 부리더니 시종일관 같은 분위기였다. 브루스
윌리스 외에는 배우들도 거부감을 느끼게 했다. 상상과는 다른
사건들이 벌어져 흠칫흠칫 놀라게는 했으나 그 사건들이 너무나
오락적인 것들이었다. 지나치게 과장되거나 작위적이고 어설픈
느낌을 주는 장면도 많았다. 얼핏 느끼기엔 오락 영화라도 뒷맛
이 개운치 않은 저질 오락 영화 같았다.

　그러나 어느 영화제보다도 정평이 있는 칸 영화제의 최우수작
품상 수상작이라니 무시하고 넘어가버릴 수도 없어 정원은 고개
를 갸웃거리다가 전문가의 해설을 읽어볼 수밖에 없었다.

　　……〈펄프 픽션〉은 매우 혼란스러운 형식의 영화다. 이 영
　화의 난해함은 이 영화가 순차적으로 읽히기를 거부하는 데
　있다. 관객은 영화의 끝에서 화면을 재구성해서 읽어야 한다.
　그렇지 않으면 이 영화는 일관된 내용도 없는 기괴한 폭력물
　에 지나지 않는다. 이 영화를 재해석하는 데에 요긴하게 쓰일
　장치들조차 한낱 감독의 장난으로 보기 쉽다.
　　〈펄프 픽션〉에서 가장 중요한 형식은 반복이다. 전반부의

장면들을 후반부에 역전시켜 반복함으로써 '진부한 것들'을 '의미 심장한 장면들'로 탈바꿈시킨다. '반복'은 '일치'와 다르다. 반복이란 앞의 것을 똑같이 되풀이하는 것이 아니라 다르게 되풀이하는 것이며 그 '차이'와 '닮음'에 의해 의미를 파생시키는 형식이다.

〈펄프 픽션〉이 반복하는 것은 총과 성서와 마약과 시계다. 이것의 공통점은 손쉽게 대중을 도취시킨다는 점이다. 이 중 '시계'는 일종의 부적과도 같다. 반복이 의도하는 것은 상황의 전도다. 총을 겨누는 위치에서 겨누어진 위치로, 성경 구절을 외며 죽이던 위치에서 그것을 외며 살려주는 위치로, 마약을 흡입만 하던 처지로부터 흡입 때문에 죽어가는 자를 봐야만 하는 위치로, 속이던 위치에서 속임을 당하는 위치로, 명령하고 고문을 가하던 위치에서 명령당하고 고문을 당하는 위치로…… 이 '전도'야말로 이 영화의 주제다.

상황의 전도에 의해 버니(아만다 플러머)와 펌킨(팀 로스)은 도둑질이 자신들에게 걸맞지 않음을, 줄스(사무엘 L. 잭슨)는 자신도 성경에 나오는 '의인'이 될 수 있음을, 빈센트(존 트라블타)는 마약이 쾌락에 이르는 길이 아니라 죽음에 이르는 길임을 깨닫는다. 마피아의 두목 마르셀러스(빙 레임스)는 재갈 물려지고 협박당하고 성고문당함으로써 그 동안 자신이 자행한 폭력을 되돌아보게 되는 계기를 갖게 된다. 그러나 잠깐 생각해보자. 정말로 전도된 위치에서 놓여진 주인공들이 그 같은 깨달음을 가질 수 있었을까? 줄스는 그랬을 법하지만 나머지 인물들은?

그렇다. 깨달음은 인물에게가 아니라 관객에게 일어난다. 쿠엔틴 타란티노 감독은 놀랍게도, 진부한 것들을 조합하여

기괴하게 새로운 것들을 만들어내는 데 성공한다. 그리하여 고급 관객들이 〈대중 소설〉이라는 제목의 영화를 보며 한치 앞도 읽어내지 못하게 만드는 게임에서조차 승리한다.

지미로 분한 감독의 의미는 주제를 강화시키려는 의도로 읽힌다. 쿠엔틴 타란티노가 등장한 장면은 울프가 빈센트와 줄스를 목욕시키는 장면이기 때문이다. 그것은 단지 피를 씻어내는 일이 아니라 정신의 세탁까지를 의미하는 것으로 볼 수 있다. (영화평론가 채명식의 글 참조 요약)

해설을 읽고 나서야 비로소 정원은 작품을 보는 자기의 의식이 얼마나 상식적이고 편협적이었던가를 깨달을 수 있었다. 〈닥터 지바고〉〈아마데우스〉〈마지막 황제〉〈퐁네프의 연인〉〈양철북〉〈간디〉…… 같은 유형의 영화만이 곧 명화는 아니라는 생각을 했다. 아니 앞으로 갈수록 더욱 그런 상식적이고 보편적인 내용의 영화는 진부하다는 평을 듣게 될지도 모른다는 생각을 하기에까지 이르렀다.

〈엘리베이터〉가 끝났다. 역시 예상했던 것과 별로 다르지 않다. 범인은 부인의 남편인 백만장자다. 세상에 둘도 없이 사랑했던 건 사실이었으나 부인에게 정부가 있다는 사실을 알고 청부 살해한 것이다. 추리 수사물의 도식을 너무나 그대로 따르고 있어 요즈음 테이프 같지가 않다.

정원은 리모컨으로 비디오를 끄고 채널을 바꾼다. 텔레비전에서는 마침 뉴스가 흘러나오고 있다. 정치인들의 얼굴이 보이고 국회 이야기가 나와 혹시나 했는데 오늘은 보이지 않는다. 다행이다. 그의 얼굴이 나와도 보기 싫으면 꺼버리면 될 텐데 어째서인지 그렇게 되지 않았다. 그가 화면에 나오면 보기 싫은데도 일거일동을 놓치지 않고 보았다. 보면서 실망하며 웃다가 쓸쓸해지다가 새삼 삶이니 인생이니 생애니 하는 것들에 대한 생각에 사로잡히곤 하였다.

정원은 자리에서 일어나 싱크대 앞으로 가 커피잔을 씻어 찬장 안 항상 두는 자리에 놓고 거울 앞에 와 머리를 빗질한다. 노트북만한 거울이 서랍장 위에 놓여 벽에 기대어 세워져 있고, 한 서랍 속에 기본적인 화장품 몇 가지가 넣어져 있을 뿐 정원에게는 따로 화장대라고 할 만한 게 없다. 물론 여유가 없어서가 아니라 체질적으로 그런 걸 좋아하지 않아 일부러 장만하지 않아서다. 친구들 말처럼 자기가 유별난 여자여서인지는 몰라도 어쩌다가 친구들 집에 놀러갔다가 자랑이라도 하기 위해서인 것처럼 갖가지 화장품들을 진열해놓은 커다란 화장대라는 것들을 보면 그렇게 눈에 거슬려 보일 수가 없었다. 그렇게 진열해놓기만 한 게 아니라 친구들은 대부분 실제로 그 화장품들을 얼굴에 맥질하다시피 하고 다녔다. 친구들이야 나이가 어느 정도 들었으니까 그렇다 치더라도 이제 이십대의 후배들이 그 싱싱하고 예쁜 얼굴들을 왜 그렇게 한결같이 진한 화장으로 망쳐놓은 채 다니는지 정원은 같은 여자인데도 도무지 납득이 되지 않았다. 새빨갛다 못해 검붉은 루주로 엉망을 해가지고 다니는 입술들을 보면 구역질조차 나올 지경이었다. 그런 모습들을 보고 남자들이 성적 충동을 느낀다면 그들이야말로 이상한 동물일 것 같았다.

증권이 어떻고 주가가 어떻다는 뉴스가 나오기 시작하자 정원은 텔레비전을 끄고 오디오를 켠다. 뮌헨 바흐 관현악단이 연주하고 칼 리히터가 지휘하는 바흐의 관현악 모음곡이다. 선율이 실내에 퍼지자 의자에 앉아 있는 것만으로는 편치가 않다. 전신으로 파고드는 선율이 장애를 받아 제대로 흐르지를 못하는 것 같다. 정원은 침대로 와 가장 편한 자세로 누워 눈을 감은 채 선율이 마음껏 애무할 수 있도록 온몸을 내맡긴다.

현역 야당 국회의원인 장형빈. 지금은 주독으로 얼굴이 죽어가는 나무 껍질처럼 거무튀튀하고 머리칼이 많이 빠져 암 주사라도 맞는 사람 같지만 그는 젊은 날 정원의 첫사랑 애인이라고 할 수 있는 사람이었다. 그 당시에도 겉모습이 특별히 잘생겨 보이는 남자는 아니었다. 이목구비가 뚜렷하지도 키가 크지도 않았다. 그냥 특징 없이 평범했다. 생긴 것만이 아니라 차림새도 수수했다. 눈빛은 좀 강렬한 편이었으나 매력은 눈빛보다 분위기에 있었다. 이상하게 상대방을 사로잡는 힘이 있었다. 정원이 고등학교 삼학년생일 때 대학교 이학년생이었던 그는 이미 군대를 갔다와 나이 차이가 오 년이나 되어서 그랬는지는 몰라도 이웃집 아저씨 같았다. 아니 이웃집 아저씨 같은 게 아니라 대학생이긴 해도 실제로 이웃집 아저씨였다. 정원네 집에서 몇 집 떨어지지 않은 집에 방 한 칸을 얻어 친구와 함께 자취를 했다. 오가는 길에 자주 마주치다가 자연스럽게 알게 됐는데 처음에 말을 걸어온 것은 그가 아니라 그의 친구였다. 겉생김새는 오히려 그보다 잘생겼으면서도 어딘지 미덥지는 않아 보이는 친구는 가끔 마주쳐 안면이 있는 걸 기화로 어느 날 정원을 깜짝 놀라게 만들었다. "어이, 학생!"이라고 불러 뒤를 돌아보니 두 사람이 함께 오고 있었다.

"우리들 알지?"

"······."

"우리들도 학생이야. 저쪽 집에서 사는······."

친구는 손가락으로 그들이 살고 있는 집을 가리키더니 말을 이었다.

"자취생들인데, 집에 김치 좀 있어? 라면을 먹어도 김치가 있어야 되는데 말이야. 주인집에서는 너무 많이 얻어먹어 이제 염치가 없거든. 더욱이나 방세까지 밀려가지고……."

아무리 안면이 있다고는 하지만 정원은 무슨 말로 어떻게 대꾸를 해야 할지 몰라 그냥 못 들은 척 걸음을 빨리해 집으로 오고 말았다. 그러나 불쾌하지는 않고 그냥 우습기만 했다. 농담은 아닌 것 같은데 깡패나 거지도 아닌 대학생 체면에 창피한 줄도 모르고 어떻게 그런 말을 할 수 있는지 공연히 자기 낯이 뜨거웠다. 오죽했으면 자기한테 그런 말을 했을까 하는 생각에 김치를 가져다주고 싶기도 했으나 그것도 우스울 것 같아 자초지종을 어머니한테 말했다. 어머니는 펄쩍 뛰었다. 그런 놈들이 무슨 대학생들이겠느냐. 설령 대학생들이라고 해도 나중에 누구한테 무슨 소리를 들으려고 그런 애들에게 김치를 갖다주겠느냐. 김치가 아까워서가 아니라 괜히 그것을 꼬투리로 너와 이러쿵저러쿵이라도 하게 되는 날엔 어찌 되겠느냐. 그런 애들과는 아예 상대를 하려고도 하지 말아라…….

그러나 인연이라는 게 신기했다. 자율 학습으로 늦게 다니던 어느 날 밤 정원은 집으로 돌아오는 버스 안에서 그를 만났다. 김치를 달라고 했던 친구 아닌 그가 혼자 엷은 웃음과 함께 아는 체를 했다.

"늦었구먼?"

정원은 흠칫 놀랐으나 버스 안이라 피할 수 없었다.

"아, 안녕하세요?"

"학원엘 다니는 모양이지? 학교에서 이렇게 늦게 끝나지는 않을 텐데?"

"아녜요, 학교에서 오는 길이에요. 자율 학습 때문에……."

"아, 자율 학습……."

냄새가 심하게 풍기지는 않았으나 술에 약간 젖어 있는 듯했다. 그는 여전히 엷은 미소를 띤 채 잠깐 틈을 주었다가 말했다.

"지난번엔 놀랐었지? 미안했어. 그 친구가 좀 실없는 데가 있거든."

"아녜요, 제가 죄송했어요. 김치도 갖다드리지 못하고……."

"무슨 말이야? 그 친구가 그런 장난을 잘한다니까. 학생이 예쁘게 생겼으니까 말을 건네보고 싶어 그랬던 거지 꼭 김치를 얻기 위해서만은 아니었을 거야. 단순히 김치 때문이었다면 왜 하필 학생한테 얘기했겠어?"

"학생이 맞긴 맞아요?"

"왜, 학생같이 안 보여? 나나 그 친구나 학생치고는 나이가 많아 보이지? 군대 제대하고 복학해서 그래. 이학년이야."

"어느 대학?"

"학생은 어느 대학을 가려고 하는데? 아마 학생이 가고 싶어 하는 대학일 거야. 국내에서 등록금이 제일 싼 대학…… 물론 전학생 무료인 특수 대학은 빼놓고……."

"서울대학……?"

그는 고개를 끄덕인 후 말했다.

"많은 학생들이 가고 싶어하지만 다른 대학들이나 별다를 것 없어. 등록금이 좀 싸고 장학 제도가 좋다는 것밖에는……."

이상했다. 그가 갑자기 다른 사람으로 보였다. 그가 다니고 있다는 대학이 자기의 성적으로는 감히 엄두도 못 낼 대학이어서일까.

그후 두 사람은 몇 차례 더 버스 안에서 동네 앞길에서 마주

쳤고, 스스럼없이 이야기했고, 급기야는 모르는 수학 문제 영어 문제를 물어보고 가르쳐주는 사이로, 빵집에 라면집에 함께 가는 사이로까지 발전했다. 그러나 그와 그의 친구가 한동안 소설이나 드라마 같은 데에 상투적이다시피 자주 등장한 소위 그 운동권 학생이라는 걸 안 건 정원이 대학에 입학하고 나서였다. 물론 정원은 그가 다니는 대학이 아닌 서울 시내에 있기는 하나 별로 유명하지 않은 대학에 들어갔다. 서로 어울리면서도 이제까지는 그저 이웃집 아저씨 또는 선배로 일정한 거리를 두고 말 한마디, 행동 하나 조심했으나 대학에 들어간 후엔 노골적으로 대했다. 거리를 걸으면서 정원 스스로 그의 팔에 자기의 팔을 걸 지경까지 되었다. 쫓기는 사람처럼 항상 바빠 보이는 그를 집으로 학교로 찾아가 억지로 이끌고 영화관이며 음악감상실, 또는 고궁이며 공원 같은 곳을 찾기도 했다. 어떤 땐 그가 정원을 데리고 음악감상실이나 학교 앞 술집을 가기도 했는데 그때는 그곳에 대개 친구며 후배들이 있었다. 그는 정원보다도 친구며 후배들과 어울리는 걸 더 좋아하는 것처럼 보였다. 정원이 안타까워 노골적으로 좋아하는 빛을 보여도 그는 좀처럼 깊은 속을 보이려고 하지 않았다. 정원이 이끌면 결코 거부하지는 않으면서도 자발적으로 손을 잡거나 껴안는 일은 없었다. 좋아하지 않아서 그런지 아니면 지켜주기 위해서 그런지 쉽게 판단이 되지 않았다. 술을 마시면 자제력을 잃을 텐데 취해가지고도 마찬가지였다. 견디다 못 한 정원은 어느 날 저녁 어둑어둑해질 때 의도적으로 인적이 드문 공원 숲속으로 이끌고 가 말했다.

"한 가지 물어봐도 돼요?"

여간해서 잘 짓지 않던 심각한 표정을 보이자 그가 눈을 크게 뜨며 쳐다봤다. 무슨 난데없는 말이냐는 얼굴이었다.

"오빠한테 나는 뭐죠?"

"뭐라니?"

"오빠 눈엔 내가 여자로 보이지 않죠?"

"아니. 그래서 고민이야. 여자로 보고 싶지 않은데 날이 갈수록 더 여자로 보여지거든. 이젠 냄새까지도 견디기 힘들어."

"냄새요?"

"응, 정원이 냄새. 그전엔 그냥 학생 냄새가 났었는데 이젠 그게 아니거든. 분명히 여자 냄새야. 그래서 괴로워. 그 냄새가 너무 강해 어떤 땐 이성까지 잃게 하려고 해."

"괴로워할 필요가 뭐 있어요? 솔직해지시면 되죠."

"그래도 될까? 솔직해진다는 건 좋은데 그것이 무책임을 동반할 땐 문제가 없지 않지. 난 누굴 책임질 자신은 없거든. 나 자신에 대해서도 책임질 수 없는데 누굴 책임지겠어? 그렇지 않아도 언젠가부턴 정원이에게 죄를 져왔는데……."

"죄요? 나한테 무슨……?"

"그런 게 있어."

"그런 거라뇨? 뭐예요? 빨리 말해봐요."

"아냐, 정원이가 너무 어려서 말하기 거북해."

"어려요? 정말 날 그렇게 무시하기예요? 빨리 말해요. 말하지 않으면……."

정원이 팔을 꼬집자 그는 말했다.

"알았어. 이런 말 하면 안 되는데 정원이 솔직해지기를 바라니까 말할게. 정원이도 읽어봤는지 모르겠지만 어떤 소설을 보면 여자가 남자에게 묻거든. 마스터베이션을 할 때 어떤 여자 얼굴을 떠올리며 하느냐고…… 그러면서 앞으로는 자기 얼굴을 떠올리면서 해달라고…… 남자들은 여자들과 달라서 일정한 나이가 되면 결혼을 하지 않은 이상 마스터베이션을 하면서 살 수밖에 없는데 그때는 대개 자기가 좋아하는 여자 얼굴을 떠올리며 하거든. 그전에는 그렇지 않았는데 정원이에게서 여자 냄새가 나기 시작하면서부터는 꼭 정원이를……."

정원이 자기도 모르게 그의 품으로 파고든 것은 바로 이 순간이었다. 더이상 묻고 따지고 확인하고 할 필요가 없을 것 같았다. 정원이 품으로 파고들자 이제 그도 참지 않았다. 힘껏 끌어안고 격정적인 키스를 했다. 키스만으로 끝내지 않고 그 이후에는 공원을 가게 되면 으레 애무까지도, 애무를 하면서 마스터베이션까지도 하는 지경에 이르렀다. 그러니까 성교는 하지 않았다고 하더라도 정원은 그에게 순결을 바친 것이나 마찬가지였다. 정원이 뿌리쳐서가 아니라 그가 참아 삽입만 하지 않았을 뿐이지 그로 하여금 사정까지 하도록 수차례나 도와주었는데 어떻게 그에게 순결을 바치지 않았다고 말할 수 있겠는가.

그가 운동권 학생, 그 중에서도 상당히 열성파에 속한다는 걸 구체적으로 알게 된 건 그 이후였다. 그가 사정까지 하도록 수차례나 도와주어 자기가 그의 일부처럼 되었다고 느껴짐과 동시에 존재 의미를 바로 거기에서 찾기 시작했을 때였다. 만나고 싶어도 만날 수 없도록 한동안 행방을 감추더니 그는 어느 날 해질녘 초췌한 몰골로 보따리 하나를 가지고 나타나 앞으로 무슨 일이 있을지 모르니 맡아달라고 했다. 무어냐고 물으니까 책이라고 했다. 무거워 들기도 힘든 그 보따리를 낑낑대며 집에 가져가 풀어보니 정원으로서는 이해하기 힘든 것들이었다.

Karl Polanyi의 *The Great Transformation*, Herbert Lionel Adolphus Hart의 *The Concept of Law*, Gunnar Myrdal의 *Economic Theory and Under-developed Ragions*, Claude Lévi-Strauss의 *Tristes*

Trapiques, Peter M. Blau의 *Exchange and Powor in Social Life*, Barrington Moore. Jr의 *Social Origions of Dictatorship and Democracy*, Harold Garfinkel의 *Studies in Ethnomethodology*, Albert Marius Soboul의 *Les sans-culottes parisiens en l'an 2*, Gillermo O'Donnel의 *Modernization and Bureaucratic Authoritarianism*, Samir Amin의 *Le Developpement Ine'gal*…… 등 어느 나라 책인지 구분조차 잘 되지 않는, 어디에 숨겨놓았었는지 그 동안 자취방에서도 보지 못했던 것들이었다. 그의 것이 아니라 그가 관여하고 있는 단체의 다른 누구의 것들인지도 알 수 없었다. 가난해 뵈는 그가 이런 비싼 외서들을 샀을 것 같지도 않고, 또 아무리 서울대 학생이라지만 이것들을 능숙하게 읽을지도 의문스럽기 때문이었다.

그가 수사기관에 잡혀간 사실을 정원이 알게 된 것은 책들을 맡은 지 보름이 채 안 되어서였다. 검은 양복을 입은 두 사람이 집으로 들이닥쳐 방을 뒤지더니 용케도 알아보고 그가 맡긴 책 보따리만 들고 갔다. 들고 가기 전 그들은 물었다. 이 책들 외에 그의 다른 것들을 맡아놓은 건 없느냐, 언제부터 그를 만나왔느냐, 그와 어떤 사이냐, 그가 어떤 사람인지를 아느냐, 그의 심부름 같은 걸 해준 적은 없느냐, 그의 친구 누구누구를 아느냐, 그들과는 얼마나 어울렸느냐…… 정원은 숨기지 않고 다 말해주었다. 그가 사정까지 하도록 도와주었다는 사실만 빼놓고 숨김 없이 말한 것은 그가 어떤 잘못도 저지르지 않았다고 생각되었기 때문이다. 시위에 참여했다고 하더라도 그가 누구로부터 사주를 받아 그런 짓을 하지는 않았으리라는 확신이 있었기 때문이다. 정원의 대답을 듣고 난 그들은 알았다면서 나중에 소환할 일이 있으면 소환할 테니까 그때는 바로 응해주어야 한다는 말을 남기고 떠나갔다.

정원은 아무 일도 할 수가 없었다. 책도 읽히지 않았고 밥도 먹히지 않았고 잠도 오지 않았다. 그가 어디로 잡혀가 무슨 일을 당하고 있는지, 차라리 자기도 잡혀가 갇혀 있다면 마음이 편할 것 같았다. 다른 이유보다도 잡혀가기 위해서 일부러 시위 대열에 끼고 싶기까지 했다. 그러나 정원이 다니는 대학은 학생 수가 많지 않은 여자 대학이어서 그런지 다른 대학들에 비해 그런 바람이 미미했다. 미미하지 않다고 해도 자기처럼 어떤 뚜렷한 이념도 의식도 없이 오직 잡혀가기 위해서 그런 대열에 끼려는 자체가 얼마나 우스꽝스런 발상인가 하는 회의가 왔다. 이러지도 저러지도 못하고 넋이 반쯤 빠져나간 듯한 몰골로 갈수록 야위어만 가자 아버지와 어머니는 얼굴을 보기만 하면 성화였다. 솜털이 보송보송한 나이에 어떻게 그런 놈한테 잘못 걸려가지고 이 꼴이냐고 혀를 차며 안타까워했다. 어디에 어떻게 갇혀 있는지 도무지 종적을 알 수 없던 그가 그와 비슷한 사람들과 함께 신문에 나기 시작한 것은 몇 달 뒤였다. 몇 차례 사진까지 나더니 완전히 공산주의자가 되어 끝내 사형 선고를 받는 기사로 마무리가 되었다. 그 기사를 본 날 정원은 현기를 일으키며 쓰러졌다. 가까스로 회복이 된 후에도 도저히 견딜 수가 없었다. 물론 어려서 철이 덜 들어 그랬겠지만 그런 상태로는 단 하루도 마음껏 숨을 쉬며 살 수 없을 것 같았다. 궁리 끝에 수면제를 사서 모아 일을 저지른 건 그의 형 선고 기사를 본 지 채 한 달도 되지 않아서였다.

그 짓도 서툴러 병원에서 깨어나자 아버지가 손을 잡고 눈물을 보였다. 내가 너한테 잘못해준 게 뭐가 있다고 이 꼴이냐며 눈물로 범벅된 얼굴을 정원의 얼굴에 갖다 대고 문질러대었다.

아버지의 눈물은 어머니의 눈물과도 또 달라서 가슴을 뭉클하게 했다. 자신이 정말 불효를 했구나 하는 깨달음과 함께 순간적으로 정신이 맑아졌다.

정원이 하나님을 찾게 된 건 그런 우여곡절을 겪고 나서였다. 난생 처음으로 동네 성당을 찾았다. 규모가 작은, 건물부터 초라한 성당이었지만 마리아상을 보는 순간 이상하게 마음이 차분해지더니 안으로 들어가 의자에 앉아 눈을 감고 손을 모으자 오히려 다른 어느 때보다도 가슴이 뛰면서 미처 생각지도 않았던 말들이 거침없이 속으로 뇌어졌다.

……뭐가 뭔지 아무것도 모르겠습니다. 견디기가 정말 힘이 듭니다. 제가 무슨 죄를 져서 이런 고통을 겪어야 하는지 이런 고통을 겪으면서도 참고 살아야 하는지 살아야 한다면 그 이유가 어디 있는지…… 물론 부모님에게부터 우선 얼굴을 들 수가 없습니다. 그토록 저를 애지중지 키워주셨는데 이런 꼴로 이렇게 힘들어하고 있으니…… 그러나 사람이 사람을 사귀는 게 어찌 잘못이 될 수 있습니까. 한 사람을 사귀었습니다. 장형빈이라는 한 남자를 사랑했습니다. 아니 그것이 사랑인지 아닌지는 잘 알 수 없습니다. 저는 몹시 그를 따랐고 그도 저를 받아들였습니다. 책임질 수는 없지만, 남 아닌 자기 자신도 책임질 수 없기 때문에 저를 책임질 수는 없지만, 그렇게 말했지만 저를 뿌리치지는 않았습니다. 우리는 육적으로 영적으로 하나가 되었습니다. 저는 평생 그만을 섬기며 살기로 혼자 마음먹었습니다. 그런데 그가 붙잡혀가 사형 선고를 받았습니다. 그의 죄가 무엇인지, 그가 공산주의를 신봉해서라고 하지만 그것이 사실인지 아닌지…… 저는 사실이 아닐 것이라고 믿고 있는데 법정에서 그에게 내려진 선고는 그런 견딜 수 없는 형이었습니다. 그가

이 세상에 없는 한 저는 숨을 쉴 수가 없습니다. 죽고 싶었습니다. 살려고 해도 살 수가 없을 것 같았습니다. 그래서 약을 먹었습니다. 죽기 위해 약을 먹었는데 살아났습니다. 세상은 제게 죽을 자유마저도 허용하지 않았습니다. 죽으려고 했던 사람을 살려놓은 건 천주님의 뜻이라고 믿어집니다. 어떤 뜻이 있어 살려놓으셨습니까? 그가 그 지경이 되어 있는데 제가 살아서 어떡하란 말입니까?……

무엇을 어떻게 해달라는 기도는 나와지지 않아 못 하고 그런 원망 섞인 넋두리만 뇌다가 일어섰다. 일어서서 밖으로 나오다가 그 신부를 만났다. 이름은 후에 알았지만 조철환이라는 그 신부는 복장은 신부 복장이었으나 얼굴은 전혀 성직자같이 보이지 않았다. 막노동자처럼 거무튀튀하고 부석부석했다. 정원과 시선이 마주치자 미소를 보내왔는데 그 미소가 그다지 인자하거나 푸근하게 느껴지지 않았다. 이상했다. 그 얼굴 그 미소가 오히려 거리감을 느끼지 않게 해주었다. 접근하기 힘든 높은 위치에서 내려다보는 게 아니라 동등한 위치에서 바짝 다가와 고뇌를 함께 해주는 것 같았다.

주일마다는 아니었지만 정원이 그 성당을 자주 찾았던 이유 중의 하나는 거기에도 있었다. 많이 폐쇄적이 되어 사람들과 어울리는 걸 꺼려하면서도 성당은 자주 찾아가 기도만이 아니라 조철환 신부와 이야기도 나누었다. 신자가 많지 않아서인지 영세를 받지도 않았고, 고백성사를 한 일도 없는데 곧 알아보고 조철환 신부가 어느 날 먼저 말을 건네왔다.

"아직 학생처럼 보이는데……? 그 학교는 요즈음 괜찮소?"

"네?"

조철환 신부가 먼저 아는 체를 해온 사실도 그렇고 질문 내용도 엉뚱해 정원은 당황해하면서 우물쭈물했다.

"무슨……?"

"소란스럽지 않아요?"

"아, 네에. 괜찮은데요."

"그럼 왜 그렇게 맥이 없소? 수심이 가득해 보이는데…… 청춘이면 청춘다워 보여야지."

미소와 함께 그 말만을 던진 후 조철환 신부는 성당 뒤쪽으로 걸어갔다. 눈여겨보니 걸음걸이도 대개의 신부들처럼 의젓하고 느릿느릿한 게 아니라 보통 사람들보다도 좀 빠른 편이었다.

다음에 마주쳤을 때도 비슷했다.

"무슨 일이 있었소? 지난주엔 못 보았던 것 같은데……?"

"좀 바빠서요. 학교 시험 기간이었거든요."

"시험 기간? 허어. 시험 기간이라고 주일을 안 지키다니……."

"죄송해요. 신심이 두텁지를 못하거든요."

"스스로 그렇게 느낀다면 좋은 일이오. 차츰 두터워질 거요."

그러나 시간이 지나도 조철환 신부의 말처럼 되지는 않았다. 어떤 사소한 일이 있어도 몸 상태가 조금만 좋지 않아도 주일을 지키지 않는 경우가 잦았다. 평생에 교라고는 어떤 교에도 크게 마음을 기울여본 적이 없으면서도 기울인다면 예수 쪽보다는 석가 쪽에 더 기울일 것 같은 자세를 보여온 어머니는 정원에게 말했다.

"성당 다니니까 뭐 좀 좋은 일이 있든? 성당을 다녀도 왜 하필 그 성당이냐?"

"왜요, 집에서 제일 가깝잖아요?"

"가까워도 그렇지. 거기 신부 엉터리라더라. 술을 그렇게 잘 먹을 수가 없대. 거의 매일 술 속에서 살다시피 한대."

"네에? 설마……."

"아냐, 물어봐. 네 아버지도 잘 아셔."

목사와는 달리 신부는 술을 마시고 담배를 피워도 무방한 걸로 되어 있다는 사실을 모르는 바 아니었다. 보통 사람들이 즐기는 것들이니까 금기시하지 않는 것이 오히려 자연스러운 일일지 몰랐다. 목사들은 해도 되는 결혼을 신부는 해서는 안 되게 되어 있으니, 그런 것들이라도 금하지 않아야 될 것 아닌가. 그러나 술을 어쩌다가 가끔 조금씩 마신다는 것과 거의 매일 많이 마신다는 것은 분명히 차이가 있었다. 성직자가 술에 그렇게까지 빠진다는 건 아무래도 이상했다. 어머니가 누구한테 이야기를 잘못 듣고 괜히 그러는 게 아닌가 해서 아버지한테 물었더니 사실이었다.

"술만이 아니라 개고기도 잘 먹더라. 여럿이 어울려 나도 함께 먹은 적이 있는데 술이든 고기든 사양하지를 않아. 그 성당 신도들 많지 않지? 신도가 많지 않아 신도들을 끌려고 일부러 그러는 건지 아니면 가짜여서 그런지 예사 성직자 같지를 않더라."

인상부터가 그렇더니 실제로도 그런 모양이었다. 얼굴이 왜 그렇게 거무튀튀하고 부석부석한지 이해할 만했다. 당연히 싫어져야만 옳았다. 그런데 싫어지지 않고 그냥 궁금하기만 했다. 궁금증을 견뎌내지 못해 정원은 자연스럽게 기회를 잡아 끝내 직접 물어보고 말았다. 다른 때나 비슷하게 조철환 신부가 또 의례적인 말을 걸어와 대꾸해주고 나서 애교스럽게, 힐난하는 투가 아니라 장난을 치듯이 슬쩍 물었다.

"신부님, 술 좋아하신다면서요?"

"술?"

조철환 신부는 정원을 빤히 바라보다가 다른 때의 미소와는 다른, 어설픈 것 같으면서도 밝은 웃음을 웃고 나서 말했다.

"좋아하죠."

"보통 좋아하시는 게 아니라 아주 좋아하신다고 하던데요?"

"그래요, 아주 좋아해요."

"궁금해요. 왜 그렇게 좋아하시는지…… 무슨 고민이 있으셔서인지…… 기도만으로는, 천주님에게 맡기시는 것만으로는 모자라는 그 무엇이 있으셔서인지……."

"아니죠, 고민 때문에 술을 마시다니…… 그냥 좋아서, 마시고 싶어서 마시는 것뿐이오. 왜 좋아하는지, 그 이유에 대해서는 잘 모르겠소만 내 나름대로는 이렇게 생각해본 적이 있소. 예수님의 피이기 때문이 아닌가 하는…… 이 술은 곧 나의 피라고 예수님이 말씀하시지 않았소?"

"네?"

정원은 눈을 흡뜨며 놀라다가 소리까지 내어 웃지 않을 수 없었다. 농담인지 진담인지 얼른 분별이 되지 않았다.

"왜, 내 말이 우습소?"

"아녜요, 너무나 타당하신 말씀 같아요. 듣고 보니 정말 그런데요. 예수님의 피를 어떻게 안 좋아하실 수 있겠어요? 그런데 왜 기독교에서는 술을 못 마시게 하죠? 목사님, 장로님, 집사님들만이 아니라 일반 평신도들도 안 마시잖아요?"

"그게 나로서도 이해가 안 되는 일이오. 성경에도 술에 취하지 말라고는 나와 있어도 술을 마시지 말라고는 안 나와 있지 않소? 예수님의 피를 취할 정도로 많이 마시면 어떻게 되겠소? 조금씩 아껴서 조심스럽게 마셔야지……."

"그런데 신부님은 왜 그렇게 많이 마시세요?"

"아뇨, 좋아하긴 하지만 많이 마시지는 않아요. 취할 만큼 마신 적은 없어요."

이 이야기를 그대로 전하자 어머니는 정원이 조철환 신부 앞에서 웃었을 때보다도 더 크게 웃었다.

"어머나, 그 신부 참 웃기는 사람이다. 술이 예수님의 피라고? 예수님의 피여서 좋아한다고? 그게 술꾼들이 농담으로나 하는 소리지, 어떻게 신부 입에서 그런 말이……."

이렇게 가끔 입에 오르내리기 시작한 조철환 신부에 대한 이야기는 날이 갈수록 더 구체화되었다. 풍문인지 사실인지 그와 연관된 갖가지 이야기들이 떠돌아다녔다. 심지어는 그가 어떤 수녀에게 애를 배게 해 동네에 있는 가톨릭 재단의 병원에서 지운 사실이 있다는 말까지 들렸다. 그러나 정원의 귀를 번쩍 열리게 한 이야기는 무엇보다도 운동권 학생들과 관련된 것들이었다. 지명 수배된 상당수의 운동권 학생들을 그가 성당 내 어느 곳에 숨겨놓고 있다고 했다. 그 사실로 수사기관과 여러 차례 옥신각신 노골적인 싸움을 벌였다는 것이었다. 그 사실 여부를 확인할 수는 없었다. 아무리 거리감 없이 친절하게 대해줘 별별 이야기를 주고받은 사이라고 해도 그런 사실까지 묻는다는 건 지나칠 것 같았다.

바로 그 무렵 정신을 아득하게 할 정도로 끔찍한 그 사건이 벌어졌다. 성당 뒤쪽에 가건물처럼 허술하게 지어진 사제실에 불이 나 거기에서 잠을 자던 조철환 신부가 타죽은 사건이었다. 화인은 애매했다. 누전인지 밖에서 누가 불을 지른 것인지 잘 알 수 없다고 했다. 하나님이 살아 계시다면 어떻게……? 정원은 어이가 없었다. 그러나 풍문은 지당한 귀결이라고 했다. 성직에 있는 사람이 술이나 마시고 수녀한테 애나 배게 하고 사상이 불온한 학생들이나 싸고 도니 하나님이 가만히 둘 리 있었겠느냐는 이야기였다.

정원은 또 뭐가 뭔지 종잡을 수가 없었다. 장형빈이 그 꼴이 되어 뭐가 뭔지 종잡을 수가 없어 성당을 다녔던 것인데 결과는 마찬가지가 된 셈이었다. 사제실이 다시 지어지고 다른 신부가 새로 왔다는 소식이 들렸지만 정원은 다시는 성당에 나가지 않았다.

종잡을 수 없는 일은 그 뒤에도 계속 일어났다. 사형을 선고받았던 장형빈이 몇 년 간혀 있지도 않고 풀려났다는 소식이 들렸는데 만날 수는 없었다. 연락이 있을 법한데 종무소식이었다. 깡패들이 끌려가는 곳에 끌려가 지옥 훈련을 받는다는 풍문도 들렸고 심한 고문으로 병이 들어 어느 곳에 숨어 요양한다는 풍문도 들렸다. 아니 나중엔 병이 들어 죽었다는 풍문까지 들렸다.

그렇게 수년이 지난 후 정원은 너무나 뜻밖의 일에 부닥쳤다. 장형빈이 국회의원에 출마한 포스터를 본 것이다. 부인과 함께 찍은 사진이 실린 잡지도 보았다. 소박하고 착하게 생긴 여자였다. 고생으로 찌들어서인지 표정이 밝지를 못했다. 실제로 아내에게 고생을 많이 시켜 미안하다는 그의 말이 씌어 있었다. 순간적으로 배반감이 느껴졌다. 당연히 보고 싶고 만나고 싶어져야 할 텐데 전혀 그렇지가 않았다. 아니 평생을 그만을 섬기며 살기로 작정했던 자기가 얼마나 어리석었던가 하는 깨우침과 함께 차라리 잘됐다는 안도의 숨이 쉬어졌다. 정치가의 아내란 상상만 해도 머리가 아팠다.

그가 국회의원이 되어 텔레비전에 나오기 시작한 후에야 정원은 어머니로부터 그 고백을 들었다. 옛날에 그로부터 몇 차례 전화가 왔었지만 바꿔주지 않았다는…… 시집가 잘살고 있으니

다시는 연락을 하지 말라고 당부했다는…… 그 고백을 듣고도 정원은 화를 내지 않았다. 화를 낸 게 아니라 오히려 잘하셨다고 고맙다고 말했다.

바흐의 관현악 모음곡이 다 끝났다. 선율의 애무로 온몸이 한결 가벼워진 느낌이다. 정원은 판을 바꿔 끼우기 위해 사뿐히 침대에서 일어난다.

4

안녕하십니까.

다사다난했던 금년 한 해도 저물어갑니다. 저희 유니세프는 선생님의 후원과 관심 속에 르완다 사태를 비롯, 세계 곳곳에서 어린이의 생명을 위협하는 상황들에 대해 신속한 구호 활동들을 펼칠 수가 있었습니다.

선생님의 후원에 다시 한번 감사드리며 저는 오늘 선생님께 전쟁으로 인해 고통받는 어린이에 관한 말씀을 드리고자 합니다. 우리에게도 사십여 년 전 6·25라는 끔찍한 전쟁을 겪은 기억이 있습니다. 그 당시 우리 어린이들의 모습을 기억하십니까?

최근의 르완다 내전은 삼십만 명의 어린이 목숨을 앗아갔으며 이만 명의 고아를 만들어냈습니다. 그러나 이것은 지구상에서 전쟁으로 인해 희생당하는 어린이의 극히 일부일 뿐입니다. 수단, 라이베리아, 앙골라, 보스니아 등 세계 곳곳에서 지금도 전쟁과 분쟁의 상태가 계속되고 있고, 어린이들은 소리 없이 죽어갑니다.

전쟁이 이미 끝난 나라에서도 비극은 계속됩니다. 전쟁은 농토와 의료 시설, 학교 등을 파괴해버리므로 어린이들은 굶주림과 질병에 시달리고, 학교에 다닐 수조차 없습니다. 또한 전쟁 기간 중 무차별 매설된 지뢰로 인해 일 년이면 수천 명의 어린이가 생명을 잃거나 불구자가 됩니다.

유니세프는 전쟁으로 구호가 시급한 지역에서 식량을 공급해주고 예방 접종을 실시하고 있습니다. 또한 지뢰가 집중적으로 매설되어 있는 세계 27개국에서 지뢰 경고 운동을 벌이는 한편 지뢰 제거 사업을 지원합니다. 지뢰로 인해 불구가 된 어린이들을 위해 의족을 공급해주고, 전쟁의 와중에서 정신적 충격을 입은 어린이들을 대상으로 심리 치료를 실시합니다. 부모와 헤어진 어린이들을 다시 가정으로 돌려보내고 전쟁 고아들에게는 새로운 가정을 찾아줍니다.

불구가 된 어린이 한 명에게 보행에 필요한 보조기를 제공하는 데 드는 비용은 이만원입니다.

사라예보에서 폭격을 맞아 심한 화상을 입은 어린 소년 알렉산드르는 말합니다. "눈을 감으면 나는 평화를 꿈꿔요."

선생님께서 어린이의 꿈을 실현시켜주십시오. 선생님의 도움으로 어린이들은 전쟁의 상처를 딛고 건강하게 자라나 평화의 꿈을 이룰 것입니다.

선생님의 사랑을 기다리겠습니다. 감사합니다.

이와 비슷한 내용의 편지들이 요즈음 들어 부쩍 더 날아왔다. 기아대책본부, 장애인복지회, 소년소녀가장돕기모임, 불우노인회, 심장병어린이재단…… 편지만이 아니라 전화들도 자주 걸려왔다. 소설가로서 별로 활동도 하지 않고 있는데도 이러는 걸 보면 살기가 더 힘들어졌단 이야기인가. 아니면…… 책상 위에 너절하게 흩어져 있는 우편물들을 대강 정리하고 있는데 전화벨이 울렸다. 또 그런 계통의 전화가 아닌가 했는데 그렇지 않았다. 지난번 도섭이 소개한 유정원이었다. 언제든 만나긴 만날 수밖에 없으리라 생각했지만 그래도 이렇게 빨리 연락을 해오리라곤 미처 예상 못 했었다. 아마 도섭이 전화번호를 가르쳐주며 닦달을 한 모양이었다. 시간이 괜찮으면 김 감독님 일로 좀 뵙고 싶다고 말했다.

약속 장소인 강남역 쪽으로 가기 위해 전동차를 탔는데 이날 따라 구걸하는 맹인들이 왜 그렇게 눈에 더 띄는지…… 아마 집에서 그런 우편물들을 정리하고 나와 그런 것인지도 몰랐다. 전동차를 타자마자 한 젊은 남자가 따라 타더니 하모니카를 불며 지나갔다. 두 정거장 지나자 아까보다는 나이가 좀 든 남자가 찬송가가 흘러나오는 테이프를 틀며 지나갔다. 또 한 정거장 지나자 이번에는 육성으로 노래를 부르는 부부가 지나갔다. 노래는 여자 혼자만 불렀다. 역시 찬송가였다. "나 같은 죄인 살리신 주 은혜 놀라워／잃었던 생명을 찾았고 광명을 얻었네／큰 죄악에서 건지신 주 은혜……."

여자의 어깨를 붙잡고 뒤따라가는 남자는 살이 찌고 배까지 나왔다. 여자는 깡마른데다 얼굴에 화상을 입은 듯한 흉터조차 있었다. 범준은 돈이 아까워서보다도 지갑에서 돈을 꺼내 바구니에 넣어주는 그 행위 자체가 번거로워 그냥 스쳐 지나가게 하면서 어린 날을 떠올렸다. 동네에 맹인 창녀가 있었다. 맹인이었지만 얼굴이 예쁘고 몸매가 가냘팠다. 몸을 팔아서 병든 아버지와 두 동생을 먹여 살렸다. 심청이보다 마음씨가 착하다고 동네 사람들은 칭찬했다. 그런 소문이 퍼져서 그런지 찾는 손님들도 많다고 했다. 그 창녀에게 기둥서방이 생겼다. 깡패로 소문난 그 기둥서방은 아무 일도 하지 않고 그 여자만 등쳐먹었다. 그 창녀는 그 가냘픈 육체를 팔아 이제 그 남자까지 네 명을 먹여 살렸다······.

교대역에서 갈아탄 후 강남역 부근의 '다사랑' 다방으로 가자 약속 시간이 아직 채 되지도 않았는데 정원은 나와 있었다. 칸막이가 되어 있지 않은데다 손님도 몇 명 없어 실내가 훤히 다 보이는데도 눈에 가장 잘 띄는 중심 자리에 앉아 있었다. 지난번과는 달리 코트 없이 눈송이 빛깔의 스웨터를 입고 있었다. 일어나 미소로 맞이한 후 앉으며 인사말을 건넸다.

"지난번 많이 취하셨죠?"

"네, 약간······."

"술을 잘하시나봐요?"

"과거엔 많이 마셨었죠. 그러나 요즈음엔 많이는 못 마시죠."

"왜, 건강이 나빠지셨나요?"

"건강이야 그럭저럭 괜찮은 편이지만 나이가 있지 않습니까."

"나이가 뭐 어때서요. 남자분들은 나이가 좀 들어야 멋있잖아요? 옆머리가 희끗희끗하고 주름살이 없지도 많지도 않은 중년 남자, 인생이 무엇인지를 비로소 제대로 터득하기 시작한 남자······."

범준은 엷은 웃음과 함께 고개를 끄덕이는 것으로 말을 받았다. 정원은 말을 듣기 좋게 할 줄 아는 여자라는 생각이 들었다. 당연한 일일 것이다. 몇 년 동안이었는지는 몰라도 영화판 사람들과 어울려오지 않았는가. 또 이제까지 영화는 얼마나 많이 보았을 것인가.

두 사람 다 커피를 시켰다. 커피를 마시면서 정원은 옆 의자에 놓아두었던, 대학생들이 책가방으로 들고 다니기에 좋아 보이는 가죽 가방에서 수첩을 꺼내 여기저기 펼쳐 살펴보더니 말했다.

"어떻게 좀 생각해보셨어요? 김 감독님은 저만 믿겠다고 해요. 어떻게 해서든 하 선생님을 붙들고 늘어져 길이 남을 걸 하나 만들어보라는 거예요. 박광렬 교수님에 대한 생각은 어떠세요?"

"글쎄요, 전혀 관심을 갖지 않았었는데, 아직 미결수로 있죠? 판결이 나면 모든 것이 세상에 다 알려질 텐데 굳이 그 사람 이야기를 영화로……."

"그분 이야기 그대로를 만들자는 건 아니죠. 거기에서 힌트를 얻어 선생님이 픽션을 보태시라는 거죠."

"그렇다면 취재하고 말고도 필요없지 않을까요. 상상으로 꾸미면 되지."

"그러시든지요. 선생님은 상상력이 뛰어나시니까 얼마든지 꾸미실 수도 있겠네요. 그런데 김 감독님 말씀은 그 집안이 특이한 집안이어서 재미있는 이야기가 많을 거라는 거죠. 제작하시겠다는 분이 그 집안에 대해서 좀 아시나봐요. 이 아이디어 자체가 원래 김 감독님 머리에서 나온 게 아니고 제작하실 분 머리에서 나왔다는 거예요."

"어쩐지…… 그 친구가 새삼스럽게 왜 하필 그 사람 이야기에 관심을 갖나 했더니 그런 사연이 있었군요."

"과거에 기자 생활을 하셨으니까 훤하시겠지만 취재를 하자면 복잡하긴 복잡할 것 같아요."

정원은 다시 수첩을 여기저기 펼쳐 들여다보고 나서 말을 이었다.

"찾아가봐야 할 데가 한두 군데가 아니잖아요? 박광렬 교수님 학교에도 가봐야 되고, 집에도 가봐야 되고, 그분도 직접 만나봐야 되고, 사건을 맡은 수사관……."

"그렇죠. 기자 노릇을 하기 싫어 그만뒀는데 기자 때나 하던 짓을 또 해야 되겠군요."

"왜요, 소설을 쓰시기 위해서도 취재는 하셔야 되잖아요?"

"그런 작가들이 많죠. 또 그래야 되고…… 그런데 나는, 읽으셨다니까 아시겠지만 그런 소설은 별로 안 썼죠."

"아닌데…… 그렇지 않으신 것 같던데…… 그럼 그 소설들을 다 상상만으로 쓰셨다는 거예요?"

"다는 아니지만 대개는…… 내 소설에 특별히 극적인 사건을 줄거리 위주로 다룬 이야기는 없잖아요?"

"물론 그거야 그렇지만, 그래도…… 어쨌든 죄송해요. 제가 해야 할 일을 괜히…… 번거로우실 것 같아 저 혼자 다닐까도 했는데 김 감독님 말씀이 그러면 절대로 안 된다는 거예요. 반드시 동반해야만 선생님에게서 좋은 아이디어가 떠오를 거래요. 그리고 여자 혼자 취재를 가면 무시하고 이야기를 잘 안 해주거든요. 특히 이런 사건의 경우는 누구라도 뭐가 신이 난다고 잘 이야기를 해주려고 하겠어요?"

범준이 고개를 끄덕이자 정원은 수첩을 가죽 가방 속에 집어넣고 나서 말했다.

"어떡할까요? 오늘부터 다닐까요? 오늘은 시간도 많지 않으니까 우선 한 군데만이라도 가볼까요? 학교부터 가보는 게 어때요? 방학중이라 교수분들이야 만나기 힘들겠지만 직원들은 나와 있을 테니까."

시계를 보니 두시 반이 지나 있었다.

"그러죠, 뭐."

두 사람은 일어섰다. 앞장서 커피값을 지불하고 밖으로 나와 걸으면서 정원은 말했다.

"운전을 안 하신다면서요? 김 감독님 말씀이 운전을 안 하신다기에 제가 차를 가져왔어요. 왜 운전을 안 하세요? 막히면 짜증이야 나지만 그래도 요즈음 운전 안 하는 분들 많지 않잖아요?"

"별로 필요를 느끼지 않아서요."

"기자 하실 때도 안 하셨어요?"

"네, 우습죠? 기자가 운전도 않다니…… 그래서 그만뒀잖아요. 체질적으로 싫어하기도 하고 또 게으르기도 하고……."

"그래도 가족이 계시니 필요하실 텐데요. 사모님이 하시나보죠?"

"그 사람도 내내 않다가 답답했던지 배우더군요. 몇 년 전부터 소형차 하나 사서 끌고 다니는데 교회 다닐 때 외에는 거의 쓰는 일이 없어요."

"미술학원을 하신다는 이야기를 들었는데……?"

"그 친구가 그런 이야기까지 해요? 학원이 바로 집 근처에 있어요."

"제가 꼬치꼬치 물었거든요. 작품이 매력적이어서 옛날부터 선생님에 대한 관심이 많아 이 기회에 유혹해야겠다고 했더니 김 감독님 말씀이 사모님이 미인이어서 안 될 거래요"

범준은 크게 웃을 수밖에 없었다. 미인이라는 걸 부정하며 교회에 빠져 별 재미가 없다고 하면 유혹을 해도 좋다는 뜻이 될 게 아닌가. 물론 농담이겠지만 정원이 그렇게 말을 하니 싫지는 않았다. 강수정과의 일로 그런 수난을 겪고도 유혹에 빠져들지 않을 강한 확신이 안 섰다. 오히려 자칫하다가는 이 여자와도 비슷한 일을 벌이게 될지 모른다는 생각이 두려움으로 다가왔다. 그만큼 범준은 자신을 믿을 수가 없었다. 청교도인이 아닌 바에야 미인이 유혹하는 데 자신 있게 뿌리칠 남자가 얼마나 있겠는가. 더욱이나 비단 여자만이 아니라 세상의 모든 아름다운 것들 앞에서는 약해지는 게 예술가들의 천성이 아닌가. 동서를 막론해 이름을 크게 남겼든 안 남겼든 예술가들치고 이성 관계가 복잡하지 않은 사람이 몇이나 되는가. 글을 쓰는 사람이면 그 누구라도 거치지 않을 수 없는 도스토예프스키만 해도 얼마나 복잡한가. 남편이 있는 이사예바라는 여자로 하여금 이혼시켜 결혼하고도 또다른 여자를 연인으로 두었으며 마흔여섯 실 때는 스무 살짜리 스니트키나라는 여자와 다시 결혼하지 않았는가. 천재 중의 천재로 알려진 괴테는 어떤가. 일흔네 살에 열아홉 살짜리 소녀 레베츠에게 구애를 하지 않았는가. 물론 그렇다고 그것이 당연하고 정당해 본받아도 좋다는 뜻이 아니라 자신이 이름 없는 소설가라도 소설을 쓰니 그런 속성이 얼마쯤이라도 없을 리 없다고 범준은 생각했다.

차는 다방과 꽤 떨어진 골목 주차장에 있었다. 탄 지 몇 년 되어 보이는 모래 빛깔의 중형 콩코드였다. 빛깔도 크기도 남자들이 끄는 차 같아 차 주인의 분위기와는 잘 맞지 않아 보였다. 운전석 옆좌석 문을 열어주며 타시라고 정원은 말했다. 남자가 여자에게 해줘야 할, 문까지 열어주는 일을 반대로 해주니 좀 민망했다. 떼었다 붙였다 할 수 있는 모직 내피를 날씨가 추워 붙이고 와 주체스러운 바바리를 벗어 뒷좌석에 던져놓고 범준은 차에 올라탔다. 입고 오지 않았는 줄 알았는데 정원의 코트도 거기에 있었다. 지난번과는 다른 까만색이었다. 운전석에 올라타 안전벨트를 매며 정원이 말했다.

"세차를 해가지고 오긴 했는데 고물이라 죄송해요. 바꾸고 싶어도 정이 들어가지고…… 부속이 좋은 모양이에요. 오 년이나 탔는데 이제껏 고장 한 번 안 났어요."

"무슨 말씀이세요? 도리가 아닌 것 같아 내가 미안합니다. 이런 경우를 생각하면 운전을 배워둬야 되는 건데……."

"두 사람 다 운전을 해 둘 다 차를 가지고 나와도 불편해요. 가고 오면서 이야기를 할 수 없잖아요. 데이트라도 할 경우에는 특히 더 그렇죠. 그렇다고 둘 다 운전을 안 한다고 생각해보세요. 날씨는 추운데 택시도 안 잡히면…… 신경질나는데 연애가 제대로 되겠어요? 그러니 선생님은 연애를 하시려면 천상 저같이 운전을 할 줄 아는 여자하고밖에 못 하시겠어요."

날씨가 추워 차가 얼어 그런지 시동을 걸어놓고 한참 있다가 정원은 차를 출발시켰다. 길가에 늘어 세워져 있는 차들과 붐비는 사람들로 해서 골목을 빠져나가기가 쉽지 않았다. 오가는 사람들이 왜 이렇게 많은지 흡사 영화가 끝나 극장에서 쏟아져 나오는 인파 같았다. 거리거리에서 그런 인파들을 볼 때마다 범준은 이미 몇십 년 전에 발표된 선배 작가의 『서울은 만원이다』라는 소설 제목을 떠올리곤 하였다. 이 좁은 서울에 인구가 천만이 넘는다니 이제 사람의 떼에 압사당하지 않는 것만으로도 다행이라고 생각해야 할 판이었다. 지난봄부터 경애는 교회와 미술 학원 외에 또 한 가지 다른 것에 빠져 있었다. 전원 주택 자리를 알아보러 다니는 일이었다. 경제적으로 여유가 있는 것도 아닌데 융자를 받아서라도 사겠다며 경기도 일대 여기저기를 들쑤시고 다녔다. 이렇게 복잡하니 그 즉흥적인 성격으로 당연히 그럴만도 했다.

오 년 경력자답게 정원의 운전은 안정감을 느끼게 했다. 그 복잡한 골목을 자연스럽게 빠져나와 대로로 들어설 때도 뒤에서 달려오는 차들에게 전혀 불편감을 안 주었다. 옆 차선으로 끼어들 때는 반드시 손을 들어 뒤차 기사에게 예의를 표했다. 중형차여서 그럴까. 시내 외곽으로 빠져나와 속력을 낼 때도 이상하게 편했다. 경애의 운전 경력도 어느덧 그럭저럭 오 년 가까이 되었을 것이다. 운전 경력 오 년이 문제가 아니라 함께 이십 년을 넘게 살아온 사람이니까 옆자리에 앉으면 편해야 할 텐데 그렇지가 않았다. 성격 때문인지 아니면 범준에 대한 불만 때문인지 일요일에 교회에 가고 오는데도 끼어드는, 또는 운전이 서투른 다른 차들을 못마땅해하는 투덜거림으로 차에서 내리고 싶은 충동까지 일게 하는 일이 많았다. 밤의 잠자리에서도 비슷했다. 완전히 중단 상태가 된 지 이미 오래지만 그전 강수정과의 사건이 있기 전에도 범준으로 하여금 아늑함에 빠져들 수 있도록 해주지 못했다. 신경질과 까다로움으로 도중에서 동작을 멈출 수밖에 없도록 만들었다.

외곽으로 빠져나와 박광렬 교수가 재직해 있는 유일신학대학 쪽으로 방향을 잡으면서 정원은 불쑥 엉뚱한 이야기를 꺼냈다.

"선생님, 〈매디슨카운티의 다리〉 보셨어요?"

너무 느닷없는 질문이라 범준은 네?라며 돌아보았다. 앞을 그대로 보고 운전을 열심히 해가면서 정원은 재차 물었다.

"〈매디슨카운티의 다리〉라는 것 보셨냐구요?"

"아 네, 소설? 영화?"

"아무거나요."

"소설은 읽지 않았고 영화는 보았는데요. 왜요?"

역시 도섭에게 이끌려가 보았었다. 보나 안 보나 빤할 것 같은데 굳이 뭣하러 보느냐니까 너는 연애 영화를 좀 보아야 한다며 끌고 갔었다.

"어떠셨어요? 소감이 괜찮으셨어요?"

"그저 그렇더군요."

사실이 그랬다. 무엇 하나 상상을 뛰어넘는 것은 없었다.

"그게 뭐라고 그렇게 난리들인지 모르겠어요. 소설은 말할 것도 없고 영화도 저쪽 나라에선 관객이 굉장했대요. 클린트 이스트우드가 그걸 제작하고 주연을 맡아 돈방석에 올라앉았대요. 배역이 맞지 않는다고 한참 말들이 많았는데 돈방석에 올라앉았다니 할말 없는 거죠."

"그 사람 서부 영화로 유명해지지 않았습니까?"

"그랬죠. 배역이 좀 안 맞긴 안 맞는 것 같죠?"

"소설을 안 읽어 잘 모르겠는데, 보통 여자들이 그렇게 깊이 빠질 매력은 없어 보이더군요."

"나름대로의 매력은 있지만 분위기가 잘 안 맞아요. 여자 주인공으로 메릴 스트립은 괜찮은데 남자는……."

정원은 고개를 내젓더니 말을 이었다.

"너무 잘생겨 좀 거부감이 있어도 차라리 로버트 레드포드가 나을 것 같아요. 어쨌든 그 정도의 연애를 가지고 뭐가 어떻다고……."

"남편과 자식들밖에 몰랐던 주부한테는 대단한 일이 될 수도 있겠죠. 상상들이야 하겠지만 실제로야 쉬운 일이 아니겠죠."

"물론 대리 만족을 얻는 거겠지만 아직 결혼하지 않은 제 후
배들까지도 그런 멋진 연애를 한번 해봤으면 좋겠다고 난리들이
라니까요. 그 정도가 무슨……."

"시시하다는 뜻입니까? 정원씨는 연애 경험이 많으신가보
죠?"

역시 앞을 향하고 있었으나 정원의 얼굴에 약간 부끄러워하는
듯한 미소가 번졌다 지워졌다.

"아녜요, 그래서가 아니라 연애 경험이야 선생님이 많으시겠
죠. 소설을 쓰시려면 연애 경험도 많으셔야죠."

"그거야 연애 소설을 많이 쓰는 작가들 이야기죠. 나야 무슨
연애 소설을 썼습니까?"

"왜 안 쓰세요? 좀 써보시죠. 연애만큼 영원한 테마가 어디
있어요?"

"그거야 물론 그렇죠. 나만이 아니라 모든 작가들의 소망이
아주 뛰어난 연애 소설을 한번 써보는 거죠. 그러나 자신들이
없는 거죠. 웬만한 연애 이야기는 이미 다 나왔거든요."

"하긴 소재가 문제겠네요. 남들이 쓴 이야기와 비슷한 것을
또 쓰고 싶지는 않을 테니까. 돈벌이를 위주로 한 작가의 경우
는 몰라도……."

"돈벌이를 위주로 해도 그래요. 이야기가 달리니까 심지어 어
떤 일까지 있는 줄 아세요? 주로 신문에 연애 소설을 쓰는 어떤
친구는 여자를 사귀어 한 일주일쯤 함께 여행을 하고 돌아와 소
설을 써요. 소설을 한 편씩 쓸 때마다 새로운 여자를 사귀는 거
죠."

"어머, 세상에…… 그게 누군데요?"

"이름이야 밝힐 수 없죠."

"부인까지 있는데도 그래요?"

"물론이죠. 애도 둘이나 있어요."

"부인이 그걸 이해해요?"

"이해하니까 버젓이 지내겠죠. 그 친구 말이, 모르는 척하지만 모를 리가 없다는 거죠. 취재를 위한 여행이라는 데야 뭐라고 하겠느냐는 겁니다."

"그분 좋으시겠어요. 선생님은 그 친구가 부럽지 않으세요?"

"부럽죠."

"부러우시면 선생님도 그렇게 해보시죠."

"네?"

두 사람은 함께 웃었다. 차창 밖으로 산이 보였다. 헐벗고 굶주렸던 시절의 어머니 머리칼 같은 앙상한 나무들과 빛 바랜 흰 빨래들 같은 녹지 않은 눈무더기들이 골짜기 골짜기에 널려 있었다.

정원이 한동안 침묵을 지키며 달리기만 하다가 다시 서서히 속력을 늦추면서 말을 건너뛰었다.

"이제까진 연애 이야기를 안 쓰셨다고 해도 이번엔 좀 생각을 해보세요. 본격적인 연애 영화가 아니라고 해도 영화엔 어떤 식으로든 연애 이야기가 좀 들어가는 게 상식이거든요. 소설도 장편일 경우엔 대개 그렇잖아요?"

그렇지 않다, 그것은 요즈음 소설을 잘 모르고 하는 소리다, 라고 말하고 싶었으나 범준은 말없이 고개를 끄덕여주었다. '대개'라는 낱말을 썼기 때문이었다. 소설이라고 해서 모두 그렇지는 않지만 대개는 그렇지 않은가. 대중소설만이 아니라 본격적인, 인간의 근원적이고 본질적인 문제만이 아니라 사회를, 정치를, 역사를, 혁명을, 전쟁을 다룬 세계 명작들 속에도 얼마나 많은 갖가지 연애 이야기들이 들어가 있는가. 그러나 이 시대에 과연 어떤 이야기가 제대로 된 연애 이야기일 수 있을 것인가. 정원의 말이 아니더라도 〈매디슨카운티의 다리〉 정도가 이 시대를 대표하는 연애 이야기라면 우스운 일이 아닐 수 없었다. 물론 포르노가 횡행하는 시대니까 역으로 그런 고전적인 이야기가 더 먹혀들어갔는지 모르지만 범준으로서는 성에 차지 않았다. 경애와 강수정의 얼굴이 떠올랐다 사라졌다. 두 여자가 범준이 세상에 태어나 직접 해본 연애의 상대자들인 셈이었다. 그러나 돌이켜보면 그것이 과연 연애다운 연애였는가엔 그렇다고 자신 있는 대답이 나오지 않았다. 역시 연애다운 연애는 상상 속에서나 가능하다는 이야기인가.

차가 밀려 정지해 있는 사이 정원이 범준 쪽으로 잠깐 얼굴을 돌렸다가 제자리로 가져가며 말했다.

"생각을 안 하셔서 그렇지 생각을 하시려고 하면 아주 멋진 연애 이야기를 꾸미실 수 있을 기예요. 그렇게 독특한 소설들을 쓰시는 분이 연애 이야기인들 왜 독특하게 못 꾸미시겠어요? 실제로 하시는 건 서투르실지 몰라도 꾸미시는 건 잘 꾸미실 거예요."

"그럴까요? 그 반대일 거라는 생각은 안 드세요?"

범준의 미소에 정원이 미소와 함께 놀라는 표정을 보였다.

"반대라뇨? 꾸미시는 것보다 실제로 더 잘하신다구요?"

"서투를 거라고 하니까 말입니다. 왜 서투를 거라고 생각하죠?"

"어머, 기분 나쁘셨나봐. 죄송해요. 그 말 취소할게요."

"핫하, 농담입니다."

"아네요. 실제로도 잘하실 거예요. 인상이 그래요. 그런데 제가 서투를 거라고 말씀드린 건 쓰신 작품들이 하도 엄숙한 작품들이라서……."

"아니라니까요. 그냥 한 소리라니까. 잘 보셨어요. 나는 연애 못 해요. 운전도 할 줄 모르는 사람이 무슨 연애를 하겠습니까?"

"왜 또 그렇게…… 그럼 앞으로 두고 보죠, 뭐. 잘하시는지 못하시는지……."

"네에?"

범준이 소리를 내어 크게 웃자 정원도 따라 밝게 웃었다. 뭐랄까. 말에 대한 요리를 잘한다고 할까. 흔히 말하는 화술이 좋다는 것과는 또다르게 정원은 대화를 하는 사람으로서의 즐거움을 느끼게 했다. 그렇다고 쓸데없는 말로 말과 시간을 낭비한다고도 생각되지 않았다. 한참 달리다가 정원은 이제까지의 이야기에 대한 정리를 하듯 다른 말을 꺼냈다.

"박광렬 교수님한테도 연애 경험이 있을까요?"

"있겠죠. 결혼해서 가정이 있는 사람이니까……."

"지식이 많고 하나님을 믿으면서 아버지를 죽인 중년 남자는 어떤 연애를 했을까요?"

"글쎄요."

엉뚱하다고 생각했던 〈매디슨카운티의 다리〉 이야기가 결국엔 지금 찾아가고 있는 박광렬 교수의 연애 이야기를 끌어내기 위한 것이었단 말인가. 범준으로서도 궁금했다. 정원의 생각처럼 그는 과연 어떤 연애를 했을까. 물론 그의 연애 이야기를 취재하러 가는 건 아니지만 그에 관한 모든 이야기들 속의 한 부분을 차지할 연애 이야기는 어떤 것일까. 아무리 색다르다고 해도 결국엔 몇 가지 유형들 중의 하나에 국한될 그것은 어떤 유형일까.

　두 사람이 유일신학대학에 도착한 건 서울을 출발한 지 한 시간이 조금 넘어서였다. 그전부터 알고 있었는지 아니면 약도를 자세히 물어 알아둔 것인지 정원은 헤매거나 부근 사람들에게 묻는 일 없이 큰길에서 골목으로 들어서 곧바로 학교 정문 앞에 차를 도착시켰다. 방학중인데다 날씨가 추워 그런지 운동장에 학생들은 한 명도 보이지 않았다. 캠퍼스 안 저쪽 건물 부근에 몇 명이 보일 뿐이었다. 캠퍼스 안으로 들어서려고 하니까 정문 앞 경비실 안에 앉아 있던 경비가 유리 쪽문을 열고 내다보며 무슨 일로 오셨느냐고 물었다. 무슨 일로 왔다는 대답은 않고 교무처가 어디냐고 정원이 묻자, 경비는 더이상 캐묻지 않고 본관 건물 입구로 들어가면 첫번째 방이 서무과고 두번째 방이 학생과, 세번째 방이 교무과라고 가르쳐주었다. 운동장을 끼고 들어가 차를 본관 건물 입구 근처에 세웠다. 차에서 내려서 보니 신학대학이어서 그런지 다른 학교들과는 분위기가 다르게 느껴졌다. 학교 같지 않고 무슨 수련관 비슷했다. 큰 교회의 부속 건물 비슷하게도 보였다. 어쩌면 벽에 붙여진 인조 돌판에 새겨진 조잡스러워 보이는 조각상들 때문인지도 몰랐다. 예수 최후의 만찬 모습과 십자가에 못박힌 모습 등이 새겨져 있었다. 조각상들만이 아니라 성경 구절들도 헝겊에 씌어져 나붙여져 있었다. 주마다 아니면 달마다 바꿔 써 붙이는지 이번에는 "나의 부르짖음을 들으소서, 나는 심히 비천하나이다. 나를 핍박하는 자에게서 건지소서, 저희는 나보다 강하니이다(시 142 : 7)" "진리를 좇는 자는 빛으로 오나니 이는 그 행위가 하나님 안에서 행한 것임을 나타내려 함이라 하시니라(요 3 : 21)"라는 구절들이 보였다. 두 사람은 입구로 들어서 다른 종합대학들과는 달리 '교무처' 아닌 '교무과'라는 팻말이 붙은 방으로 갔다. 여자 두 명과 남자 세 명이 앉아 있었고, 학생들로 보이는 남자 한 명과 여자 두 명이 서서 서성이는 게 보였다. 두 사람이 안으로 들어가도 직원들이나 학생들 아무도 시선을 주지 않았다. 직원들은 컴퓨터 앞에서 그들의 일에 몰두하고 있었고 학생들은 무슨 증서 같은 걸 발급받기 위해서인 듯 한 여자 직원 앞에서 차례를 기다리느라 다른 데엔 신경을 쓰지 않았다. 정원은 잠깐 망설이다가 한 남자 직원 앞으로 다가갔다. 책상에 명패는 없었지만 앉은 자리나 나이로 보아 과장쯤으로 보였다. 사십대 초반의 그다지 건강해 보이지 않는 얼굴이었다. 다른 직원들이나 마찬가지로 컴퓨터를 만지고는 있었지만 별로 열중해 있는 것 같지는 않았다. 정원이 다가가 앞으로 서자 돌아보더니 하던 동작을 멈추었다.

"바쁘신 것 같은데 죄송합니다. 잠깐 뭣 좀 여쭤보려구요."

정원의 말에 남자는 무슨 일이시냐며 올려다보았다.

"자리가 좀…… 많이 바쁘시지 않다면 어디 면담실 같은 데로……."

물어볼 이야기의 성격상 자리가 마땅치 않다고 판단됐던 모양이었다. 정원이 미안하다는 표정을 지어 보이자 남자는 의아스럽다는 듯이 정원과 범준을 번갈아 쳐다보다가 일어서, 이리 오시라며 앞장을 섰다. 교무과 밖으로 나와 남자가 앞장을 서 안내한 곳은 교직원들이 회의라도 하는 장소인 듯 긴 탁자를 가운데 두고 양쪽으로 수십 개의 의자들이 놓여 있는 방이었다. 응접실 같은 소파가 있는 작은 방은 없는 모양이었다. 세 사람은 서로 인사부터 나누었다. 정원은 범준에 대한 소개만 장황하게 하고 자기에 대해서는 이름만 밝힌 후 함께 일하는 사람이라고 간략하게 소개했다. 과장인 줄 알았던 남자는 과장이 아니라 주임이라고 했다. 이름도 말했는데 정확하게 귀에 들어오지 않았다. 자리에 앉은 후 정원이 다름이 아니라 박광렬 교수님에 대해서 좀 알아보고 싶어서라고 말하자 교무주임은 눈을 흡뜨며 난색을 표했다.

"어떡하죠? 그런 이야기라면 과장님이 좋으실 것 같은데……저는 행정 직원이고 과장님이 교수분이시거든요."

"과장님은 안 나오셨나요?"

"네, 해외에 가셔서 며칠 있어야 돌아오시는데요."

정원이 범준에게 눈을 보냈다. 어떻게 했으면 좋겠느냐는 물음 같았다. 범준이 말했다.

"꼭 과장님을 만나야 할 필요는 없죠. 그냥 주임님이 아시는 대로만 말씀해주시면 될 것 같은데……."

"제가 뭘 알겠어요? 아무것도 몰라요. 그분이 그런 일을 저질렀다는 게 믿어지지 않을 뿐이지……."

교무주임은 말만이 아니라 정말로 믿어지지 않는다는 듯한 표정이었다.

"평소 성격은 어떠셨는데요?"

"아주 온순한 편이셨죠. 교수분들 중에서도 특히 그분은 인격이 뛰어나신 분으로 정평이 있으셨어요. 평소에 말씀도 별로 없으시고, 경망한 행동은 절대로 하시는 분이 아니었어요."

계속 정원이 물었다.

"어떻게 온순하고 어떻게 뛰어나셨는지 예를 좀 들어주시겠어요?"

"그 예를 일일이 어떻게 들겠어요? 온순하시고 경망한 행동은 안 하시는 분이시지만 그렇다고 비겁하게 방관만 하시는 분도 아니셨어요. 언젠가 학생들이 소요를 일으켰을 때 그 어떤 분도 앞장서 해결하시지를 못하셨는데 그분이 나서서 해결하셨어요."

"신학대학 학생들도 데모를 해요?"

"다른 대학들에 비하면 덜 하는 편이지만 할 때는 하죠."

"정치에 대해서도 관심이 많나보죠?"

"정치만이 아니라 옳지 못한 것들에 대해서 참지를 못하는 게 대부분의 학생들 아닙니까? 그때는 정부 당국에 대한 소요가 아니라 학내 문제 때문이었어요."

"학내 문제라니 구체적으로 어떤 문제였는데 그분이 어떻게 해결하셨는지……."

"그런 이야기까지 해야 돼요?"

"죄송해요. 좀 알고 싶어 그래요."

교무주임은 잠시 머뭇거리다가 구체적으로는 말하기 곤란하다는 듯이 가볍게 스치듯 말했다.

"학장님에게 문제가 많다고 해서 물러나라고 한 건데 물러나지 않고 버티자 그분이 설득해 물러나게 한 거죠."

정원이 범준 쪽으로 눈을 돌렸다. 범준은 고개를 끄덕여 보였다. 그 일이라면 신문에 기사가 난 일이 있어 기억이 났다. 그러나 학장이 바뀌었다는 사실뿐 박광렬 교수가 학생들과 동조해 앞장을 서서 바꾸게 했다는 건 전혀 모르는 사실이었다. 학문을 하는 사람들이기 때문에 교수들은 체질적으로 대부분 그런 일을 꺼리는 게 상식이 아닌가.

"그렇다면 성격이 온순한 게 아니라 과격한 편 아닌가요?"

"아니죠, 그런 일에 방관하지 않고 나선다고 해서 과격하다고는 할 수 없죠."

교무주임은 많은 이야기를 쏟아놓고 싶으면서도 애써 참는 눈치였다. 어쩔 수 없이 대답은 하면서도 가능한 한 이야기를 아끼려고 하는 사람을 붙들고 계속 묻는 것도 고역이었다. 그러나 두 사람은 물을 수 있는 한 물어 몇 가지를 더 알아내었다. 학장만이 아니라 실력 부족 문제로 학생들로부터 거부를 당한, 이사장과 인척 관계에 있는 동료 교수 한 명도 마찬가지로 설득을 시켜 강단에서 물러나게 한 사실이 있다는 것과 봉급의 십 퍼센트를 장학금으로 내놓고 있다는 것, 외국 유학까지 갔다 왔으면서도 대부분의 교수들과는 달리 자가용을 굴리지 않는다는 것, 절대로 휴강을 하지 않는다는 것, 학생들로 하여금 사은회라는 걸 못하게 해 그 과는 사은회가 없어졌다는 것…… 등이었다. 듣고 보니 인격 여부를 떠나서 상식적인 사람이라고는 볼 수 없었다. 시간을 너무 빼앗는 것 같아 두 사람은 고맙다는 말과 함께 일어서며 그분의 이력서나 좀 볼 수 없겠느냐고 요청했다. 이력서는 서무과에 보관되어 있으니 서무과로 가서 알아보시라며 교무주임은 앞장을 서 서무과장을 만나게 해주었다. 서로 소개만 시켜준 후 바빠서 가보겠으니 말씀들 나누시라며 자기 방으로 돌아갔다.

서무과장은 사십대 후반으로 배가 약간 나온 몸매에 키가 작고 안경을 쓰고 있었다. 얼굴 살빛이 허여스름한데다 번들번들했다. 이 방은 소파가 방에 비해 지나칠 만큼 안락했다. 비록 낡긴 했어도 인조 가죽으로 된 5인용이었다. 앉으시라고 권해서 두 사람이 마주앉자 서무과장은 무슨 물건을 던지듯이 말했다.

"박광렬 교수요? 그 사람 이력서를 어디에 쓰시겠다구요?"

아까 교무주임한테 영화니 소설이니 하는 이야기들은 꺼내지 않고 그냥 좀 알아볼 게 있어서라고만 말을 하더니 정원은 이번에도 똑같이 말했다.

"그냥 좀 알아보려구요."

"그냥 알아보다니…… 그 동안 기자니 경찰이니 뭐니 해서 하도 찾아와 머리가 아팠었는데…… 소설가시라구요?"

"네, 이쪽 선생님이……."

정원이 고개로 범준을 가리켰다.

"소설가시라면, 박 교수 이야기를 소설로 쓰겠다는 겁니까?"

서무과장은 시비하는 듯한 눈으로 범준을 쏘아보았다. 범준이 말했다.

"아닙니다. 소설이 아니고 다른 글을 쓰는데 일단 좀 알아봐서 참조할 수 있으면 참조하려는 겁니다."

"글쎄, 소설이 아닌 다른 글이든 뭐든 나야 상관할 바 아니지만 아직 판결도 나지 않은 사건을 이러쿵저러쿵 글로 쓴다는 건 너무 성급한 것 아닙니까?"

"물론입니다. 충분히 타당한 말씀이고 나도 그렇게 생각하고 있습니다. 그러니까 이 사건 그대로를 글로 쓰겠다는 게 아니고 다른 글을 쓰는 데 이 사건을 약간 참조할지도 모른다고 생각하시면 됩니다."

"신중하셔야 될 겁니다. 신문들을 보니까 엉뚱한 말들이 많던데 나쁜 쪽으로든 좋은 쪽으로든 너무 부풀리지는 말아야지요."

"절대로 그런 일을 저지를 분이 아니라면서요? 온순하시고 인품도 훌륭하시고……."

"내 말이 바로 그 말입니다. 절대로 그런 일을 저지를 분이 아니라니, 온순하고 인품이 훌륭하다니, 그게 어디에 기준을 두고 하는 말입니까? 아버지까지 죽였는데 어떻게 온순하고 인품이 훌륭하다는 이야기가 나옵니까?"

정원과 범준은 동시에 서로를 돌아보았다. 이게 어찌 된 일인가. 그렇다면 서무과장은 교무주임과 견해가 다르다는 이야기가 아닌가. 신문 기사들에 대해서도 나쁜 쪽으로가 아니라 좋은 쪽으로 부풀려 불만이라는 뜻이 아닌가. 정원이 물었다.

　"그러니까 과장님의 말씀은 그분이 충분히 그런 일을 저지를 수도 있는 분이라는 이야기인가요?"

　"그 사람만이 아니라 누구라도 저지를 수 있죠. 악령이 붙으면 그보다 더한 일도 저지를 수 있는 게 사람이에요."

　비록 서무과장이긴 해도 신학대학의 서무과장이어서 그런지 '악령'이라는 낱말을 스스럼없이 썼다. 범준은 먼저 도스토예프스키의 소설 『악령』을 떠올렸고, 이어서 경애를 떠올렸다. 경애도 사탄이니 마귀니 악령이니 하는 말들을 일상어처럼 아무렇지 않게 썼는데 그런 낱말을 들을 때마다 어쩐지 듣기가 거북했다. 두 사람이 서로를 돌아보며 아무 말도 않자 서무과장이 말을 이었다.

　"목사들도 사람을 죽이는데 교수라고 해서 못 죽일 게 어디 있습니까. 평소에도 그 사람 악령이 잘 붙게 생겨 있었어요. 학생들을 선동해 학장이며 동료 교수를 물러나게 하는 행동만 봐도 그게 보통 사람들이 할 짓입니까."

　범준과 정원은 다시 서로를 돌아보았다. 서무과장이 계속 말했다.

　"두 분은 하나님을 믿는지 안 믿는지 모르겠지만 하나님을 믿는 사람들은 그 교수를 그저 불쌍하게 볼 뿐이지 크게 욕하지는 못해요. 자기에게도 언제 그런 악령이 붙게 될지 모르기 때문에 붙지 않도록 열심히 기도하며 사는 거죠."

　범준이 물었다.

"그분도 하나님을 믿는 분 아닙니까?"

"믿기야 믿죠. 이 대학 교직원들은 믿지 않을래야 않을 수가 없으니까. 교회에서 아마 집사 직분까지 받았을 겁니다. 그러나 믿어도 어떻게 믿느냐가 문제죠."

"독실한 신자가 아니었단 말입니까?"

"그거야 알 수 없죠. 내가 그 사람 속에 들어갔다 나온 게 아니니까."

범준이 미처 더 물을 말을 생각해내지 못한 채 머뭇거리자 정원이 물었다.

"매달 봉급의 십분의 일을 학교에 장학금으로 내놓아왔다면서요?"

"그거야 내놓을 만하니까 내놓는 거죠. 그 사람이야 십분의 일 아닌 전부를 내놓아도 살아갈 수 있는 사람이에요. 돈 몇 푼으로 학생들로부터 신임을 얻는데 집안이 살아갈 만하면 그까짓 것 어느 누군들 못 내놓겠습니까."

무언가 서무과장은 사건을 일으키기 전부터 박광렬 교수에 대해 좋지 않은 감정을 가져온 게 분명한 것 같았다. 이야기를 계속 더 들어봤자 비슷한 말만 나올 것 같아 범준은 정원에게 그만 일어서자는 눈짓을 보낸 후 서무과장에게 고맙다는 말과 함께 이력서나 한 장 복사해줄 것을 요청했다. 결국 받아내긴 했지만 그것을 받아내는 데도 한동안 승강이가 있었다. 교직원들의 신상 카드는 대학으로서는 비밀 문서 중의 하나이기도 한데 함부로 어떻게 복사해줄 수 있느냐는 것이었다. 밑의 직원 한 사람으로 하여금 신상 카드를 가져오게 한 후 앞에 놓고 펼쳐보면서 이력 중 알고 싶은 사항에 대해서만 물으라고 서무과장은 까다롭게 굴었다. 비밀 문서라니 그게 무슨 그렇게까지 대단

한 것이 될 수 있느냐고 화라도 내고 싶었으나 범준은 참으며 끝까지 정중하게 말했고, 정원은 모든 사항을 다 알고 싶은데, 그렇다면 모든 사항을 다 가르쳐달라고 수첩을 꺼내기까지 하며 매달렸다. 그러자 비로소 서무과장은 못 이기는 척 직원으로 하여금 복사해오게 하더니 큰 선심 쓰듯 내밀었다. 요즈음이라면 컴퓨터로 쳐졌을 텐데 옛날 이 대학에 임명될 때 제출한 것이어서 그런지 자필로 직접 쓴, 국, 한, 영문이 뒤섞인 이력서였다. 학력, 경력에 연구 실적까지 씌어져 두 장으로 되어 있었다. 글씨가 정갈한 편은 못 되었으나 달필에 힘이 있어 보였다. 받아들고 두 사람은 서무과장실을 나왔다.

본관 입구에 세워진 차 부근으로 와 정원이 말했다.

"이걸로 되시겠어요? 학장님이든 아니면 교수님 누구 한 사람 만나 이야기를 더 들어보시는 게 좋지 않겠어요?"

"그럴까요? 학장보다는 교수가 낫겠죠. 그런데 나와 있는 교수가 있을까요? 방학중이어서…… 물론 방학중에도 연구실을 이용하는 교수가 없는 건 아니겠지만……."

"알아볼까요? 추우니까 일단 차에 타시죠. 그건 아마 누구보다도 경비가 제일 잘 알 거예요. 어떤 교수분들과 가깝게 지냈는지도……."

두 사람은 차에 올라 일단 정문 경비실로 가서 경비에게 물어보았다. 나와 있는 교수가 두 사람 있긴 있는데 임명된 지 얼마 안 되는 삼십대의 젊은 교수들이어서 박광렬 교수에 대해서는 잘 모를 거라고, 정년이 가까워 보이는데도 군인 분위기를 풍기는 경비는 말한 후 덧붙여 말했다.

"워낙 말이 적은 분이라 특별히 가깝게 지내는 교수분들이 따로 있는 것 같지는 않았어요. 한만규 교수님, 심은희 교수님하고 좀 가까운 것처럼 보이기도 했는데 한만규 교수님은 같은 동네에 살며 연세가 비슷하고, 심은희 교수님은 여자분인데 같은 대학 후배인 걸로 알고 있어요."

"그분들은 집으로나 가야 만나뵐 수 있겠죠?"

"그렇죠. 그분들은 방학중엔 학교에 거의 나오시지를 않으니까."

정원은 그 두 교수의 집 전화번호를 가르쳐달라고 해 수첩에 적었다. 아무래도 그 두 교수의 이야기만은 더 들어봐야 될 것 같다는 판단이 선 것 같았다. 힘이 들더라도 알아볼 수 있는 한 알아보아 나쁠 건 없을 것 같아 범준은 정원이 하는 대로 내버려두었다.

대학에서 출발해 돌아오는 길에 범준은 차 안에서 박광렬 교수의 이력서를 펼쳐보았다. 뉴스에서 보았던 얼굴이 잘 떠오르지 않아 우선 생김새가 궁금했으나 복사를 해 사진은 포기해야 되었다. 흡사 시체를 찍어놓은 듯 엉망이 되어 있어 포기하고 이력들만 훑어보았다. 독일의 튀빙겐 대학이 최종 학력으로 되어 있었고, 학위 논문은 'Eine Untersuchung zu Paul Tillich'로 되어 있었다. 연구 실적을 보니까 최근의 것은 기록되어 있지 않고 1990년까지의 것만 기록되어 있었다.

論文

P. 틸리히의 『조직신학』에 관한 연구, 1977. 3, 종교사상

P. 틸리히의 『존재에의 용기』론, 1977. 11, 신앙과 자유

P. 틸리히의 『흔들리는 터전』론, 1978. 4, 종교사상

P. 틸리히의 『프로테스탄트시대』론, 1978. 10, 학술연구

K. 바르트의 『복음주의 신학 입문』서설, 1979. 3, 종교사상

F. 고가르텐의 『우리 시대의 절망과 희망』론, 1979. 8, 학술연구

R. 니버의 『도덕적 인간과 비도덕적 사회』론, 1980. 3, 학술연구

著書

『아우슈비츠』, 1990, 말씀사

譯書

J. 포크트, 『역사적 보편세계에의 도정』, 1985, 다니엘사

W. 판넨베르크, 『역사로서의 계시』, 1988, 다니엘사

틸리히와 니버에 대해서만 좀 알고 있을 뿐 범준으로서는 대부분 생소한 것들이었다. 논문들은 어디 도서관이나 가야 구할지 모르겠고, 다른 것들은 서점에 가면 있을지도 모르겠다는 생각이 들었다. 그런데 실적물을 훑어보는 동안 한 가지 의문이 머리를 스치고 지나갔다. 1977년부터 1980년 3월까지는 꾸준히 쉬지 않고 일 년에 두 편 정도씩 논문을 발표해오다가 1980년 3월 이후부터 1984년까지는 아무것도 발표하지 않고 1985년부터 1988년까지는 역사와 연관된 책을 아주 느린 속도로 번역만 하다가 1990년에 와 엉뚱하게 『아우슈비츠』라는 책을 냈다는 사실이었다. 에세이집인지 실록집인지 전도서인지 뭔지 우선 제일 먼저 보고 싶은 것은 역시 유일의 저서이며 제목이 엉뚱한 『아우슈비츠』가 아닐 수 없었다.

5

　이상했다. 출간된 지 몇 년 지나지도 않았는데 『아우슈비츠』라는 책은 없었다. 교보문고며 종로서적 등 큰 서점들은 물론 기독교 서적만을 전문으로 파는 몇 군데의 서점까지 가보았으나 독일 사람이 지은 비슷한 제목의 외서뿐 박광렬 교수가 지은 한글로 된 우리나라 책은 보이지 않았다. 그 책을 출판한 '말씀사'라는 곳이 있는지 114로 전화를 해보았더니 그런 출판사는 없다고 했다. 다른 많은 영세 출판사들처럼 그 출판사도 망해서 문을 닫기라도 한 모양이었다. 논문들이나 마찬가지로 이 책 역시 어디 큰 도서관에나 가봐야 구할 수 있을지 어쩔지 모를 일이었다. 나중에 알아보기로 하고 범준은 우선 서점에서 손쉽게 구할 수 있는 박광렬 교수가 번역한 『역사적 보편세계에의 도정』과 『역사로서의 계시』, 그리고 다른 사람이 번역한 틸리히의 『존재에의 용기』를 한 권씩 샀다. 틸리히에 관해서야 조금은 알고 있었으나 박광렬 교수가 학위 논문으로 택한 인물이니 이번 기회에 좀더 자세히 알아보자는 생각에서 곁들여 함께 산 것이다.

정원이 어디든 들어가 차든 술이든 한잔하고 가시라는 걸, 여기저기 서점들까지 운전하고 돌아다니느라 피곤할 테니 다음 기회에 하자고 사양한 후 집으로 돌아와 범준은 이날 밤 곧바로 이들을 읽어보았다. 먼저 『존재에의 용기』부터 펼쳐보았다. 틸리히에 관한 소개글에서 그의 인생관이랄까 우리 삶에 대한 견해를 다시 한번 확인했다. 창세기에 나오는 아담과 하와의 타락부터 그는 보통 사람들과 좀 다르게 보았다. 그 이야기를 사실적으로 이해하지 않고 인간의 실존을 상징적으로 말해주는 설화로 이해했다. 그 범죄가 사실이냐 아니냐를 문제삼는 게 아니라 그 설화가 오늘날 우리에게 시사하는 바가 무엇이며, 오늘을 살아가는 우리에게 어떤 의미를 부여하고 있느냐를 더 중요시했다. 그 범죄 사실을 통해 우리가 모두 하나님 앞에서 불완전하고 유한하다는 사실을 재인식했다. 우리의 삶이 이토록 피폐하고 절망스럽고, 따라서 우리가 비정상적일 수밖에 없는 것은 모두가 이 불완전함과 유한함에서 비롯된다고 보았다. 따라서 이 견해는 심층심리학과 현대 실존철학의 견해와 맥을 같이한다고 볼 수 있다. 20세기 말을 살면서 그 자신이 실제로 불안, 고독, 분열, 갈등, 허무, 절망……을 느끼지 않을 수 없었던 데서 온 결과였을 것이다. 그는 우리 인간을 누구나 죄인일 뿐만 아니라 정신병환자라고까지 보았다.

박광렬 교수는 틸리히의 어떤 점에 특히 끌렸던 것일까. 생애의 대부분을 그에 매달려 그에 대한 연구로 학위까지 받았다면 분명히 남다르게 끌렸던 점이 있었을 텐데 그것이 무엇일까.

다음에 범준은 『역사적 보편세계에의 도정』을 펼쳐보았다. 꽤 복잡했다. 트뢸치, 딜타이, 콩트, 슈몰러, 람프레히트, 비코, 헤르더, 라소, 리케르트, 다닐레프스키, 마이어, 브라이지히, 슈펭클러, 샤르댕, 도오슨…… 등에 대한 이해 없이는 접근하기 힘든 책이었다. 해설을 보니 이 책의 저자 포크트는 박광렬 교수가 다닌 튀빙겐 대학의 역사학자로 진부하고 틀에 박힌 기독교 역사신학에 반기를 든 사람이었다. 문화를 생명체의 형성물로 보아 국가보다 더 중요시해 역사를 문명과 문화를 통해 탐구한 학자였다.

박광렬 교수는 그의 어떤 점에 끌려 이 접근하기 까다로운 책을 번역했을까.

범준은 해설만을 자세히 읽고 내용은 대강 훑어만 본 후 『역사로서의 계시』를 펼쳐들었다. 한결 접근하기가 쉬웠다. 하나님을 믿는 사람으로서는 구체적으로 읽을 필요조차 없는 책으로 느껴졌다. 하나님을 믿는 모든 사람들이 그렇게 생각하듯이 이 책의 저자 판넨베르크도 세계사를 하나님의 자기 계시의 역사로 보았다. 이스라엘 민족의 역사라고 해서 다른 민족의 역사에 비해 본질적으로는 특별할 게 없다. 이스라엘 민족의 역사 속에서 자신을 계시하신 바로 그 하나님이 다른 민족의 역사 속에서도 자신을 계시하셨다. 그러므로 다른 민족의 종교 속에서도 이스라엘의 하나님과 동일한 하나님의 계시를 발견할 수 있다. 하나님께서 모든 역사 속에 자신을 계시하셨기 때문에 우리 한민족의 역사 속에서도 하나님의 계시의 흔적을 얼마든지 발견할 수 있다. 예를 들어 우리 역사 속의 동학혁명, 3·1운동, 8·15해방,

4·19혁명은 구약의 출애굽 역사와 다를 게 없다는 이야기였다.

박광렬 교수는 이 상식적인 책을 왜 번역하였을까. 세계 역사를 하나님이 주관하신다고 믿지 않는 사람들을 위한 것이었을까. 아니면 그렇게 믿는 사람들에게 재인식을 시키기 위한 것이었을까. 정말일까? 세계 역사는 하나님의 뜻대로 이루어져왔고, 또 앞으로도 이루어져갈까. 교회에서 자주 듣는 목사나 장로들의 기도 속에 상투적으로 되풀이되는 '역사를 주관하시는 하나님'이라는 말을 자신은 왜 아직까지도 확실하게 믿지 않는 것일까.

거실 책상 앞에 앉아서 책 읽는 일을 끝내고 방으로 들어가 이미 잠들어 있는 경애 옆에 누웠으나 잠이 오지 않았다. 박광렬, 유정원, 김도섭, 남윤철 등과 갖가지 소설, 갖가지 영화들과 함께 하나님이라는 존재에 대한 이런저런 생각으로 머릿속이 들끓고 가슴만 답답했다. 새벽 세시가 지나 네시가 다 될 때까지도 잠이 오지 않아 어쩔 수 없이 다시 거실로 나왔다. 문득 쌓아놓은 책들 뒤에 경애 모르게 숨겨둔 소주병이 생각났다. 잠이 오지 않으면 자기 위해 마시는 이 술버릇이 견딜 수 없는 자기모멸에 빠지게 만드는 버릇들 중의 하나인 걸 모르는 바 아니면서도 범준은 고치지 못했다. 반 병이 넘게 남아 있는 걸 들이켜고 안주 삼아 냉장고에서 주스를 꺼내 마시고 있는데 방에서 잠을 자던 경애가 범준의 들락거림으로 다른 날보다 일찍 눈이 뜨였는지 나와 경멸하는 표정과 함께 혀를 찼다.

"아이구, 인간치고는······! 아니 그래 새벽부터 술을 마셔요? 기도하러 가는데 함께 가지는 못할망정, 원······ 정말 구원 못 받을 인간! 저래가지고 소설을 쓰겠다고? 자기 하나 바로 서지 못하면서 누굴 바로 세우겠다고 소설이야, 소설이!"

경멸은 하면서도 경애는 범준에게는 반말은 잘 하지 않지만 싸울 때라든지 생리를 할 때처럼 극도로 신경이 날카로워질 땐 반말만이 아니라 대학 교육까지 받은 여자로선 감히 입에 담지 못할 쌍욕도 아무렇지 않게 했다. 잠이 덜 깨서 그런지 아니면 지금도 어쩌면 생리중인지 알 수 없었다. 새삼스러운 경멸이 아니기 때문에 범준은 못 들은 척 마실 걸 마신 후 한쪽 벽이 책들로 채워져 있는 거실 바닥에 쓰러져 누웠다. 화장실에 들어가 볼일을 다 보고 나온 경애는 또 한마디 내던졌다.

"왜 잠이 안 오는지 알아? 이 인간아! 잠도 하나님의 축복이라고 했어. 잠 하나 제대로 이루지 못하는 인간들 다 못할 짓들을 하기 때문에 그러는 거야. 좋은 마음들을 먹고 좋은 일들을 하면 왜 잠이 안 와? 잠이 안 오긴……."

맞는 말일지도 몰랐다. 하나님에게 빠진 이후로 경애가 어느 한때도 잠을 못 이루어 애쓰는 걸 범준은 보지 못했다. 자리에 누운 지 채 십 분도 안 되어 숨소리가 거칠어졌다. 심하지는 않지만 어떤 땐 코까지 골았다. 물론 집안일이야 대충대충 하지만 다른 여러 가지 일들로 바삐 뛰니까 피곤해서 그러는지 알 수 없으나 아무리 그렇다고 해도 어쩌면 저럴 수 있을까 희한하게 느껴진 적이 많았다.

술을 마셨는데도, 경애가 새벽 기도에 가 집 안이 한결 적막해졌는데도 이상하게 잠이 오지 않았다. 한쪽 벽을 가득 채우고도 바닥에 쌓여 있는 책들과 다른 한쪽 벽에 걸려져 있는 그림들이 갖가지 환각들만 불러일으킬 뿐 잠은 끝내 올 것 같지 않았다. 어제는 어쩔 수 없어 세 권의 책을 샀지만 범준은 여간해선 책을 사지 않았다. 책들 때문에 경애와 싸운 적이 한두 번이 아니었기 때문이다. 집 안의 물건들 중 경애가 제일 거치적거리게 여기는 건 책들이었다. 이 아파트에 막 이사왔을 때만 해도 거실의 한쪽 벽만이 아니라 양쪽 벽을 가득 채우고도 아이들 방 벽의 대부분을, 아니 베란다의 한쪽 구석까지도 책들이 차지했었다. 그러나 경애의 성화로 버리고 버리고 또 버려 지금 것만 남은 것이다. 비록 희귀본들은 아니라고 해도 범준으로서는 더 이상은 버리고 싶지 않은 최소한의 것들만 가지고 있는 셈이었다. 그런데도 경애는 요즈음도 틈만 나면 남은 이것들마저도 치우지 못해 안달이었다. 책들만 없다면 이 공간이 얼마나 시원하겠느냐고 자주 투덜거렸다. 그러면서도 오직 하나 성경만은 세상의 어느 보물보다도 소중하게 여겼다.

그걸 보면서 범준은 대학 시절 은사 한 분을 떠올렸다. 평생을 학문 연구에 몸바쳐온 분인데 정년 퇴직 후 어느 새해 동창들과 세배를 드리러 집으로 갔더니 집 안이 썰렁했다. 서재가 좁아서였는지 몰라도 거실이 현관 입구에서부터 무더기 무더기 책으로 그득 들어차 있었는데 그것들이 몽땅 치워진 것이었다. 그리고 거실 소파 가운데에 있는 탁자 위에 돋보기를 쓰지 않고도 볼 수 있을 것 같은 커다란 성경 한 권만이 놓여 있었다. 범준은 물론 동창들도 눈이 휘둥그래져 서로들 돌아보면서 의아한 표정들을 보이자 은사님은 말씀하셨다.

"왜? 책들이 없으니까 이상한가? 다 치워버렸네. 도서관으로 보내버렸어. 자네들에게 나눠줄까도 생각했었는데 자네들도 언젠가는 필요없게 될 테니까 그 편이 나을 것 같아서…… 이제 나한텐 이 성경 한 권이면 족하네."

그분의 신앙이 얼마나 깊었는지는 알 수 없으나 이미 일흔을 넘긴 연세여서 그럴 수도 있을 것 같다는 생각이 들었다. 죽음 가까이 이르러서야 책이 아니라 그 무슨 물건인들 무슨 필요가 있겠는가.

그러나 경애가 어떤 책도 소중히 여기지 않고 오직 성경만을 보물처럼 여기는 건 경우가 달랐다. 소설가와 결혼을 하긴 했지만 경애는 원래부터 책이라는 걸 별로 좋아하지 않았다. 심지어 남편이 쓴 소설조차도 열심히 읽는 걸 보지 못했다. 자기 입으로도 범준이 소설가여서, 소설을 좋아해서 결혼한 것은 아니라고 자주 말했다.

거실에서 다시 방으로 들어가 누워서도 범준은 한참이나 뒤치다 경애가 새벽 기도에서 돌아올 무렵에야 비로소 잠이 들었다. 깨어난 건 점심때가 거의 다 되어서였다. 전화벨 소리에 깨어 받으니 도섭이였다. 유정원을 통해 학교에 찾아갔던 이야기 들었다면서 남윤철한테 한번 찾아가게 오후에 일찍 만나자고 했다. 박광렬 교수에 관한 것만이라면 다음에 만나자고 했겠지만 남윤철을 찾아가는 일이라면 미룰 수가 없었다. 오늘 죽을는지도 알 수 없기 때문이었다.

오후 두시에 범준과 도섭은 남윤철이 입원해 있는 서울대학병원 내과 진료실 앞에서 만났다. 당연한 일이겠지만 자신이 아플 때든 남들이 아파 문안을 올 때든 병원에 오면 언제나 범준은 또다른 세계에 와 있는 느낌이 들었다. 병을 고쳐주는 신성한 세계가 아니라 오히려 그 반대의 세계 같은 느낌이 더 강했다. 북적이고 있는 사람들이 아파서 병을 고치려고 온 것이 아니라 죽음의 문 입구에 와서 어쩔 줄 모르고 갈팡질팡하는 것처럼 보였다. 따라서 자연히 평소에는 거의 잊고 지내다시피 하는 죽음이라는 것에 대해서 지나칠 정도로 깊은 생각을 하게 되었다. 더욱이나 지금처럼 죽음을 눈앞에 둔 친한 친구를 찾아올 경우는 더 말할 나위도 없었다. 도섭도 범준과 기분이 크게 다른 것 같지 않았다. 말소리에 맥이 빠져 있었다.

"아직 살아 있는지나 모르겠다. 연락이 없었으니까 살아 있기야 하겠지. 병원에만 오면 기분이 꼭 멘스중에 있는 년하고 그 짓을 하고 났을 때와 비슷해서 말이야……."

입원실로 가는 엘리베이터 앞으로 향하면서 도섭은 잠바 주머니에서 담배를 꺼냈다. 그러나 피울 수 없다고 판단됐던지 엘리베이터 앞에 와서는 다시 집어넣었다. 엘리베이터 앞에 서 있는 사람들은 환자들로는 보이지 않는데 표정이 모두 한결같았다. 역시 죽음에 대해서 생각들을 하고 있는지 모를 일이었다. 엘리베이터가 내려와 멎은 후 문이 열리자 사람들이 들어가고 싶지 않은 곳에 억지로 들어서듯이 느릿느릿 들어섰다. 두 사람도 마찬가지로 서두르지 않고 천천히 들어섰다.

엘리베이터에서 내려 입원실로 가면서 도섭이 깜박 잊을 뻔했다는 듯이 말했다.

"참, 너 그거 모르지? 박광렬이 부인하고 남윤철이 부인하고 같은 고등학교 동창이라는 것?"

"처음 듣는데. 어떻게 그걸 알았어?"

"그 사건이 일어난 직후, 병원 근처에 볼일이 있어 왔다가 혼자 잠깐 들른 적이 있었는데 그때 우연히 들었어. 텔레비전 뉴스를 보다가 그 장면을 보고 남윤철 부인이 중얼거리더구먼. 그 교수 부인이 자기하고 같은 고등학교 동창인데 그 친구도 참 안됐다고……."

입원실로 들어서니 예상대로 남윤철은 눈을 감은 채 죽은 듯이 침대에 누워 있었고, 부인이 그 옆을 지키고 있었다. 두 사람을 보고도 목례만 건네올 뿐 부인은 아무 소리도 하지 않았다.

지칠 대로 지쳐 있는 얼굴이었다. 세수도 안 했는지 눈물자국 같은 번들거림이 눈 주위는 물론 볼에까지 얼룩져 있었다.

"힘드시죠? 어떻게 좀……."

도섭의 말에 부인은 고개를 가로저으며 울먹거리는 듯한 음성으로 소리를 낮춰 말했다.

"이제 모르핀도 듣지 않아요. 통증이 오면 떼굴떼굴 굴러요. 방금 전에 그러고 나서 잠이 들었는데 잠도 오래 자지 못해요. 곧 깰 거예요."

그래도 남윤철은 말기 암환자치고는 아직 살이 좀 붙어 있는 편이었다. 젊을 때 범준은 당숙어른이 간암에 걸려 죽어가는 걸 본 일이 있는데 그분은 오늘의 르완다 난민들보다도 더 야위어 있었다.

대개 아까운 사람들이 일찍 죽는다는, 그 말이 사실이라면 그 이유는 어디에 있는지 몰랐다. 그런 사람들은 보통 사람들보다 일을 더 열심히 하기 때문에 과로사라는 이야기도 있고, 하나님 이 더 사랑하기 때문에 그만큼 더 일찍 데려가는 것이라는 이야 기도 있다. 남윤철의 경우는 하나님을 믿지 않았으니까 과로사 로 보는 게 옳을 것이다. 사실이 그랬다. 개인 병원 의사들은 다 그러는지 알 수 없으나 그 동안의 남윤철을 보면 옆에서 보기가 딱할 지경이었다. 자기의 이름을 간판으로 내건 조그마한 병원 이기 때문에 다른 의사와 함께 할 수도 없어 혼자 도맡아 진료 를 하는데 하루에 보통 백여 명, 감기가 극성인 철이기라도 하 면 이백여 명씩 한다고 했다.

그래서 그런지 일주일 중 하루 쉬는 일요일 전날 저녁에는 거 의 언제나 술을 마셨다. 마셔도 보통 마시는 게 아니라 자정을 넘어 새벽녘까지 몇 집씩 옮겨다니며 마셨다. 통증을 느끼던 날도 그랬다. 범준과 도섭, 그리고 다른 한 친구까지 넷이서 새벽 한시 가까이까지 마셨다. 그리고 헤어져 다음날 월요일에 도섭과 통화를 했는데 남윤철이 컨디션이 안 좋은 모양이더라고 했다. 배 아픈 증상이 완전히 가라앉지를 않는다는 이야기였다. 의사가, 그것도 일류로 일컬어지는, 수재들만이 다니는 대학에서 박사 학위까지 받은 내과의사가 자기 배 아픈 증상 하나 가라앉히지를 못하다니…… 두 사람은 가볍게 웃어넘기며 대수롭지 않게 여겼다. 전화조차 하지 않고 있다가 으레 그래 왔듯이 다음 토요일에 병원으로 찾아갔다. 믿었던 대로 남윤철은 아무렇지 않은 듯이 보였다. 몸이 안 좋다더니 어떠냐니까 괜찮다고 하면서 아는 병인데 이번엔 통증이 좀 오래 간 것이라고 말했다. 아는 병이라니, 아는 병을 왜 고치지 않고 있느냐니까 고치자면 입원을 해야 하는데 어떻게 병원 문을 닫겠느냐고 했다. 의사답지 않은 말이라고 생각하면서도 병을 가지고 의사한테 나무랄 수는 없어 두 사람은 다른 토요일이나 마찬가지로 남윤철을 데리고 술집으로 갔다. 그런데 아무래도 심상치가 않았다. 남윤철이 자기는 오늘은 쉴 테니까 너희들이나 마시라면서 잔을 받지 않고 밥만 시켜 먹었다. 밥도 전혀 맛있게 먹지 않고 억지로 먹는 듯이 보였다. 두 사람은 그냥 지나칠 수가 없어 술을 몇 잔 마신 후, 솔직히 말해라, 병명이 뭐냐고 다그쳤다.

"별거 아니라니까. 담석이야. 며칠 입원해 돌을 빼내면 되는데 병원 문 때문에 결단을 못 내리고 있는 거야."

"담석? 그거야 맥주만 마셔도 고친다는 병 아냐?"

"돌이 작으면 그런 경우도 있는데 꽤 큰 것 같애."

"아무리 커도 그렇지, 그까짓 것 가지고 뭘 속을 썩여? 입원이 곤란하면 맥주라도 계속 마셔봐. 넌 소주나 양주지 맥주는 잘 마시지 않았잖아?"

도섭이 맥주를 시켜주려고 하자 남윤철은 끝내 사양했다. 그러더니 그로부터 사흘 뒤에 입원했다는 소식이 들렸다. 단순히 입원했다는 소식만이 아니라 병명이 담석이 아니라 간암인 것 같다는 풍문까지 들렸다. 그 풍문을 확인하기 위해 두 사람은 병원으로 달려갔다. 남윤철은 덤덤히 말했다.

"아직 몰라. 갈라봐야 알어."

그러나 남윤철 모르게 담당 의사에게 묻자, 간암이 틀림없고, 병 자체가 워낙 어려운 병인데다 시기까지 놓쳐 힘들 것 같다고 했다. 두 사람은 어이없다 못해 분개까지 했다. 도저히 이해할 수가 없었다. 그렇다면 그 친구가 속였다는 이야기인가, 아니면 오진을 했다는 이야기인가. 내과 박사, 그것도 간에 관한 연구로 학위를 받았다는 간박사가 아무리 자기 머리는 자기가 못 깎는다고 해도 간에 관한 자기 병 하나 제대로 알아내지 못하고 오진을 하다니…… 결코 그럴 리는 없을 것 같은데 오진이 아니라면, 자기 병이 간암이라는 걸 알았다면 자기 병원 문을 핑계로 이렇게 입원을 미룰 수가 있었을까. 그리고 통증이 이번에 비롯된 게 아니고 그전부터 약하게나마 가끔씩 있어왔다는데 일주일에 한 번씩이라도 그렇게 술을 마셔댈 수 있었을까.

뭐가 뭔지 어리벙벙한 상태에서 수술 날짜가 잡혔다. 아까운 친구를 어떻게든 살려야 한다고 고등학교 동창들은 너도나도 헌혈을 자청해왔다. 병원에서도 남윤철의 스승, 동료, 후배가 동원되어 어느 환자보다도 수술에 정성을 기울였다. 다른 환자였다면 포기하기가 쉬웠을 만큼 수술을 하기에는 시기가 늦어 있는 상태였다고 병원 사람들은 말했다. 수술실로 들어가면서 엷은 미소와 함께 손을 들어 보인 남윤철은 수술이 끝나 회복실로 옮겨온 후, 후배 의사에게 고개를 갸웃거리며 울상을 지어 보였다. 후배 의사가 왜 그러시느냐고 하니까, 수술이 잘못된 것 같다, 핏줄 하나가 봉합이 제대로 안 됐는지 안에서 피가 계속 고이고 있는 느낌이다라고 말했다. 지독한 녀석, 그런 상태에서 그런 판단까지 내릴 수 있다니…… 남윤철은 다시 수술실로 옮겨졌고, 재수술이 감행되었다.

의료진들, 친구들만이 아니라 환자 자신의 그런 의지의 결과였을까. 기적이라고밖에 할 수 없는 일이 일어났다. 한 달 조금 지나 그는 퇴원했고 멀쩡히 살아 그전이나 별 다름 없이 생활했다. 술이야 마시지 않았으나 석 달 후엔 그 동안 닫았던 병원 문까지 다시 열고 손수 운전하고 다니며 베드민턴도 쳤다. 말기 간암 환자도 살려내다니…… 세상 참 좋아졌다고 친구들은 감탄했다. 그러나 그것도 일 년…… 친구들이 완전히 마음을 놓을 즈음 그는 점차 시들어갔다. 그 동안 맞아온 항암 주사로 머리칼이 거의 다 빠져 가발을 쓸 지경이 되더니 얼마 더 못 가 수술을 받은 병원이 아닌 다른 암 전문 병원에 입원했다. 그 병원에서도 가망이 없다는 선고가 내려지자 미국에까지 갔다. 그러나 선진국이라고 해서 별다른 방법이 없는지 한 달도 못 되어 되돌아왔다. 이식을 받아 사는 사람들도 있다는데 그럴 수도 없는 상태라고 했다. 이제 죽는 순간을 기다릴 수밖에 다른 어떤 방법도 없었다. 아니 사람의 삶과 죽음도 하나님이 주관하신다면 하나님의 힘을 믿는 수밖에 없었다. 실제로 지난번에 찾아왔을 때 도섭이 남윤철에게 그런 이야기를 꺼내기도 했다.

"어떤 사람들은 기도원에서 낫기도 했다던데…… 어떻게 그런 방법으로도 안 될까?"

남윤철은 쓰디쓴 표정으로 고개를 가로저었다.

도섭은 옆에 있는 남윤철의 부인에게 물었다.

"교회에 다니시죠?"

부인은 긍정하는 쓴웃음만 보였다.

"어떻게 그런 방법이라도 써보시지 그래요. 성령의 힘인지 뭔지로 고치는 사람들도 많다던데……."

"말을 안 들어요. 그리고 저이는 하나님도 안 믿잖아요?"

"교회에 안 다닌다고 해서 안 믿는 건 아니겠죠. 나도 교회에는 안 다니지만 하나님은 믿는데……."

부인은 말없이 눈 안에 눈물만 글썽거렸다. 그러잖아도 그 사이 부인이 아마 그런 방법으로 고쳐보자고 많이 권유를 한 것 같았다. 하나님을 믿는 사람이든 믿지 않는 사람이든 마지막엔 그 방법을 택해보는 경우가 많다는 걸 범준도 이야기를 들어 알고 있었다. 경애도 그런 이야기로 사람을 혼란시킨 적이 많았다. 치유의 은사를 받은 사람들이 있는데 그들은 맨손만으로 또는 손도 대지 않고 기도만으로도 병을 고친다고 했다. 성경에 나오는 예수와 비슷한 능력을 지녀 암 정도를 고치는 건 물론 앉은 뱅이를 그 자리에서 당장 일어서게도 한다고 했다. 자기가 아는 누구의 누구, 또 누구의 누구도 다 그렇게 고쳤다고 했다.

도섭이 남윤철 쪽으로 다시 향했다.

"안 된다고 해도, 다른 방법이 없다니까…… 밑겨야 본전 아냐?"

남윤철은 아까보다 더 강하게 고개를 가로저었다. 역시 지독한 친구였다. 물에 빠져 허위적거릴 땐 지푸라기라도 잡는 게 사람이라는데 남윤철은 그 성령의 힘이라는 걸 끝까지 믿지 않았다. 그러고 보니까 언젠가 술자리에서 그 문제로 자기 부인과 크게 싸운 일이 있다고 이야기한 게 생각났다. 술을 마시고 새벽에 집에 들어가니 애들만 있고 부인은 없었다. 그렇게 다니지 말라고 했는데 또 새벽 기도를 간 게 분명했다. 술에 취한 김에 화가 난 남윤철은 부인이 다니는 동네 교회로 당장 달려갔다. 생각대로 부인은 그곳에 있었고, 목사는 한창 설교를 하고 있었다. 설교가 끝나기를 기다릴 틈도 주지 않고 남윤철은 부인 옷자락을 붙잡아 교회 밖으로 끌어내었다. 그 이야기를 듣고 범준이 그거야 너무 심했지 않느냐, 네가 믿지 않는다고 그렇게까지 할 필요는 없지 않았느냐고 하자 남윤철은 목소리를 높여 말했다.

"나라도 집에 있었다면 모르지만 나도 없는데 애들만 놓아두고 새벽부터 집을 비우니 그랬지. 어쨌든 난 교회가 싫어. 요즈음 우리 교회들 하나님과 예수를 팔아 장사하는 거지 그게 무슨…… 우리 동네만도 교회가 몇인 줄 알아?"

하나님을 믿지 않는다고 해도 장사 운운……이라는 말까지야 차마 할 수 없을 것 같은데 남윤철의 생각은 확고한 듯했다. 대부분의 의사들도 병을 진료하고 치료하는 건 자기들이지만 병을 낫게 하고 안 낫게 하고, 또 사람을 살리고 죽이는 건 하나님이라고 말한다는데 남윤철은 달랐다. 그런 남윤철에 관해 잘 알고 있는 경애는 남윤철이 병에 걸리자, 벌을 받아서 그렇다고 잘라 말한 적이 있었다.

"교회는 성전인데 술에 취해 성전에까지 나타나 그런 추태를 보였으니 어떻게 벌을 안 받아?"

그 말을 듣고 범준은, 그걸 말이라고 하느냐, 그럼 애들만 두고 부인이 새벽부터 집을 비운 게 잘한 일이냐고 힐책했지만, 한편으로는 경애의 말이 맞을지도 모르겠다는 생각이 전혀 안 들지도 않았다. 정말 그렇다면, 그 정도도 용서를 안 하신다면,

사랑이 많으시다는 하나님이라는 분은 얼마나 무서운 분인가.

남윤철이 잠들어 있다고, 오자마자 바로 돌아갈 수도 없어 범준과 도섭이 앉아 기다리고 있자, 부인이 냉장고에서 오렌지캔 두 개를 꺼내어 마시라고 내밀었다. 곧 죽을 친구 보러 오면서 이런 것들을 들고 오는 게 오히려 어색할 것 같아 그냥 왔는데 잘못이었는지 모르겠다는 생각을 하면서 범준은 사양했다. 별로 마시고 싶지도 않았다. 그러나 도섭은 사양하는 척하는 일도 없이 받아든 즉시 뚜껑을 뜯어 마시며 하지 않아도 좋을 소리를 건네었다.

"이제 너무 늦어 기도원에 가도 소용없겠죠?"

부인은 묵묵히 고개만 끄덕였다.

"그 동안에도 권유는 해보았어요?"

"전부 다 속임수라고 하는데 어떻게 계속 권유를 하겠어요? 처음에 몇 번 하다가 하도 화를 내기에 나중엔 말도 안 꺼냈어요. 그리고 성령도 믿는 사람에게나 통하지 믿지 않는 사람에겐 통할 수가 없죠."

"믿지 않다가도 그렇게 고치고 나서 믿는 사람들도 많다던데?"

"안 믿는 사람들도 치료를 받는 순간에만은 믿겠죠."

그전부터 느껴온 바지만 남윤철의 부인도 경애와 비슷한 면이 없지 않은 것 같았다. 의사니까 돈이야 많이 벌어다 주었겠지만, 비록 일주일에 한 번 정도라도 그렇게 밤을 새워가며 술을 마셔 대는 남편을 좋아만 할 리 없었을 것이다. 어쩌다가 친구들이 집으로 전화를 걸면 달갑지 않은 목소리로 받는 것만으로도 미루어 짐작할 수 있었다. 부인들이 왜 교회에 빠지는지 아느냐, 남편들이 잘 못해주기 때문이다, 라고 말하는 사람들이 있는데 물론 그런 경우도 없지는 않을 것이다. 그러나 모두가 그러리라고는 생각되지 않았다. 비율로 보면 오히려 그 반대일 경우가 더 많을는지도 알 수 없었다.

말소리 때문인지 남윤철이 얼굴을 일그러뜨리며 힘겹게 눈을 떴다. 잠깐 뜨긴 했으나 세 사람이 가까이 다가가도 눈에 잘 들어오지 않는지 아무 말도 못하고 곧바로 다시 감았다. 그리고 더 심하게 얼굴을 일그러뜨렸다. 통증을 참는 모습이었다. 부인이 남윤철의 얼굴 가까이에 대고 말했다.

"친구분들 오셨는데 하실 말씀 있으면 하세요."

알아들었는지 남윤철이 다시 힘겹게 눈을 뜨고 두 사람을 보면서 허연 빛깔의 쓸쓸한 웃음을 엷게 보이며 들릴 듯 말 듯 말했다.

"바쁠…… 텐데…… 뭣허러…… 와?"

그러고는 다시 심하게 얼굴을 일그러뜨렸다. 부인이 두 사람에게 손짓과 함께 말했다.

"이제 가보세요. 또 통증이 오려나봐요. 통증이 오면 방 안을 떼굴떼굴 구르니까 보시고 있기 힘들어요. 가세요. 있으시면 제가 더 불편하니까 가주시는 게 저를 돕는 거예요."

그렇게까지 밀어내다시피 하는 데야 더 있을 수는 없었다. 있어봤자 남윤철에게나 부인에게나 무슨 도움이 되겠는가. 쫓겨나오듯이 두 사람은 병실을 나왔다. 복도를 지나 엘리베이터를 타고 내려와 건물 밖으로 나와서도 두 사람은 아무 말도 하지 않았다. 담배만 태워 물고 도섭은 성큼성큼 앞장서 주차장 쪽으로 갔다. 둘이 만날 때는 술 마실 것을 대비해서 대개는 차를 가지고 오지 않는데 오늘은 병원에 오느라고 가지고 온 모양이었다. 차에 올라 시동을 건 후 히터를 틀어놓고 담뱃불을 끄고 나서야 도섭은 입을 열었다.

"정말 기분 지랄 같네. 저런 꼴을 보면 술이 정떨어져야 할 텐데 더 마시고 싶어지니 어떡하지? 오늘은 안 마실 작정을 하고 차까지 가지고 왔는데……."

"잘됐어. 나도 기분도 기분이지만 속도 안 좋아. 새벽부터 집에서 마셨거든."

도섭이 돌아보았다.

"새벽에? 집에서? 왜?"

"잠이 안 와서……."

"그럼 오늘은 쉴까? 아직 시간도 그렇고 마시려면 차 때문에 집 쪽으로 가야 되는데 사무실 쪽에도 가봐야 되거든."

"잘됐어. 충무로 쪽으로 가서 내려줘. 난 전철 타고 갈 테니까."

"그럴까? 그러지, 그럼. 그쪽으로 가서 차나 한잔 하지."

도섭은 차를 출발시켰다. 바깥보다 더 춥던 차 안이 히터로 인해 금방 훈훈해졌다. 두 사람은 꽤 긴 시간 동안, 도시 곳곳의 교회 십자가처럼 많은 신호등들과 막히고 밀리는 차들로 인해 걷는 것보다도 오히려 더 느리게 느껴지는 차가 충무로에 거의 다 당도할 때까지 아무 말도 하지 않았다. 범준이 그렇듯이 어쩌면 도섭도 죽음에 대해 생각하고 있는지 몰랐다.

죽음. 모든 인간은 다 죽는다는 그 엄연한 사실을 왜 자기는, 거의 모든 사람들은 잊으며 살고 있는 것일까. 식구의, 친척의, 친구의, 이웃의, 먼 타인의 죽음이 바로 자기 자신의 죽음과 직결되어 있음을 항상 의식하며 산다면 과연 이제까지처럼 걸핏하면 술이나 마시며 게으르게 살 수 있었을까.

곽성현 목사가 설교중에 가장 자주 들먹이는 것도 죽음이었다. 아무리 잘나고 아무리 많이 가진 사람이라도 죽음 앞에서는 꼼짝 못한다는 사실을 잘 아는 이상 당연한 일일 것이다. 죽음에 임박한 사람들에게 기도해주러 가면 그들은 한결같이 손을 잡고 눈물을 흘리며, 자기에게도 이런 순간이 닥칠지 알았더라면 지난 삶을 그렇게 살지는 않았을 것이라고 말한다고 했다. 설교에서 듣기 전에, 실제로 어떤 학자의 조사에 의하면 대개의 사람들은 죽음에 이르러 공통적으로 세 가지를 후회한다는 글을 범준도 읽은 일이 있었다. 좀더 참으며 살걸. 좀더 베풀며 살걸. 좀더 즐기며 살걸. 그런 글을 읽고도 범준은 죽음에 이르러 후회하지 않기 위해 살지를 못했다. 참지도 베풀지도 즐기지도 그야말로 아무것도 제대로 하며 살지 않았다. 절망만, 오직 절망만 하면서 산 것 같았다. 절망이 곧 죽음에 이르는 병이라는 책을 읽었으면서도 왜 그렇게 절망을 하지 않을 수 없었는지 자신이 생각해도 한심했다. 이제까지의 삶만이 아니라 앞으로의 삶에 대해서도 자신이 없었다.

충무로에 와 주차장이 딸려 있는 'Café de Paris'로 도섭은 안내했다. 차를 마시기로 해놓고 굳이 화려한 카페로 안내한 건 주차장 때문이 아닌가 했더니 자리에 앉아서 도섭은 말했다.

"난 안 되지만 넌 칵테일이라도 마셔라. 아니면 맥주를 마시든지."

"아냐, 생각 없어."

"왜? 윤철이처럼 간암에 걸릴까봐? 술 마신다고 다 간암에 걸리면 남자치고 간암 안 걸릴 놈 몇이나 되겠냐? 윤철이는 스트레스 때문이었어. 혼자 끌어가야만 했던 병원도 문제였지만 부인이 보통이 아니거든. 윤철이가 뭐가 어떻다고, 술이야 좀 마셨지만 우리처럼 자주나 먹냐? 일주일에 한 번 정도야 건강을 위해서도 좋으면 좋았지 나쁠 게 없거든. 그런데 그걸 가지고 그렇게……."

"알아. 술 때문에 간암에 걸린다면 나도 옛날에 죽었겠지. 아까 안 먹기로 했잖아? 혼자 무슨 맛이야? 실제로 속도 안 좋고……."

도섭은 커피를, 범준은 녹차를 시켰다. 커피가 왔는데도 도섭은 커피보다 먼저 담배를 입에 가져갔다. 범준이 말했다.

"술보다 너는 담배가 더 문제야. 한동안 끊었다더니 왜 또……?"

범준도 젊어 한때는 담배를 피웠으나 폐가 나빠 끊은 후 아주 끊어버렸다.

"사람이 몸에 좋다는 것만 하면서 어떻게 살겠냐? 어차피 언젠가는 가야 할 것 좀 늦게 간다고 뭐가 뾰족하겠냐? 적당히 살다 죽는 거지, 뭐. 그렇지만 윤철이 저 자식은 안되긴 좀 안됐어. 같은 나이에 저게 무슨 꼴이야?"

여느 때답지 않게 도섭은 눈 안 저쪽 깊숙이 물기 같은 게 감도는 것 같은 표정으로 이어 엉뚱한 말을 했다.

"저렇게 된 게 왠지 부인 때문인 것 같아 나는 부인이 싫어. 바가지만 긁지 말고 옆에서 좀 신경을 잘 써주었더라면 왜 저렇게 되었겠냐? 돈이 없냐 뭐가 없냐? 음식이니 약이니 얼마든지 신경 써줄 수 있었잖아?"

"쓸데없는 소리, 왜 신경을 안 써줬겠어?"

"넌 잘 몰라서 그래. 술 마신 다음날 꿀물 한 잔 타줄 줄 모르는 여자야. 나야 마누라가 타주든 말든 내가 꿀이 아니라 인삼까지도 갈아먹지만 윤철이야 제 몸은 위할 줄 모르는 놈이잖아?"

사실이 그랬다. 친구들 사이에서 자기나 자기 가족들보다도 오히려 남을 더 위해주는 친구로 통했었다. 자기 몸을 위할 줄 안다면 어떻게 병에 걸려가지고도 자기 병원 문을 이유로 입원을 미루었겠는가. 도섭이 담배를 다 태우고 나서 식어버렸을 것 같은 커피를 비로소 입에 가져가며 다른 이야기를 꺼냈다.

"아까 병원에서 박광렬 부인에 대해 좀 물어보려다가 보기 싫어서 그만뒀어."

"그 자리에서? 그 자리에서 어떻게 그런 걸 물어? 동기 동창이 맞긴 분명히 맞는 거야?"

"맞다니까. 내 귀로 직접 들은 이야기라니까. 그때야 박광렬에 대해서 특별한 아무 관심도 없었으니까 흘려들었었지만 학교 때 어땠는지, 박광렬하고는 어떻게 연애를 했는지 들어볼 만하잖나?"

"그런 이야기야 윤철이 부인 아닌 다른 사람들한테서라도 들으려면 들을 수 있겠지. 아직 알아봐야 할 것들도 많고, 만나봐야 할 사람들도 많으니까 너무 서두르지 마. 그러나 어쨌든 공교롭긴 공교롭군. 윤철이 부인이 그 부인과 동기 동창이라니."

"동창일 뿐만 아니라 가깝기도 했던 것 같아. 그렇지 않고서야 그 와중에 그 친구를 걱정하는 말까지 했겠나?"

"알았어. 그렇지만 윤철이 부인한테 그런 이야기를 물어보려면 윤철이 장례를 치른 후에도 어느 정도 지나서야 가능할 테니 많이 기다려야 할 거야."

"그러니까 잘못했다니까. 아까 그 자리에서 물어보는 건데……."

"사람 참…… 그 자리에서 어떻게 그런 걸 물어보느냐구…… 서두르지 말라니까."

"너로서야 안 급하겠지만 나는 빠를수록 좋거든. 그러나저러나 유정원은 어때? 함께 일할 만해?"

"응, 어제 봐서는······."

"마음에 들 거야. 네 마음에 들지 않게 생기면 붙여주지도 않지. 애가 예쁘고 상냥하고 똑똑해. 너만이 아니라 남자들은 다 좋아할 형이지. 글솜씨는 그저 그런데 함께 일하기가 편해. 처음엔 글솜씨가 나은 남자를 붙여줄까 했는데 재미없을 것 아냐? 일하는 데 우선 네가 재미가 없으면 안 될 것 아냐?"

"일을 뭐 재미로만 하나? 해야 되면 재미없어도 해야지."

"핫 자식, 말은····· 엉뚱한 일 벌이지는 마. 엉뚱한 일 벌여가지고 또 최경애 여사한테 나 욕 듣게 하지 말고····· 전력도 있잖아?"

전력이란 강수정 사건을 두고 하는 말이었다. 도섭도 그 사실을 구체적으로는 모르지만 대강은 알고 있었다.

"그런 게 걱정되면 뭣하러 함께 일하게 해? 처녀가 맞긴 맞는 거야? 결혼 안 했어?"

"안 했다니까. 처녀라고 이야기했잖아? 숫처녀인지 아닌지야 알 수 없지만····· 아마 연애 경력은 있을 거야. 너한테 관심이 많은 모양이야. 널 유혹해야겠다고 하더라구. 그래서 내가 말렸지. 나 머리 아프게 하지 말라구."

"그렇게 잘생기고 젊은 여자가 뭐가 아쉬워 날 유혹하겠냐? 괜히 농담이겠지. 농담을 재미있게 잘하더라구. 말을 반하게 잘해."

"수상한데····· 하루 함께 다니더니 벌써 넘어간 것 아냐? 일하라고 붙여줬지 연애하라고 붙여준 것 아냐. 그건 분명히 알라구."

"핫, 사람····· 그렇게 말하니까 오히려 일하지 말고 연애나 하라는 말로 들린다."

"뭐라구?"

두 사람은 유쾌하게 큰 소리로 웃었다. 웃고 나서 도섭이 물었다.

"박광렬이 책 샀다면서 읽어봤냐? 어제 샀으니까 아직 못 읽어봤겠구면?"

"읽어봤어. 그것 읽느라고 잠을 밤에 못 자고 아침에 잤잖아."

"어때, 소감이?"

"아직 몰라. 정작 읽고 싶은 책은 구하지 못해 못 읽고 그 친구가 번역한 것들만 봤거든."

"정작 읽고 싶은 게 뭔데?"

"그 친구가 유일하게 지은 책. 『아우슈비츠』라는 제목인데 뭔지 모르겠어."

"아우슈비츠? 그것 유태인들 학살당했던 곳 아냐?"

"그거야 누가 모르나? 너무나 유명한 단어지만 그걸 상징어로 쓴 건지 아니면……."

"글쎄, 신학자가 쓴 책치고는 제목이 이상하구면."

"아냐, 오히려 신학자라서 자신 있게 붙일 수 있는 제목일지도 모르지. 그 학살을 누가 감히 함부로 말할 수 있겠어? 그거야말로 신이니 하나님을 제대로 이야기할 수 있는 사람이 아니면 말할 수 없는 게 아닐까 하는 생각이 들어."

도섭은 천천히 고개를 끄덕였다.

"듣고 보니 그럴 것 같기도 하구면."

좀더 이야기하다가 두 사람은 헤어졌다.

6

　범준이 집에 들어가자 인석이 아버지한테서 전화가 왔었다고 경애가 사무직원 같은 어조로 말했다. 인석이 아버지란 많은 형제들 중 서울에 올라와 있는 유일의 동생인 범욱을 가리켰다. 일류로 알려진 대학의 경제과를 나와 대재벌 기업 연구소에 근무하고 있다. 같은 서울에 살고 있으면서도 자주 만나기는커녕 전화도 몇 달에 한 번 주고받을까 말까 할 정도로 남남처럼 지냈다. 범준도 범욱도 성격상 그랬다. 성격도 성격이지만 형제들이 많다 보니까 지방에 있으나 서울에 있으나 일일이 마음을 쓰며 살지를 못했다. 전화야 어디나 곧바로 통할 수 있는데 서울에 있는 동생이라고 해서, 또 형이라고 해서 특별히 더 관심이 가질 리 없었다. 범준으로서 관심을 갖기로 한다면 범욱보다는 오히려 제대로 학교에도 다니지 못한 지방의 동생들에게 더 가져야 되었다. 그러나 형이라고 무슨 도움을 주지도 못하며 살기 때문에 전화로 자주 안부를 묻는 등의 당당한 자세를 보이지 못했다. 따라서 범욱만이 아니라 지방의 형이나 다른 동생들과도 꼭 그럴 만한 무슨 일이 있지 않는 이상 전화를 주고받게 되지 않았다.

사무실로 전화를 하자 범욱은 부모님의 기일(忌日)에 어떻게 하겠느냐고 했다. 자기가 차를 가지고 가려고 하는데 동승을 하겠느냐, 않겠느냐는 이야기였다.

"왜, 애들은 안 데리고 가려구?"

"못 데리고 갈 것 같아요. 애들 엄마랑 둘이만 저녁에 갔다 새벽에 오려구요. 형님은 애들 데리고 가시려구요?"

"글쎄, 가능하다면 데리고 가고 싶은데……."

"그럼 안 되겠군요. 저는 형님하고 형수님만 가실 줄 알고……."

"몇이 가든 번거롭게 그럴 필요 뭐 있냐. 거기서 여기까지만 오려고 해도 한 시간은 걸릴 텐데…… 우린 고속으로 갈 테니까 그냥 가. 내려가서 만나지, 뭐."

사실이 그랬다. 범욱의 집이 문래동에 있기 때문에 대치동까지 오려면 막히지 않아야 한 시간 가까이 걸릴 것이다.

"그래요? 그렇게 하세요, 그럼. 전 좀 늦을 거예요. 오전에 사무실에 들렀다 갈 테니까."

"알았어. 운전 조심하고……."

전화를 끊고 나자 경애가 시비조로 퉁명스럽게 말했다.

"버스로 가려구요? 우리도 차 있는데 왜 버스로 가요?"

"당신 운전하려면 힘들잖아?"

"나 힘들 것 걱정해서 그래요? 사고나 죽을까봐 그러지."

"물론 위험하기도 하고……."

"아무나 죽는 줄 알아요? 하나님 믿는 사람은 그런 것 무서워하지 않아요."

"죽고 안 죽고보다도 왜 그런 바보짓을 해? 버스를 타면 편히 갈 수 있는데, 잘하지도 못하는 운전 위험하게 기를 쓰며 하고 갈 필요가 뭐 있어?"

"바보짓? 그럼 뭐 삼촌은 바보여서 자기 차로 가는 거예요?"

"그애야 시간이 없잖아? 저녁에 갔다가 새벽에 온다잖아?"

"시간이 있을 때도 그래요. 그 집은 늘 차를 가지고 다녔는데 우리만 유난스럽게…… 차 됐다 언제 써먹으려고…… 교회에만 다니려고 차 산 것 아녜요. 버스비 가지면 기름값 하고도 남아요."

"알아서 해. 운전하기가 그렇게 좋으면……."

경애가 고집을 꺾지 않는다면 어쩔 수 없었다. 무슨 일에서든 경애가 고집을 피우는 한 범준이 그것을 꺾은 적은 없으니까. 그러나 기우에서가 아니라 고속도로를 세 시간 이상 달려야 되는 거리를 경애의 운전에 의존한다는 건 꺼림칙한 일이 아닐 수 없었다. 뉴스에서 보게 되는 그 끔찍한 사고들만이 아니라 실제로 가까운 친척 중에도 그 거리를 운전하고 오다가 중앙선을 넘어오는 트럭과 맞부딪쳐 즉사한 사건이 있었다. 이종사촌형의 아들이었다. 없는 살림에 부부가 온갖 애를 써 대학을 겨우 졸업시킨 그 집안의 기둥이었다. 들어가기도 힘든 한의과대학을 졸업한 후 그 아들은 결혼해 성남에 한약국을 차렸다. 다달이 천만원이 훨씬 넘는 돈을 벌어 그 집안으로서는 뜻하던 바를 이룬 셈이었다. 이종사촌형 부부로서는 때와 장소를 가리지 않고 그 아들 자랑하기에 여념이 없었다. 그런데 그 아들이 혼자 그 길을 운전하고 오다 사고를 당해 젊은 처와 어린 두 딸만 남겨 놓은 채 그 꼴이 되고 만 것이었다. 경애로서도 그 사실을 모르고 있지 않았다. 실성하다시피 된 그 이종사촌형 부부를 직접 만난 적도 있었다. 눈물을 글썽거리는 그들 앞에 함께 눈물을 글썽거리기도 하였다. 그 사건이 아니더라도 운전 경력이 이십 년도 넘는 그곳 친형은 그 지방을 떠나 먼 곳에 갈 때는 절대로 차를 가지고 가지 않았다. 사업을 하기 때문에 값비싼 고급 승용차를 직접 몰고 다니면서도 서울에조차 언제 한 번 가지고 온 일이 없었다. 이십 분 간격으로 고속버스가, 그것도 누워서 잠을 자며 다닐 수 있는 우등고속버스가 직선 차선으로 달리는 세월에 뭣하러 승용차를 가지고 오느냐는 게 형의 주장이었다. 그 형 집으로 부모님 기일을 지내러 가면서 별로 좋지도 않은 차에 운전마저 서투른 터에 굳이 승용차라니…….

더 말다툼하기가 싫어 범준은 경애가 앉아 있는 부엌 식탁 앞을 떠나 거실로 와 커튼식으로 된 가리개를 가려버렸다. 책상 앞에 앉아 있으니 피로가 몰려와 간이 카페트가 깔려 있는 바닥에 누웠다. 소파가 없어 방에서처럼 누워도 아무런 문제될 게 없었다. 누울 것을 대비해 한쪽엔 언제나 베개가 갖춰져 있었다.

부모님의 기일은 모레였다. 평소엔 연락이 없다가도 별다른 큰일이 없는 한 기일엔 8남매 부부와 그의 아들딸들이 맏형 집에 거의 다 모였다. 6남매 부부와 그 아들딸들은 모두 그 지방 도시 이리(裡里;益山)에 살기 때문에 평소에도 자주 왕래가 있겠지만 범준네와 범욱네는 기껏해야 일 년에 한두 번 함께 어울릴까 말까 할 정도였다. 특히 범욱 부부와 그 아들딸은 그 한두 번도 어울렸다가는 몇 시간 지나지 않아 자리를 뜨는 일이 많았다. 범욱이 직장 일로 늘 쫓기는데다 집안에 문제가 있기 때문이었다. 범욱의 아들 인석이 심한 자폐증으로 열 살이 되도록 제대로 말을 못했다. 학교에도 보내지 못하고 그런 아이들만을 맡아 지도하는 특수 보육원에 보내 키우며 부부는 틈만 나면 교회 일에 봉사하기에 바빴다. 하나님의 힘 외에는 그 무엇으로도 그 병을 고칠 수 없다고 믿고 봉사하며 기도하는 데에 온 정성을 쏟았다. 성격이며 사물에 대한 안목은 달라도 그런 면에 한한 한 범욱의 처는 경애와 잘 통했다. 중학교 선생을 하고 있어 날마다 새벽 기도까지는 못 나가도 틈만 나면 기도원에 가 금식 기도하기에 바쁘다는 이야기를 경애를 통해 들은 일이 있었다. 어쩌다 만날 때도 처음부터 끝까지 입에서 떠나지 않는 낱말이 '하나님' '예수' '구원' '천국' '지옥' '기도' '응답' …… 등등이었다. 무슨 기도든 아무 자리에서나 막힘이 없었고, 소위 방언이라는 그 이상한 중얼거림까지도 오랜 동안 연습해온 것처럼 능란하게 잘 내 모인 사람들을 어리둥절하게 만들었다.

부모님의 기일에 제사 아닌 추도 예배를 드리자는 주장도 몇 년 전 경애로부터 나왔고, 거기에 범욱의 처가 장단을 맞춰 합세했다. 지방(紙榜)을 써 벽에 붙여놓고 부모님의 영정 앞에 음식을 차려놓은 후 술을 따르며 절을 하는 그 의식을 완전히 없애고, 모여서 예배와 찬송만 드리자는 주장이었다. 서울에 사는, 대학을 졸업한 두 며느리의 주장에 지방의 가족들은 저마다 다른 반응들을 보였다. 펄쩍 뛰며 반대하는 편이 있는가 하면 당연히 진작부터 그랬어야 한다고 절대적으로 동조하는 편이 있고, 어느 쪽이 좋을지 망설이는 편이 있는가 하면 묵묵부답 이래도 좋고 저래도 좋다는 편이 있었다. 문제는 부모님 역할을 대신하는 집안의 맏형이었는데 맏형은 펄쩍 뛰며 반대하는 편에

속했다. 집안 대대로 지켜온 풍습을 무슨 이유로 그렇게 갑자기 바꾸느냐고, 그것은 말도 안 되는 소리라고 했다. 경애와 범욱의 처는 그런 아주버니를 설득시키려고 갖가지 이야기를 다 꺼내었다. 장황하게 많은 이야기들을 늘어놓았지만 요약하자면 간단했다. 하나님이 제일 싫어하시는 것 중의 하나가 우상을 섬기는 일인데 제사는 우상 숭배에 속하므로 안 된다는 이야기였다. 형은 목소리를 크게 높여 반박했다.

"제사가 우상 숭배라니, 도대체 그게 말이 되는 소리요? 대대로 내려온 우리 고유의 아름다운 풍습을 우상 숭배라니, 조상이 어떻게 우상이 될 수 있소?"

"죽어 이미 하늘나라로 가셨는데 그 귀신이 있다고 믿고 그 귀신에게 절을 하고 음식을 대접하니 그게 우상 숭배가 아니고 뭐예요?" 경애.

"귀신에게 절을 하고 음식을 대접하는 건 우상 숭배죠. 우스운 일이죠. 고유의 풍습이라도 옳지 못한 건 고쳐가야죠." 범욱의 처.

"제사만은 우상 숭배와는 구분되어야 한다고 말하는 교인들도 있지만 우상 숭배로 보는 게 옳아요." 범욱.

"조상한테 절하고 술 한잔 대접하는 게 뭐가 나쁜 일이라고……." 매형.

…….

…….

각기 한마디씩 하는 이야기들을 들으며 범준은 국문학계에 많은 업적을 남기고 아흔 살이 다 되어 작고한 어떤 학자가 말년에 이르러 한 말을 떠올렸다. 자기는 하나님이며 예수를 부정하거나 기독교를 나쁘게 생각한 적은 없지만 기독교에서 주장하는, 조상에 대한 제사를 우상 숭배로 보는 견해에 끝내 찬동할수 없어 교인이 되는 걸 포기했다는 말이었다. 확실한 판단은서지 않았지만 범준의 생각으로도 어쩐지 조상에 대한 제사만은성경에서 말하는 그 우상 숭배와는 구분이 되어야 할 것 같았다.그러나 경애와 범욱의 처가 워낙 강하게 나와 의사를 펴지는 않았다.

　웅성웅성 별별 이야기들로 논쟁은 쉽게 끝나지 않았다. 술에얼큰히 젖은 형은 비록 많이 배우지는 못했으나 몇 년이라도 세상을 더 살아온 사람으로서의 아는 바를 총동원해 설득시키려고애를 썼다. 기독교에 빠져 파멸한 가까운 이웃의 이야기도 들려주었다. 부인이 남편 몰래 자기가 다니는 교회의 목사에게 지나칠 정도의 헌금은 물론 고급 승용차까지 사주었다. 결코 생활이넉넉한 집안이 아니었기 때문에 그 일은 곧 문제가 되었다. 남편이 교통사고를 당해 입원해 다리까지 절단했는데 병원비가 없어 쩔쩔맬 지경이 되었다. 이 사실을 알고 남편의 친구들이 목사를 찾아가 자초지종을 말하고 승용차 값의 일부라도 돌려줄것을 사정했다. 그러나 목사는 완전히 외면했다……는 등의 이야기였다. 비록 술에 젖어 있기는 해도 형은 진지하게 말했지만경애는 물론 범욱의 처도 별로 귀 기울여 듣는 것 같지 않았다.이야기에 설득당하기는커녕 오히려 더 반발했다. 어떤 교회 어떤 목사인지는 모르나 물론 그런 교회, 그런 목사도 얼마든지있을 수 있다. 그런 교회, 그런 목사만이 아니라 그 부인과 같은신도도 많을 것이다. 그러니까 제대로 된 교회, 제대로 된 목사를 만나 제대로 믿어야 된다며 경애는 자신이 단지 이 집안의둘째 며느리에 지나지 않는다는 사실도 망각한 것처럼 잘라 말했다.

"알아서 하세요. 내년에도 추도 예배로 바꾸지 않고 제사를 지낼 때는 저는 참석하지 않을 테니까."

나이 많은 어른들이 살아 있어 질서가 제대로 잡혀 있는, 가정 교육이 제대로 되어 있는 점잖은 집안에서라면 경애의 이런 발언이 어찌 허용이나 될 수 있겠는가.

당돌한 경애의 말에 갑자기 실내가 조용해졌다. 물을 끼얹은 것 같다는 상투적인 표현이 그대로 들어맞는 분위기였다. 서로 얼굴들을 돌아보다 시선들이 결국엔 형에게로 모아졌다. 성질 같아선 당장 뺨이라도 치고 싶었겠지만 형은 참았다. 한참 침묵하다가 한숨을 쉬고 나서 목소리를 가라앉혀 범준에게 물었다.

"너도 같은 생각이냐? 추도 예배로 하지 않으면 너도 참석하지 않을 작정이냐고?"

"아뇨. 저야 뭐 아직……"

형은 범욱의 처에게로 시선을 향했다.

"인석이 어머니는 어떠세요? 마찬가지겠죠? 당연히 추도 예배 쪽이겠죠?"

"물론이에요. 내년부턴 추도 예배로 하세요."

형은 시선을 범욱에게로 옮겨갔다.

"너는?"

"아까 말씀드렸잖아요? 제사는 우상 숭배로 보는 게 옳다고."

"그러니까 추도 예배로 하자 그거지?"

"그렇죠."

형은 다른 형제들과 부인들에겐 묻지도 않고 다시 한동안 침묵하다가 한숨과 함께 혼잣말을 했다.

"하긴 세월이 많이 달라졌으니…… 많이 배운 사람의 입에서 추도 예배가 아니면 참석을 하지 않겠다는 말까지 나오니……."

형이 한풀 꺾여 깊이 생각에 사로잡히는 것으로 느낀 경애는 아까와는 다른 표정이 되며 말했다.

"죄송해요. 제가 너무나 함부로 말씀드린 것 같아서…… 하지만 세월이 달라져 많이들 그렇게 하니까 덩달아 하자는 게 아니고 좀 늦었더라도 옳은 길을 찾았으면 그 길로 가야죠. 제 말씀대로 하세요. 제 말씀대로 해서 우리 집안에 결코 나쁠 게 없을 거예요."

형이 확실한 대답을 않자 경애는 옆에 앉은 형수의 물기가 채 마르지 않은 손을 잡고 원조를 요청했다.

"형님이 그렇게 하자고 하세요. 이제까지 해마다 그 음식들 장만하느라고 얼마나 애써오셨어요? 추도 예배를 드리고 음식은 간단하게 평소처럼 차려 먹으면 형님도 그렇고 우리도 그렇고 부담스럽지 않아 얼마나 좋아요? 대신 앞으로 추도 예배 때 드는 음식 비용은 제가 댈게요."

그러나 그날은 끝내 확답을 얻어내지 못한 채 서울로 돌아왔다. 돌아오는 차 속에서는 물론 집에 돌아온 후에도 경애는 그 문제로 많은 열을 올렸다. 잔소리에 잔소리를 거듭하며 신경질을 가라앉히지 못했다. 견디다 견디다 범준은 한마디 하지 않을 수 없었다.

"도대체 당신이라는 사람 이해를 못 하겠어. 왜 당신이 그렇게까지 나서야 해? 형이 있고 누나가 있고 내가 있고 또 동생들도 있어. 당신은 우리집으로 시집온 며느리에 지나지 않아. 의견을 이야기했으면 됐어. 의견에 따르고 안 따르고는 우리 가족들 마음이야. 당장 그 자리에서 확답을 하지 않았다고 이렇게까지……"

"그러니까 당신이 아주버니한테 좀더 분명히 말했으면 좋잖아

요? 인석이 아버지와 어머니처럼만이라도 분명한 태도를 보였
으면 아주버니가 그렇게 나왔겠어요? 아뇨, 저야 뭐 아직……
아직 뭐가 어떻다는 거예요? 이래도 좋고 저래도 좋다는 거예
요? 매사에 뭐 한 가지 똑 부러진 게 없이 늘 그 모양이니……
소설을 쓰면서도 당신이 왜 인정 못 받는지 알아요? 그 흐리멍
텅한 태도 때문이에요. 그 기회주의자적인……."

"뭐라구?"

순간적으로 범준은 신경이 머리끝까지 뻗쳐오름을 느꼈다. 기
회주의자라는 그 낱말에 왜 그렇게까지 화가 나는지 자신이 생
각해도 이해가 가지 않았다. 어쩌면 평소에 그런 회의에 빠진
일이 있어서인지도 알 수 없었다. 아니 문단 일각으로부터 자신
과 같은 사람들을 그렇게 몰아붙여왔음을 분명히 알고 있기 때
문인지도 몰랐다. 쉽게 말해 참여 쪽이냐 순수 쪽이냐 했을 때
어느 쪽도 아니다, 참여도 순수해야 되고 순수도 참여해야 된다
는 식으로 참여와 순수를 손바닥의 양면처럼 말해온 사람들을
그들은 그렇게 매도해왔던 것이다. 그들로부터 그렇게 매도를
당해온 것도 견딜 수 없는 일이었는데 이제 아내의 입에서까
지…….

범준의 눈빛이 날카로워지자 경애는 주춤 어깨를 움츠렸다.
기회주의자 운운……까지 한 건 실언이라고 판단됐던지 어깨를
움츠리며 중얼거렸다.

"무슨 일이든 결단을 내리지 못하고 늘 이럴까 저럴까 망설이
기만 하는 그 햄릿 같은……."

범준은 헛웃음을 웃고 말았다. 무지하다고 할까 순진하다고
할까. 엉뚱하게 이 마당에 햄릿이라니…… 경애의 이런 엉뚱함
은 오히려 불화를 화해로 무마시키는 묘한 힘을 발휘했다. 회복

되기 힘들 정도로 극렬하게 싸우고 나서도 경애는 곧잘 이런 식으로 곤혹스럽게 했다. 화가 나는데도 더이상 화를 낼 수 없게 만드는 일이 많았다.

두 사람은 다른 문제로는 계속 싸우면서도 그 문제로는 더이상 싸우지 않았다. 그런데 다음해 겨울이 되어 기일을 보름쯤 앞두고 형수한테서 경애에게로 전화가 왔다. 형이 추도 예배로 할 생각인 것 같으니 참석을 하네 않네 하는 소리는 다시 꺼내지 말라는 내용이었다. 경애는 환호성을 지르다시피 하며 좋아했고 당장 이 사실을 범욱이 처한테 전화로 알렸다. 지방의 다른 동생 부인한테도 전화를 걸어 거래하는 은행의 온라인 번호를 알아낸 후 약간의 돈을 부칠 테니 추도 예배날 회식비에 보태 쓰도록 형수한테 전하라고 말했다. 그러나 돈을 부친 후 기일에 내려가자 형이 말했다.

"제수씨들의 의견을 존중해 내가 생각한 바가 있는데 절충식이 어떻겠소? 추도 예배로 하되 일단 상은 차려놓는……."

지방은 써붙이지 않고 부모님 영정 앞에 상을 차려놓은 후 절 대신 그 옆에서 예배를 드리자는 이야기였다. 예배를 드린 후 차려 먹을 상을 미리 차려놓는 것밖에 차이가 없지만 그렇게라도 하면 좀 나을 것 같다고 형은 변명했다. 경애는 처음엔 어색하게 웃으면서 언짢은 표정을 보였으나 그것조차 반대할 수는 없다고 판단됐던지 범욱의 처에게 시선을 주어 호응을 얻고 나서 그러시라고 말했다.

그런 과정을 거쳐 제사는 결국 추도 예배로 바뀌었다. 예배는 처음엔 그곳 교회의 목사를 초빙해 인도하게 하다가 다음엔 이웃의 집사, 그 다음해부턴 범욱이 인도했다. 맏형이야 신자가 아니니까 제외시킨다 하더라도 같은 신자니까 마땅히 형인 범준이 인도해야 한다고 가족들은 말했으나 범준은 끝까지 거부했다. 교회에 다니고는 있다고 해도 자신이 진정한 신자라고 믿은 적은 없었기 때문이었다. 이 문제를 가지고도 경애는 틈만 나면 구박했으나 이번에도 범준은 자신이 없었다. 이제껏 소리내어 기도 한번 제대로 해본 일이 없는 마당에 아무리 가족끼리라지만 어떻게 추도 예배를 인도할 수 있겠는가.

다음다음 날 오전 11시가 조금 넘어 범준과 경애는 이리행 우등고속버스를 탔다. 아이들을 데리고 가려고 했으나 둘 다 갈 수 없다는 핑계를 대었다. 대학에 다니는 아들녀석은 친구와 함께 하기로 한 과제 핑계를 댔고, 고등학교에 다니는 딸애는 학원 핑계를 댔다. 과제나 학원보다 집안의 이런 일에 참석하여 배우는 일이 더 중요하다고 강조해가며 윽박질러 데리고 가야 옳을 것 같았으나 범준은 생각뿐 실제로는 그렇게 하지 못했다. 다른 일에는 극성스러운 편인 경애도 이 일에 있어서는 너그러웠다. 아이들이 갈 수 없는 이유들을 대자 당연하다는 듯이 두 말도 하지 않았다. 아이들이 함께 가지 않아 그러는지 그렇게나 강조하던 승용차는 아예 없는 것처럼 나섰다. 기어코 끌고 가겠다면 어쩔 수 없다고 마음먹었는데 승강이를 벌이는 일은 물론 눈치조차 살피는 일 없이 나서니 오히려 의아스러웠다. 택시를 잡는 일이 좀 번거로웠을 뿐 우등고속버스에 오르니 경애가 끌고 다니는 소형 승용차에 타고 있을 때와는 비교가 안 될 정도로 안락감이 느껴졌다. 승용차로 가자면 운전까지 해야 되는 경애로서야 더 말해 무엇하겠는가. 물론 운전하는 일은 피곤한 것만이 아니고 즐겁기도 하다고 하지만 그런 즐거움을 누리기에는 지쳐 있는 나이가 아닌가. 체질 자체가 활동적이어서 무슨 일로

든 바삐 뛰지 않고는 못 견디면서도 경애는 몸의 어느 한 군데 성한 데가 없는 것처럼 자주 마디마디 아픔을 호소했다. 자기 말처럼 산후 조리를 잘못 해 골병이 들어 그런지 어쩐지는 몰라도 더 나이 많은 노인들에게나 어울릴 듯한 부항기까지 사놓고 딸애로 하여금 뜨게 하는 일이 많았다. 안락한 자세로 등을 기대고 있는 사이 버스가 고속도로로 들어서 속력을 내기 시작하자 지금도 온몸이 쑤시는 것처럼 눈을 감은 채 찡그린 얼굴로 이따금 거친 숨소리를 내었다. 새삼 안쓰럽게 보이면서 자책감이 느껴졌고, 동시에 문득 어머니가 떠올랐다.

어린 나이에 잃은 아들 하나까지 9남매를 낳은 게 문제가 아니라 아이를 낳은 이튿날부터 바로 부엌과 밭에 나가야 했다던 어머니의 골병이야 오죽했겠는가. 어머니는 아마 산후 조리라는 낱말조차도 알지 못했을 것이다. 끼니를 때우는 일이 평생의 과제였을 살림에 남편과 자식들 챙기느라 언제 한순간 몸이 아파도 어디가 아픈지 제대로 의식조차 못했을 것 같았다. 자신의 몸은 전혀 돌볼 줄 모르고 남편과 자식들을 위해 희생만 해온, 전형적인 이 땅의 어머니상 같은 어머니를 범준은 좋아만 할 수 없었다. 무조건적인 사랑, 무조건적인 희생이라는 게 그것을 받는 입장에서는 얼마나 견디기가 힘든지 범준은 철이 들기 전부터 익히 체험했다. 경애를 아내로 맞이해야겠다고 결심한 데는 그런 이유도 있었다. 경애는 어머니와는 대조적인 면이 많았다. 자신도 충분히 그것을 인정했다. 싸울 때 곧잘 "내가 당신 어머닌 줄 알아? 난 당신 어머니처럼은 못해"라는 말을 입에 올리는 것으로도 증명이 되었다. 모순이라도 이만저만한 모순이 아니었다. 어머니와 대조적인 면이 많아 좋아해 결혼해놓고 은연중 어머니와 닮기를 바라온 셈이었다.

웬일일까. 유리창에 낀 성에를 닦고 보니 차창 밖 날씨가 겨울 날씨 같지가 않았다. 돌아가시던 날이야 말할 것 없고 해마다 기일치고 언제 한 번 좋은 날씨인 적이 없었는데 오늘은 가을 날씨로 착각이 될 정도로 햇살이 맑았다. 코트는 물론 상의까지 벗고 있어도 춥지 않은 차내 난방으로 그 느낌은 더욱 강했다. 오직 닦아내도 곧바로 다시 끼는 성에만이 지금이 한겨울임을 강조해 인식시켜주고 있을 뿐이었다.

문제의 그 사건이 있던 날은 밤새 눈에, 바람에, 그야말로 눈보라가 어머니로부터 들은 옛날이야기 속에 나오는 극성스러운 아귀떼처럼 몰아쳤다. 경애는 친정에 다니러 가 집에 없었고, 범준이 다섯 살이 된 아들녀석과 함께 잠을 잤다. 아마 경애가 친정에 다니러 가지 않았다면 다른 날이나 마찬가지로 아들녀석은 어머니, 아버지가 자는 방에서 함께 잤을 것이다. 새벽에 눈이 뜨이자마자 아들녀석이 두 분이 자는 방으로 달려갔던 것도 함께 자지 못한 섭섭함에서였을지도 몰랐다. 두 분이 자는 방으로 달려간 아들녀석이 얼굴이 새파랗게 질린 채 되돌아와 눈을 홉뜨고 외쳤다.

"아빠, 아빠! 할머니, 할아버지가…… 할머니, 할아버지가……!"

처음엔 건성으로 들었으나 아들녀석의 표정이 하도 이상해 달려가보니 이게 어찌된 일인가. 어떻게 이런 일이 벌어질 수 있단 말인가. 두 분의 육신은 이미 차게 굳은 채 처참한 모습을 하고 있었다. 몸부림조차 치지 못했는지 나란히 서로 마주 누운 자세 그대로 흐트러짐은 없었으나 입 주위에 게거품 같은 침이 추하게 번져 있었다. 말로만 들었던, 신문이나 방송을 통해서나 알고 있었던 연탄가스 중독이라는, 이 한국적인 비극이 두 분을 덮친 것이었다. 방바닥에 아무리 문제가 없다고 하더라도 문틈으로 새어드는 수가 있으니까 잠들기 직전에는 새 연탄을 갈아 넣지 않아야 되는데, 평소에 그런 주의를 드렸었는데도 어머니가 가볍게 생각하고 손수 갈아넣은 게 틀림없었다. 아귀떼 같은 눈보라로 불이 제대로 들지 않고 밖으로 솟구쳐 그 가스가 문틈으로 스며든 것 같았다. 범준은 기절도 하지 못하고 현실을 냉철히 받아들일 수밖에 없는 자신이 저주스러웠다. 이웃에게, 지방의 형에게, 경애에게…… 허겁지겁 전화로 알릴 때는 부모를 죽인 건 연탄가스가 아니라 바로 자기 자신이라는 고백을 함께 하고 싶었다. 먼저 사망 진단서를 받아야 된다며 이웃이 불러 의사가 달려왔고, 어떻게 알았는지 경찰서 사람들도 다녀갔다. 모든 일이 꿈속에서 진행되는 것 같았다. 누구에 의해선지 약식 빈소가 차려졌는데 지방의 형이 자신은 그곳에서 준비를 해야 한다며 오지 않고 동생들과 친척 몇 사람, 그리고 염장이를 보내왔다. 염을 끝내 시신을 영구차 아닌 소형 트럭에 실어 지방으로 모셔갔다. 간밤내 그렇게나 극성스럽던 눈보라는 아직도 그 기세를 꺾지 않고 있었다. 생애가 그렇게나 험하시더니 돌아가시는 날까지도…… 그러나 문상객들은 행복한 분들이라고 말했다. 비록 장수하지는 못하고 회갑을 겨우 넘긴 나이이기는 하나 우선 부부가 한날 한시에 갈 수 있다는 것만 해도 얼마나 큰 행운이냐고 했다. 그리고 무엇보다 아들들…… 6형제나 되는 듬직하고 의젓한 상주들이 나란히 서서 문상객들을 맞으니 눈을 감았어도 무엇이 부럽겠느냐고 했다.

과연 그럴까. 지하에서 부모님은 한이 없을까. 부부가 한날 한시에 저세상으로 가기란 천생연분이 아닌 이상 불가능하다는 말은 많이 들었다. 그 점에서만은 두 분은 잘 만난 것인지도 모른다. 옛날에는 대개 다 그랬듯이 두 분을 부부로 짝지은 것도 두

분의 부모였다. 아니 누구보다 아버지의 어머니— 친할머니의 힘이 컸다는 이야기를 들었다. 할머니는 점쟁이로 소문이 나 있었다. 돈을 받고 점을 쳐주는 전문적인 점쟁이야 아니었지만 자신이 죽을 날짜와 시간까지도 정확히 맞췄다는 후문이 있을 정도로 유명했다. 일찍 홀몸이 되어 외아들을 키운 그 할머니가 아버지의 배필을 찾기 위해 백방으로 수소문하다가 어머니를 찾아내었다. 혼례날 색시를 본 동네 사람들은 모두 웃었다. 그렇게나 애써 한 동네나 이웃 동네도 아닌 먼 동네에서 데려온 색시가 저렇게 못생길 수가 있느냐고 해서였다. 동네 사람들만이 아니라 가까운 친척들까지도 비웃으며 쑥덕거리자 할머니는 크게 역정을 내었다.

"못생겼다고? 두고 봐라 이것들아, 잘생긴 니까짓것들보다 열 배 스무 배 나은 팔자일 테니⋯⋯."

할머니가 말한 그 팔자란 어떤 것이었을까. 아버지를 위한, 또는 집안의 대를 위한 것에 국한된 것이 아니었을까. 그 팔자가 어머니를 위한, 어머니 자신만의 생애에 국한된 것이었다면 그 말은 맞지 않았다. 자식을 많이 낳고 부부가 한날 한시에 죽을 수 있었다는 것뿐 평생을 세속적인 호강 한 번 누린 일이 없기 때문이었다.

농촌에서 태어났지만 농사일을 할 줄 몰랐고, 머리가 뛰어나다고 하지만 상급 학교를 다니지 못한 아버지는 실직자나 다름 없이 지냈다. 잠시 경찰관 노릇을 한 관계로 사변 때 학살 직전에까지 가는 고비를 겪고 노무자로 전쟁터에 나가 부상을 당하고 온 후론 장사를 한다고 나다니다가 동업자한테 사기를 당해 전답을 다 날려 알거지 신세로 보냈다. 그 아버지 옆에서 어머니는 그 많은 자식들을 낳고 키우는 일에 평생을 바쳐온 것이었다. '굶기를 먹듯이 했다'는 얼핏 듣기에 과장이 심한 것 같은 표현이 전혀 과장이 아닌 세월을 너무나 길게 살았다. 전쟁이 끝난 지 수년이 지났는데도 피난민들이 곳곳에 떼를 지어 짐승들처럼 살 때 범준네는 피난민도 아니면서 그들의 틈바구니에 끼여 생계를 이어갔다. 이리역 앞 공터에 판잣집(하꼬방, 바라크) 한 칸을 마련해 숙소로 삼고 그 앞에서 난장밥 장사를 했다. '하루 벌어 하루 먹는' 장사라 비가 내려 장사를 못하거나 해놓은 밥이 팔리지 않아 다음날 장사할 밑천을 만들지 못하면 꼼짝없이 굶는 수밖에 없었다. 라면은 없고 국수는 있었지만 쌀에 비해 별로 싸지 않던 시절이라 꽁보리밥이나 죽, 아니면 수제비도 끓일 거리가 없으면 눈을 멀뚱멀뚱 뜨고도 맹물로 배를 채워야 되었다. 가족 전부가 꼬박 사흘을 맹물로 살기도 했다. 그러면서도 범준은 학교에 갔었는데 굶은 지 사흘째 되던 날 어머니가 보자기를 들고 학교로 찾아왔다. 이끄는 대로 따라가니 범준이 다니던 국민학교 옆에 붙어 있는 농림학교 안 나무와 숲이 우거져 사람들의 눈에 잘 띄지 않는 곳으로 가 앉아 보자기를 풀어놓으며 말했다.

"어지럽지 않대? 후딱 먹어라."

반찬은 없이 꽁보리밥과 된장 단 두 가지였다. 된장도 다른 아무것도 들어가지 않은 맨된장을 걸쭉하게 끓인 것에 불과했다. 그러나 그렇게 맛있을 수가 없었다. 아침에까지도 집에 먹을 것이란 맹물밖에 없었는데 그 사이에 어떻게 그것을 마련할 수 있었는지 신기해 범준은 물었다.

"어디서 났어요?"

이웃들도 모두 똑같이 어려워 꿀 수도 없다는 걸 잘 알고 있기 때문이었다.

"응, 재수가 좋았어. 굶어죽지 말라고 천지신명이 도왔나벼. 그전 언젠가 국밥을 먹고 돈 없다고 만년필을 맡기고 간 사람이 있었는디 그걸 찾아갔어."

"장사도 못 나가셨잖아요?"

"방에 누워 있는디 찾아왔더랑게. 만년필이라고 써금써금혀 팔려고 혀도 살 사람도 없었을 틴디, 그래서 팔어먹을 생각도 못허고 깜박 잊어버리고 있었는디, 그걸 돈 주고 찾아가다니…… 행여나 팔어먹기라도 혔으면 어쩔 뻔했냐. 참말로 굶어죽지 말라고 천지신명이 도운 게 분명허당게."

어머니가 말하는 '천지신명'이 구체적으로 누굴 가리키는지는 모르나 아마 이 세상의 모든 일을 주관한다고 생각되는 존재였을 것이다. 그렇다면 경애가 자나깨나 입에 올리는 하나님과는 어떤 면이 다른 존재인가. 아버지가 학살 직전에 직면했을 때, 형이 허기 끝에 실성기를 보였을 때, 누나가 연주창이라는 고약한 병을 견뎌내지 못하고 자살을 시도했을 때…… 그런 끔찍한 일이 있을 때마다 맹물이 담긴 눈빛깔의 사기그릇을 상 위에 올려놓고 그 앞에 무릎 꿇고 앉아 두 손을 모아 부르던 그 천지신명…… 기독교가 무엇이고 예수가 누구인지 전혀 알았을 리 없는 어머니 입에서 간절히 불리어지던 그 존재는 하나님인가, 아니면 우상인가.

서울에서 출발한 지 정확히 세 시간 십 분 만에 버스는 이리 터미널에 도착했다. 우등 고속이라고 해서 보통 고속보다 속도가 더 빠르지는 않은 모양이었다. 언제나 비슷했었다. 명절 때처럼 밀리는 때가 아닌 한 세 시간 내외가 정해진 속도였다. 결코 지루하도록 긴 시간이라고는 할 수 없었다. 마음만 먹는다면 일주일에 한 번씩이라도 부담 없이 바칠 수 있는 시간이었다.

그런데도 일 년에 한두 번…… 이곳에 와 땅을 밟게 되면 비로소 늘 그래 왔듯이 범준은 자신이 형제들에게 동생으로서 또는 형으로서 해야 할 도리를 얼마나 제대로 하지 못하며 살고 있는가에 대한 자책감에 또 사로잡혔다. 만약 부모님이 살아 계셔 이곳에서 사신다면……? 물론 조금은 달랐겠지만, 그렇다고 해도 아마 많이 다르지는 않았을 것이다. 지금과는 달리 많이 어려운 시절이기는 하나 옛날 이곳에 살아 있을 때도 거의 마찬가지였다. 직장에 쫓기고 생활에 여유가 없어서였다고는 해도 그것은 핑계였지 정당한 이유는 되지 못했다. 부모라는 존재에 대해서도 형제들에게나 비슷하게 범준은 천성적으로 남들처럼 눈물겹도록 깍듯하고 애틋한 마음을 갖지 못했었다. 그러고 보면 '자기 몸 하나밖에 모르는 지독한 이기주의자'라고 곧잘 공박하는 경애의 말이 맞을지도 몰랐다. 이곳에서 형네와 함께 살아온 부모님을 억지로 올라오시게 해 돌아가실 무렵뿐만 아니라 그 이전에도 이따금 몇 달씩 범준네가 모셨던 것은 범준보다 경애가 원해서였다. 모르긴 몰라도 아마 아버지야 모시기 거북했겠지만 어머니는 아이 돌보는 일과 부엌일에 열성이기 때문에 모시기 위해서가 아니라 도움을 받기 위해서였을 것이다. 그 말 많은 고부간의 갈등이라는 게 어머니와 경애 사이엔 문제되지 않았던 것도 그 때문이었다.

날씨는 맑아도 바람은 엄연히 한겨울임을 강하게 외쳤다. 택시를 기다리는 잠깐 동안에도 버스에서 손에 들고 내린 코트를 걸치지 않을 수 없게 만들었다. 새벽 기도를 가느라고 자지 못한 잠을 때우느라 버스에선 내내 거의 말을 하지 않고 온 경애가 택시에 오르자 비로소 정신이 제대로 드는지 깜박 잊을 뻔했다는 듯이 말했다.

"이번 예배는 당신이 인도해야 돼요."

범준이 대꾸를 하지 않자 듣지 못했는 줄 알고 경애는 손으로 옆구리를 툭 치며 재차 말했다.

"이번 추도 예배는 당신이 인도해야 된다구요."

범준은 자연히 인상이 찌푸려지지 않을 수 없었다. 할 수 있을 경지에 이르면 충분히 스스로 알아서 할 수도 있는 일을 굳이 강요하려고 하는 경애의 태도가 못마땅하게 여겨졌기 때문이었다. 비단 지금만이 아니라 늘 그랬다. 자기도 모르는 사이 체질화되다시피 된 것 같았다. 찌푸린 인상으로 돌아만 봤을 뿐 범준이 말을 않자 경애는 싸움이라도 걸 듯한 태세를 보였다.

"왜, 이번에도 안 하겠다는 거예요?"

"안 하는 게 아니라 못해."

"왜 못해요? 한두 해도 아니고 벌써 몇 년째 믿으면서 형이 되어가지고 동생한테 하게 해야겠어요?"

"누가 하면 어때? 그애야 독실한 신자가 되었지만 나는 아직 그렇게 되어 있지를 못하잖아?"

"그럼 그 동안 교회는 건성으로 다녔단 말이에요?"

범준은 버럭 소리라도 지르고 싶은 걸 애써 참았다. 이런 일로까지 이렇게 신경을 긁어대는 경애가 정말 마음에 들지 않았다. 애초부터가 잘못되었다고 생각되었다. 경애가 함께 교회에 다니자고 아무리 졸랐어도 절대로 다니지 않겠다고, 당신과 헤어지면 헤어졌지 그럴 수는 없다고 강하게 맞섰으면 오늘날 이런 상태에 이르지는 않았을지 몰랐다. 체질적으로 맞지 않음을 알면서도 약해져 따라다녔던 게 문제였다. 경애의 욕심은 범준으로 하여금 추도 예배를 이끌게 하는 정도가 아니라 언젠가는 장로까지 되게 하는 데 있었다. 세상에서 제일 부러운 게 장로

를 남편으로 두어 부부가 나란히 새벽 기도를 다니는 친구들이
라면서 자기 입으로 자주 그런 말을 했었다. 그런 말을 할 때마
다 범준은 어처구니없는 웃음으로 넘겼지만 어쩌다가 우여곡절
끝에 경애의 말을 빌리자면 하나님의 역사로 그렇게 될지도 모
른다는 생각으로 섬뜩해지기도 하였다. 한치 앞을 내다볼 수 없
는 게 인간사라고 흔히들 말하지 않는가. 실제로 결코 그럴 것
같지 않았던, 예수에 다른 사람은 다 빠져도 그 사람만은 빠지
지 않을 것 같았던 사람이 오히려 더 깊게 빠져 주위를 놀라게
하는 일이 얼마나 많은가. 다른 계통의 사람들은 그만두고 우선
소설가들 중에도 그런 소설가가 있지 않은가. 한때는 뛰어난 소
설을 써 문단의 그 누구도 천재로 인정하기에 주저하지 않았던
그를 일부에선 정신이 이상해진 것이라고 말하지만 예수에게만
광적일 뿐 다른 광적인 행동은 하지 않는데 어떻게 그렇게 말할
수 있겠는가.

경애는 택시를 타고 가는 그 짧은 동안에도 예배 인도 문제만
이 아니라 다른 것으로도 신경을 쓰게 했다. 작년에 보니까 성
경, 찬송을 안 가진 사람들이 많던데 몇 권이라도 살 걸 그랬다
고, 지금 내려서 사가지고 가는 게 어떻겠느냐고 안절부절 이럴
까 저럴까 가만히 있지를 않았다. 택시 기사한테 기독교 전문
서점을 아느냐고 물으니 모른다고 하자 그냥 가긴 가면서도 마
음에 걸려 찜찜하다는 투였다.

형네 집 동네 입구에 이르러 택시에서 내린 후 경애는 슈퍼에
가 배만 한 상자 배달해주도록 주문했다. 다른 해 같으면 고기
라도 더 샀을 텐데 따로 부쳐준 돈을 염두에 두어서인 것 같았
다. 배 상자를 어깨에 메고 앞장서는 남자를 따라가면서 범준은
작년, 재작년이나 마찬가지로 생소함을 느꼈다. 형 집이 아니라

잘 모르는 다른 사람의 집인 것 같았다. 그전에는 그렇지 않았는데 이곳으로 이사온 후부터 그랬다. 한마디로 건물 자체가 형이나 형수의 이미지와 잘 맞지를 않았다. 우선 아파트라는 것 자체부터가 그랬다. 아파트라도 지방 도시의 변두리에 있는 아파트라기엔 너무 호사스러웠다. 평수도 그랬고 부대 시설도 그랬다. 서울의 강남에 있는, 잘 지어진 아파트와 전혀 다를 게 없었다. 범준네가 살고 있는 낡고 좁은, 부대 시설도 구식인 아파트와는 비교가 되지 않았다. 엘리베이터로 올라갈 때, 비디오폰을 누를 때, 현관의 센서등 밑에 섰을 때 그런 느낌은 계속 되풀이되었다. 건축업이라고는 하지만 막노동이나 다름없는 일을 수십 년 해온 끝에 얻은 호사스러움이었다.

형은 집에 없었다. 형수가 반색을 해 맞아주며 말했다.

"시가뜸 작은당숙 어른이 위독혀서 거기 가셨어유. 그렇지 않아도 오시면 거기로 오시라고 허던디…… 피곤허시지유?"

"아뇨, 많이 위독하신 모양이죠?"

"오늘 낼, 오늘 낼 허는개비유. 깨딱허면 부모님 제사도 못 모시고 초상 치르게 생겼어유. 돌아가셔도 오늘 돌아가시면 안 될 틴디."

작은당숙이 위암에 걸렸다는 소식을 들은 지는 꽤 되었다. 칠순이니까 오십대에 돌아가신 큰당숙이나 회갑을 겨우 넘기고 돌아가신 아버지에 비하면, 아니 그보다도 훨씬 더 젊은 나이에 돌아가신 작은뜸의 네 당숙들에 비하면 많이 사신 셈이지만 막상 오늘 돌아가실지도 모른다니 기분이 이상했다. 가기가 싫더라도 여기까지 와 안 가봐서는 안 될 것 같았다. 차를 타면 반시간도 안 걸리는 거리였다.

작업 현장에 나가 있는 동생을 부를 테니 동생 차로 다녀오시라는 형수의 권유를 물리치고 범준은, 경애는 남겨둔 채 혼자 밖으로 나와 택시를 잡아탔다. 거의 대부분의 사람들은 모두들 가지 못해 안달인, 이북이 고향인 사람들이야 말할 것 없고, 서울 아닌 곳이 고향인 사람들은 명절 때는 '민족의 대이동'이라는 말까지 나오게 할 정도로 난리를 피우는 그 고향을 자기는 왜 그토록 외면하려고 해왔던가. 형제들이 사는 이리에는 일 년에 한두 차례씩이라도 다녀가면서 이리에 올 경우 마음만 먹으면 단숨에 갈 수 있는, 지척인 그곳을 왜 굳이 그렇게 가지 않으려고 애써왔던가. 십여 년 전 어느 월간지에서 '작가의 고향'이라는 난을 특집으로 연재한 적이 있었는데 기자가 전화를 걸어왔을 때 범준은 처음엔 거절했었다. 사진기자와 함께 고향을 돌아보며 사진을 찍고 작가가 자기 고향에 대한 글을 쓰는 것이라는데 선뜻 내키지가 않았다. 거절하자 기자는 작가라고 해서 어느 작가에게나 다 주어지는 기회가 아닌데 왜 그러느냐면서 의아스러워했다. 구구한 말을 늘어놓기 싫어 그냥 번거로워서라고 하자 운전기사 딸린 차까지 내드리고 숙박비며 취재비까지 다 드리는데 뭐가 번거로울 게 있느냐며, 익산은 선생님이 제일 적임자니 꼭 해주셔야 한다고 붙들고 늘어졌다. 범준은 끝까지 뿌리칠 수는 없어 결국엔 응하고 말았다. 그 글 속에 이런 고백을 늘어놓았었다.

……나의 고향을 취재하겠다는 잡지사의 연락을 받고 나는 좀 민망하고 어색했다. 승낙을 해야 할까 어쩔까를 망설여야 할 정도로 그 거북한 감정은 쉽게 가셔지지 않았다. 그것은 물론 나의 고향이 사람이 살 만한 곳이 못 되어서가 아니라 고향에 대해 내가 진 빚이 너무나 많기 때문이었다. 작가 생

활을 시작한 지 십 년이 넘었는데 아직 고향을 배경으로 한, 이렇다 할 뚜렷한 작품 하나 쓰지 않은 것부터도 그렇지만, 이 나이가 되도록 나는 고향에 대해 언제 한번 남들처럼 마음을 제대로 쓴 적이 없었다. 사람으로서의 도리를 다 못하고 살아온 데 대한 자책감이 새삼 뼈저렸다. 전북 익산군 오산면 목천리 — 거리상으로는 서울에서 차를 타고 서너 시간이면 갈 수 있는 곳이다. 그러나 떠나와 산 삼십여 년 동안 나는 그곳을 손가락으로 세고도 남을 정도밖에 다녀오지 못했다. 그것도 마음이 움직여 스스로 다녀온 게 아니라 무슨 경조사 같은 때 어쩔 수 없이 마지못해 다녀왔고, 그나마도 나이가 들어 내 일이 바빠지면서부터는 아예 발길을 끊다시피 하고 말았다. 그러니 빚진 정도가 아니라 죄를 지은 셈이나 마찬가지였다. 하지만 내가 태어나 그 무엇이든 꿈꿀 수 있는, 생애의 가장 순수한 때인 유년 시절을 보낸 그곳을 어찌 한때인들 잊을 수 있겠는가. 아무리 잊으려고 애쓴다 해도 내가 태어난 나라의 하늘과 땅, 햇볕과 바람, 풀과 꽃과 날알……을 내게 맨처음 숨쉬게 해준 그곳이 어찌 내 의식의 한 부분이 되어 있지 않을 수 있겠는가. 잡지사에서 내준 차를 타고 기자와 함께 고향으로 향하면서 나는 내 나이를 잊을 정도로 깊은 감회에 사로잡혔다. 드러내서는 안 될 격한 감정이 점차 거세게 북받쳐올랐다. 악몽 속에서 헛소리를 하듯 나는 열에 들떠 혼자 속으로 중얼거렸다. 나는 결코 고향을 버렸던 게 아니다, 누구보다도 나는 고향을 그리워했다, 그러면서도 자주 가지 않은 것은, 가능한 한 생각하지 않으려고 애쓴 것은 그만큼 고향이 내게 깊은 아픔을 안겨주었기 때문이다…… 공연한 자기합리화의 소리로 들릴지 모르지만 그것은 숨길 수 없는 사실이다.

불혹이 된 나이에도 고향은 내게 그토록 어둡고 아픈 모습으로만 다가온다. 수탈로 인해 먹을 것이 없어 못 먹을 것을 먹어 부황이 나 죽고 끌려가 고문을 당해 발작을 일으켜 죽은 사람이 한둘이 아니었다는 일제시대의 이야기야 눈으로 직접 보지는 못했지만 해방이 된 후 사변이 일어날 무렵에도 동네는 평화롭지가 못했다는 걸 훗날 나이가 좀 든 후 깨달을 수 있었다. 자작이든 소작이든 농사야 지을 만큼 지으면서도 워낙 혹독히 당해온 수탈과 흉년의 여파 때문인지 사람들은 굶주림에 대한 공포로부터 헤어나지를 못했었다. 서로들 돕긴 도우면서도 친척끼리마저 그 선과 한계를 너무나 분명히 그어가며 살았다. 그런 문제는, 징용에 끌려갔다가 불구의 몸으로 돌아온 사람들로 해서 더욱 심각해졌다. 농토나 많이 가지고 있어 남에게 소작을 시킬 처지라도 된다면 몰라도 그렇지를 못하니 어떻겠는가. 그런 집안은 자연히 날이 가면 갈수록 몰락해갈 수밖에 다른 도리가 없었다. 그렇다고 그런 집안을 도와주는 쪽에서도 그랬다. 어느 한 해로 끝나는 것도 아닌데 어떻게 무작정 도와줄 수만 있었겠는가. 우리 친척들의 경우두 당숙네도 그랬다. 우리는 큰뜸에서 살았고, 한 당숙네는 시가뜸, 다른 또 한 당숙네는 작은뜸에서 살았다. 시가뜸 당숙네나 작은뜸 당숙네나 처음엔 형편이 비슷했다. 아니 처음엔 오히려 시가뜸 당숙네가 작은뜸 당숙네보다 형편이 못한 편이었다. 그러나 시가뜸 당숙 형제는 몸이 건강해 피나도록 일을 해 갈수록 부농이 되어갔고, 작은뜸 당숙 사형제는 건강이 안 좋아 일을 못해 갈수록 폐농이 되어갔다. 작은뜸 당숙 사형제는 일본에서 원폭 피해를 입고 돌아와 모두 해괴한 병을 앓았다. 첫째 당숙은 각혈을 할 정도로 폐가 안 좋았고, 둘째 당숙은 호흡이 곤란할 정도로 인후가 안 좋았고, 셋째 당숙은 난쟁이 비슷하게 몸 전체가 안 좋았다. 그리고 넷째 당숙 역시 허리를 제대로 못 써 엉거주춤 구부리고 다녔다. 그러니 아무래도 작은뜸 당숙네는 시가뜸 당숙네로부터 도움을 받는 처지가 될 수밖에 없었는데 그로 인한 분란은 보통 일이 아니었다. 거기다가 또 한 가지 문제는 그 동네에서도 다른 동네에서와 마찬가지로 우익이냐 좌익이냐 하는 것이었다. 높은 학교를 다닌 사람보다는 다니지 않은 사람이 많은 동네라 그다지 심각하게 겉으로 드러나지는 않았으나 암암리에 감도는 그런 기운을 어쩌지 못했다. 특히 어느 먼 도시에선가 살던 우리 큰고모부네가 그 동네로 이사오면서 그런 움직임이 구체화되었다. 몇 차례씩 지서로 불려가 조사를 받고 나오면서도 큰고모부는 자신의 뜻을 버리지 않았다. 우리의 부친을 위시한 친척들로부터 노골적인 공격을 받아가면서도 끝내 견디며 사람들을 하나씩 둘씩 자기 편으로 끌어들이는 일을 게을리하지 않았다. 사변이 일어나 그분의 딸이 동네를 발칵 뒤집어놓게 된 것도 그 덕이었다. 나에게는 누나뻘이 되는 들국화 같던 그 여자가 어느 날부터 갑자기 이상한 옷을 입고 동네 사람들을 호령하던 일은 꿈속에서나 있을 수 있는 일처럼 느껴졌다. 세상이 바뀌고 되바뀌는 동안 그 동네에서도 적지 않은 사람이 희생되었다. 잠을 자다가 끌려가 그 이튿날부터 감감 소식이라는 게 대부분 그 집안 사람들의 말이었다. 누구는 누가, 또 누구는 누가 밀고해서 잡혀가 죽었다는 말들도 들렸다. 만경강 부근의 갈대밭, 지서 부근의 개울, 면사무소 부근의 산에서 어떤 몰골로 어떻게 죽어 있는 시체를 찾았다는 소리들도 떠돌아다녔다. 그러나 우리 고향 동네 사람들은 거의 대부분 피난을 가지 않았다. 울안의 밭에 굴을 파고 그 위에 이불이며 짚다발을 덮고 비행기 소리가 들리면 그 속으로 피해 들어가 숨을 죽이는 짓을 반복해가며 그 난리를 견뎌냈다. 다행히 그 난리 동안 만경강 다리 외에는 그 동네에 폭탄은 떨어지지 않았다. 그것은 그 동네가 회복 부락이라는 이름처럼 복을 받은 마을이기 때문이라고 말하기도 했다. 끌려가 학살당한 희생자도 다른 동네에 비하면 적은 편이었다. 그런데 피난도 가지 않았던 우리가 그 고향 동네를 영원히 떠나오지 않으면 안 될 뜻밖의 사태가 너무나 쉽게 벌어졌다. 해방이 된 훨씬 후 사변 직전 잠깐 경찰관 노릇을 한 관계로 자칫 학살자들 속에 끼일 뻔했다가 평소에 남들에게 크게 못할 일을 하지 않아 모면했다는 부친이 노무자로 징집되어 전쟁터에 나갔다가 예상보다 쉽게 돌아온 게 화근이었다. 겉으로는 아무렇지 않은 듯 보였으나 부친은 흉부에 꽤 심한 부상을 입고 있었다. 총상이 아니라 타박상인데 혈담을 뱉으며 결려서 못 견디겠다고 별별 약을 다 먹었다. 그렇지 않아도 농부보다는 선비 기질이 강했던 부친이 그 지경이 되니 문제는 간단하지 않았다. 남들을 크게 도울 형편은 못 되지만 그렇다고 남의 도움을 받아야 살만큼 옹색하지도 않았는데 농사를 부친의 손으로 직접 못 짓고 남에게 맡기니 사정이 달라진 것이다. 생계가 곤란할 지경이었다. 생각하다 못한 부친은 농사일 아닌, 자신의 체력과 건강으로 부치지 않는 일이면 무슨 일이든 해야겠다고 판단을 내린 모양이었다. 어느 해 가을인가 그 동네에서 수확한 쌀들을 모아 서울로 옮겨 파는 일종의 쌀장사를 시작했다. 어떻게 사귄 사인지 서울 사람 한 사람과 동업을 했는데 결국에는 그것이 사기극으로 끝났다. 그 해에 우리가 거둔 쌀은 말할 것도 없고, 많은 동네 사람들의 쌀까지 한꺼번에 날려 우리는 하루아침에 알거지 신세가 되었다. 전답은 물론 그 보잘것없는 집까지 남의 손으로 넘어간 상태에서 부친은 거의 매일 자살만을 생각했다. 실제로 만경강 다리에서 자살 직전에 구출되기까지 했다. 그런 부친을 따라 차마 떨어지지 않는 발길로 그 동네를 떠나오면서 우리는 얼마나 눈물을 글썽이며 뒤돌아보았던가. 아, 우리에게 보내온 친척, 친지들의 그 눈길……특히 겨울 내내 우리에게 가축의 사료로 쓸 겉비지라도 제공해주어 우리로 하여금 굶어죽지 않게 해준, 두부 공장을 가지고 있던 시가쯤 당숙네의 눈길…….

택시가 목천포를 지나 만경강둑으로 올라섰다. 달구경, 별구경, 소치기, 염소치기, 쥐불놀이, 연날리기, 삘기뽑아먹기……등을 하던 둑이 마른 딱지가 진 흉터 같은 바퀴자국들과 고문으로 뽑히다 만 영양실조로 누렇게 뜬 노인들의 수염 같은 잔디들을 거느린 채 얼어붙어 있었다. 아버지가 자살을 하려다가 구출된 만경강 다리가 우선 눈에 들어왔고, 이어서 동네를 에워싸고 있는 광활하게 펼쳐진 논들과 강변의 논들이 세월의 흐름을 이야기해주었다. 강변은 옛날엔 갈대가 우거진 개펄로 동네 사람들이 밤에 횃불을 들고 게를 잡던 곳이었다. 솜에 석유를 묻혀 만든 횃불과 양동이만 들고 나오면 남녀노소 누구라도 상관없었다. 불빛을 보고 몰려드는, 젓을 담가 먹을 수 있는 갈게들을 어렵지 않게 주워담을 수 있었다. 그 개펄이 개간되어 이제 이렇게 농지가 되어 있는 것이었다. 범준네가 이곳을 떠난 후 차츰 군내에서 소문난 갑부 소리를 들을 정도까지 부농이 되었던 당숙네는 이 개간에도 누구보다 앞장섰다는 이야기를 들었다. 그만큼 당숙 형제는 농사를 좋아했다. 큰당숙은 농사 못지않게 노름도 좋아했지만 노름으로 재산을 탕진하지도 않았다. 탕진하기보다 오히려 재산을 모은다는 소문이 들렸다. 노름을 특별히 잘해서이기보다 밑천이 많으니까 밑천이 적은 쪽을 이길 수밖에 없다고 했다. 노름으로 저당잡은 농지를 문제가 생기면 소송을 해 차지한다고 했다.

택시에서 내려 서둘러 달려가보니 이야기를 들은 것만큼 작은 당숙의 숨이 급박한 상태는 아니었다. 형을 위시한 몇몇 사람들이 지켜보는 가운데 인사를 드리자 작은당숙은 분명히 알아보면서 못마땅해하는 표정과 함께 "넌 왜 그렇게……"라고 중얼거렸다. 어쩌다가 경조사 때 한 번씩 뵈면 늘 그랬다. 자주 찾아뵙지 않는다는 힐책이었다. 물론 잘못이었으나 작은당숙은 범준이 왜 자주 찾아뵙지를 않는지를 알지 못하는 것 같았다. 알고 있으면서도 모르는 척해버리려고 그런 것인지도 몰랐다. 범준이 대학에 합격했다는 소리를 듣고 큰당숙은 말했다. "너희 형편에 대학은 무슨……" 그런 모멸의 소리를 참아내며 아버지는 무리를 해서 범준의 입학금만은 마련해주었다. 그 형편에 입학금을 마련해주었으니 그 다음부터는 장학생이 되든 아르바이트를 하든 범준 자신이 해결해가야 되었다. 장학생이 되지 못한 범준은 아르바이트를 할 수밖에 없었다. 그 당시는 가정교사가 유일의 아르바이트였는데 방학이 되어 그런 자리를 구하려고 애쓰던 중 큰당숙한테서 연락이 왔다. 서울에 있지 말고 내려와 중학교에 다니는 육촌 동생들(큰당숙의 아들과 딸)을 지도해달라고 했다. 잘됐다 싶어 지체 않고 내려가 방학 내내 열성껏 지도해주었다. 그런데 방학이 끝나 서울에 올라가겠다고 인사를 드리자 큰당숙은 몇 푼의 차비밖에는 주지 않았다. 범준으로서는 당연히 다음

학기 등록금을 주리라고 믿었는데 등록금 이야기는 내비치지도 않았다. 참다 못한 범준은 집으로 돌아와 주먹으로 벽만을 치며 학교고 뭐고 다 집어치워버리겠다고 작정했다. 그 꼴을 보기 힘들었던지 아버지는 염치를 무릅쓰고 큰당숙한테 찾아가 자초지종을 이야기한 후 사정을 했다. 그냥 달라는 게 아니고 언제든 갚을 테니 빌려달라고 애걸을 했다. 그러자 큰당숙은 "정신 허깨이 빠진 놈, 아니 그것 쪼께 가르쳐주고 등록금을 대달라고……?"라고 면박을 주었다. 그런 말을 하면서 아버지는 한 학기 휴학하라는 당부와 함께 눈물을 글썽거렸다. 물론 큰당숙과의 일이었지만 범준의 의식 속에는 큰당숙과 작은당숙이 분리되어 있지가 않았다. 어렸을 때 굶어죽지 말라고 쌀 아닌 가축의 사료로 쓸 두부 겉비지로 도와주던 일과 커서 겪은 그 일은 곧 기억 속의 고향, 고향에 갑부로 버티고 있는 기억 속의 당숙네와 합쳐져 한 풍경이 되어 떠올랐다. 나이가 들 대로 든 이제는 조금 달라질 듯도 한데 별로 그렇지가 않았다. 응어리가 지금도 완전히 풀어지지 않은 채 남아 이따금 숨통을 막아옴을 어쩌지 못했다.

옛날이나 지금이나 갑부집의 안주인 분위기보다는 농사꾼의 부인 그대로인, 이제는 늙어 기력이 쇠잔해 보이는 작은당숙모가 말했다.

"부모님 제사 땜에 내려왔다가 왔구먼? 아직 괜찮허겄어. 아까막시는 금방 숨이 넘어갈 것마냥 이상혔었는디 한 고비 넘겼는개벼. 댕겨간 의사 말이 이런 식으로 한 달이 아니라 두 달, 석 달을 끌기도 헌대여."

의례적인 인사로라도 무슨 말이든 해야 할 것 같았으나 범준은 말이 나와지지 않아 고개만 끄덕였다. 옛날 범준이 공부를 가르쳤던 큰당숙 아들이 눈인사를 보내왔다. 농촌에 살아도 부잣집 아들이라 그런지 언제 봐도 농사꾼 분위기는 풍기지 않았다. 실제로 언제부턴가 농사에서 손을 떼고 무슨 사업인가를 시작했다는 소식을 들은 일이 있다. 그러나 범준은 그와 따로 정겨운 대화를 나눈 일도 없고 또 그에게 특별한 관심을 가져본 일도 없었다. 옛날 큰당숙이 떠올라 그런지 친구에게만큼도 정이 가지지 않았다. 문득 남윤철이 떠올랐다. 달나라, 별나라를 가는 게 문제가 아니라 컴퓨터 같은 도깨비 방망이보다도 더 희한한 물건들이 쏟아져 나오고 있는 이 세월에도 간암이고 위암이고 암은 시기가 좀 늦어지면 어떻게 해볼 도리가 없다니……그러나 남윤철에게는 안됐다는 생각이 드는데 작은당숙에게는 별로 그런 생각이 들지 않았다. 아무리 평균 수명이 길어졌다고 하지만 칠십대 중반이라면 그다지 아까울 것 없는 나이가 아닌가. 일을 한다고 해도 무슨 일을 얼마나 할 수 있겠는가.
　얼마 지체하지 않고 범준은 형을 따라 일어섰다.

7

눈이 내리고 있다. "······눈은 살아 있다 / 죽음을 잊어버린 영혼과 육체를 위하여 / 눈은 새벽이 지나도록 살아 있다 / 기침을 하자 / 젊은 시인이여 기침을 하자······"라는 시구를 읽은 적이 있다. 눈이 내리거나 쌓여 있는 걸 볼 때마다 정원은 그 시구를 떠올리곤 한다. 날씨가 그리 춥지 않아 바닥에 쌓이지는 않고 내리면서 대부분 녹아 스러져버리지만 눈송이는 꽤 소담하다. 함박눈이라고는 할 수 없으나 결코 싸락눈은 아니다. 키로 눈을 받으며 이게 쌀이었으면 좋겠다고 말했다는, 집에 쌀이 떨어진 가난한 옛날이야기 속의 아낙이라도 쌀보다는 꽃을 더 먼저 연상하기에 충분한 눈이다.

지금은 괜찮지만 이따가는 길이 어떨지 몰라 잠깐 망설이다가 그래도 여기저기 돌아다니려면 어쩔 수 없다는 생각과 함께 정원은 승용차에 키를 꽂는다. 자리에 앉자 등과 엉덩이가 차가워 섬뜩 몸이 움츠러든다. 그러나 시동을 걸고 한참 기다려야 할 정도는 아니다. 별로 기다리지 않고 출발해도 매끄럽게 움직인다. 창유리에 들러붙는 눈송이들을 와이퍼로 지우는 일이 좀 번거로울 뿐 길은 아무렇지 않다. 그늘진 곳을 벗어나니 맑은 날일 때나 거의 마찬가지다. 국립중앙도서관 쪽으로 향하면서 정원은 영화들 속의 눈 내리는 장면들을 떠올린다. 눈 내리는 장면들이 많은 영화치고 인상에 남지 않는 영화가 별로 없는 것 같다. 명작들만이 아니라 눈물을 강요하는 멜로물들도 그 장면들만은 대부분 떠오른다. 〈닥터 지바고〉니 〈러브 스토리〉 같은 것들이 그 대표적인 경우다. 우리나라 기독교 영화 중 잘 된 영화라고 김도섭 감독이 자주 입에 올리는 〈순교자〉에도 눈 내리는 장면이 얼마나 많은가. 영상 속에서의 눈 풍경은 어떤 풍경보다도 시선을 강하게 끌어잡는 힘이 있다. 시선만을 끌어잡는 게 아니라 적요(寂寥) 속에 가슴을 설레게 하는 이상한 힘도 발휘한다. 확실하지는 않으나 이번에 하범준의 조언을 들어 자기가 쓰게 될 시나리오에도 눈 내리는 장면이 적어도 한 장면쯤은 들어가야 할 것 같은 생각이 든다. 아니 의도적으로라도 집어넣어야겠다고 마음먹는다. 과연 〈순교자〉를 뛰어넘는 영화가 될 수 있을지 자못 기대가 가면서도 한편으론 걱정이 된다. 문제는 원작인데 하범준이 어떤 이야기를 어떻게 끌어낼 것인지, 일단 현재로서는 그의 머리를 믿어보는 도리밖에 없다.

거리는 얼마 되지 않아도 고속 터미널과 강남 성모병원이 있는 부근이라 차들이 밀려 시간은 꽤 걸린다. 내리는 눈 때문인지 차들이 다른 때보다 더 빠져나가지를 못한다. 국립중앙도서관은 근래에야 오지 않았으나 한때는 자주 드나들었던 곳이다. 물론 쉽게 구할 수 없는 책들과 자료들이 필요해서였지만 친구가 사서(司書)로 있어 그 친구를 만나기 위해서이기도 했다. 그 친구는 결혼과 더불어 그 좋아 보이는 직장을 그만두더니 남편과 함께 캐나다로 가 지금은 만나볼 수가 없다. 몇 차례 편지는 왔었으나 아직 한 번도 이 땅에 오지는 않았다. 편지 내용으로 보아 결혼 생활에 재미를 붙인 것 같았다. 결혼을 하지 않고 사는 네가 부러울 때도 있지만 애 키우는 재미가 그런대로 괜찮다면서 너도 빨리 결혼에 대해 좀더 적극적인 자세를 가져보라고 씌어 있었다. 그 친구가 없으니 웬만해선 이곳에 오기가 싫었다. 물론 그 친구가 있을 땐 필요한 책이나 자료를 찾아놓도록 미리 전화를 해놓고 오면 금방 볼 수 있어 편리한 점이 있었지만 비단 그것 때문만은 아니었다. 다른 친구들에 비해 대화가 잘 통해 붙어 있어도 싫증이 나지 않았다. 어떤 날은 구내 식당에서 점심을 먹어가며 자판기에서 커피를 뽑아 마셔가며 하루 종일 함께 지내기도 했다. 친구가 바빠 대화를 할 상황이 아니면 책만이 아니라 비디오실로 가 영화도 볼 수 있으니 더이상 바랄 게 없었다.

주차장에 차를 세워놓고 눈을 맞으며 광장으로 걸어 들어가면서 정원은 그전에 이곳에 올 때마다 했던 생각을 또 되풀이한다. 쿠데타로 정권을 차지하고 그 엄청난 광주학살을 지령했던, 신문에서 사진만 봐도 방송에서 목소리만 들어도 소름이 끼치는 그 독재자가 어떻게 이런 자리에 이런 건물을 세울 수 있었을까. 물론 그의 머리에서 나왔을 것 같지는 않고 밑에 있는 누구의 발상이었겠지만 어쨌든 그가 재임하던 시절에 마련될 수 있었다는 게 불가사의했다.

입구에 있는 여직원에게 주민등록증을 보이고 열람 도서명을 적는 종이를 받아든 후 정원은 계단을 걸어 2층을 지나 곧바로 3층으로 올라간다. 2층엔 어문학책들이 있는 방이 있고, 3층에 가야 종교, 신학책들이 있는 방이 있다는 걸 알고 있기 때문이다. 그전에는 주로 어문학실이나 잡지실, 신문실, 중앙대출대, 또는 비디오실이나 드나들었지 다른 방들은 별로 드나들지 않았다. 종교, 신학책들이 있는 이 방도 한두 번 스치듯 입구에서 들여다본 일이 있을 뿐이다. 그러고 보니 그 동안 자기가 종교, 신학책들에 대해서는 얼마나 무관심했던가 하는 생각이 든다. 대학에 다닐 때 종교 철학 계통의 책 몇 권을 대강 훑어본 일과 성당에 다니던 시절 잠시 성경을 부분적으로 읽어본 일밖에 구체적으로는 무얼 읽었는지 도무지 떠오르는 게 없을 정도다. 아무리 시나리오 작가라지만 세상에서 최고의 베스트셀러라는 성경조차 제대로 한 번 읽지 않고 글을 쓰고 있으니 자신이 생각해도 한심하다는 생각을 떨쳐버릴 수 없다.

　안으로 들어가보니 책꽂이들 사이사이에 놓여 있는 의자들은 사람들이 모두 차지하고 있다. 젊은 사람들만이 아니라 나이가 꽤 들어 보이는, 이 시간엔 마땅히 직장에 나가 앉아 있어야 할 사람들도 상당수 섞여 있다. 아니 정년 퇴직을 했을 것 같은 노인들도 두셋 눈에 띈다. 갈 곳이 마땅치 않아 취미로 심심풀이 삼아서인가, 아니면 저 나이에도 무얼 공부하고 연구하기 위해서인가. 목적이야 어디에 있든 결코 나쁘게는 보이지 않는다.

　이곳에 꽂혀 있는 책들은 근래 십여 년에 걸쳐 발간된 것들 중에서도 고른 것일 텐데 별별 것들이 다 있다. 구경은커녕 상상도 하지 못했던 것들이 수두룩하다. 종교, 신학책들이라면 많아봤자 빤할 것이라고 생각했는데 그렇지가 않다. 다른 교에 관한 것들은 제외하고 기독교에 관한 것들만 봐도 머리가 어지럽다. 국내 성직자들의 설교집, 전기, 체험수기, 에세이집 같은 부담 없이 읽을 수 있게 보이는 것들이나, 대강 훑어보았든지 훑어보지 않았더라도 이름은 낯설지 않은 루터, 칼빈, 아우구스티누스, 토인비, 프롬, 본회퍼, 몰트만…… 같은 사람들의 번역서들도 많지만 베네딕트, 안셀무스, 죌레, 보렌, 에벨링, 레만, 케제만, 브레이너드, 리치, 하르락, 워필드, 쉴라터, 버트릭, 쉴레베크, 맥쿼리, 도드…… 같은 정원으로선 이름마저 처음 보는 사람들의 번역서들도 그 수를 헤아리기가 힘들다.

머리가 어지러워 정원은 대충대충 둘러보며 박광렬 교수의 『아우슈비츠』가 있는가 살핀다. 책꽂이 옆에 씌어 있는 '가나다……' 순에서 'ㅂ'을 발견하고 박광렬 교수의 것들을 찾는다. 그런데 이상하다. 박광렬 교수보다 젊고 유명하지도 않아 보이는, 뽑아 펼쳐보니 약력이 허술한 사람들의 것도 많은데 박광렬 교수의 것들은 없다. 『아우슈비츠』가 없다면 지난번 하범준과 함께 산 번역책들이라도 있어야 할 텐데 어느 것도 보이지 않는다. 이 안에 앉아 있는 사람들 중 누가 뽑아다가 보고 있는 것일까. 설마 그럴 리가…… 하는 생각이 들면서도 그가 사건을 저질러 신문에 난 사람이니 혹시 알 수 없다는 생각도 든다. 잘못 꽂혀 있을지도 몰라 '가나다……' 순과 상관없이 찾고 또 찾아봐도 마찬가지다. 이곳에 없다면 아래층 중앙대출대로 내려가 카드나 컴퓨터로 찾아봐야 하는데 1990년도에 발간된 책이 벌써 거기에 처박혀 있을 리는 없다.

그래도 혹시 모른다는 생각에 허실 삼아 정원은 내려와 중앙대출대로 가 카드를 찾아본다. 컴퓨터가 편리하겠지만 컴퓨터는 사람들이 다 차지하고 있다. 생각했던 대로다. '가나다……' 순에서 카드를 찾으니 박광렬이라는 이름은 보이지 않는다. 『아우슈비츠』를 찾아도 마찬가지다. 비슷한 제목의 다른 사람 것은 한 권 보이는데 박광렬 교수의 것은 없다. 당연하다. 이 도서관 규정이 어떻게 되어 있는지 확실히는 모르나 불과 오 년 전에 발간된 책이 이곳에 처박혀 있다면 무언가 잘못된 일일 것이다. 『아우슈비츠』만이 아니라 박광렬 교수의 번역서들도 그렇다. 그것들도 모두 발간된 지 십 년도 넘지 않았지 않은가.

어떻게 해야 될지 막막해진다. 대학 도서관을 떠올렸으나 제일 큰 대학의 도서관이라면 몰라도 자기가 다닌 대학의 도서관에 이곳에 없는 책이 있으리라고는 상상이 되지 않는다. 일단 하범준과 상의해보는 도리밖에 없을 것 같다. 책이 아니라도 하범준은 만나야 된다.

2층 휴게실로 와 정원은 공중전화기들이 있는 곳으로 간다. 세 대나 되는 공중전화기들 앞에 사람들이 줄을 지어 서 있다. 이럴 땐 휴대폰 가진 사람들이 부럽다. 그렇지 않아도 하나 살까 어쩔까 하는 생각을 한 적이 있었다. 김도섭 감독이 휴대폰 안 사려면 삐삐라는 것이라도 하나 가지고 다니라고 핀잔을 준 적이 있었다. 그러나 왠지 그런 것들을 가지고 다닌다는 게 우스꽝스럽게 느껴져 이제껏 장만하지 않았다. 무슨 사업을 한다고, 무슨 바쁜 일이 그렇게 많다고 그런 것들까지 지니고 다니냐고 스스로 웃으며 집에 있는 구식 전화기를 자동응답기가 있는 것으로 바꾸는 데 그쳤다.

차례를 기다렸다가 전화를 거니 하범준이 집에 없는지 부인이 받는다. 음성이 낭랑하면서도 날카롭다.

"어디시죠?"

"유정원이라는 사람인데요."

"유정원이요? 무슨 일 때문이시죠?"

"의논드릴 일이 있어서……."

"의논이라니 무슨……? 잡지산가요?"

꽤 까다롭다. 못마땅해하면서 이쪽을 의심하는 투가 역력하다. 영화니 시나리오니 뭐니 하는 말들로 구구하게 설명하기도 그렇고 뭐라고 말해야 할지 잘 생각이 나지 않아 망설이다가 정원은 말한다.

"잡지사는 아니고요. 저…… 지금 안 계신가 보죠? 다음에 다시 드리죠."

끊을까 하는데 저쪽에서 버럭 화를 낸다.

"아니 여보세요! 잡지사가 아니면 어디예요? 신문사예요? 어딘지 무엇을 하는 사람인지 말씀을 하셔야 될 거 아녜요?"

"아, 죄송해요. 사모님이세요? 제가 실례했나보죠? 함께 일하기로 한 사람인데요. 사모님도 아시죠? 선생님 친구 되시는 김도섭 감독이라고…… 그분 일을 하기로 되어 있는데……."

죄송하다는 말과 사모님이라는 말 때문인지 음성이 누그러진다.

"지금 집에 없어요."

누그러지긴 했으면서도 못마땅해하는 투는 여전하다. 그 말 한마디를 내뱉듯이 어렵게 던지고 전화를 끊는다. 무엇 때문에 저렇게 신경이 날카로울까. 소설가의 아내가 저토록 까다로워서야 어느 누가 원고 청탁인들 제대로 할 수 있을지 의문이다. 미술학원을 운영한다면서 왜 이 시간에 집에 있을까. 아직 출근을 안 한 걸까, 아니면 벌써 점심을 먹으러 들어오기라도 한 것일까. 시계를 보니 11시 45분이다. 하범준은 어디에 갔을까. 한 달에 며칠 나간다는 회사 홍보실에 갔을까? 그곳은 전화번호를 모르니…… 정원은 불현듯 김도섭 감독의 휴대폰 번호를 떠올리고 번호판을 누른다. "안녕하세요?"라는 인사만 해도 김도섭 감독은 이쪽이 누구인지 금방 알아차리고 반색을 한다.

"어, 유 작가, 왜? 일은 잘 되어가?"

"책 때문에 도서관에 왔는데 그 책이 없어서요."

"그 책이라니?"

"박광렬 교수."

"아우슈비츤가 뭔가 하는……? 그 책이 꼭 있어야만 되나?"

"있어야지요. 그분 유일의 저선데……."

"어디든 있긴 있겠지, 뭐. 하범준이는 언제 만났어?"

"지난번 만나고 못 만났죠. 그래서 오늘 만나려고 전화드렸더니 안 계셔요. 어디에 가셨는지, 혹 그분이 나가신다는 회사 홍보실 전화번호 알고 계세요?"

"그 회사? 한 달에 며칠 나가지도 않는 그곳 번호를 알아서 뭣해? 거기 안 갔을 거야. 만약 거기에 갔다면 거기 일 봐야 하니까 불러내지도 못하지. 내일이라도 연락이 되는 대로 유 작가한테 전화하라고 할 테니까 기다려보지 뭐."

"해야 할 일들이 많은데 자꾸 늦어지는 것 같아서……."

"글쎄, 빨리 하면 나도 좋지만…… 이 친구가 어디 갔을까? 어디 갔냐고 안 물어봤어? 전화 누가 받아?"

"사모님이요. 무슨 의심을 하셨는지 어찌나 꼬치꼬치 묻든지 혼났어요. 왜 그렇게 신경이 날카로우셔요?"

"하, 그래? 보나마나 그 친구가 밤에 잘 안 해주니까 그렇겠지 뭐. 나이도 나이고…… 문 닫을 무렵이잖아? 어쨌든 유 작가, 곧 한번 나하고도 만나야지. 맥주라도 해야 될 것 아냐? 곧 내가 연락할게."

미처 의식을 못했는데 전화가 너무 길어진 모양이다. 끊고 뒤로 돌아서니 줄지어 서 있는 사람들의 표정과 눈이 노골적으로 얼굴에 들러붙는다. 어떤 한 사람은 한마디 쏘아붙이기라도 할 듯 입을 씰룩거리기까지 한다. 그러나 그 표정과 눈, 그 씰룩거림보다도 밤에……? 나이……? 문 닫을 무렵……?이라는 말들의 여운이 은근히 짜증스럽다. 아니 그런 말들을 아무렇지 않게 듣고 있었던 자신이 더 짜증스럽다. 그나마 '폐경'이라고 하지 않고 '문 닫을'이라고라도 했기에 다행이라는 위안이 된다.

도서관을 나오니 눈이 멎어 있다. 사람들의 발길이 닿지 않은 광장과 나무들, 벤치들, 조각들…… 위에는 녹지 않고 조금씩 희뜩희뜩 얹혀져 있으나 밟고 다니는 길은 가랑비가 내린 듯 촉촉하게 젖어 있을 뿐이다. 차에 오르자 어떻게 해야 할지, 집으로 바로 들어가야 할지 어쩔지 감이 쉽게 잡히지 않는다. 책을 찾아내 복사를 해 하범준을 만나 전하고 함께 박광렬 교수가 수감되어 있는 곳이나 아니면 박광렬 교수의 집을 찾아갈 계획이었는데 다 틀어지고 만 것이다. 어젯밤이나 오늘 일찍 전화를 했더라면 하범준을 만날 수는 있었을 텐데 책부터 찾아내려다가 낭패를 본 셈이다. 눈이 와서만은 아닐 텐데 웬일인지 곧바로 집에 들어가고 싶지는 않다. 이럴 때 만날 사람이란 결혼해서 살고 있는, 만나면 할 이야기가 궁한, 재미 없는 동창 몇몇과 영화판 사람들 외엔 이치훈밖에 없다.

오랜만에 이치훈을 한번 만나보는 것도 괜찮겠다는 생각을 하며 정원은 액셀러레이터를 밟는다. 눈이 멎어 시야가 가리지 않아 좋다. 와이퍼로 녹은 눈의 물기를 닦아내자 약간 살얼음기가 있어 성에처럼 희뿌옇긴 하지만 아까보다는 훨씬 낫다. 와이퍼를 계속 움직여야 할 땐 시야만이 아니라 머리마저 혼란스러워진다.

　죽고 싶어 약을 먹었으나 죽지 못하고 깨어나 의지해보려 했던 조철환 신부가 그렇게 되고, 장형빈과의 사이가 그 꼴이 되고 나서 정원은 인생관, 세계관이 많이 바뀌었다. 나이도 어느 정도 들어 세상이라는 것이 어떤 것인가를 조금은 알 것 같아 스스로 이제까지와는 다른 삶을 살아보려고 애썼다. 시나리오를 쓰고 자동차 운전을 할 수 있게 된 것도 모두 그런 애씀의 결과였다. 이치훈은 자동차 면허증을 딴 후 운전 연습을 하던 무렵에 만났다. 2주 연수까지 끝냈으나 아무래도 그것만으로는 많이 부족해 종종 혼자 차를 끌고 동네에서 그리 멀지 않은 야산 부근에 있는 소형 운동장에 나가 연습도 하고 맑은 공기를 마시며 쉬기도 했다. 야산 부근이라도 등산로가 아니어서 인적이 드물었다. 어쩌다가 정원과 비슷하게 운전 연습을 하거나 쉬기 위해 차를 가지고 온 사람들이 몇몇 보일 뿐이었다. 몇 차례 그곳에 나가면서 정원은 이상한 광경을 보았다. 다리를 저는 청년이 강아지와 놀고 있는 광경이었다. 처음엔 운전 연습을 하는데 약간 방해가 된다고만 생각하며 지나쳤다. 차내에서 보아 청년의 얼굴을 자세히 볼 수 없었고, 또 자세히 볼 필요도 없었다. 그런데 한 차례만이 아니라 두 차례 세 차례 자주 보게 되었다. 올 때마다 본 건 아니었지만 몇 차례 보게 되니 자연히 관심이 갔다. 그가 놀고 있는 한쪽에 늘 소형차가 세워져 있는 걸 보면 그의 것인 것 같았다. 어디에서 살고 있는지는 몰라도 승용차에 강아지를 태우고 이곳까지 와 놀고 있는 불구 청년. 한쪽 다리를 꽤 심하게 절면서도 강아지와 장난을 치는 그가 갑자기 외로워 보였다. 봄날 눈부시게 맑은 햇살 아래에서 그러고 있는 광경이 별별 상상을 불러일으키며 감상에 젖게 만들었다. 정원은 차를 세우고 한동안 그 광경을 지켜보다가 자기도 모르게 차에서 내렸다. 그리고 서서히 그쪽으로 다가갔다. 털이 하얀색이어서 깨끗하게는 보였으나 값비싼 애완견은 아니었고 흔한 똥강아지 같았다. 계속 절뚝이며 움직이는 그 청년으로부터 서너 걸음 뒤쪽에서서 정원은 그 강아지의 재롱을 구경했다. 청년의 절뚝거림에 맞춰 재롱을 부리던 강아지가 정원과 시선이 마주치자 몸집에 비해서는 큰 소리로, 그러나 무섭지는 않게 짖었다. 반사적으로 청년이 절뚝거림을 멈추고 뒤돌아보아 자연히 두 사람은 시선이 마주쳤다. 이상했다. 낯이 익은 것 같았다. 분명히 아는 얼굴인데 누구라는 게 떠오르지 않았다. 과거에 아는 사람 중에 그런 불구자는 없었다. 그렇다면 얼굴이 아는 사람을 닮았다는 이야기인가. 그런데 바로 이 순간 청년의 눈빛이 봄볕을 받아 흡사 긋는 찰나 일어나는 성냥불꽃처럼 불을 발하면서 얼굴 가득 미소가 지어졌다. 이쪽이 아는 사람임을 알아차리는 표정이었다. 청년이 한 걸음 이쪽으로 다가오며 인사했다.

"안녕하세요?"

그러나 정원은 여전히 기억해낼 수가 없었다. 어색한 미소로 답례는 하면서도 머뭇거렸다.

"누구⋯⋯?"

"유정원씨죠?"

"네, 맞아요. 죄송해요. 기억을 하지 못해서⋯⋯."

"아뇨, 충분히 그러실 수 있어요. 벌써 십 년이나 됐는걸요. 장형빈형의 후배 이치훈이에요. 그 당시 음악감상실에서, 그리고 학교 앞 술집에서 몇 차례⋯⋯."

"아, 기억나요. 그런데 다리는⋯⋯? 다치신 건가요?"

장형빈은 친구나 학년은 같아도 군대를 갔다오지 않아 후배가 되는 학생들과 어울리는 자리에 가끔 정원을 데리고 다녔다. 아니 그들과 어울리기로 약속이 되어 있는데 정원이 찾아가자 어쩔 수 없이 데리고 다녔다는 표현이 맞을지 모르겠다. 그런 자리에 끼었던 사람들 중의 한 명이었다. 그 중에 다리를 저는 사람은 없었으므로 자연히 자기도 모르는 사이 이런 물음이 튀어나올 수밖에 없었다. 교통 사고? 아니면 혹시 잡혀가 두들겨맞아……? 장형빈과 어울렸으니 함께 잡혀갔을 가능성이 많지 않은가.

"다친 게 아니고…… 여긴 어떻게? 운전 연습하러 오신 모양이죠? 집이 이 근처세요?"

청년은 묻는 말엔 대답하지 않고 반갑다는 표정으로 그렇게 우물거렸다. 대답을 하지 않으니까 교통 사고보다는 잡혀가 두들겨맞아 그렇게 된 모양이라는 쪽으로 생각이 기울어졌다.

"네, 별로 멀지 않아요. 이치훈씨도 가까우신 모양이죠? 오늘만이 아니라 전에도 몇 번 뵈었는데…… 여기 자주 오시나봐요?"

"답답할 때 가끔 산책 삼아…… 이놈 뛰어놀기에도 좋고"

이치훈은 이제는 뛰지 않고 서서 두 사람의 이야기를 듣고 있는 듯한 모습을 하고 있는 강아지를 내려다봤다.

"강아지를 무척 좋아하시나봐요? 아직 애가 없으세요?"

"네? 애요? 애는 결혼을 해야 생기는 것 아니에요?"

"그럼 아직……?"

"아직이나 뭐나. 정원씨는 물론 하셨겠죠? 왜 형빈형과 안 하시고?"

"안 했어요"

"안 해요? 결혼을 안 하셨다구요?"

정원이 고개를 끄덕이자 의외라는 듯이 말했다.

"그럼 어떻게 된 거죠? 형빈형은 했는데. 그렇다면 형빈형이 정원씨를 배신했다는 이야긴가요? 둘이 무척 사랑하는 사이였던 걸로 알고 있는데…… 모두들 그렇게 알아 정원씨를 좋아들 하면서도 감히 접근할 생각들을 못 했는데……."

"어머, 그래요? 그럴 리가…… 제가 뭐라고……."

"아니에요, 사실이에요. 사랑하는 사이 아니었어요?"

"사랑하는 사이라고 뭐 꼭 결혼을 해야만 되나요?"

"물론 그거야 그렇지만…… 그래도 정원씨가 아직 안 하셨다니까…… 친구들은 정원씨가 다른 사람과 결혼을 해 형빈형이 다른 여자와 결혼을 한 걸로 알고 있거든요. 형빈형도 그렇게 알고 있는 것 같던데…… 요즘 서로 연락 없이 지내세요?"

"제가 해야 옳았겠지만 하기 싫어 안 했어요."

정원은 떠올리고 싶지 않아 말머리를 돌렸다.

"다리 아프시겠어요. 저쪽에 가 좀 앉아요."

"아, 그러시죠. 미안합니다. 내 생각만 해서…… 나는 일부러 서 있는 일이 많거든요. 다리 힘이 자꾸 없어져가는 것 같아서……."

두 사람은 승용차들이 세워져 있는 쪽 나무 그늘 아래 벤치로 와 앉았다. 강아지도 따라왔다. 두 사람이 앉자 강아지도 앞에 마주 앉아 올려다봤다. 정원이 물었다.

"다리는 어떡하다 이렇게 되셨는데요? 사고로 다치신 게 아니면 혹시 잡혀가 고문이라도 당하신 거예요?"

이치훈은 자조 섞인 엷은 웃음을 웃고 나서 말했다.

"그렇기라도 하다면 오죽 좋겠어요? 그런 친구들도 없지 않았죠. 그런 친구들은 고생을 하고 병신이야 되었지만 얼마나 당당하고 떳떳해요? 그런데 나는……."

이치훈은 한숨을 쉬고 한참 있다가 중얼거렸다.

"천형(天刑)을 받은 건지……."

강아지와 뛰어놀 때와는 정반대의 모습이었다. 천형을 받다니 무슨 말인지 이해가 가지 않아 정원이 아무 말 없이 의아스럽게 돌아보자 이치훈이 한 차례 한숨을 더 쉬고 나서 물었다.

"정원씨는 나이 많은 분들이 흔히 말하는 천형이라는 것을 어떻게 생각하세요?"

"무슨 그런 말씀을……? 어떻게 아프신 건데요?"

"혹시 버거씨병이라는 것이 어떤 병인지 알고 계세요?"

"버거씨병? 들어보긴 한 것 같은데 어떤 병인지는 모르겠는데요."

"버저병, 부르거병, 정확하게는 폐색성혈전혈관염이라는 건데 살이 썩어가는 병이죠. 심장에서 가장 먼 부분, 그러니까 둘째 발가락이나 셋째 손가락 끝에서부터 차츰 썩어가는 거예요. 차츰 썩어가 발가락을 잘라내고 발목을, 다리를…… 또는 손가락을 잘라내고 손목을, 팔뚝을…… 한쪽 다리, 한쪽 팔뚝이 그러고 나면 또 다른 다리, 다른 팔뚝이…… 왼쪽 다리를 잘라내고 의족을 신었더니 이제 오른쪽 발가락이 또……."

"어쩜 세상에……! 이치훈씨가 그런 병에 걸리셨단 말이에요? 거짓말 같아요. 왜, 그 병에는 약이 없는 거예요?"

그냥 하는 소리가 아니라 정말로 믿어지지가 않았다.

"없어요. 한번 걸렸다 하면 이건…… 암은 걸려 치료가 안 되면 얼마 안 가 죽기나 하죠. 이건 죽지도 않고 차츰, 그것도 아주 서서히 썩어만 가는 거예요. 잘라내지 않으면 그 통증이란……!"

그런 말을 하면서도 표정만 굳어 있을 뿐 이치훈은 얼굴을 찡그리지도 않았다.

"원인이 뭔데요?"

"모른대요. 밝혀지지 않았대요. 그래서 천형이 아닌가 하는 거죠. 옛날엔 문둥병을, 오늘날엔 에이즈를 천형이라고 흔히 말하지만 나는 이 병이야말로 천형인 것 같아요."

"이치훈씨가 왜 천형을 받아요? 무슨 큰 죄를 졌다고……?"

"내가 안 졌으면 우리 아버지, 할아버지가 졌겠죠. 많이 졌을 거예요. 지금은 둘 다 이 세상에 없지만 할아버지는 고관이었거든요. 부정, 비리…… 선량하고 바르게 살려고 하는 사람들 아마 많이 못살게 굴었을 거예요. 관직에 있으면서 빌딩까지 지을 정도였으니까요. 아버지는 마약과 도박으로 그 빌딩을 다 날렸죠. 내가 왜 형빈형의 그룹에 가담했었는지 아세요? 그 선인들에 대한 부끄러움을 조금이라도 모면해보려는 몸부림에서였어요. 억지였지요."

체념 상태에 있어서일까. 다른 사람들 같으면 술에나 만취해야 털어놓을 것 같은 심한 자조의 말들을 멀쩡한 정신으로 아무렇지 않은 듯이 털어놓았다. 정원은 말문이 막혀 아무 말도 할 수 없었다. 강아지와 절뚝거리며 놀 때와도 비교할 수 없는 깊은 외로움이 그의 몸 전체에서 묻어나는 듯했다. 아니 그것은 외로움이라기보다 절망이었다. 아무렇지 않은 듯한 그 표정, 그 말이 오히려 더 심한 절망으로 다가왔다.

정원은 카세트에 테이프를 집어넣는다. 베를린 필하모니 관현악단이 연주하고 페렌츠 프리차이가 지휘하는 모차르트의 〈아이네 클라이네 나흐트무지크 G장조 K525〉다. 선율의 흐름 속에선 차의 흐름이 문제되지 않는다. 특히 오늘같이 한가할 땐 잘 빠져나가지 않아도 신경 쓸 필요가 없다. 고속 터미널 앞을 벗어나자 좀 나은 듯하더니 얼마 안 가 더 빠져나가지를 못한다. 접촉 사고라도 난 것인지 모르겠다.

그날 이후 정원은 기억에서 사라질 만하면 찾아가 이치훈을 한 번씩 만나곤 했다. 그는 산책을 하는 일 같은 별일이 없는 한 레코드 가게 한구석에 쭈그리고 앉아 있는 일이 많았다. 레코드 가게를 운영하는 누나를 조금씩 거들어주고 있다고는 하나 있으나마나 한 존재라고 했다. 자기가 가게에 없다고 해서 누나가 불편을 느낄 건 거의 없다는 이야기였다. 누나가 결혼에 실패해 받은 위자료로 차렸다는 레코드 가게는 소규모이면서도 좋은 판들을 꽤 가지고 있었다. 정원이 가지고 있는 판들 중 여덟 장은 그 집에서 구입한 것들이었다. 지금 이 테이프도 그 집에서 구입한 판을 직접 녹음한 것이다. 병 때문이 아니라 원래부터 그는 술을 잘 마시지 못했다. 그러면서도 정원을 만나면 카페로 데리고 가 맥주나 칵테일을 마시는 일이 많았다. 담배도 피웠다. 술은 혈액 순환에 도움을 줄 테니까 조금씩 마시면 상관없겠지만 담배는 특히 해로울 것 같은데도 피웠다. 의사가 피우지 말라고 하지 않았느냐고 걱정을 해주면 엷은 웃음을 웃으며 말했다.

"이 병에만이 아니라 담배는 병자 아닌 누구에게도 다 나쁘다고 하잖아요? 그렇게 말하면서도 그런 의사들 자신도 피우는데요, 뭐. 피우지 않는다고 나을 병도 아니고……."

"그래도 더 악화되지는 않도록 해야죠."

그는 고개를 가로저었다.

"차라리 빨리빨리 더 나빠져 결론이 났으면 좋겠다는 생각이 들 때가 많아요."

"왜 그런 말씀을 하세요? 더 심한 불구가 되어서도 살아가는 사람들이 얼마나 많은데……."

사실이 그렇지 않은가. 두 다리 없이도, 또는 두 팔 없이도, 아니 두 눈이 멀어가지고도, 척추를 다쳐 하반신 마비가 되어서도, 심지어는 두 다리, 두 팔을 다 잃어 사지가 없는 몸뚱이만으로 살아가는 사람도 있지 않은가. 국내에서는 몰라도 이웃 일본에서 그런 여자가 결혼을 세 차례나 해가며 살아 있다는 기사를 읽고 정원은 어리둥절해졌었다.

"그거야 그렇죠. 불구자들이야 많죠. 별스런 불구자들이 많다는 거야 나도 모르는 바 아니지만 나같이 이 병에 걸린 사람은 별로 많지 않대요. 이 병에 대한 특효약이 개발되지 않은 이유도 그 때문이래요. 불구를 만들어도 이런 식으로 애를 닳게 하며 만들어야 되겠어요? 통증이 오기 시작하면…… 아니 통증이 없어도 차츰 썩어가고 있다는 생각에 사로잡히면……!"

그 고통을 상상이나 할 수 있겠느냐는 표정으로 바라보다가 이치훈은 민망해졌던지 갑자기 표정을 바꾸며 말했다.

"미안해요. 모처럼 오셨는데 반가운 분한테 내가 왜 이런 이야기를…… 우리 다른 이야기 해요. 형빈형과는 아직도 연락 않고 지내세요? 나도 연락 않고 지내온 지 오래 돼서…… 이 꼴이 되어놓으니까 누구에게도 연락하고 싶지 않아요. 내가 연락하지 않으니까 친구들도 마찬가지고…… 원래 친구라고 할 만한 친구가 없었거든요. 평생에 단 한 명의 친구만 가질 수 있어도 행복한 사람이라는 말이 이 나이에 벌써 실감이 돼요. 정원씨는 어떠세요? 많죠, 친구?"

"아녜요, 마찬가지예요. 친구들이라고 해야 동창들인데 어쩌다가 만나면 남편 자랑, 자식 자랑들만 하니까 재미 없어요. 만나는 순간부터 헤어지고 싶어지는데요, 뭐. 딱 한 명 도서관에 사서로 있는 친구가 있는데 그 친구를 만나면 그래도 괜찮아요. 아직 결혼을 안 했거든요."

고개를 끄덕이며 이치훈이 물었다.

"정원씬 왜 결혼 안 하세요? 형빈형 때문이세요?"

"아녜요. 그분이 다른 여자와 결혼을 하지 않았다고 해도 안 했을 거예요. 나는 정치하는 사람은 싫어요."

"그럼 다른 사람하고 하시죠. 주위에 좋은 사람 많을 텐데……."

"글쎄요, 꼭 안 해야겠다는 생각은 아닌데…… 치훈씨는 왜 안 하세요?"

"이 꼴이 되어가지고 어떻게 해요?"

"왜 못해요? 더 심한 사람들도 다 하는데……."

"그거야 안 될 일이죠. 상대야 동정심에서, 또는 이성의 사랑이 아닌 종교적인 힘이 바탕이 되어 희생하고 봉사하는 마음으로 할 수도 있겠지만 그걸 받아들인다는 건 바른 태도라고 할 수 없죠."

"꼭 그럴까요? 문둥이를 사랑해서 함께 문둥이가 된다거나 에이즈 환자를 사랑해서 함께 에이즈 환자가 되는 게 다 그럴까요? 치훈씨의 경우는 그것도 아니잖아요? 누가 치훈씨와 결혼해 산다고 해서 치훈씨의 병을 옮겨 함께 앓는 것도 아니고……."

"그 이상이겠죠. 옆에서 보기에 얼마나 고통스럽겠어요? 솔직히 정원씨에게도 미안해요. 날 그곳에서 안 만났더라면 나와 이런 시간을 안 가지셔도 되는 건데…… 내가 불쌍해서 내가 외로워 보여서 일부러 오시는 거라면 앞으로는 안 오셔도 돼요. 나의 이런 고통을 왜 정원씨가 나눠 가져야 되겠어요?"

"섭섭해요. 그렇게 말씀하시면…… 이렇게 어쩌다가 잊어버릴 만하면 한 번씩 오는 것도 부담스러우세요? 보고 싶어 오는 거예요. 자주 오지 않는다고 화가 나서 그런 말씀 하시는 건 아니시겠죠? 더러 전화라도 하고 싶어도 가게에 누나랑 함께 계시기 때문에 거북해하실까봐 않는 거예요. 나는 혼자 사니까 전화하셔도 돼요. 심심하실 땐 전화도 하시고 그러세요."

전화번호를 적어주며 그렇게까지 말했는데도 그는 전화 한 번 하지 않았다. 그래도 정원이 나타나면 눈에 빛이 나는 걸 느낄 수 있었다. 빛이 나다 못해 언젠가는 눈물을 글썽거려 보이기조차 했다. 마주앉아 정원을 응시하며 아무 말 없이 눈물만 글썽거렸다. 왜 그러시냐며 정원은 자기도 모르는 사이 그의 손을 잡아주었다. 그는 얼굴을 숙여 정원의 손에 눈물 묻은 눈을 가린 채 한참이나 가만히 있었다. 가슴이 아팠다. 끌어안아라도 주고 싶었다. 아니 결혼해 함께 살자고 말하고 싶은 충동조차 순간적으로 느꼈다. 그러나 그것이 일시적인 감상임을 정원은 깨달았다. 자기가 과연 그의 그런 고통을 지켜보면서 함께 살아갈 수 있을까 냉철히 자문하자 자신이 없었다. 설령 자신이 있어 자기가 그렇게 매달린다 해도 그는 받아들이지 않을 게 분명했다. 그 사이 오 년여 동안, 갈 때마다 판을 한 장씩 샀으니까 정확히 여덟 번을 찾아간 셈이었다. 오늘 만나면 아홉번째가 되는데 지난 봄에 가고 안 갔으니까 칠팔 개월이 지났다. 지난번에 만났을 때 다른 때보다 훨씬 초췌해 보여 왜, 무슨 일이 있느냐고 했더니 통증이 하도 심해 잠을 잘 수 없어 오른쪽 발가락도 잘랐다고 했다.

을지로에 있는 그의 가게 부근 주차장에 도착하고 보니 한시가 넘어 있다. 도서관에서 이곳까지 한 시간이 더 걸린 셈이다. 아직 점심을 안 먹었다면 점심이나 함께 했으면 좋겠다는 생각으로 정원은 가게로 향한다. 그를 만나는 것이 목적이라면 당연히 미리 전화를 하고 와야 되겠지만 이제껏 한 번도 그런 적이 없다. 만나도 그만 안 만나도 그만일 뿐만 아니라 그로 하여금 기다리는 부담을 주고 싶지도 않기 때문이다. 가게로 들어서니 냉랭하다. 낮게 샹송이 흘러나오고 있는데도 썰렁하다. 손님 한 명 없고 그도 보이지 않는다. 맞아주는 건 누나다. 동생의 여자 친구여서가 아니라 판을 사는 손님이어서인지 민망할 정도로 반가워한다. 앉아 있다가 졸다 깬 사람처럼 벌떡 일어선다.

"어서 오세요, 정원씨. 난 누구신가 했네. 참 오랜만이네요. 그 동안 잘 지내셨죠?"

"네. 별일 없으시죠? 장사도 잘되시구요?"

"불황이어서 그런지 장사는 어째 갈수록 신통찮아요."

자기의 병만이 아니라 누나가 이혼을 당한 것도 할아버지, 아버지가 지은 죄에 대한 벌같이만 느껴진다던 이치훈의 말이 귀에 쟁쟁하다. 이혼을 당할 만큼 못되어먹은 여자라고는 생각되지 않는데 남편으로부터 일방적으로 버림을 받았다고 했다. 모든 게 너와 맞지 않으니 헤어지자며 위자료를 내놓아 깨끗이 포기할 수밖에 없었다는 것이다. 오늘 봐도 인상이 나쁘지 않다. 화장이 약간 더 진해진 것 같지만 여전히 곱고 우아하다.

"다들 그런가봐요. 잘된다는 사람들이 없어요."

"왜 그러죠? 좋다는 세상으로 바뀐 지가 언젠데……."

가게를 둘러보다가 정원은 또 판을 한 장 산다. 줄리에트 비노쉬와 데니 라방이 주연하고 에릭 세라가 음악을 맡은 레오 카락스 감독의 영화 〈나쁜 피〉의 배경 음악 판이다. 봉투에 넣어주는 판을 받아들고 정원은 비로소 묻는다.

"치훈씨는 어디 나가셨나봐요?"

아무리 대학교 때부터 안 사이라고 해도 이런 여자가 어떻게 그런 불치병을 앓는 자기 동생에게 관심을 가질까 해서 그런지 누나가 먼저 이야기를 꺼내지를 않으니 묻는 수밖에 없다. 그런데 이상하다. 누나는 머뭇거리다가 들릴 듯 말 듯한 작은 소리로 짧게 대답한다.

"네."

"어디 멀리 가셨나요? 점심 드시러 간 것 아녜요?"

누나는 고개를 내젓고 나서 눈을 내리깐다. 아무래도 이상하다. 불길한 예감 같은 게 퍼뜩 스치고 지나간다.

"온 김에 한번 만나고 갔으면 좋겠는데…… 어디 가셨는데요?"

한참 더 머뭇거리다가 굳이 숨길 필요가 없다는 판단이 섰는지 누나는 언짢은 어조로 말한다.

"병원에 있어요. 오른쪽 다리도 잘랐어요. 발가락만 자르면 될 줄 알았는데 워낙 통증이 심해서……."

"어머, 결국…… 어느 병원인데요?"

현기증이 일어나는 걸 정원은 간신히 참는다.

"가시지 마세요. 정원씨를 보면 그애가 더 괴로워할 거예요."

"아녜요, 어떻게 안 가요? 가르쳐주세요."

끝내 안 가르쳐주려는 걸 정원은 졸라 기어코 알아낸다. 졸라 댐에 못 견뎌 마지못해 영동 세브란스라고 가르쳐주고서도 누나는 피차에게 좋을 게 없으니 제발 가지 말라고 재삼 당부한다.

그와 무슨 사이라고, 애인 사이는 물론 친한 친구라고도 할 수 없는 사인데 왜 자기가 이렇게 흥분을 해야 하는지 이해가

가지 않는다. 그러나 꼭 가보아야만 할 것 같은 의무감 같은 걸 뿌리칠 수가 없다. 오늘 하범준과 연락이 안 된 것이 그가 이런 상태에 있음을 알고 그를 만나게 하기 위한 절대자의 조작 같다는 엉뚱한 생각도 든다. 그에 대한 생각 때문이었는지 어떻게 운전을 하고 왔는지, 시간이 얼마나 걸렸는지 잘 기억이 나지 않는다. 병원에 다 당도해서야 병문안을 오면서 아무것도 준비하지 않았다는 걸 정원은 비로소 깨닫는다. 그러나 병원 밖으로 다시 나가 무엇을 사가지고 오고 싶은 생각은 없다. 두 다리를 자른 젊은 사람 앞에 그것들이 무슨 필요가 있겠는가.

정신이 없어 방 번호도 묻지 않고 와 외과로 가 물으니 간호원이 302호라고 가르쳐준다. 302호로 가자 여섯 개의 침대가 놓여 있는데 맨 구석 쪽이 그의 침대. 호실 문에나 마찬가지로 침대에도 명패가 붙어 있다. 병원에서까지 그의 자리는 구석인가. 다른 환자들에게는 모두 간호하는 보호자들이 옆에 있는데 그에게는 아무도 없다. 꽂혀 있는 링거만이 그의 친구가 되어주고 있다. 정원을 보자 그는 다른 때와는 달리 놀라는 얼굴로 입가에 미소만 잠깐 떠올렸다 지울 뿐 눈에 빛을 세울 틈도 없이 눈물을 보인다. 어떻게 알고 무엇하러 왔느냐는 말도 없이 그냥 주루룩 눈물을 흘린다. 손을 잡아주자 정원의 손을 끌어다가 눈과 입을 가려가며 체면 없이 울고 나서 한참 있다가 말한다.

"어떻게 해야 할지…… 이 지경이 되어가지고도 과연 살아야 하는 건지…… 그런데 이상하죠? 다리를 하나 잘랐을 때는 죽고 싶었는데 두 개를 다 자르고 나니까 오히려 살아야겠다는 생각이 드니…… 일종의 오기겠죠? 이게 조물주의 벌이라면 한번 버텨보자는…… 어느 지경까지 어떻게 끌고 가는지 두고보자는……."

조물주, 조물주…… 그의 입에서 튀어나온 조물주라는 낱말이
새삼스럽게 귓가에서 떠나지 않고 맴도는 걸 정원은 느낀다.

8

　범준과 정원은 이튿날 점심때 만났다. 도섭으로부터 연락을
받고 범준이 전화를 해 약속이 이루어진 것이다. 번거로우실 테
니 전철을 타고 나오시지 말고 집 앞 네거리에 서 계시라고, 그
러면 자기가 차를 가지고 가겠다고 정원이 말해, 굳이 수고스럽
게 그렇게까지 할 필요가 뭐 있느냐, 전철로든 택시로든 나갈
테니 중간 지점에서 만나자고 범준이 사양을 해도 듣지 않았다.
조금만 돌면 되니까 자기로선 별 차이 없으니 집에서 점심 드시
지 말고 열두시까지 나와 계시라고 했다. 사양이야 했지만 싫을
건 없었다. 말한 지점으로 시간을 맞춰 나가자 벌써 차가 와 대
기해 있었다. 추운데도 차 안에 있지 않고 차를 세워둔 옆에 나
와 서 있다가 반갑게 인사하며 정원은 차 문을 열어주었다. 홉

사 운전기사가 차 주인에게 해주는 식이나 다름없었다. 지나치다 싶은 친절이 신경에 거슬리면서도 결코 기분이 나쁘지는 않았다. 그러나 차에 올라탄 후 범준은 예의로라도 한마디하지 않을 수 없었다.

"앞으로는 이러시지 마세요. 수고스럽게 뭣하러 굳이…… 그리고 추운데 무엇 때문에 차 밖엔 나와 있어요? 안에 앉아 있지……."

"안 돼요, 건방지게 굴면 김 감독님한테 저 야단맞아요. 번거로운 일을 맡아주신 것만 해도 어딘데 이까짓 차로 좀 모시면 어때요?"

"기사가 딸린 영화사 차가 아니라 이건 정원씨 개인의 차 아닙니까. 그리고 정원씨도 직원이 아니라 나와 똑같은 입장이고……."

"꼭 그렇게 낱낱이 따지셔야 되겠어요? 역시 선생님은 엄숙주의자세요. 낭만주의자라고 말씀으로만 그러시지 말고 저한테만이라도 실제로 낭만주의자가 되어주시면 안 돼요? 제가 좋아서 하는 일이니까 부담스러워하시지 마세요. 제가 아무한테라도 이럴 것 같아요? 저도 얼마나 도도한 여잔데……."

정원은 미소 띤 얼굴로 돌아보며 눈을 흘기더니 차를 출발시켰다.

"핫하, 도도해요?"

"그럼 제가 쉬운 여잔 줄 아셨어요?"

"아뇨, 절대로 쉬운 여자일 것 같지는 않아요. 쉬운 여자라면 오히려 이런 때 이렇게 하지 않겠죠. 내가 웃은 건 정원씨가 도도한 여자가 아니라는 뜻이 아니라 정원씨 스스로의 입에서 그런 낱말이 나올 수 있다는 게……."

"도도한 여자여서 도도한 여자라는데 뭐가 우스워요? 도도한 여자니까 자꾸 엄숙하게 그러시지 마시고 제가 하는 대로 그냥 두세요."

"핫하, 알았습니다."

지난번과는 또 다르게 사람을 끌어당겼다. 어린애가 떼쓰며 투정부리는 것 같은 그 말들이 이상할 정도로 마음을 편하게 해주었다.

"점심 안 드셨죠? 드시지 말고 나오시라고 했으니까 안 드셨을 줄 믿어요. 뭘 좋아하세요? 점심부터 들고 일을 시작하죠."

"뭘 좋아하세요? 기사 노릇을 해주시는데 점심은 내가 사야죠. 내가 살 테니까 좋아하시는 걸로 드시죠."

"또 그러시네. 그러시지 말라고 했잖아요? 안 돼요. 오늘은 제가 살 테니까 선생님은 다음에 사세요. 뭘 좋아하세요? 양식은 안 좋아하시죠?"

"정원씨가 좋아하시면……."

"아녜요. 저 양식 안 좋아해요. 선생님도 양식은 안 좋아하실 것 같아요. 한식 좋아하시죠? 낮엔 술 안 하실 테니까 고기 종류는 싫죠? 돌솥밥은 어떠세요? 아니면 보리밥이나 초당 순두부……."

"다 좋을 것 같은데요. 정원씨가 좋아하시는 걸로…… "

"알았어요. 그럼 제가 안내할게요."

속력을 내면서 정원이 물었다.

"그런데 참 식사하시고 어디부터 가시겠어요? 구치소, 아니면 박광렬 교수님 집? 이왕이면 가는 쪽과 같은 방향에 있는 식당에 가게요."

"글쎄요, 집부터 가보는 게 낫지 않겠어요?"

"그럼 돌솥밥을 드셔야겠네요. 구치소 쪽엔 보리밥집이 아주 좋은 데가 있는데……."

보리밥 소리를 들으니까 어렸을 때 어머니가 학교로 싸왔던 꽁보리밥 생각이 났다. 먹어보고 싶기도 했다. 그러나 그것을 먹기 위해 일부러 구치소부터 갈 필요는 없을 것 같았다.

"아주 좋은 데라니, 보리밥집이 다 그렇겠지 뭐가 좋다는 이야깁니까?"

"우선 산길에 있어 위치가 좋구요. 갖가지 야채를 넣어 된장에 비벼 먹게 하는데 깔끔하고 된장도 그 집에서 직접 담근 토속이라 맛있어요."

"구미가 당기긴 하는데 거긴 다음에 가죠."

"그러세요, 그럼."

범준네 형제들은 모두 보리밥을 싫어했다. 보리밥만이 아니라 잡곡밥도 좋아하지 않았다. 맏형은 두부도 먹는 일이 없었다. 어렸을 때 먹지 못한 하얀 쌀밥, 먹지 않고선 살 수 없었던 두부 겉비지에 대한 한 때문이었다. 범준도 그 한이 없지 않았지만 그렇다고 형제들처럼 그렇게 병적이지는 않았다. 경애의 성화가 많은 도움이 되었다. 경애는 잡곡밥을 좋아해 꽤 오래 전부터 식구가 현미에 잡곡을 섞어 상식해왔다. 처음엔 많이 거부감이 느껴졌으나 주위에서 그게 건강에 좋다고 떠들어대 참고 먹어 왔더니 이제는 아무렇지 않았다. 특별히 더 맛있다는 느낌은 들지 않아도 입안이 껄끄럽거나 소화 장애를 일으키는 일은 없었다. 대신 아침은 먹지 않고 점심과 저녁 두 끼만 먹었다. 경애와 범준만이 아니라 아이들도 그랬다. 버릇이 그렇게 들어 거기에 대한 불만들은 없었다. 건강을 핑계로 순전히 경애의 독단에 의해 그렇게 된 것인데, 식생활이 그렇게 된 걸 보면 신앙도 언젠가는 경애가 주장하는 대로 끌려가고야 말 것 같은 예감을 뿌리치기 힘들었다.

정원이 안내한 돌솥밥집은 논현동에 있었다. 주차장 시설이 좋았고, 식사는 다른 종류 없이 딱 한 가지 돌솥밥만 팔았다. 홀은 없이 대개의 한정식 집처럼 방들만 있어 곧바로 온돌방으로 안내를 받았다. 소문이 난 집인지 손님들이 꽤 많았다. 두 사람이 안내를 받은 방엔 이미 남녀쌍 두 팀이 앉아 밥을 먹고 있었다. 상을 사이에 두고 마주 앉아 종업원이 가져다 준 위생 티슈에 손을 닦으며 정원이 말했다.

"아침은 드셨어요? 전 아침엔 토스트와 커피를 먹는데 오늘은 선생님과 점심을 맛있게 먹으려고 그것도 안 먹었더니 배고픈데요."

"우리집은 아예 아침은 안 먹습니다. 나만이 아니라 모두……."

"아니, 왜요?"

"절약하려고…… 쌀을 아끼려고……."

"네에?"

물론 농담인 줄 알고 정원은 웃으며 눈을 흘겼다.

"그게 건강에 좋대요."

"에이, 엉터리. 아침을 안 먹는 게 뭐가 좋겠어요? 의사들은 적어도 아침만은 꼭 먹어야 한다고 강조하던데…… 보통 사람들만이 아니라 다이어트하는 사람들도 세 끼 식사는 빼놓지 않고 해야 된대요. 끼니를 거르고 한꺼번에 많이 먹는 게 제일 안 좋다던데요, 뭐."

"대개 그렇게들 말하는데 우리집에 같이 사는 사람 말에 의하면 그게 그렇지 않대요. 아침은 몸 안의 독소를 제거해야 하기 때문에 안 먹는 게 좋대요. 그 대신 두 끼를 흰밥이 아닌 현미에 잡곡을 섞은 밥을 먹어야 된다는 거죠"

"같이 사는 사람이라니, 사모님 말씀하시는 거예요? 정말 사모님 특이하시네. 신경도 꽤나 날카로우시더니……"

"김도섭을 통해 얘기 들었어요, 꼬치꼬치 캐물었다면서요?"

"늘 그러세요? 원래부터 성격이 그러셨어요?"

"성격이야 타고나는 거겠지만 내 잘못이 많죠"

"뭘 어떻게 잘못하셨는데요? 함께 살다가 보면 잘할 때도 있고 잘못할 때도 있겠지 다른 남편이라고 잘하기만 하겠어요?"

"정원씨는 결혼도 안 해보시고 어떻게 그렇게 너그러우세요?"

"꼭 해봐야만 아나요? 결혼 생활이라는 게 뻔하겠죠, 뭐."

내오는 걸 보니 양들은 적어도 반찬 가짓수는 꽤 많았다. 버섯초장무침이니 어리굴젓이니 풋고추멸치볶음이니 생선조림이니 쑥갓나물이니 오이소박이 같은 담백한 것들이었지만 바쁜 때 점심상으로는 벅차게 보였다. 반찬들보다도 돌솥에 한 그릇씩 따로 한 밥이 밤, 은행, 잣에 낙지까지 들어 있어 영양가 면에서도 지나칠 정도였다. 밥을 비벼 먹도록 된 잘게 썬 부추가 많이 들어 있는 양념 간장도 입맛에 맞았다.

"맛있는데요. 가까이 살아도 나는 한 번도 못 와봤는데 어떻게 이런 집을 다 아세요?"

"우연히 알아 몇 번 와봤어요. 이 집말고도 괜찮은 몇 집 알고 있는데 선생님이니까 그렇지 진한 음식 좋아하는 사람들은 이 집 안 좋아해요. 언젠가 김 감독님을 저녁때 이 집에 모시고 온 적이 있었는데 먹잘 것이 너무 없다며 안 좋아하시던데요. 이 집에 오셔서도 간처녑을 찾으시더라니까요. 입에 맞아야지 아무리 좋은 음식이라도 그 사람 입에 안 맞으면 무슨 소용 있겠어요? 그러고 보면 사람도 그렇고 세상의 모든 게 다 그런 것 같아요. 소위 그 궁합이라는 게 그래서 생겼는지도 모르겠어요."

"궁합?"

"왜요, 궁합이라는 말이 이상하게 들리세요?"

"아뇨, 정원씨가 좋아하는 음식을 나도 좋아하니까 그럼 우린 궁합이 맞는 셈인가요?"

"그렇죠, 그런데 왜 그런 표정을 지으세요? 그런 표정을 지으시니까 이상하잖아요? 결혼할 때 이야기하는 남녀 사이의 궁합 생각을 하신 거예요? 그런 생각을 하니까 좀 이상한 것 같네요. 그래요, 이상해요. 왠지 음탕하게 들려요. 제가 말을 잘못했나 봐요. 취소할게요, 그 말⋯⋯."

범준이 아니라고 손을 내저으며 웃자 정원은 얼굴이 발그레해지며 웃을 듯 말 듯 웃음을 머금고 있다가 나중엔 함께 웃었다.

밥을 먹고 나자 후식으로 수정과를 내왔다. 범준이 입에 가져가려고 하자 정원이 표정과 손짓으로 마시지 말라고 했다.

"수정과는 맛없어요. 곶감으로 담근 게 아니에요. 이 집만이 아니라 음식점에서 내오는 수정과들 대개 다 그래요. 곶감이 비싸잖아요? 나가서 커피 마셔요."

자리에서 일어나 계산을 하고 나와 정원은 범준에게 차 문을 열어주고 차에 올랐다. 커피를 마시자면서 왜 커피 파는 집으로 가지 않고 차에 오르나 했더니 차를 출발시키면서 말했다.

"이 근처엔 커피 전문점은 없어요. 가다가 마셔요. 커피에 대해 까다로우신 편이세요? 어떤 커피 좋아하세요?"

"뭐 특별히⋯⋯."

"가리시지 않는다구요? 그럼 번거로우니까 자판기 커피 마실까요?"

"그러죠, 뭐. 그게 좋겠군요."

"어떤 사람들은 자판기 커피는 절대로 안 마셔요. 불결하다나요. 물도 그렇고 기계 안 청소도 그렇다면서…… 그런 점이 없지도 않죠. 실제로 아무렇게나 취급하는 점포가 없지 않으니까…… 하지만 깨끗하게 보이는 기계를 골라 마시면 상관없을 거예요. 값도 싸지만 자판기가 편리한 때도 있어요. 특히 오늘 같이 다른 일로 바쁜 이런 때…… 아, 저기 보이네요."

슈퍼 옆 골목길 부근에 자판기가 보였다. 설치한 지 얼마 안 되는지 깔끔했다. 차를 세운 후 정원이 내리려고 해 못 내리게 어깨를 가볍게 눌러 주저앉힌 후 범준이 내렸다. 정원이 앉아 있는 쪽이 찻길 쪽이고 범준이 앉아 있는 쪽이 인도 쪽인데다 자판기가 인도 쪽에 있으니 당연했다. 그렇게 판단됐는지 정원도 더 고집부리지 않고 차의 기어 옆 칸이 그릇통에 상비용으로 놓여져 있는 동전들을 집어 내밀었다.

"죄송해요. 그쪽에 계시니까 그럼…… 자판기 커피는 블랙으로는 못 마셔요. 밀크커피 하나 블랙 하나 그렇게 뽑으세요."

블랙으로는 못 마신다면서 왜 블랙을 뽑으라는가 이상하게 생각하면서도 범준이 말대로 뽑아다 주자 정원은 두 가지를 반반 섞었다.

"저는 연하게 블랙으로 마시는데 이 커피는 블랙으로는 못 마시겠어요. 이렇게 마시니까 그냥 마실 만한데요. 마셔보세요. 선생님 입맛에도 맞으실 거예요. 밀크커피는 너무 달거든요."

마셔보니 정원의 말대로였다. 범준도 더러 자판기 커피를 마셔봤었는데 밀크커피 그대로를 먹을 때보다 훨씬 입맛에 맞았다.

"영화판 사람들과 일하자면 자판기 커피를 마셔야 할 때가 많은데 처음엔 적응이 안 되어 애먹었어요. 블랙은 너무 쓰고 밀크커피는 너무 달고…… 궁리 끝에 이 방법을 써봤더니 괜찮더라구요."

"그 정도세요? 그렇게까지 민감해서야……."

"이왕이면 입맛에 맞는 게 좋잖아요? 어떠세요, 선생님은? 이게 입맛에 더 맞잖아요?"

"그렇긴 한데…… 알겠어요. 정원씨가 왜 이제껏 결혼을 안 하셨는지…… 커피 한 잔에도 그렇게 민감하니 일생을 함께 살 남자에 대해서야 오죽하겠어요?"

"부정하진 않겠어요. 하지만 어떡하죠? 선생님 같은 남자라면 일생을 함께 살아도 괜찮을 것 같은 생각이 드니."

"핫하, 그래요? 농담이라도 기분 나쁘지는 않은데 그렇다면 민감한 게 아니라 뭐라고 할까."

커피를 다 마신 후 범준의 종이컵을 받아 자기의 종이컵 속에 찔러넣어 차의 문에 달린 포켓에 집어넣고 차를 출발시키며 정원이 말했다.

"선생님이 커피 뽑다 주실 때 제 머리에 뭐가 떠올랐는지 아세요? 영화 속의 한 장면이 떠올랐어요. 연인끼리 차를 타고 가다가 가게 앞에 세워놓고 남자가 자판기 커피를 뽑아다 여자에게 주는…… 눈이 내리는 날이면 더 좋겠죠. 이번 시나리오에 그런 장면 하나 넣을까봐요. 나이도 우리와 비슷하면 좋을 것 같아요."

"정원씨는 역시 낭만적이시군요. 영광입니다. 나를 일약 영화의 주인공으로 만들어주어서……."

"훗훗, 뭐, 선생님만 주인공인가요? 저도 마찬가지죠. 시나리오를 쓸 게 아니라 우리가 아예 주인공이 되어 영화를 찍어버릴까요? 어떤 감독이 지금 그런 영화 찍고 있대요. 자기 부부의 실제 이야기를 자기들이 직접 출연해…… 그러려면 일부러라도 사건을 많이 만들어야 되는데 우리 사이엔 사건이 너무 없죠?"

"그렇군요, 까짓것 만들죠, 뭐. 앞으로 만들어가봅시다."

두 사람은 오랫동안 만나와 허물이 없는 사이처럼 자주 웃어가며, 이런 식의 이야기들을 주고받다가 목적지에 거의 다 이르러서야 비로소 박광렬 교수에 대한 이야기를 했다. 어제 애먹었던 『아우슈비츠』에 대한 이야기는 이미 전화로 나눠 정원이 다른 이야기를 꺼냈다.

"집에 누가 있을지나 모르겠네요, 설마 비어 있지야 않겠죠?"

"글쎄요, 누구든 있겠죠"

"일하는 사람만 있으면 소용없잖아요?"

"왜요, 일하는 사람한테서라도 무슨 이야기든 들을 수 있지 않을까요? 가족들이 집에 없다면 어디에 가 있는지라도……"

"가족 사항이 어떻게 되는지 모르시죠?"

범준이 고개를 내젓고 나서 말했다.

"누구보다 박 교수 부인을 만나야겠죠, 그리고 어머니도……"

범준은 말하면서 남윤철 부인이 박광렬 부인과 고등학교 동창이라는 도섭의 말을 떠올렸다.

박광렬 교수의 집은 유일신학대학과는 동떨어진 사직동에 있었다. 호화 주택이라 주소만 가지고도 어렵지 않게 찾았다. 동사무소에 가 묻자 직원이 더이상 묻지 않고도 찾을 수 있도록 상세히 가르쳐주었다. '높은 벽돌담 위에 철조망이 쳐져 있는 청기와 지붕의 쑥돌 이층집'이라고 가르쳐준 대로 찾으니 부근엔 그런 집이 한 집밖에 없었다. 차 안에서 봐도 분명한 것 같았다. 지은 지는 오래 된 것 같았으나 쑥돌집이라 육중하고 튼튼해서 가정집 같지 않고 무슨 비밀 정보원들이 밀담을 나누는 회의장이 있는 건물처럼 보였다. 대학 교수, 그것도 신학대학 교수의 집이라기엔 너무나 어울리지 않았다. 무엇보다 철조망이 그런 느낌을 강하게 했다. 보통 철조망이 아니라 스위치를 누르면 전류가 흐르도록 된 철조망일지도 모른다는 섬뜩한 생각이 들었다. 차를 세운 후 내려 확인하니 틀림없었다. 문패가 '朴太峰'으로 되어 있었다. 박광렬 교수가 죽인 것으로 알려진 그의 아버지 이름이었다. 이미 죽었으니 문패를 갈아야 될 텐데 그대로 붙여놓고 있었다. 그러니까 이 집은 박광렬 교수가 살고 있다고 해도 박광렬 교수의 집이 아니라 아직은 엄연한 박태봉의 집이었다. 철대문도 요란했다. 오래 되어 군데군데 칠이 벗겨지긴 했으나 삼류 조각가의 거대한 철조각 작품처럼 갖가지 부조(浮彫)가 되어 있는데다 윗부분은 그 무엇이라도 닿기만 하면 뚫을 것 같은 날카로운 수십 개의 창이 솟아 있었다. 그 문을 지탱시켜주고 있는 역시 쑥돌로 된 문설주 측면에 초인종이 보였다. 범준이 두리번거리는 사이 정원이 그것을 눌렀다. 아무도 없나? 대꾸가 없었다. 다시 한번 눌렀다. 이런 집에 대문 앞을 볼 수 있는 비디오 시설이 안 되어 있을 리 없을 테니 안에 사람이 있다면 이미 이쪽을 보았을 것이다. 이쪽을 살피느라 그랬는지 역시 대꾸가 없더니 잠시 후에야 "누구세요?"라는 나이가 든 여자의 목소리가 들렸다. 정원이 말했다.

"여기가 박광렬 교수님 댁 맞죠?"

"맞는데요. 왜 그러시죠?"

"뭣 좀 알아볼 게 있어 그러는데요."

"어디서 오셨는데요?"

잠시 머뭇거리더니 정원이 거짓말을 했다.

"학교에서 왔는데요."

거짓말을 한 데에 대한 쑥스러움 때문인지 말하고 나서 정원
은 범준에게 웃음을 보내며 어깨를 으쓱했다.

"학교? 잠깐 기다리세요."

집 건물에서 대문까지의 거리가 멀어 그러는지 아니면 옷 매
무시라도 고치느라 그러는지 한참 기다린 후에야 사람이 나왔
다. "무슨 일이신데요?"라며 대문이 열리고 사람이 보였는데 가
족인지 아닌지 잘 분간이 되지 않았다. 분위기가 꼭 누구일 것
같은 느낌을 주지 않게 애매했다.

"사모님 되세요?"

박광렬 교수보다 나이가 훨씬 많은 오십대 후반으로 보이니
부인은 아닐 것 같은데도 정원은 그렇게 물었다.

"아닌데요."

"그럼 누나……?"

"아니에요, 일하는 사람이에요."

무슨 일을 하는지, 가정부라기엔 몸 동작이 느려 보이고 옷차
림도 깨끗해 보였다. 음식 냄새가 배어 있을 것 같지 않았다.

"사모님은……?"

"안 계세요."

"어디 나가셨나보죠?"

"네."

"교수님 어머님도 안 계세요?"

"왜 그러시죠?"

"뭣 좀 여쭤볼 게 있어 그래요. 계시면 잠깐 뵐 수 없을까요?"

"편찮으셔서 누워 계셔요. 안정을 하셔야 하기 때문에 지금은
뵐 수 없어요."

"많이 편찮으신가보죠? 사모님은 어디 멀리 가셨나요? 언제

쯤 와야 만나뵐 수 있을까요?"

"멀리 가 계셔 당분간은 집에 안 오세요."

"멀리라니 어디 계시는데…… 그곳 주소 좀 알 수 없을까요?"

"그건 몰라요, 나도."

"교수님을 위한 일을 하기 위해서니까 알고 계시면 가르쳐주세요."

"모른다니까요."

정원이 난감한 표정으로 범준을 돌아보았다. 여기까지 와 아무것도 알아내지 못하고 돌아갈 수야 없지 않겠느냐는 의지가 서려 있었다. 범준이 물었다.

"아까 일하시는 분이라고 하셨는데 무슨 일을 하시는지……?"

"나요? 여자가 하는 일이라는 게 빤하죠, 뭐."

"이 댁에 오래 계셨나요?"

"네."

"그럼 집안 사정을 잘 아시겠구먼요? 아주머니도 박광렬 교수가 아버지를 살해했다고 생각하세요?"

여자는 고개를 숙이고 말없이 무언가를 한참 생각하는 듯하다가 고개를 들고 흔들며 말했다.

"몰라요, 난…… 나는 모르니까 나한테는 아무것도 묻지 마세요."

강한 부정이 오히려 많은 걸 알고 있음을 시사해주었다. 그러나 수사관이 아니면서 어떻게 꼬치꼬치 캐물을 수 있겠는가.

"지금 댁에 박광렬 교수 어머니 외에는 가족은 아무도 안 계십니까?"

"딸이 있어요."

"딸? 박 교수 딸 말인가요? 몇 살이죠?"

"대학교 일학년이니까……."

"아, 그래요? 그럼 그 딸 좀 만나게 해주시겠어요?"

여자는 새삼스러운 눈으로 범준의 위아래를 훑어보고 나서 "기다려보세요"라고 말한 후 집 안을 향해 걸어 들어갔다. 찬찬히 훑어봐도 해를 끼칠 사람으로는 보이지 않는다고 판단이 된 모양이었다. 대학교 일학년이라면 아직 어리긴 하지만 알 만한 건 다 알 나이였다. 문제는 이쪽 의도에 얼마나 잘 부응해주느냐 하는 것인데 그거야 만나봐야만 알 일이었다. 난감해하던 정원의 표정이 한결 밝아졌다. 기대가 간다는 얼굴이었다.

여자가 집 안으로 들어가고 나서 얼마나 지났을까. 밝은 정원의 표정에 초조함의 그늘이 어릴 정도로 꽤 길게 느껴지는 시간이었다. 딸이 나왔다. 집안에서 일어난 사건 때문인지 풍기는 분위기는 침울하고 어두웠으나 귀티가 나는 깨끗한 얼굴이었다. 쌍거풀진 눈이 크고 맑은데다 콧날이 알맞게 오똑했다. 청바지에 회색 스웨터 차림이었는데 몸매며 키도 나무랄 데가 없었다. 한마디로 드물게 볼 수 있는 미인이었다. 대학교 일학년이라면 이제 열아홉이나 스무 살쯤 되었을 텐데 화장을 하지 않은 맨얼굴인데도 소녀 티 아닌 제법 성숙한 여자 티가 났다. 범준의 느낌 그대로를 정원이 대변했다.

"어머, 굉장히 미인이시네. 박 교수님 따님 되세요?"

딸은 대답 없이 피곤하고 귀찮은데 웬일이냐는 얼굴로 두 사람을 번갈아 쳐다보기만 했다.

"대학생이시라면서요? 혹시 여기 선생님 모르시겠어요? 잡지나 문학 전집 같은 데서 사진 본 일 없으세요?"

범준의 얼굴을 무덤덤히 쳐다보던 딸의 표정에 순간적으로 파장이 약한 물결이 일었다. 일종의 어색한 미소였으나 그 미소가 어떤 뜻을 담고 있는지는 잘 파악이 되지 않았다. 본 일이 있다는 표정 같기도 했고 잘 모르겠다는 표정 같기도 했다.

"본 일 있으시죠? 소설 쓰시는 하범준 선생님이에요."

딸이 고개를 끄덕인 후 이어서 허리를 굽혀 범준에게 인사했다. 범준이 답례를 말로 대신했다.

"나를 알아보겠어요? 무슨 과에 다니는데 유명하지도 않은 나 같은 사람을 다 알아봐요? 소설 더러 읽어요?"

딸은 힘이 없는 작은 목소리로 낮게 말했다.

"많이 읽지는 않지만…… 불문과거든요."

"불문과지만 우리나라 소설도 읽는다는 이야기죠? 그래서 나를 알아보겠어요?"

"네, 작품도 기억나구요.『사막』『화산』이라는 작품 쓰셨죠?"

범준이 미소를 지으며 고개를 끄덕였다. 작품 제목들까지 알고 있는 걸 보면 기억하고 있는 게 분명했다. 일단 안심이 되었다.

"다행이에요. 이렇게 불쑥 찾아와 미안해요. 짐작하겠지만 아버지 일로 몇 가지 물어보고 싶어 왔는데 지금 어머니가 집에 안 계시다면서요?"

딸의 표정이 더욱 어두워졌다. 무슨 죄라도 지은 것처럼 고개를 숙이며 들릴 듯 말 듯 "네"라고만 대답했다.

"할머니는 앓아 누워 계시고……?"

"네."

"많이 편찮으세요? 우리가 뵈면 안 될 정도로……?"

"아무도 만나고 싶어하시지 않아요."

"그럼 어떡한다……? 학생하고라도 이야기를 좀 나누고 싶은데…… 시간이 괜찮으면 어디 부근 카페 같은 데라도 잠깐 갈까요?"

망설이며 생각하더니 딸은 그러시라고 고개를 끄덕이고 나서 말했다.

"들어가 얘기하고 나올게요."

딸은 들어갔다가 곧바로 나왔다. 아까 입고 있던 옷에 모자 달린 진록색 코트만 더 걸치고 나와 두 사람과 나란히 걸으며 말했다.

"죄송해요. 집 안으로 모시지 못해서…… 형사도 형사지만 기자들한테 하도 괴롭힘을 당하셔서 할머니가 집에 모르는 사람들이 오는 걸 싫어하셔요."

정원이 말했다.

"아녜요, 충분히 이해해요. 이렇게만이라도 협조를 해주어서 정말 고마워요. 할머니하고 부모님, 그리고 다른 가족은 없으세요? 오빠나 언니, 또는 동생……."

"없어요. 동생이 있었는데 바이올린 공부하러 독일에 갔다가 사고로 죽었어요."

"어머, 저런. 어쩌다가…… 미안해요. 상처를 건드려서……."

"레슨 받으러 다니다가 비행기 사고로 죽었는데 어렸을 때부터 음악에 대한 소질이 뛰어나 영재 소리를 듣던 그애가 그렇게 되자 부모님 상심이 대단하셨죠."

"그렇겠죠. 얼마나 마음이 아프셨겠어요?"

부근에 카페나 다방은 없었고 빵집만 보였다. 안락하지는 않으나 그런 대로 앉을 수는 있게 되어 있었다. 세 사람은 이야기하기에 좋은 구석에 자리를 잡았다. 무얼 들겠느냐고 정원이 묻자 딸은 콜라를 마시겠다고 했다. 두 사람도 함께 콜라를 시켰다. 빵집이어서 그런지 종업원이 유리컵 세 개와 함께 콜라를

병째로 세 병이나 가져다 놓았다. 정원이 콜라를 범준과 딸의
잔에 따르고 나서 자기 잔에 따른 후 말했다.

"우리 인사부터 나눠요. 나는 유정원이라고 하는데 이름이 어
떻게 되세요?"

"혜전이에요. 박혜전……."

"혜전? 고운 이름이군요."

정원이 범준을 돌아보았다. 말씀을 하시라는 뜻 같았다. 콜라
를 한 모금 마시고 나서 범준이 박혜전의 눈을 들여다보듯이 바
라보며 입을 열었다.

"그렇지 않아도 많이 괴로울 텐데 우리까지 이렇게 괴롭혀서
미안해요. 우리가 무얼 알고 싶어하는지 대강은 알아도 확실히
는 모를 거예요. 과거에는 나도 신문 기자 노릇을 한 적이 있었
지만 현재는 아니니까 기사를 쓰려는 건 아니에요. 기사야 이미
신문이나 잡지에 다 났으니까 더 쓸 필요도 없죠. 우리가 알고
싶은 건 사건에 대한 보다 정확한, 세상에 알려지지 않은 어떤
진실이에요. 기사란 사실 그대로보다 왜곡되거나 과장되게 보도
되는 경우가 많으니까 진실이라고는 볼 수 없고 그냥 기사일 뿐
이죠. 혜전 학생이 보기에 어땠어요? 과거에 난 기사들이 사실
그대로라는 생각이 들었어요?"

박혜전은 고개를 숙인 채 한동안 가만히 있다가 고개를 들어
서서히, 그러면서도 강하게 내저었다.

"아녜요. 잘못 씌어진 게 많았어요. 대부분 다 화를 내게 만들
었어요. 우리 아빠가 설령 사건을 저질렀다고 해도 우리 아빠를
그런 식으로 몰아붙이는 건 참기 힘들었어요. 우리 아빠 그런
분이 아니에요. 그런 사건을 저지를 분도 아니지만 만약 저질렀
다면 거기엔 그럴 만한 충분한 이유가 있을 거예요. 아빠가 돈

때문에 할아버지를…… 그건 말도 안 돼요. 그건 아빠가 어떤
분인지를 모르고 하는 엉터리 소리들이에요."

음성을 낮춰 조용히 시작된 말이 갈수록 커졌다. 말하다보니
흥분이 되는 모양이었다.

"그럴 거예요. 그럼 아버지가 어떤 분인지, 혜전 학생이 함께
살아오면서 본 아버지에 대해서 좀 구체적으로 얘기해봐요."

"엄하시긴 하지만 무엇보다도 폭력을 제일 싫어하시는 분이었
어요. 살아오시면서 그 누구한테는 물론 저한테도 손찌검 한 번
한 일이 없으셨어요. 손찌검은커녕 험한 소리 한 번 하신 적이
없어요."

"어머니나 할머니, 할아버지와도 다투신 적이 없어요?"

"보지 못했어요. 어쩌다가 할아버지와는 의견 충돌이 있는 때
가 있었지만 그냥 그랬지 심하게 다투시거나 덤벼드신 적은 없
었어요."

"의견 충돌? 가령 어떤 문제로 의견 충돌이……?"

"할아버지는 군대에 오래 몸담고 계셨기 때문이어서인지는 몰
라도 체질적으로 방어벽 같은 게 있으셨어요. 아까 보셨겠지만
집 담 위에 쳐진 철조망도 할아버지가 일꾼을 시켜 그렇게 하신
것이거든요. 아빠 그게 꼴사납다고 못마땅해하시다가 할아버지
가 해외에 가 한동안 집에 안 계시는 틈을 타 손수 모두 철거를
해버리셨어요. 그런데 할아버지가 돌아오신 후 그걸 보고 역정
을 내시며 다시 치신 거예요. 다시 치시면서 그런 말씀을 하셨
어요. 우리나라가 왜 치욕의 역사를 되풀이해왔는지 아느냐
고…… 집도 나라나 다를 게 없는데 미리 방어를 철저히 해 나
쁠 게 뭐가 있느냐고……."

"아버지가 신학대학에 계시고 교회의 집사시라는 건 알고 있

는데 할아버지는 교회에 안 다니셨어요?"

"그 문제로도 가끔 의견 충돌이 있으셨어요. 군대에 계실 때는 안 다니셨고 예편되신 후 회갑이 지나서야 다니셨는데 아버지가 다니시는 교회 아닌 다른 좀 이상한 교회에 다니셨어요. 거기서 장로 직분까지 받으셨는데 신앙 생활에 별로 충실치는 못하셨어요. 신앙 생활보다는 사업에 더 열성이셨죠. 사업을 위한 한 방편으로 신앙 생활을 하시는 듯이 보였어요."

"이상한 교회라니? 사이비……?"

"사이비 종교는 아니었지만 좀 이상한…… 할아버지 사업과 연관이 있는 교회라는 것 같았어요."

"어떤 사업을 하셨는데……?"

"이것저것…… 자세히는 저도 잘 몰라요. 돈을 많이 버시면서도 인색하셨어요. 가족들에게까지도 아주 인색하셨어요. 그래서 아마 그런 소문이 퍼진 것 같아요. 아빠가 돈 때문에 그랬다는…… 그러나 아빠는 책값 외에는 돈을 별로 필요로 하지 않는 분이었어요. 돈이 특별히 들어갈 만한 무슨 오락은 물론 골프 같은 것도 안 하셨고 외국에서 유학 생활을 하셨기 때문에 운전을 하실 줄 알면서도 심지어는 승용차도 안 가지고 다니셨으니까요."

"할아버지가 사회의 그늘진 곳을 많이 도우셨다던데……?"

"모르겠어요, 그건……."

이야기하느라고 박혜전은 콜라에 아직 입도 대지 않고 있었다. 그게 신경이 쓰였던지 정원이 마셔가면서 하라고 손짓을 했다. 그러자 박혜전은 한 모금 마시고 나서 이야기를 계속했다.

"돌아가신 할아버지를 나쁘게 이야기하고 싶지는 않아요. 제겐 할아버지나 아빠나 다를 게 없는 분들이니까요. 한 핏줄인데 뭐가 다르겠어요? 그런데 이상해요. 제겐 다를 게 없는 분들인데 두 분이 어쩌면 그렇게 다른지 이해가 안 갔어요. 할아버지는 고향이 북한인데다 그곳에서 소년기를 보낸 후 이쪽으로 와 사변 때부터 군인이 되어 줄곧 군 생활을 해오셔서 그런 게 아닌가 생각되기도 하지만 저로서는 이해 안 되는 점이 많았어요. 가령 이런 이야기를 해서는 안 될 텐데…… 방에 방범 장치를 해놓으시고도 머리맡에 항상 권총을 놓고 주무시는 것만 해도 그랬어요. 누가, 무엇이 무서워 그러시는지 신경을 편하게 가지실 때가 별로 없으셨어요. 별 이유 없이 갑자기 역정을 내시며 집안을 발칵 뒤집어놓으실 때는 그 누구도 어떻게 할 수가 없었어요."

"할아버지의 아버지…… 그러니까 혜전 학생한테는 증조할아버지가 되시나…… 그분은 북한에서 목사를 지내셨다는 이야기가 있던데……?"

"어떻게 아셨어요? 그러셨대요. 목사를 하시다가 학살을 당하시는 장면을 할아버지가 그곳을 떠나오시기 전에 똑똑히 보셨대요. 그걸 보시고 할아버지는 하나님을 믿지 않겠다고 맹세하셨대요. 하나님이 살아 계시다면 어떻게 그 꼴로 죽게 하실 수 있겠느냐는 생각이 드셨다는 거죠. 나이가 드셔서는 생각이 달라져 교회에 다니시면서도 믿음이 깊지 못하셨던 데는 그런 이유도 있는 것 같았어요."

작은 빵집이어서 그런지 빵을 사서 가져가는 사람은 더러 있어도 자리에 앉아 먹는 사람은 없었다. 한 팀이 다른 쪽 구석에 앉아 먹고 나간 후엔 아무도 앉지 않았다. 그것이 오히려 더 자리에 신경을 쓰게 만들었으나 범준은 참으며 묻고 또 물었다. 박혜전의 입에서 나올 만한 이야기는 거의 다 나오게 만들었다.

그러나 박혜전은 아버지가 할아버지를 죽였는지, 안 죽였는지, 어머니가 현재 어디에 가 있는지, 할머니는 언제쯤이나 와야 만날 수 있는지에 대해선 확실한 대답을 하지 않았다. 박혜전을 통해 분명히 알아낼 수 있었던 것은 아버지가 할아버지를 죽인 것으로 되어 있는데도 할아버지보다 아버지에 대해서 더 좋은 감정을 가지고 있다는 사실이었다. 그러면서도 아버지가 할아버지를 절대로 죽였을 리 없다고 완강하게 부인을 하지 않는 사실이었다. 부인하기보다는 죽였을지도 모른다는 심증을 갖게 하면서도 그 이유가 무엇인지를 모르고 있거나 말하지 않는다는 사실이었다. 잘 참아오더니 박혜전은 더 참지 못하고 마침내 눈물을 보였다. 더 묻는 것도 고문이나 다를 게 없을 것 같아 범준은 고맙다고, 괴롭혀서 미안하다고 말한 후 일어섰다. 일어서서 빵집을 나와 박혜전의 집 쪽으로 걸으며 아까부터 생각은 하면서도 말하는 걸 참아왔던 이야기를 꺼냈다. 책방에도 없고, 도서관에도 없어 그러는데 혹시 아버지가 쓰신 『아우슈비츠』라는 책이 집에 있느냐고 묻자 박혜전은 그전에 본 것 같기는 한데 지금 집에 있는지 없는지는 잘 모르겠다고 말하며 왜 그러시느냐고 물었다.

"한번 꼭 읽어보고 싶은데 구할 수가 있어야 말이죠. 있다면 며칠만이라도 빌려 봤으면 좋겠는데……"

"찾아볼게요. 아빠 서고(書庫)를 뒤지려면 시간이 걸려야 하니까 지금 당장은 안 되구요. 찾아봐서 있으면 우송해 드릴게요."

"그래요? 고마워요."

범준은 관계하고 있는 회사 홍보실에서 명함을 찍어주었는데도 체질적으로 싫어해 가지고 다니지 않아 수첩 종이를 찢어 주소와 전화번호를 적어 박혜전에게 주었다. 그리고 박혜전의 집 부근 정원의 차를 세워둔 곳까지 와 헤어지기 전에 한 가지 부탁을 더했다.

"이건 너무 무리한 부탁이 될지 모르겠는데 아버지가 교수이시니까 일기는 안 쓰시더라도 수첩이라든가 비망록, 또는 메모용 노트 같은 건 가지고 계실 듯한데……"

"그런 거야 제가 어떻게 손을 대겠어요?"

"물론…… 그러나 아버지가 현재 처한 상황을 생각한다면…… 아뇨, 그냥 두죠. 내가 기자 노릇하던 때의 근성이 되살아나서 지나친 실례를 한 것 같군요. 그냥 두고 책이나 찾아봐 줘요."

"실례라고 하실 것까진 없어요. 이미 경찰에서 다 복사해갔는데요, 뭐. 제가 자세히 살펴보지 않아 그것이 무엇이며 어떤 내용인지는 모르겠지만 아빠가 쓰시던 컴퓨터에 들어 있는 것 형사들이 그전에 디스켓에 다 담아갔어요. 제가 한번 살펴볼게요. 봐서 드려도 괜찮을 만한 것이면 드릴게요. 그런데 이상하세요. 그런 것들이 어디에 필요해서 그러세요? 우리 아빠에 대한 넌픽션을 쓰시려는 거예요? 아니면 아빠를 주인공으로 하는 소설을 쓰시려는 거예요?"

범준이 잠시 머뭇거리다가 어색한 미소와 함께 말했다.

"넌픽션이나 소설을 쓰려는 게 아니고 어떤 일을 하려고 하는데 그 일보다도 먼저 처음에 이야기했듯이 사건의 진실을 알고 싶은 거예요. 진실을 알고 난 후에 우리가 하려는 일에 참고를 하려고……"

박혜전이 의아스런 표정을 보였다.

"일이라뇨?"

범준이 어떻게 말해야 할지 몰라 다시 머뭇거리자 정원이 나섰다.

"그런 게 있어요. 선생님이 소설로 쓰실지도 모르고요. 어쨌든 혜전씨나 혜전씨 아빠한테 해를 끼치지는 않을 테니 염려 말고 믿으세요."

정원의 말에도 의아스러움이 풀리지 않는지 고개를 갸웃하다가 박혜전은 말했다.

"사실 선생님이 소설을 쓰시는 분이 아니었으면 저 오늘 이렇게 응하지 않았을 거예요. 저는 좋은 소설을 쓰시는 분들을 다른 어떤 일을 하는 분들보다도 훌륭하다고 생각해왔거든요. 특히 선생님은 제가 개인적으로 사숙(私淑)해왔던 분이기도 하구요. 넌픽션도 소설도 아닌 다른 어떤 일이시라니 무언지 모르겠는데 선생님이시니까 협조할 수 있는 한 협조는 해드릴게요."

박혜전은 두 사람에게 인사하고 대문 안으로 들어갔다. 들어가다가 돌아서 범준에게만 눈길을 보내오며 미소가 곁들인 인사를 다시 한번 해왔다. 부탁한 것에 대해 약속을 지키겠다는 의미로 받아들여졌다.

두 사람은 차에 올라 다음 목적지부터 결정했다. 구치소로 갈까 하다가 먼저 경찰서로 가 담당 형사부터 만나보기로 했다. 그러나 경찰서로 가면서는 형사가 어떤 사람일까에 대한 이야기보다 주로 박혜전에 대한 이야기를 나누었다. 범준이 느꼈던 것처럼 정원 역시 그녀가 나이에 비해 어른스럽고 야무지다고 말했다. 아버지로부터 험한 소리 한 번 듣지 않고 컸다고 했지만 가정 교육을 제대로 받지 않고서는 그런 교양이 몸에 배어 있을 것 같지 않았다.

"말을 어쩌면 그렇게 조리있게 잘해요? 선생님이 비망록 이야기를 꺼냈다가 실례했다고 하자 말하는 걸 보세요. 선생님이 전혀 무안해하지 않도록 그렇게 말하기가 어디 쉬워요? 특히 선생님을 사숙해왔다는 말을 듣고는 깜짝 놀랐어요. 요즈음 대학교 일학년생이 어떻게 사숙이라는 낱말을 그렇게 자연스럽게 쓸 수 있어요?"

"그렇더군요. 나는 말을 잘할 줄 몰라 항상 말에 대한 콤플렉스를 가지고 있는데 나보다도 오히려 어른스럽게 잘하더군요."

"무슨 말씀이세요? 왜 선생님이 말을 잘 못한다고 하세요? 군더더기 없이 꼭 하실 말씀만 골라 잘하시면서…… 비망록 이야기를 내비치셨다가 취소하시는 것 같은 그 말솜씨가 보통 솜씨예요?"

"하, 그래요?"

"선생님과 비교하려는 게 아니구요. 그애한테 은근히 질투까지 느껴지더라니까요. 좋은 소설을 쓰는 사람이 어떤 일을 하는 사람보다도 훌륭하다고 생각하고 있고 선생님을 사숙해왔다고 하니까 어떻게 내가 하고 싶었던 말을 저애가 저렇게 스스럼없이 잘할까 화가 나려고 하더라니까요."

"핫하, 정원씨도 날 사숙해왔어요?"

"그럼요, 하지만 저는 그런 낱말을 쓴 일이 없잖아요? 그런 낱말을 쓰려고 하면 제가 유식한 체하는 것 같아 낯간지럽거든요. 그런데 그애는 얼마나 의젓하게, 전혀 거슬리지 않게 잘 써요?"

"내가 부끄럽더군요. 무슨 좋은 소설을 썼다고…… 어쨌든 내가 소설을 써 오늘처럼 덕 본 때가 많지 않았던 것 같은데요."

"그러게요, 자기 말로도 그랬지만 아마 선생님이 소설 쓰시는 분이 아니고, 또 그애가 선생님 소설을 읽은 적이 없어 선생님을 몰라뵈었다면 그렇게 응하지 않았을 거예요. 보기에 눈치가 책이며 비망록도 틀림없이 찾아줄 것 같았어요. 기대해도 좋을 것 같아요."

대문 안으로 들어가다가 돌아보던 박혜전의 얼굴을 떠올리며 범준이 고개를 끄덕이자 정원이 순간적으로 얼굴을 돌렸다가 가져가며 말했다.

"그런데 말하는 걸로 보아 박광렬 교수님이 아버지를 죽인 건 사실인 것 같죠?"

"글쎄요, 절대로 죽였을 리 없다는 말을 않는 걸 보면…… 그러나 확실히는 알 수 없죠. 현장을 보아놓고도 그렇게 말하지는 않을 테니까."

"전 그렇게 말하는 걸 듣고서도 놀랐어요. 당연히 자기 아버지가 죽인 건 절대로 아니라고 할 줄 알았는데…… 폭력을 그렇게 싫어하는 분이 어떻게 사람을, 그것도 다른 사람 아닌 자기 아버지를 죽일 수 있어요? 더욱이나 독실하게 하나님을 믿는 최고의 지성인인 대학 교수가……."

"혹시 모르죠. 폭력은 싫어하지만 발작적인 면이 있는지…… 자살의 경우가 대개 다 그렇듯이 살인도 순간적인 발작이 문제되는 경우가 많을 거예요. 자세히 더 물으려다가 묻지 않았지만 할아버지가 외국에 간 사이 아버지가 철조망을 손수 제거했다는 말을 듣고 나는 퍼뜩 그런 생각을 했거든요. 박 교수에게 남다른 그런 면이 있을지 모른다는…… 그런 면이 없다면 아무리 꼴보기 싫더라도 자기 아버지가 일꾼을 시켜 돈을 들여 애써 설치해놓은 그것을 그렇게 제거할 수가 있겠어요? 아버지가 돌아오면 어떻게 할 줄 뻔히 알았을 텐데."

"그러니까 광적인……?"

"평소에 지극히 정상적인 사람이라도 어느 순간 그런 때가 있잖아요?"

"그 신학대학 서무과장 말처럼 악령이 붙는 때를 말씀하시는 건가요?"

"하나님을 믿는 사람들은 그런 식으로 말을 하죠. 철조망을 제거하는 순간의 발작을 악령 운운할 수는 없겠지만, 자기의 마음에 맞지 않는 걸 보고 앞뒤를 살피는 분별 없이 행동하는…… 이성으로 이겨내지 못하고 폭발하는……."

"그러고 보니까 학교에서도 그랬다잖아요? 비리를 저지른 학장으로 하여금 학장 자리에서 물러나도록 권유하고, 또 실력이 없다고 학생들이 거부한, 이사장과 인척 관계에 있는 교수로 하여금 사표를 쓰게 하고…… 어쨌든 평범한 사람이 아닌 것만은 분명한 것 같죠?"

"이유야 어디에 있든 아버지를 죽인 게 사실이라면 평면적인 인물로는 볼 수 없죠."

자기도 모르게 나와 버린 '평면적인 인물'이라는 용어가 목의 가시처럼 신경에 걸렸다. 평면적인 인물이니 입체적인 인물이니 하는 용어들은 문학 청년 시절 읽은 문학개론서에서나 볼 수 있었던 것들이기 때문이다. '사숙'이라는 낱말 하나도 유식한 체하는 것 같아 쓰지 않았다는 정원에게는 어쩌면 낯간지럽게 들렸을지도 모르지 않은가. 그러나 정원은 말했다.

"그래요, 입체적인 인물이지 결코 평면적인 인물은 아녜요. 하기야 평면적인 인물이라면 우리가 애초부터 취재를 하려고나 했겠어요? 얼굴 기억나죠? 텔레비전에서 스치듯 보아 자세히야 못 봤지만 생긴 것도 좀 독특했어요."

"나는 신문에서만 보아 잘 기억나지 않는데 독특하다니 어떻게 생겼는데요?"

"잘생겨 보이면서도 특이했어요. 만나보세요. 아주 오늘 구치소부터 갈 걸 그랬죠?"

"그가 어떻게 생겼는가가 중요한 게 아니니까 그를 만나는 걸 서두를 건 없죠."

물론 그의 인상을 보고도 그가 살인을 했는지 안 했는지 어느 정도 추측은 할 수 있을 것이다. 그러나 어디까지나 그것은 추측이지 진실이 될 수는 없었다. 정보를 수집할 수 있는 한 수집해 그의 뒤와 주변을 알아본 후 만나봐야 편견이나 오해 같은 실수를 최소화할 수 있고, 표적이 그가 살아온 삶이지 그 자체가 아니니까 만나는 거야 언제라도 상관이 없다고 생각되었다.

거리는 지척인데도 차가 밀려 박광렬 교수의 집 앞에서 출발한 지 이십 분 가량이나 지나서야 두 사람은 종로 경찰서 앞에 도착했다. 들어가려고 보니 입구 앞 거리에 "주차장이 만원입니다. 다른 주차장을 이용해주시기 바랍니다"라는 팻말이 세워져 있는 게 보였다. 정원은 경찰서 앞을 지나쳐 부근에 있는 유료 주차장에 차를 세웠다.

굵직한 스테인리스 파이프로 만들어진 바리케이드로 대부분을 막은 입구에 총을 들고 서 있는 경찰의 검문을 거쳐 안으로 들어서자 승용차들보다도 철망으로 창유리를 가린 대형 버스들이 더 주차장을 차지하고 있었다. 범준은 병원에만 오면 기분이 멘스중에 있는 년하고 그 짓을 하고 났을 때와 같다던 도섭의 말을 떠올렸다. 경찰서에서도 그와 비슷한 기분을 느꼈다. 물론 병원에서 느끼는 유쾌하지 못함과 경찰서에서 느끼는 유쾌하지 못함은 성격이 다르지만 어쨌든 기분이 묘했다. 파견 나가 있는 적이야 없지만 기자 노릇을 할 때 더러 드나든 적이 있는데도 별로 달라지지 않았다. 지금도 비슷했다. 오랜만이어서 그런지 오히려 더 심했다. 복도로 들어가 수사계로 갈 때는 약하게나마 가슴까지 뛰었다. 그러나 경찰서 사람들이 아닌, 가해자나 피해자의 가족들로 보이는 사람들과의 마주침으로 기분이 좀 달라졌다. 그들과 같은 처지에 처해 있는 것도 아닌데 이상하게 동류의식 같은 게 느껴졌다. 정원이 노크를 하고 앞장서 들어갔다. 차영규 형사를 찾자 앉아 있던 네 사람 중 한 명이 수갑을 채운 청년 한 명을 앞에 앉혀놓고 컴퓨터를 치고 있다가 고개를 들고 쳐다봤다. 검은 가죽 잠바에 검은 스웨터를 받쳐입고 있는 사십대 초반의 고수머리였다. 두 사람은 그 앞으로 다가갔고, 정원이 물었다.

"차영규 형사님 되세요?"

고수머리는 두 사람을 한 차례 훑어보았을 뿐 하던 일을 계속하며 대꾸했다.

"왜 그러시죠?"

"바쁘신데 죄송해요. 무엇 좀 여쭤보고 싶은데 언제쯤 시간이 나실지……."

"무슨 일인데요?"

"시간을 좀 내주셔야 되는데요. 많이 걸리지는 않겠지만 이 자리에서 여쭙기는 좀……."

"무슨 일인데 그러실까…… 시간이 없는데…… 그럼 이 조서 작성이 끝날 때까지 기다리시겠어요?"

고수머리가 정원을 쳐다보자 앞에 앉아 있던 청년도 덩달아 쳐다봤다. 무슨 죄를 졌는지, 그다지 불량기가 있어 보이는 얼굴은 아니었다. 고맙다고 말하고 정원은 범준에게 나가서 기다리자는 눈짓을 했다. 수사계 밖으로 나와 두 사람은 입구에서

서성거렸다. 정원은 범준에게 자기 때문에 이런 고생을 시켜드려서 죄송하다고 새삼스러운 말을 했다. 아무리 둘도 없는 친구의 부탁이라지만 이 나이에 이게 무슨 꼴인가 하는 생각이 순간적으로 들기야 했으나 정원으로부터 그런 말을 들으니 범준은 오히려 미안해졌다.

"나야 기자 노릇을 한 일이 있어 이 정도는 별것 아닙니다만 정원씨가 고생입니다. 숙녀 체면에 이게 어디…… 앞으로는 이런 일 다시 맡지 마십시오"

"아녜요, 저는 좋아요. 이런 일이 아니면 어떻게 선생님과 이렇게 진진한 데이트를 할 수 있겠어요? 선생님한테 죄송해서 그렇지 저야 늘 요즈음 같았으면 좋겠어요"

"데이트? 그런 식으로 생각하자면 나도 마찬가지죠. 아니 내가 더 수지맞은 거죠"

"홋홋, 수지맞아요?"

"이 나이에 이런 행운이 어디 있습니까?"

"정말이세요? 정말로 그렇게 생각하세요? 그렇다면 죄송해하지 않아도 되겠네요"

몇 분이나 서성거렸을까. 얼마가 걸리더라도, 몇 시간이 넘더라도 기다릴 수밖에 없는 상황이었는데 각오했던 것보다는 오래 기다리지 않아도 되었다. 고수머리가 수갑을 채운 청년을 데리고 방 밖으로 나왔다. 조서 작성이 다 끝나 가둘 곳으로 데리고 가는 것 같았다. 두 사람이 따라가려고 하자 잠깐만 더 있으라고 한 후 급히 서둘러 가더니 곧 혼자 나타났다. 정원이 바쁘신데 죄송하다는 말을 한 번 더 한 후 범준을 소개했다. 소설을 쓰시는 하범준 선생님이라고 하자 고수머리는 아까에 비해 어조가 약간 부드러워지며 범준을 쳐다봤다.

"아, 그러세요? 그런데 무슨 일로……?"

범준도 예의를 차릴 수밖에 없었다. 정원이 두 번씩이나 죄송하다고 했으나 범준도 다시 반복했다.

"바쁘신데 이런 일로 죄송합니다. 부친을 살해한 박광렬 교수 사건을 맡으셨었죠?"

전혀 예상치 않은 난데없는 질문이라는 듯 고수머리는 눈을 치켜떴다.

"그런데요. 그 사건이 넘어간 지가 언젠데……."

"아, 알고 있습니다. 사건이 어떻다는 게 아니라 그 사건의 전말에 대해서 좀 확실한 걸 알고 싶어 그럽니다."

"왜요? 그 사건을 가지고 소설을 쓰시려구요? 그 사람이 교수라고 해서 특별한 관심을 가지시는 것 같은데 그런 것 소설로 써봤자 팔리겠어요? 소설을 쓰기로 하면 그보다 얼마나 희한한 일이 많은데."

고수머리는 따라오라는 말도 하지 않고 수사계 안으로 들어갔다. 두 사람은 자연히 따라 들어가지 않을 수 없었다. 드나드는 사람들이 많아 그러는지 자리에 앉아 있는 다른 수사관들은 자기 일들에 열중해 있을 뿐 두 사람에 대해 별 관심을 두지 않았다. 정원에게만 한 번씩 흘끗 눈길을 주고 범준에게는 눈길조차 주지 않았다. 고수머리는 자기 자리에 앉아 엉거주춤히 서 있는 두 사람에게 말했다.

"사건의 전말이라니 신문에서 안 보았어요? 신문에 난 그대로예요. 돈 때문에 죽인 거예요. 교수 노릇은 하고 있었지만 교수보다 사업 욕심이 있었어요. 학교에서 문제가 많아 직업을 바꿔보려고 했던 거죠. 그 이야기를 듣자 그 옹고집쟁이 노인이 노발대발한 거죠. 사업은 아무나 하는 건 줄 아느냐, 너 같은 샌님이 사업은 무슨 사업이냐? 외국에서 경영학 박사 학위를 받아가지고 온 사람들도 사업을 한다고 날뛰다가 맥없이 나가떨어지는 일이 부지기수인 판에 신학박사 학위를 받은 놈이 사업이라니 정신 빠진 소리 하지 말고 착실히 교수 노릇이나 하라고 일언지하에 거절을 한 거죠. 그러니 어쩌겠어요? 그 노인이 없어야 자기가 사업을 할 게 아니겠어요?"

박혜전의 모습이 떠올랐다. 돈 때문에 아빠가 할아버지를 죽이다니 그것은 말도 안 된다고, 자기 아빠는 책 사는 데 외에는 따로 돈을 쓰시는 데가 없는 분이라며 흥분하던 모습이 눈앞을 가렸다. 범준이 조심스럽게 말했다.

"듣기에 박 교수는 돈에 대한 욕심이 없는 사람이었다던데요? 책 사는 일 외에는 특별히 돈을 쓰는 데가 없었다던데…… 오락은 물론 골프조차 치지 않았고 심지어는 승용차도 굴리지 않았다던데…… 그리고 봉급의 십분의 일을 장학금으로 내놓고……."

"세상에 돈에 대한 욕심이 없는 사람이 어디 있습니까? 누가 돈을 쓸 줄 몰라 안 씁니까? 쓰고 싶어도 돈이 있어야 쓰죠. 신학대학 교수 월급 그까짓 게 얼마나 됩니까? 십일조네 장학금이네 교회와 학교에 생색은 내야 되겠고…… 재산이 없다면 몰라도 있으면서도 노인이 움켜쥐고 한푼도 내놓지를 않으니 얼마나 답답했겠어요? 집이 재산가라고 소문은 나 있는데 월급으로만 살아가자니 오죽했겠느냐구요?"

"아무리 그렇다고 돈 때문에 아버지를…… 다른 대학도 아닌 신학대학의 교수가……?"

"소설을 쓰시는 분이 세상을 너무나 모르시는구먼. 신학대학의 교수가 아니라 목사며 장로들 중에도 별별 해괴스런 죄를 짓

225

는 자들이 얼마나 많은 줄 아세요? 말세라는 말 들어보지도 못
했어요? 돈 때문에 지 애비를 죽이는 일은 새삼스러운 일이 아
니에요. 사업체가 아니라 용돈 몇 푼 안 내놓는다고 지 에미 애
비를 죽이는 놈들이 얼마나 많은데…… 신학대학의 교수? 자잘
한 죄가 아니라 큰 죄를 저지르는 자들치고 신이니 하나님을 앞
세우지 않는 놈 많지 않아요. 경우야 좀 다르지만 그 사이비 종
교인들 보세요. 그자들도 신이니 하나님을 내세워 그렇게 재산
들을 몰수하고 별별 추악한 짓들을 하다가 끝내는 수십, 수백
명씩을 그런 끔찍한 방법으로 죽이지 않아요?"

"인간성 자체는 어떤 사람입니까? 평소에 포악하거나 또는 남
다른 데가 있었는지……?"

"학교에서도 말썽을 일으키고 집에서도 노인과 자주 싸웠다는
걸 보면 온건한 편은 아니었다고 봐야죠. 묵비권을 쓰다시피 말
을 안 해 수사에 애를 먹었지만 충분히 죄를 저지를 만한 사람
이에요."

"부인은……? 부인에 대해서도 좀 아시는 바가 있으신지……?"

"박광렬 부인? 그 여자 지금 정신병원에 있어요."

"네?"

범준만이 아니라 정원의 입에서도 거의 동시에 "네에?" 소리
가 나왔다.

"독일에 바이올린을 배우러 가 있던 작은딸이 비행기 사고로
죽어 쇼크를 받아 실성기가 있었는데 이번 사건으로 아주 돌아
버린 모양이에요. 스튜어디스 출신이라나 뭐라나 해서 그런지
나이 사십이 넘은 여자가 아직 삼십대처럼 젊고 영화배우처럼
예쁘던데 참 안됐다는 생각이 듭디다."

박혜전이나 박혜전의 집 일하는 여자가 부인의 행방을 왜 가

르쳐주지 않았는지 이제야 알 것 같았다. 아마 박혜전이 그의 어머니를 닮은 모양이었다. 정원이 어느 정신병원이며 부인의 이름이 어떻게 되느냐고 묻자 고수머리는 안 가르쳐줄 것처럼 망설이다가 평화신경정신과병원이며 지윤정이라고 가르쳐주었다.

"죽은 박태봉씨에 대해서도 좀 말씀해주시죠."

"나도 살아 있을 때는 만나본 일이 없고 시체밖에 못 봤으니까 알지 못하죠. 별까지 달고서도 어떻게 예편이 되어 사업을 시작했는데 군수 물자 등을 취급해 꽤 많이 번 모양이에요."

"장성 출신이 맞긴 맞군요……?"

"대개는 별을 달기 전에 예편되는 일이 많은데 그분은 별을 단 후에 예편이 되었더군요. 군인으로서 공은 많이 세웠는지 훈장도 많던데 80년대 초에 예편이 됐어요."

도섭으로부터 군 장성 출신이라고 듣기는 들었지만 혹시나 했는데 확인이 된 셈이었다. 범준과 정원이 고개를 끄덕이자 고수머리가 말을 이었다.

"담배도 술도 않고 꼬장꼬장한데다 옹고집쟁이였는데 색은 무던히 밝혔던 것 같습니다. 돈 많은 남자치고 색 멀리하기 쉽지 않겠지만 너무 지나쳤던 것 같아요. 담배도 술도 안 하는데다 좋은 걸 많이 먹어 노인이 정력깨나 있었던지 나이가 그렇게 되어서도 관계해온 여자가 주위에 몇 명인지 모를 정도예요."

정원이 "어머!"라고 놀라더니 물었다.

"어떤 여자들이었는데요?"

고수머리가 노려보듯이 한동안 정원을 쳐다보다가 말했다.

"가르쳐주면 그 여자들도 만나보려구요? 그 여자들이 누구누구였는지까지 가르쳐줘야 되겠어요?"

"아녜요, 그게 아니라…… 죄송해요. 전 그걸 여쭌 게 아닌데……"

어떤 계통의, 어느 부류의, 나이는 몇 살이나 되는 여자들이었느냐는 걸 물은 것 같은데, 아니 꼭 물으려고 해서가 아니라 자기도 모르게 나와버린 물음 같았는데 고수머리가 다르게 받아들여 우습게 되고 말았다. 정원이 당황해하는 모습을 옆에서 보기가 민망했다. 고수머리로서도 짜증이 날 만했다. 더이상 물었다가는 노골적으로 신경질을 낼 것 같은 조짐이 느껴졌다. 범준은 알았다며 고맙다는 인사를 하고 정원을 앞세워 수사계를 빠져나왔다. 밖으로 나와서도 당황함이 가시지 않는지 정원은 범준에게 하지 않아도 될 사과를 했다.

"죄송해요, 제가 괜히 엉뚱한 질문을 해가지고……"

"무슨 소리예요? 그 사람이 말을 잘못 받아들인 거지…… 짜증도 나겠죠. 그래도 수확은 좀 있었죠?"

"그러게요, 그런데 박 교수님이 교수직을 그만두고 사업을 하기 위해 아버지를 죽였다는 건 좀……"

"그렇죠? 나도 동감이에요. 하지만 수사 결과가 그렇게 났다니……"

주차장으로 와 차에 오른 후 시계를 보았다. 네시 사십분이 지나고 있었다. 어중간한 시간이었다. 누구를 더 찾아가 만나고 묻기에는 좀 늦을 것 같았다. 피곤하기도 했다. 범준의 이런 심중을 헤아리지 못할 리 없는 정원이 말했다.

"피곤하시죠? 어디 가서 차 한잔 하시겠어요?"

"차요? 마신다면 이런 땐 차보다 술이 좋겠지만…… 시간도 좀 이르고…… 번거로우니까 그만두죠"

"번거로우실 게 뭐 있어요? 시간이야 낮술의 매력도 있잖아

228

요? 술을 잘하시던데 시간을 다 따지세요?"

"정원씨야 운전 때문에 안 되지 않습니까?"

"저야 그냥 친구해드리죠, 뭐."

"어찌 그럴 수야…… 안 마시겠습니다."

잔뜩 찌푸린 얼굴로 경멸스럽게 바라보는 경애가 떠올랐다. 한잔 마시고 들어가 그 얼굴과 마주치느니 참는 게 나을 것 같았다. 아니 안 마시고 들어가도 별로 다를 게 없는, 요즈음 들어 언제 한번 본래의 자기 얼굴을 보인 적이 없는 그 표정 생각을 하니 더 마시고 싶기도 했으나 정원을 앞에 앉혀놓고 어떻게 혼자 술을 마신단 말인가. 정원이 아무리 마음을 열어 너그럽게 대해준다고 해도 최소한의 예의는 지켜야 될 게 아닌가.

"아녜요, 좋은 수가 있어요. 그렇지 않아도 한번 모시려고 했었는데, 제 오피스텔에 가요. 제 오피스텔에 가면 저도 마음놓고 마실 수 있잖아요?"

"정원씨 오피스텔엘……?"

"뭐, 어때요? 저 혼자 사는데……"

"혼자? 아, 혼자 사세요? 정원씨 혼자 사시는 오피스텔에 내가……?"

"왜 놀라세요? 제가 유혹할까봐 겁이 나세요?"

"핫하, 영광이지만 내가 나를 믿지 못하거든요. 더욱이나 술까지 들어가게 되면……"

"이제 보니 선생님, 겁이 되게 많으시네. 그렇지 않으신 줄 알았는데 선생님, 키만 크시지 마음은 좀팽이신가봐."

"핫하, 좀팽이? 맞아요. 나는 좀팽이요. 어떤 시인의 시에도 있죠 '좀팽이처럼'이라고……"

이런 식의 이야기들을 나누며 웃다가 보니 어느새 아까 점심

때 만났던 집 부근 사거리에 다 와 있었다. 말은 그렇게 하면서도 정원은 범준의 응낙 없이 일방적으로 차를 자기 오피스텔로 몰 수는 없다고 생각했던 모양이었다. 그러나 차를 세우며 방금 전에 한 소리가 그냥 의례적으로 건네본 소리가 아니고 진실임을 강조한 후 자기 오피스텔로 가서 한잔 하는 게 어떻겠느냐고 다시 한번 권해왔다. 감정대로라면 권하는 대로 얼마든지, 아니 권하지 않더라도 자청해서 가고 싶었다. 하지만 참아야 될 것 같아 범준은 차에서 내린 후 손을 들어 인사하며 말했다.

"정말이라니까. 나도 나를 믿을 수가 없다니까요."

9

　너무 억울해 한 살이라도 더 들어 죽고 싶어서였을까. 남윤철
은 해가 바뀌고 삼 일째 되는 날 죽었다. 이일까지는 연휴이니
새해가 막 시작되는 날 죽은 셈이었다. 아침 일곱시경에 전화를
받고 범준이 도섭에게 전화를 하자 자기도 방금 전에 연락을 받
았다고 했다. 병원에서 만나기로 약속을 하고 세수도 하는 둥
마는 둥 범준은 집에서 나와 택시를 탔다. 어젯밤엔 다른 때보
다 비교적 일찍 자정이 조금 넘어 잠들었는데도 몸이 개운치가
않았다. 네시 반엔 꼭 눈을 뜨게 만드는 경애 머리맡의 그놈의
알람 시계 때문이었다. 깨어났다가 다시 자는 그 잠이 제대로
자는 잠인데 오늘은 전화 때문에 잠이 들자마자 깬 것이다. 다
른 일이라면 몰라도 그 친구의 죽음 앞에 어떤 핑계를 댈 수 있

겠는가. 오래 전부터 예고되었고, 또 각오하고 있었던 죽음이지만 막상 연락을 받고 보니 또 죽음이라는 것에 의식이 사로잡혔다. '너도 죽고 나도 죽는다' '환자도 죽고 의사도 죽는다' '결국 모든 인간은 다 죽는다'는 상투화된 정의가 다시 새삼스럽게 이토록 실감날 수가 없었다. 그 동안 겪었던 죽음, 그 동안 읽었던 죽음과 관련된 책들이 머릿속에서 명멸했다.

직접 겪은 죽음으로는 역시 부모님의 죽음이 제일 강하게 의식을 붙들고 늘어졌다. 그 눈보라, 그 아궁이, 그 방, 그 창의 비닐, 그 냉기, 그 옷, 그 표정, 그 입가의 거품…… 그 사이 어머니는 꿈에 자주 나타났다. 살얼음이 언 강물 속으로 목까지 완전히 빠져들어가면서 어린 자식을 두 손으로 높이 치켜들고 우리 아들 좀 살려달라고 소리치는 모습…… 공사장 부근 다리 밑에서 속옷만을 걸친 몸으로 얼어죽어가면서도 어린 자식만은 벗은 자기의 옷으로 몇 겹씩 감싸고 동여매 품으로 끌어안아 살려놓으려고 애쓰는 모습…… 그 어린 자식은 형일 때도 있었고 누나일 때도 있었고 동생들일 때도 있었고 범준 자신일 때도 있었다.

가족 아닌 친척이며 가까운 이웃의 죽음들도 떠올랐다. 어떤 먼 친척형은 광목에 덮여져 있는 자기 어머니의 시체를 광목을 벗겨 보여주며 새끼 짐승이 우는 것 같은 소리로 말했다. 봐라, 죽으니까 사람이 이렇게 되는구나. 이렇게 되고 말어! 살아 있을 때도 왜소해 보였던 몸집이 더 왜소해 보였다. 해골이 다 되어 있는 얼굴인데도 얼핏 미소를 짓고 있는 것 같았다. 불빛 때문인지 살결은 창백하다 못해 푸르딩딩했다. 시체를 직접 본 일은 몇 차례 되지 않으나 문상이야 여러 차례 다녔었다. 문상들 중에서도 도저히 잊을 수 없는 문상…… 이십여 년 전 이리역

232

폭발 사고가 있었을 때 내려가자 가마니로 덮여져 있는 시체들이 학교 운동장에 즐비하게 뉘어져 있었다. 모두가 잘 아는 친척이거나 이웃이었다. 맏형네 가족도 자칫 그 속에 끼일 뻔했으나 가까스로 살아났다. 집이 무너져 식구들이 다 묻혔는데 형의 재빠른 몸놀림과 기지로 살아난 것이다. 전기마저 나간 칠흑의 어둠 속에서 묻혀 있을 만한 곳을 어림잡아 미친 듯이 흙을 파헤쳤다고 했다. 상처야 입었으나 아이들은 잠을 자다가 깨어난 것이나 비슷하게 되었다. 그러나 온가족이 몰살당한 집안도 있었고 두세 명씩 죽은 집도 적지 않았다. 전쟁 때도 아닌데 전쟁 때나 별로 다를 게 없이 처참했다.

직접 현장으로 가서 보지는 않았으나 그 사이에 화면을 통해 본 그런 광경이야 얼마나 많았는가. 옛날 대연각 화재 때며 광주학살 때는 그만두고라도 최근 문민 정부에 들어서서만도 얼마나 잦았는가. 배, 여객기, 열차, 다리, 백화점…… 상상을 초월하는 어처구니없는 그들의 침몰, 추락, 전복, 붕괴로 너무나 느닷없이 억울하게 끔찍한 꼴로 죽은 그 수많은 사람들의 갖가지 몰골이 떠올랐다 사라졌다.

해결할 수도 분석할 수도 피할 수도 극복할 수도 넘을 수도 없다는 야스퍼스, 쇠사슬에 매여 죽어가고 있거나 차례를 기다리고 있을 수밖에 없다는 파스칼, 우리 생애에 일어난 어떤 사건에 대해서도 우리가 '있다'고 말할 수 있는 것은 단지 한순간에 지나지 않는다, 그 뒤로는 영원히 '있었다'는 말로 표현하지 않으면 안 된다는 쇼펜하우어, 유기체는 이전의 상태로 복귀하려는 강한 경향이 존재한다, 생명 활동은 결국 원시적 상태(죽음)로의 복귀를 목표로 하고 있다는 프로이트, 죽음 같은 것은 추호도 관심사가 아니다, 죽음이란 모든 감각이 다 사라지고 꿈

하나 꾸지 않는 깊은 잠과도 같은 것이다, 죽음보다 더 좋은 것이 어디 있겠느냐는 소크라테스, 육체는 영혼의 그릇, 영혼은 욕구의 말과 양심의 말 두 마리의 말로 달리는 마차를 조종하는 마부라는 플라톤, 죽음으로 완전히 끝난다, 죽음 이후엔 영혼도 내세도 부활도 없다, 무엇을 기대하는가, 아무것도 없다는 아리스토텔레스……

과연 죽음은 무엇이며, 죽음 앞에서 우리는 어떻게 해야 할 것인가. 공자(孔子)처럼 아직 삶이 무엇인지도 모르는데 어찌 죽음을 알 수 있겠느냐고 생각해보는 것조차 포기해야 할 것인가, 아니면 장자(莊子)처럼 초연한 듯 해골과 스스럼없이 대화하며 죽음을 찬미해야 될 것인가. 죽음은 완전한 끝인가, 아니면 새로운 시작인가. 성경에서, 또는 다른 책에서(『예기(禮記)』 『사자(死者)의 서(書)』 등) 말하듯 정말로 죽음이 끝이 아니라 새로운 시작이라면 어떻게 되는가. 낡은 옷을 벗듯 늙고 병든 육체를 벗어버리는 것일까. 그렇다면 늙고 병들지 않은 싱싱한 육체의 돌발적인 죽음은 무엇인가. 죄의 삯인가. 과연 그들이, 또는 그들의 선인이 그만한 죄를 졌단 말인가. 죽음이 고통스러울 건 없다, 잠에 빠지는 것과 별로 다르지 않다, 잠에 빠졌다가 깨어나면 다른 세계로 가 있을 뿐이다……라고 하지만 돌발적인 죽음 아닌 대부분의 죽음들은 왜 그런 고통스런 과정들을 겪어야만 되는가. 하나님을 믿는 자들은 믿음이 없어 그렇다고 하나 과연 그럴까. 멸절설(滅絶說)이나 조건적 불사설(不死說)이라는 게 정말 맞는 것일까.

육체와 영혼이 분리되는 것은 책 속에서만이 아니라 범준도 실제로 자주 체험한 바 있었다. 꿈에 비몽사몽간에 또는 환각 속에서 이따금 보아왔다. 죽어 있는 자기 육체를 자기 영혼이

본 것이다. 사실인지 아닌지는 잘 알 수 없으나 그런 것 같은 생각이 들었다. 갖가지 몰골로 다 죽어 있었다. 병들어 죽어 있기도 했고 사고로 죽어 있기도 했고 스스로 고층에서 뛰어내린다든가 동맥을 끊는다든가 약을 먹고 죽어 있기도 했다. 그 죽음 앞에 가족들, 친척들, 친구들, 친지들이 몰려 울며 웅성거렸다. 찬송가들도 불렀다. 우는 사람들에게 왜 우느냐고 소리치며 가장 열심히 찬송가를 부르는 여자가 있었다. 경애였다. 〈내 영혼아 곧 깨어〉〈내 영혼에 햇빛 비치니〉〈나 이제 주님의 새 생명 얻은 몸〉〈날빛보다 더 밝은 천국〉을 계속 신나도록 불렀다. 죽음은 기독교인들이 말하는 것처럼 결코 슬픈 일이 아니고 축복을 받아야 할 기쁜 일일까. 그렇게 말들은 하면서도 왜 그들은 일찍 죽고 싶어하지 않을까. 병이 들면 낫게 해달라고, 건강히 오래 살게 해달라고 왜 한결같이 기도하는 것일까.

대학병원에 도착해 택시에서 내려 영안실로 가자 벌써 사람들이 꽤 와 있었다. 가족 친척들만이 아니라 친구들로 보이는 사람들도 여러 명 입구에 서서 떠들고 있었다. 친하게 지내오지는 않았으나 낯이 익은 고등학교 동창들도 더러 눈에 띄었다. 아는 체를 해와 목례를 보내기도 하고 악수를 나누기도 했다. 아직 일러서 그런지 화환은 대여섯 개밖에 보이지 않았다. 안으로 들어서자 향냄새가 숨을 막히게 했다. 향로 앞으로 바로 다가가려 다보니 죽은 사람 앞에 놓아줄 국화가 수북이 준비되어 있는 게 보였다. 국화를 한 송이 집어 영정 앞에 놓아주고 향 하나를 촛불에 붙였다가 꺼 불씨만을 남게 해 향로에 꽂아준 후 범준은 기도로 예의를 표했다. 특별히 슬플 건 없었다. 눈을 감고 중얼거렸다. 자식…… 그 동안 고생 많았다. 이렇게 가려면 좀 편히 쉽게 갈 것이지…… 난들 얼마나 남았겠느냐. 좀 일찍 가는 것과 늦게 가는 것뿐 무슨 차이가 있겠느냐. 잘 가거라. 혹시 아느냐, 저세상이라는 게 있어 또 만날 수 있을는지…… 부인과 상주인 두 아들에게도 선 채로 고개만 숙여 예의를 차렸다. 그렇게 하도록 기독교식으로 자리가 갖춰져 있었다. 죽은 남윤철의 뜻에 따른 게 아니라 부인의 뜻대로 한 것 같았다. 그러나 대부분의 문상객들은 그런 뜻을 아는지 모르는지 자기들 마음대로 했다. 영정에게만이 아니라 상주들에게도 큰절을 했다. 부의금은 따로 받는 사람이 없고 한쪽 구석에 함만 놓여 있었다. 부의금을 집어넣고 돌아서려는데 몇 사람이 연이어 들어섰고 그 중의 한 명이 손목을 잡았다가 놓았다. 도섭이였다. 지켜보니 도섭도 재래식으로 했다. 웃어른일 경우는 큰절을 하는 게 자연스러워 보였었는데 친구라는 걸 생각하니 어색했다. 아무리 죽었다고 하지만 수십 년을 허물없게 지내온 친구끼리 큰절이라니…… 그 아들들에게도 그랬다. 이런 경우는 기독교식이 훨씬 자연스러울 것 같은 느낌이 들었다.

밖으로 나와 도섭은 담배부터 입으로 가져갔다. 범준이 말했다.

"기독교식으로 하도록 되어 있던데 왜 큰절을……?"

무슨 말인지 이해를 못하는 듯 눈을 껌벅이다가 도섭이 담배를 한 모금 내뿜고 나서 대꾸했다.

"아, 그래? 나는 몰랐는데…… 기독교식은 큰절을 하는 게 아니던가? 그 친구가 신자가 아닌데, 왜?"

"부인 뜻대로 한 것 같아."

"그래도 되나? 당사자가 원하지 않는 걸 어떻게 부인 마음대로…… 혹시 눈을 감기 직전에라도 기독교에 귀의한 게 아닐까?"

"글쎄, 그랬을까? 그랬을지도 모르겠군. 부인이 독실하니까…… 임종 직전에는 교회에서 나와 찬송을 해줬을 거고……."

말하면서 범준은 경애를 떠올렸다. 그 면에 있어서는 남윤철의 부인도 경애나 별로 다를 것 같지 않았다. 남윤철이 끝내 믿는 마음 없이 떠났다고 해도 부인으로서는 죽음 직전엔 귀의했다고 간주할 것 같았다. 찬송 속에 떠나갔다면, 그 찬송을 거부하지 않았다면 그것만으로도 충분히 구실이 될 수 있을지 몰랐다. 그러나 아무리 듣기 싫다고 해도 죽음 직전에 무슨 힘이 남아 있어 찬송을 거부할 수 있었겠는가. 담배를 몇 모금 계속 빨아 내뿜더니 도섭은 엉뚱한 이야기를 꺼냈다.

"요즈음엔 죽어가면서 장기니 뭐니들 기증하는 게 유행이던데 이 친구는 그런 짓 하지 않았나?"

"장기? 장기라면 신장이나 간이 대표적인 것일 텐데 간이 망가져 죽은 친구에게 신장인들 온전했을라구."

"장기 아니라도 각막 같은 것도 있잖아? 그런 걸 쓸 수 없게 되어 있어도 해부 실험 연구용으로 시신 전부를 내놓을 수도 있고…… 허준이던가?『동의보감』을 썼다는 사람, 그 사람이 자기 몸을 그렇게 내놓았다는 글을 읽고 감동을 받은 적이 있는데…… 또 얼마 전엔 이 병원 의사 중에도 그런 사람 있었잖아? 후학을 위해 훌륭한 일 아냐?"

"나쁜 일이라고는 할 수 없겠지만 그런 짓도 남들 앞에 드러내기를 좋아하는 사람들이나 가능하지 않을까. 그냥 평범하게, 유난스럽지 않고 보통 사람들이나 비슷하게 살다 죽고 싶은 사람들은 쉽지 않은 일이겠지."

"아냐, 좀 신중히 생각해볼 필요가 있을 것 같아. 텔레비전에서 봤나, 언젠가는 대학생이 삼층에서 발을 헛디뎌 떨어져 뇌사

237

상태에 있었는데 그 부모가 그 아들의 각막과 장기를 모두 다 내놓아 환자 다섯 명인가에게 새 희망을 안겨주었다더라. 그런 이야기를 영화로 만들어보면 어떨까 하는 생각을 한 적도 있었는데……."

"영화가 전공이라 역시 드라마틱한 걸 좋아하는구먼. 그런데 사람이 원래 못되어먹어서 그런지 나는 그런 이야기를 들어도 별로 감동이 되지를 않고 안 좋은 생각들이 더 먼저 들거든. 돈으로 거래되는 장기들…… 그것을 부추기는 브로커들…… 순수하게 제공했을 경우엔 그것으로 끝나야지, 그 사실을 공개해 세상에 자랑을 한다는 건 우습잖아? 그런 사람이 많이 나오도록 홍보를 하기 위해 그런 것인지는 몰라도 제공자와 제공받은 사람은 피차를 위해서 서로 몰라야 되지 않을까? 그리고 의사들도 그래. 이식에 성공했다고, 이식해서 어떤 환자를 어떻게 살려냈다고 떠들어대고 인터뷰를 하는 건 뭐야? 그걸로 유명해지겠다는 거야? 병원을 선전하겠다는 거야?"

범준이 그답지 않게 흥분하며 장황하게 늘어놓은 건 경애 생각이 나서이기도 했다. 경애는 평소에 범준은 물론 애들이 듣는데서도 자주 자랑처럼 떠들어대었다. 자기가 죽으면 자기의 모든 장기며 각막은 필요한 사람들에게 주고 시신은 화장을 해 교회의 수양관 뒷산에 뿌려달라고…… 너무나 강조하기 때문에 범준에겐 그것이 좋게 들리지가 않았다. 그 말을 할 때마다, 뭐, 장기? 각막? 장수 식품만 좋아하고 늘 기도만 하고 살아 벽에 똥칠할 때까지 구십 세가 넘도록 살 텐데 그런 당신의 그것을 쓸 수 있을까?라고 비꼬았던 것도 그 때문이었다. 그러나 장기며 각막을 제공하려는 사람이 너무 없어 충분히 살아날 수 있는 사람들이 아깝게 죽어가고 있다는 사실을 알고 있는 이상 범준도 그것을 결코 나쁘게 생각하고 있지는 않았다. 그것이 무슨 큰 일이라고 자랑하고 떠들어대는 게 거슬릴 뿐 자신도 죽음에 임박해선 제공하게 될지도 모른다는 생각은 오래 전부터 해오고 있었다.

두 사람이 자리와는 걸맞지 않은 이런 이야기를 하고 있는데 다가와 인사를 하는 사람이 있었다. 안면이 있는 것 같기도 했으나 잘 기억나지는 않아 두 사람이 누구냐는 얼굴로 바라만 보자 사십대 후반의 남자는 말했다.

"김도섭 형님하고 하범준 형님 아니세요? 저 남윤수예요. 남윤철이 동생⋯⋯."

"아, 미국에 사는⋯⋯?"

도섭이 손을 내밀어 악수해 범준도 따라했다. 그러고 보니 됨됨이가 형과 약간 닮은 데가 있었다.

"워낙 오랜만이라⋯⋯ 형 때문에 왔구먼요?"

언제 만나고 안 만났는지 기억이 가물가물했다. 이십 년도 더 된 것 같았다. 미국 여자와 결혼해 무슨 사업인가를 하며 산다는 소리를 누구를 통해선가 얼핏 들었던 것 같았다. 남윤철이 이곳에서 치료를 하다가 안 되게 생겨 미국으로 갔을 때 미국에 누가 있느냐고 하니까 누군가가 그런 말을 했던 게 기억이 났다.

"그 사이 몇 차례 다녀가긴 했었지만 제가 찾아뵙지를 않아서⋯⋯ 하지만 형님들 소식이야 늘 듣고 있었죠. 요즈음도 작품활동들 계속하시죠? 진작에 왔어야 되는데 일이 바빠 어제야 왔더니 제가 할 일은 별로 없군요. 형수님이 다니시는 교회분들이 다 알아서 미리부터 준비를 해주셨대요. 저쪽으로 가시죠. 가셔서 식사 좀 하시죠."

남윤수는 영안실 밖에 따로 만들어져 있는, 문상객들을 접대

하도록 된 가건물로 두 사람을 이끌었다.

밥은 무슨 밥이냐, 우린 생각 없으니 신경쓰지 말고 바쁠 텐데 가서 다른 일이나 보라고 도섭이 말해도 남윤수는 듣지 않았다.

"아니에요. 할일 없어요. 다른 준비는 다 끝났어요. 묘비 문제만 남았는데…… 잠깐 저리 가시자니까요."

계속 뿌리치는 것도 예의에 어긋날 것 같았던지 도섭이 범준에게 가보자고 눈짓을 했다. 아직 일러 그런지 가건물 안엔 몇 사람 보이지 않았다. 부인들이 날라다 주는 육개장에 밥을 말아 먹는 사람, 밥은 먹지 않고 음료수만 마시는 사람, 육개장을 안주로 소주를 마시는 사람…… 기독교식으로 장례를 치른다면 술은 없어야 될 것 같은데 한쪽 구석에 소주가 다른 음료수들과 함께 박스로 놓여 있는 게 보였다. 그러나 범준의 눈을 홉뜨게 만든 건 소주 박스가 아니라 그쪽 구석 한쪽에 우두커니 앉아 있는, 이마가 벗겨지고 머리칼이며 턱수염이 목화솜처럼 온통 허연 외국인 노인이었다. 미국인 같았다. 이 자리에 웬……? 동시에 남윤수의 부인이 미국 여자라는 게 떠올랐다. 틀림없었다. 남윤수는 두 사람을 그 노인 앞으로 안내했고, 인사를 시켰다. 장인어른이라고 했다. 처가 피치 못할 일로 못 와 대신 모시고 왔다며 덧붙여 소개했다.

"제가 일부러 모시고 왔는데 무료해하시는 것 같아요. 형님들이 이야기 좀 나누세요. 두 분 다 예술을 하시니까 통하시는 데가 있을 거예요. 예술에 대해서도 관심이 많으시고 특히 심령과학에 대해서는 권위자세요."

"심령과학?" 도섭.

"네, 모르세요? 영계(靈界)를 통하는 분이세요. 죽은 자들을 위해 기도해주시는 게 직업이기도 하시지만 제가 특별히 형 좀 좋은 곳에 보내달라고 영매(靈媒) 역할을 해주시라고 모셔온 거예요."

"영계? 영매?" 범준.

농담인지 진담인지 잘 파악이 되지를 않았다. 농담이라기엔 말하는 게 너무 진지했고 진담이라기엔 너무 허황되게 들렸다. 영계니 영매라는 말이야 익히 들어왔지만 아직 영혼이라는 것의 존재조차도 확신을 가지고 있지 못하는 마당에 이야기 속에서가 아니라 현실적으로 그 세계를 자유롭게 넘나드는 사람을 이렇게 생각지도 않았던 자리에서 만날 수 있다는 게 도무지 실감이 되지를 않았다.

그러나 남윤수는 아무렇지 않게 장인을 그렇게 소개하고, 장인에게 두 사람을 형의 친구들로 영화감독과 소설가라고 소개했다. 노인은 고개를 크게 끄덕이며 감탄하는 표정을 지었다. 그 나라와 이 나라의 차이에는 아랑곳없이 미국의 유명한 영화감독이나 소설가를 떠올리기라도 하는 것 같았다. 도섭은 물론 범준도 영어회화라는 걸 따로 공부한 적이 없어 능숙하게 대화를 할 처지는 못 되었으나 대강은 알아듣고, 서투른 대로 질문하거나 대꾸해줄 수는 있었다. 피차 잘 통하지 않을 때는 남윤수가 들락거리며 통역사 역할을 해주었다.

"훌륭한 예술가들을 만나게 되어 반갑소. 나는 예술에 대해서 잘 알지는 못하지만 관심은 많이 가지고 있소. 세상에 예술처럼 위대한 게 또 뭐가 있겠소? 예술가는 제2의 신이라는 말에 나는 전적으로 동감하는 사람이오."

"그거야 옛날 사람들 이야기지요. 요즈음에 와서야 그렇게 말하는 사람 많지 않지요. 예술가도 무능하긴 보통 사람들이나 마찬가지 존재들이니까요." 범준.

"물론 전능한 신을 따라갈 수야 없겠지만 그래도 세상에 없는 걸 창조해낸다는 건 보통 일이 아니죠."

"그것도 예술가 나름이지요. 이 친구는 그래도 좋은 소설을 썼습니다만 나는 좋은 영화를 만들지 못했습니다. 예술가 축에 낀다고도 할 수 없죠." 도섭.

"무슨 겸손의 말씀을…… 아무리 훌륭한 작품을 창작해낸 예술가라도 자기 작품이 훌륭하다고 느끼기는 쉽지 않죠. 예술이 훌륭해질 가능성은 무한한 것이니까요."

"역대 천재 예술가들을 보면 꼭 그렇지만도 않던데요. 자기 작품에 자기가 감탄해 소리치는 경우도 많았던 것 같은데요. 윌리엄 와일러라는 감독이 〈벤허〉를 만들어놓고 하나님, 이 영화를 과연 제가 만들었다는 말입니까?라고 감탄했다는 것도 바로 그런 경우 아닌가요?" 도섭.

"아, 물론. 그 소설이나 영화의 경우 내용 자체가 그리스도에 대한 증언이니까 하나님의 힘이 크게 작용했다고 봐야죠. 헨델이라는 작곡가 작곡한 〈메시아〉 같은 경우도 마찬가지구요. 천재라는 말 자체가 하늘이 내려준 특별한 재능이라는 뜻 아닙니까? 천재의 예술은 하나님이 관여하시지 않는 한 탄생이 되기 힘들죠."

……

……

이날부터 장례식이 있는 날까지 두 사람은 이 노인과 자주 시간을 함께 보내었다. 물론 병원에만 줄곧 있었던 건 아니고 틈틈이 다른 일들을 보며 잠은 집에 가서 잤지만 병원에 와 있는 동안엔 동창들과 이야기한 시간보다도 이 노인과 이야기한 시간

이 많았다. 예술에 관해서야 상식선을 크게 뛰어넘는 것 같지
않았으나 심령과학에 관해서는 꽤 많이 알고 있는 것 같았다.
범준도 심령과학에 관한 책을 더러 읽은 적이 있지만 잘 믿어지
지 않아 가볍게 넘겨버렸었는데 노인의 이야기를 듣다보니 느낌
이 많이 달라졌다.

　……사위가 나를 소개할 때 영계를 통한다든가 영매 역할을
한다든가 하는 말을 했었는데 그것은 과장이다. 나는 아직 그런
경지는 아니다. 그럴 능력을 타고났는지 의심스럽기도 하다. 다
만 살아오는 동안 몇 번의 체험이 좀 이상해서 그쪽에 관심을
갖고 그쪽에 관한 책들을 좀 읽고 나름대로의 연구를 해왔을 뿐
이다. 살아오는 동안의 체험이란 눈앞에 환각으로 보였던 일들
이 실제로 일어나는 일이다. 일종의 텔레파시 같은 것이기도 한
데 오랫동안 못 만났던 사람이 환각으로 보였는데 그날 그 사람
이 찾아온다든가 누가 사고를 당하는 환각을 보았는데 그가 실
제로 사고를 당한다든가 이미 죽은 자가 나타나 무엇을 어떻게
좀 해달라고 하는 모습을 보았는데 실제로 그 가족이 찾아와 죽
은 자에 대한 이야기를 한다든가…… 나만이 아니라 그런 비슷
한 체험들이야 많은 사람들이 했으리라고 생각한다. 그러나 대
개의 사람들은 그냥 무심히 지나치는데 나는 그것을 그렇게 지
나치지 못하고 특별한 관심을 가져온 것이다…….

　……

　……종교인, 신학자들 중에야 헤아릴 수 없이 많지만 일반 학
자들 중에도 죽음이라든가 죽음 뒤의 세계에 대해서 연구하는
사람들이 많이 있다. 대표적인 게 『사람의 죽음』이란 책을 쓴 퀴
블러 로스 박사와 『죽음 뒤의 영계』라는 책을 쓴 버지니아 대학
정신과 교수 레이먼드 무디 박사다. 그들은 의사 생활을 하면서

병원에서 치료하다가 죽어 자기들, 또는 세계 여러 나라의 다른 의사들이 사망 선고를 선언한 환자들 중에 되살아난 경우를 취재해 책으로 펴냈다. 그들이 죽었을 동안에 겪었던 일들을 취재해 분석해보자 재미있는 현상이 발견됐다. 수천 명이나 되는 사람들을 취재했는데 죽는 순간과 죽고 난 후에 겪은 일들이 공통적인 데가 많았다. 일일이 이야기하지는 않겠다. 죽은 직후 기계소리, 음악소리, 종소리, 방울소리…… 같은 소리들을 듣는다든가 동굴, 터널, 우물, 하수도…… 같은 걸 본다든가 깊은 산, 음침한 골짜기…… 같은 데를 걷는다든가 죽어 있는 자기 주위를 에워싸고 있는 의사, 간호사, 가족들, 친척들……에게 말을 하려고 애쓴다든가 공중으로 떠오르는 느낌, 새처럼 나비처럼 깃털처럼 나는 느낌……을 느낀다든가…… 유명한 책들이니까 이미 읽었으리라고 생각되지만 혹시 읽지 않았다면 꼭 한번 읽어보기 바란다…….

        …….

  ……무신론자, 유물론자들은 사후 세계를 완전히 부인한다. 버틀란드 러셀같이 유명한 사람도 사후 세계니 영혼의 존재니 하는 것들을 믿지 않았다. 인간의 '정신적 지속'은 관습과 기억의 지속에 지나지 않는다고 보았다. 육체적 죽음으로 두뇌가 활동을 멈추면 정신이니 영혼이니 하는 것도 자연히 소멸된다고 했다. 꽃이 말라 비틀어지면 향기가 없어지고 악기가 부서지면 음악이 사라지듯이. 그러나 정신과 영혼을 혼동해서는 안 된다. 성경에서도 고린도전서 같은 걸 보면 정신과 영혼을 구분해놓고 있다. 정신은 영혼의 지배를 받는 뇌의 분비물로 육체의 죽음과 함께 없어지지만 영혼은 그렇지 않다. 전 세계적으로 영혼을 부인하는 사람들보다는 긍정하는 사람들이 압도적으로 많다. 유명

한 앙리 베르그송이나 윌리엄 제임스 같은 사람도 육체적 죽음이 곧 영혼의 소멸은 아니라고 분명히 말했다. 육체적 죽음은 동물적 생활의 종말이요, 육체와 영혼의 분리를 의미하지만 그것이 존재의 멸절을 의미하지는 않는다고 했다. 성경에서도 전도서 같은 델 보면 흙으로 말미암았으므로 다 흙으로 돌아가나 인생의 혼(영혼)은 위로 올라가고 짐승의 혼(육체)은 아래로 내려간다고 되어 있다. 육체는 영혼이 이승에 사는 동안 입는 옷이다. 육체가 죽으면 영혼은 다른 옷으로 갈아입는다. 이 다른 옷은 세 가지로 나뉜다. 유체(幽體), 영체(靈體), 본체(本體)가 그것이다. 죽어서 처음 입는 옷이 유체인데 그 무게가 삼십오 그램이라고 밝힌 연구가도 있다. 유체가 정화되어 영체, 영체가 더욱 정화되어 본체가 된다. 유체라는 것은 인체에 겹쳐 있던 에테르체로서 육안으로는 보이지 않는 안개 같은 반유동적인 것으로서 오늘날 과학자들이 연구하는 소립자론의 '프시 입자'라고 하는 사람들이 많다. 이제 과학적으로도 사후 세계와 영혼의 존재에 대해서는 의심의 여지가 없도록 입증되고 있다. 뛰어난 물리학자 올리버 롯지는 죽은 아들과 영계 통신한 내용을 책으로 펴냈다. 심령과학을 연구하는 사람들은 유령을 일부러 찾아다니기도 한다. 유령이 나타난다는 집으로 가 유령을 유인하여 지문을 뜨기도 하고 그 방의 공기를 측정하기도 한다. 미국 의사협회와 정신의학회 회장을 지낸 미첼 박사는 자기가 만난 유령에 관한 이야기를 글로 쓰기도 했다. 어떤 처녀가 눈 내리는 밤에 찾아와 자기 어머니가 위독하다고 해 따라가 치료해주었는데 알고보니 그 처녀가 두 달 전에 죽은 그 어머니의 딸이었다는 것이었다. 성경, 불경이야 말할 것 없지만 문학작품 중에서도 단테의 『신곡』 같은 것은 사후 세계를 얼마나 생생히 말해주고 있는가. 물론 픽션이라고는 하나 그것이 불후의 명작으로 온 세상 사람들을 두고두고 감동시키고 있지 않은가. 심령연구가 마이어즈는 생전에도 『사람의 개성』이라는 훌륭한 책을 썼지만 죽은 후에도 영매인 가민즈라는 사람을 통해 사후 삼십 년 동안의 이야기를 『영원의 큰 길』이라는 책으로 써내기도 했다……

이런 이야기들을 듣는 동안 여러 동창들이 끼어들어 너나없이 한마디씩 거들었다. 주변의 죽음들과 죽음 뒤의 세계에 대한 이야기들을 하다가, 나중엔 사실인지 거짓인지 잘 분간이 되지 않는 어리둥절한 이야기들까지 했다. 어린애들이 좋아하는 일종의 귀신 이야기들인 셈이었는데 문제는 떠돌아다니는 이야기가 아니라 자기들이 실제로 직접 겪었다는 점이었다. 한 서먹한 친구가 꽤 진지한 표정으로 들려준 어떤 죽음에 관한 이야기도 그중의 하나였다.

……그날 나는 중요한 약속이 있어 승용차를 집에 두고 일부러 전동차를 탔다. 물론 길이 막혀 차가 차로서의 성능을 전혀 발휘 못할 경우를 단단히 대비하기 위해서였다. 그런데 전동차를 탄다고 해서 곧 문제가 해결되는 건 아니라는 걸 알았다. 전동차가 고장을 일으켜서가 아니라 엉뚱하게 전철역에서 친구를 만났기 때문이었다. 너무나 오랜만에 만나는 친구라 바쁘다며 쉽게 뿌리칠 수가 없었다. 나처럼 그 친구도 전동차를 타러 가는 길이었다면 함께 타고 가며 이야기했을 테니 아무 문제가 없었겠지만 그 친구는 전동차에서 내려 밖으로 나가려는 길이라 그냥 그곳에 서서 얼마 동안이라도 이야기하지 않으면 안 되었다.

—오랜만이구먼.

—응, 정말 오랜만이네.

—졸업 후 처음이지, 아마?

　　—그런 것 같구먼. 그러니까 삼십 년?

　　—그렇지, 그렇게 되지.

　　—나도 나지만 자네도 참 많이 늙었구먼.

　　—늙다마다. 그래 그 동안 어떻게……?

　　—나야 뭐 그냥 그럭저럭. 자네야 잘 지내지?

　　—잘 지내긴. 겨우겨우…….

　　—대개 다들 그렇더구먼. 특별히 뭐 잘 지내는 친구가 없는 것 같애. 세상이 이러니까.

　　—하긴 이 나이까지 살아온 것만도 용하지.

　　…….

　　…….

　　몇 분이나 끌었을까. 더이상 끌어서는 약속 때문에 아무래도 안 될 것 같아 나는 좀 난처한 표정으로 사정을 이야기하고 다음에 또 만나자며 악수를 나눈 후 돌아섰다. 그런데 이상했다. 전동차에 오르자 방금 전에 헤어진 친구의 이름이 생각나지 않았다. 아니 전동차에 오른 후 잊어버린 게 아니라 아까 만났을 때부터 모르고 있었다. 분명히 아는 얼굴이고 대학교 동창이었던 것 같은데 이름이 떠오르지를 않아 애를 먹었었다. 그렇다고 이름을 잊어버렸다며 물을 수도 없어 어물어물 넘겼는데 아직까지도 생각나지 않았다. 전동차를 타고 가는 동안 나는 내내 그 이름을 떠올리려고 안간힘을 했다. 그러다가 소스라치게 놀랐다. 온몸에서 식은땀조차 흘렀다. 그의 이름이 신수철이라는 걸 마침내 떠올렸는데 동시에 조금 전까지도 까맣게 잊고 있었던 사실이 생각났기 때문이었다. 그는 대학교 때 이미 죽은 친구였던 것이다. 도대체 어떻게 된 것인가. 내가 깜박 졸며 꿈을 꾸었던 것인가. 구체적으로 꿈을 꾼 게 아니라 가수면 상태 속에서 환각에 사로잡히기라도 했단 말인가. 아니 결코 그렇지는 않았다. 악수할 때 분명히 체온까지 느꼈었고 그의 목소리가 이 순간에도 귓가에 맴돌고 있는데 그것이 어찌 꿈이나 환각일 수 있단 말인가. 그 눈빛, 그 입 모양…… 무엇보다 입가의 검은 점…… 그리고 꿈이나 환각이었다면 삼십 년 전 젊었을 때의 그 모습 그대로 나타날 만한데 삼십 년 세월에 걸맞는 험한 삶으로 찌든 주름이 번져 있지 않았던가…….

친구의 이야기는 여기에서 끝났다. 도섭도 범준도 친구들도 다 웃었다. 물론 아무도 믿는 것 같지 않았다. 꿈이나 환각이 아니었다면 다른 친구를 그 친구로 착각한 것이고 그것도 아니면 자네의 정신 상태를 의심할 수밖에 없다는 표정들이었다. 범준도 마찬가지였는데 단 한 사람 노인만이 웃지도 않고 가끔 고개를 끄덕이며 이야기를 다 듣고 나서 덤덤한 표정으로 물었다.

"그 친구가 죽을 때 어떻게 죽었는데요?"

"학비를 번다고 공사판에서 일을 하다가 사고로…… 죽는 현장을 제가 목격한 건 아니지만 친구들과 함께 문상은 갔었거든요."

노인은 다시 고개를 끄덕인 후 진지한 표정으로 말했다.

"영이오 그럴 수 있어요 영을 본 거요 불쌍한 영이오. 이승에 가장 가까운 낮은 세계의 영들은 가끔 이승에 와요. 평균 수명보다 일찍 사고로 억울하게 죽은 영들은 그 수명을 다 채울 동안 낮은 세계에 살면서 나들이를 해요 우리가 유령이니 귀신이니 하는 것들이 바로 그들인데 그들의 장난으로 그들과 비슷한 죽음을 당하는 사람들이 많이 생겨요 교통 사고며 익사 사고 같은 게 같은 장소에서 자주 나는 것도 그 때문이오. 그래도 그 영이 친구라고 많이 생각해준 모양이오. 해를 입히지 않고 그냥 다녀가기만 한 걸 보면……."

노인의 이야기에 친구들은 아까보다 훨씬 더 크게 웃었다. 웃으면서 자칫했으면 너 죽을 뻔했는데 살아났으니 한잔 톡톡히 사야 되겠다고 말하기도 했다. 웃음들이 가라앉자 한 친구가 불쑥 노인에게 물었다.

"그렇다면 남윤철이 이 친구도 그럴 가능성이 많은 것 아닌가요? 낮은 세계에 살면서 이승에 가끔 나타나……?"

노인은 심각한 표정으로 고개를 끄덕이고 나서 말했다.

"그렇소. 병으로 죽은 자의 영은 사고로 죽은 자의 영보다는 이승에 대한 미련을 덜 갖지만 그래도 아직 많지 않은 나이에 죽었으니 아주 먼 저승으로 가지는 못할 것이오. 앞으로 이십여 년 동안은 가까운 저승에 살면서 가끔 나들이를 하게 될 거요."

친구들은 다시 한바탕 웃음을 터뜨렸다. 웃음소리로 가건물이 흔들리는 듯했다. 노인의 이야기를 어디까지 믿어야 할지 범준은 가늠이 잘 되지 않았다. 도섭도 친구들도 마찬가지일 것 같았다. 직접 죽어보지 않은 이상 세상의 어느 누가 확실히 알 수 있을 것인가. 그런데 남윤수는 완전히 믿는지 아니면 괜히 그래보는 건지 노인에게 말했다.

"형의 영이 이승으로 나들이를 하면 안 되죠. 그럴까봐 장인어른을 모셔온 건데…… 기도해주세요. 이승에 못 올 먼 저승으로 가도록……."

심령과학 운운…… 하는 사람들은 과대망상적이거나 유아독존적인 경우가 많다는 걸 모르는 바 아닌데 노인은 결코 그렇지 않았다. 이 점이 허황되게 들릴 수밖에 없는 노인의 말들을 다시 생각하게 만들었다.

"남서방 자네가 나를 능력자로 인정해주는 건 고마운 일이나 나는 아직 그 정도의 능력은 갖추고 있지 못하다는 걸 알게. 내가 억울하게 죽은 죽음들을 좇아다니며 기도해준 건 그들의 영과 좀 친해보고 싶어서였는데 뜻대로 되지가 않은 적이 많았네. 그러나 어쨌든 이 자리에까지 왔으니까 기도는 한번 해보세."

말은 그렇게 해놓고서도 노인은 언제 어느 자리에서 하려는지 장례가 끝나는 날까지도 여러 사람들이 지켜보는 가운데서 기도하지는 않았다.

남윤수는 범준에게도 부탁을 두 가지나 했다. 조사(弔辭)를 써서 읽어줄 것과 묘비명을 써달라는 것이었다. 남윤철이 친한 친구이기는 하나 범준은 솔직히 그 부탁을 들어주고 싶지 않았다. 우선 체질적으로 그런 글들을 싫어하기 때문이었다. 그렇다고 친한 친구 동생의 평생에 한 번 있을까 말까 한 부탁을 매정하게 거절할 수도 없어 조심스럽게 말했다.

"굳이 그런 게 필요할까요? 형은 그런 걸 원하지 않을 것 같은데……."

"형이야 원하지 않더라도 제 마음은……."

"물론 그 마음 충분히 이해가 가는데 형이 원하지 않는다면…… 그리고 핑계같이 들릴지 모르지만 실제로 나는 그런 글은 잘 못 써요. 특히 조사 같은 글은 글을 전문으로 쓰는 사람 아닌 보통 사람들이 써야 훨씬 더 친근감 있게 느껴지지 나 같은 사람이 쓰면 거부감이 느껴지기 쉬워요."

"귀찮으셔서 그러신 것 같은데, 그럼 조사는 다른 사람한테 부탁할 테니까 묘비명이나 써주시죠."

생각 같아선 마찬가지로 묘비명도 거절하고 싶었다. 묘비명이 아니라 범준은 무덤의 봉분조차도 싫어했다. 밥그릇을 뒤집어

엎어놓은 것 같은 그것들을 사치스럽게 만들지 못해 안달하고
거창하게 비석이니 상석이니 비싼 돈을 들여 장식하는 사람들이
이해가 되지 않았다. 그러나 그런 생각들을 솔직하게 이야기한
다면 남윤수가 어떻게 받아들이겠는가.

"비석을 어느 정도 크기로 세울 건데요?"

"클 필요는 없죠. 이름만 써놓기는 섭섭하니까 그냥……"

"알았어요. 생각해보죠"

거절하기 난처해 그렇게 대답하고 말았으나 범준은 고민하지
않을 수 없었다. 많이 알려진 묘비명 '쓰고 사랑하고 살았음' 식
으로 과장 없이 쓰는 게 좋을 것 같은데 그런 식으로 쓰면 틀림
없이 부탁한 쪽에서 마음에 들어할 것 같지 않았기 때문이다.
고민 끝에 도섭의 힘을 빌리기로 했다. 뭐라고 쓰면 좋겠느냐고
하자 도섭은 불쑥 말했다.

"히포크라테스 선서를 제대로 지키며 산 놈이니까 그렇게 쓰
지, 뭐."

"히포크라테스? 이 시대의 히포크라테스? 이 시대의 히포크
라테스 여기 고이 잠들다……?"

"그건 너무 싱겁고, 좀 칭송을 해줘야지. 죽은 친구한테까지
칭송에 인색할 필요 있나? 과장하기 싫어하는 네 속 알지만 실
제로 좋은 놈이었잖아? 자기 자신보다 남들을 더 위해줄 정도
로……"

"하긴……"

그렇게 되어 결국 다음과 같은 멋도 개성도 없는, 글을 제대
로 쓰는 사람이 쓴 것으로는 결코 보이지 않는 상식적인 묘비명
이 되고 말았다.

비록 짧은 생애였으나
끝까지 바르고 참되게
자신보다 남을 더 위해 산
이 스산한 시대의 히포크라테스
여기 고이 잠들다

10

장지까지 다녀와 지친 몸으로 집에 들어가니 도착해 있는 우편물들 중에 꽤 두껍고 무거운 노란 봉투가 섞여 있었다. 뜯어보지 않아도 책이 분명했다. 범준은 정신이 번쩍 들었다. 쓰러져 눕고 싶었던 몸의 피로조차 싹 가시는 듯했다. 아는, 또는 모르는 문인들이나 출판, 잡지사들로부터 책이야 자주 부쳐오지만 이번의 경우는 다르지 않은가. 퍼뜩 박혜전이라는 학생의 얼굴이 떠올랐던 것이다. 틀림없었다. 발신자가 박혜전이었다. 급히 뜯어보니 그렇게나 보고 싶어했던 『아우슈비츠』였다. 한글 제목과 함께 'Auschwitz'라는 알파벳도 씌어 있었다. 혹시 번역서를 잘못 알고 있었나? 그러나 분명히 '박광렬 지음'으로 되어 있었다. 표지 장정은 그림이 아닌 사진인데 첫눈엔 뭐가 뭔지 잘 파악이 안 되었다. 자세히 보니 섬뜩했다. 잘려진 여자의 머리칼들이 뭉텅이로 묶여져 진흙 바닥 위에 아무렇게나 쌓여 있고, 그 옆에 알이 깨지고 테가 부서진 안경들이 무더기로 흩어져 나뒹굴고 있었다. 책장들을 넘겨보니 글보다도 소름끼치는 화보들이 먼저 눈에 들어왔다. 눈알이 빠져 달아나고 코가 뭉개진 잘라놓은 머리들, 걸레처럼 널브러져 썩어가는 창자들, 타다 만 뜬숯 같은 관절이 부러진 뼈다귀들, 트럭에 실려지는 퇴비 같은 썩어가는 팔과 다리들, 두 손이 뒤로 묶인 채 올가미에 목이 졸려 대롱거리는 시체들, 벌거벗긴 채 음부마저도 가리지 못하고 엉거주춤히 서서 죽을 차례를 기다리는 여자들, 바스러진 유골들이 넘치도록 담긴 두꺼운 종이 상자들, 누더기를 걸친 채 황색별을 달고 쓰레기로 취급되어 가스실로 향하는 노인들, 고압 전류가 흐르고 있는 수용소의 이중철조망에 거꾸로 매달려 죽은 포로들, 수용소 번호가 어깨와 팔에 문신된 채 울고 있는 어린 아이들, 머리를 깎이고 옷이 벗긴 채 생체 실험을 기다리고 있는 미라 같은 소녀들, 의학 실험에 이용되고 나서 아무렇게나 꿰매어진 처녀의 허벅지들, 균들이 주입되어 퉁퉁 부어 썩어가는 유방들, 산 사람의 두개골에서 꺼내어져 실험에 이용되고 있는 골들, 불도저로 밀어내고 있는 부서진 건물의 시멘트덩어리 같은 시체들, 괴물의 주둥이 같은 시체 소각장의 굴뚝들, 시체 소각장 부근 창고에 쌓여 있는 죽음의 향기라 불리는 'Zyklon-B' 가스통들, 소각장에서조차 소각되지 못하고 광장에 쌓여진 채 기름이 뿌려져 소각되고 있는 시체들, 시체들이 태워진 재로 그득히 메워져 습지가 된 연못들…….

어디서 어떻게 수집했는지 모두가 구하기 힘들 것 같은 사진들이었다. 유태인 학살을 소재로 한 영화들을 더러 보아왔지만 그 어느 영화 속에서도 보기 힘들었던 장면들을 생생히 찍어놓았다. 설령 꾸며서 찍은 영화 속 장면들이라고 해도 이렇게 생생할 수가 없을 것 같았다. 아무리 뛰어난 다큐멘터리 사진작가들이라고 해도 이런 현장들을 이렇게 찍을 수 있다는 건 가히 놀랄 만했다. 그러나 사진들과는 달리 책 자체가 학살 현장에 대한 넌픽션은 아니었다. 지은이가 직접 쓴 '머리말'을 읽어보았다.

머리말

근래에 와서 수년 동안 논문 한 편도 발표 안 하더니 학자답지 않게 왜 갑자기 이런 엉뚱한 책을 펴내게 되었느냐고 의문을 가질 사람이 있을지 모르겠다. 그렇다. 아무리 가공할 일이라고 해도 이미 흘러가 묻혀버린 역사 속의 사건이 아닌가. 굳이 피로 점철된 유대 이천 년의 역사를 다 들먹일 필요 없이 세계대전 전후에 감행된 나치의 박해만 해도 그 동안 수기, 르포, 영화, 소설…… 등으로 전 세계인들이 경악하고 분노하고 규탄하고 응징을 할 만큼 해와 이제는 어느 누구도 새로운 관심을 가질 수는 없게 되어 있다.

나도 별로 다르지 않다. 청소년 시절 책을 통해 그 박해에 처음 접하고 났을 때의 충격이야 이루 말할 수 없지만 세월이 지나면서 차츰 관심이 적어지더니 언젠가부터는 거의 잊고 지내왔다. 잊은 게 아니라 이 지구상에서 그런 짓이 다시는 되풀이되지 않을 것이라고 믿으며 기억 밖으로 쫓아내려고 애써왔다.

그런데 그 박해 이후 오늘날까지 반 세기가 안 되는 그 사이에도 세계는 어떠했던가. 우리 인간이 함께 숨쉬고 있는 이 지구 곳곳…… 아니 한 핏줄을 타고난 우리 민족이 함께 숨쉬고 있는 이 나라만 해도 어떠했던가. 그 치욕, 그 비극, 그 고통을 겪고서도 이 땅의 사람들은 과연 어떤 의식으로 무엇을 섬기며 어떻게 살아왔던가.

우리가 우리의 역사만이 아니라 세계사를 공부하는 것은 그 세계사라는 거울에 우리의 역사를 비춰보기 위해서다. 역사를 하나님이 주관하신다는 사실을 모르는 사람이 아직도 세상엔 너무나 많다. 독재자들이 나타나 가공할 만행을 저질렀다면 왜 하나님이 그런 자들을 그냥 지켜보기만 하셨는가를 먼저 생각해보아야 한다. 유대인들에게 그런 박해가 저질러졌다면 그들이 과거에 어떠했는가를 돌아보지 않으면 안 된다. 하나님이 성경에서 얼마나 누누이 말씀하셨는가. 그 예언, 그 경고를 그들은 어떻게 받아들였는가. 하나님의 말씀보다 율법을 더 존중해 그리스도를 저주한 그들, 그리스도를 십자가에 못박혀 피흘리게 하고서도 "……그 피를 우리와 우리 자손에게 돌리겠다……"(마 27:24~25)고 당당히 말한 그들이 아닌가.

내가 이 책을 펴내겠다고 작정한 것은 1980년 5월의 광주를 겪고 난 직후였다. 그 사이 읽고 수집해왔던 여러 자료들의 재편성에 지나지 않지만 내가 하나님을 믿고 신학을 공부하는 학도인 한 그 어떤 책보다도 먼저 이 책을 펴내야 할 것 같은 의무감을 느꼈다. 그러나 우리의 세월은, 이 땅의 여건은 이 책을 뜻한 시기에 세상에 나올 수 없게 했다.

늦었으나 이제라도 이 책을 세상에 내놓아 한 가지 작은 짐

은 벗은 느낌이 든다. 하나님께 감사드리고 아울러 이 책의
자료를 제공해준 많은 분들께 감사드린다.

1990년 1월
박 광 렬

읽고 나도 글의 요지가 명확히 파악되지는 않았다. 역사를 하
나님이 주관하니까 우리의 역사도, 근래의 광주학살까지도 모두
하나님의 뜻이라는 이야기인가. 유대인들이 하나님을 무시해 그
뜻에 따르지 않고 제멋대로 행동했기 때문에 그런 박해를 받았
듯이 이 땅의 사람들도 마찬가지란 말인가. 그렇다면 그 잘못을
누구에게 돌리는 꼴인가. 그 학살을 지령한 자만이 아니라 이
땅의 모든 사람들, 곧 우리 민족 모두의 책임이라는 이야기인
가……?

자료의 재편성에 불과하다고 했지만 책의 내용이 그렇게 단순
하지는 않았다. 박해의 원인, 과정, 내용 등을 꽤 깊이 있게 서
술하여 그것을 사학, 신학, 철학, 과학과 연결시키고 있었다. 이
지구상에 유대민족이 어떻게 생겨나게 되었는가, 그들에겐 어떤
문제점들이 있었는가, 그 문제점들은 세계 근대사회 형성에 있
어서 무슨 문제를 야기시켰는가, 유대인들이 노예로 팔려가고
성전이 불타고 예루살렘에 흘린 의인의 피에 대해 하나님은 뭐
라고 예언하셨는가, 박해의 절정이라고 할 수 있는 아우슈비츠
에서는 어떤 일들이 일어났는가…….

……멸시와 학대로 생존에 허덕이다 팔천여 명이 집단 자살
했다.

……칠만 오천여 명은 다른 나라로 탈출했으나 세계 어느 나라도 그들을 받아주지 않았다.

……오스트리아의 사십만을 위시한 유럽제국의 전 유대인은 가축처럼 살육되기 시작했다.

……외출 금지, 생계 봉쇄, 사회 생활 격리, 반항자 처형……

……침략 지역에 거주하던 자들에 대한 살육은 예고도 없었다. 발견되는 대로 트럭에 실어 산으로 끌고 가 소지품을 약탈하고 무차별 총살시켰다.

……총살당하지 않고 끌려간 자들은 수용소에 갇혔다. 첼름노, 벨렉, 소비보르, 트레블린카…… 강제 노역의 가장 큰 콘체른이었던 아우슈비츠-비르크노에는 매일 구천 명을 가스로 처형시킬 수 있는 시설이 있었다.

……'목욕탕과 한증탕으로 가는 길'이라는 표지판이 붙여진 양쪽이 두 겹 철조망으로 되어 있는 길을 걸어 건물 안으로 들어서면 대원이 부드러운 목소리로 말한다. "아무 일도 없을 겁니다. 여러분은 목욕탕 내에서 깊숙이 숨만 내쉬면 됩니다. 이것은 허파를 강하게 할 뿐만 아니라 전염병 등 무서운 질병을 예방하기 위해서입니다." 가스를 마신 후 그들은 삼 분 만에, 늦어도 십오 분 안에는 몰살되었다.

……가스실에서 곧바로 처형되지 않고 남은 자들은 노역에 의해 학살되었다. 석탄 광산과 무기 공장에서 노역을 하다가 죽거나 쇠약해지면 가스실로 옮겨졌는데 그 기간이 길어야 삼 개월이었다.

……태워 웅덩이에 버린 재 가운데엔 아직 덜 탄 신체의 부분들이 많았다. 두개골 조각, 손, 팔, 다리, 발, 갈비뼈 조각

같은 것들을 갈쿠리로 긁어내어 다시 다른 웅덩이에 넣고 메틸알코올을 부은 후 태웠다. 뜨거운 재가 바람에 날려 얼굴로 몰려와 화상을 입혔다. 눈을 멀게도 했다.

……생체 의학 실험용으로도 엄청난 숫자가 동원되었다. 갈색눈을 파란눈으로 바꾸기 위해 살아 있는 사람들에게 염료와 독약을 넣어본다, 남자의 생식기를 잘라낸 후 여자의 음부를 이식시키고 여자의 음부를 도려낸 후 남자의 생식기를 이식시켜본다, 쌍둥이를 꿰매어 하나가 되도록 해본다, 난쟁이를 수술해 보통 사람으로, 보통 사람을 수술해 난쟁이로 만들어본다, 나이가 적은 사람의 뇌, 이목구비, 오장육부 들을 잘라내 나이가 많은 사람의 그것들과 바꾸어본다, 온갖 병균들을 신체의 각 부위에 주입시켜 그 변해가는 과정을 본다…… 그 대표적인 나치의 광신자는 이십대에 철학박사 학위와 의학박사 학위를 받은 멩 겔레라는 뛰어난 머리의 소유자다. 오늘날 독일 의학의 발전이 그의 그런 실험에 의한 결과라는 평을 듣는다.

……아이히만이 지휘하여 죽인 삼백만여 명과 생체 실험, 질병, 굶주림으로 죽은 백만여 명을 포함, 나치에 의해 죽은 유대인 수는 육백만여 명으로 추산된다.

……

……

총독, 사령관, 총영사, 대사, 시장, 사무장, 비밀 경찰, 현장 책임자, 집행관, 무장 장비 감독관, 의사, 통역원, 헌병 장교, 경찰 중대장, 신부, 기술자, 유형수, 화부, 르포작가, 사진작가…… 등의 말, 또는 글, 그리고 여러 문서들을 토대로, 그리고 거기에 그것들을 증명해주는 사진들을 곁들이고 있으니까 설령 사실과 다르다고 해도 많이 다를 것 같지는 않았다.

피로가 몰려와 범준은 더이상 책을 볼 수가 없었다. 보고 싶지도 않았고, 볼 필요도 없다고 생각되었다.

쌓인 피로를 잠으로 풀고 이튿날 오후 한시 반에 만나 『아우슈비츠』를 보여주자 정원은 차를 출발시키기 전 그것부터 넘겨보면서 말했다.

"사진들만 봐도 끔찍하군요. 하지만 이런 거야 대강은 다들 알고 있는 사실 아녜요? 왜 새삼스럽게 이런 책을……?"

"머리말을 읽어보세요."

책장을 뒤로 넘기다가 다시 앞으로 넘겨 '머리말'을 읽어본 후 정원은 고개를 끄덕였다.

"이분도 광주에 대한 충격이 꽤 컸던 모양이죠?"

"아무리 신학자라도 교수니까. 교수라면 아주 특수한 경우를 빼놓고는 일단 삶에 대한 생각이 바른 사람들 아닙니까?"

"그 정도가 아닌데요. 광주를 겪고 이 책을 낼 생각을 했다잖아요? 그게 광주학살이 유대인 학살과 비견된다는 이야기가 아니고 뭐예요?"

"그런 뜻 같아요? 나는 그렇게는 받아들이지 않았는데…… 두 학살에 대한 비견이 아니라 역사에 대한 하나님의 주관 이야기를 강조하고 싶었던 게 아닐까요?"

"물론 그런데요. 광주를 겪고 나서 그런 생각을 했다니까요."

"그거야 우리로선 가장 씻을 수 없는 근래의 역사적 사건이니까……."

정원은 떠날 생각을 하지 않고 계속 책장을 넘겼다. 범준이 말했다.

"갑시다. 그 책은 집에 가져가서 보시고……."

"왜요, 다 보셨어요?"

"대강 보았어요. 어떤 내용인지 파악은 했으니까…… 이런 책을 낸 의도도 알았고…… 나는 혹시 제목만 그렇게 빌린 에세이집이 아닌가 했는데…… 어쨌든 그 학생에게 부탁을 해서라도 이 책을 보긴 잘한 것 같아요."

"다행이에요. 선생님 덕이에요. 선생님이 부탁 않고 제가 했으면 아마 응하지 않았을 거예요. 그런데 비망록 이야긴 없어요?"

"없어요. 그냥 이 책만 부쳐왔어요."

"쪽지 같은 것도 없구요?"

범준이 그렇다고 고개를 끄덕이자 정원은 책을 덮어 뒷좌석에 놓고 차를 출발시키며 중얼거렸다.

"이상하다. 쪽지 아니면 전화로라도 무슨 말이 있었을 듯한데……."

중얼거리고 나서 물었다.

"구치소로 가셔야죠?"

"그래야죠. 그러려고 만난 것 아닙니까?"

"그래요. 그런데 지난번에 선생님이 박 교수님은 나중에 천천히 만나도 상관없다고 하셨기에 혹시 먼저 다른 교수분들을 만나실까 해서……."

"다른 교수들? 아, 박 교수와 친하다는 같은 학교의……?"

"한만규 교수님하고 심은희 교수님…… 제가 전화번호 가지고 있잖아요."

"글쎄요. 어느 쪽이 나을까요? 그 사람들부터 먼저 만나볼까요?"

"그러시겠어요? 결국은 마찬가지겠지만 전 우선 당사자부터 만나보는 것도 좋을 것 같아요."

"그래요? 그렇다면 구치소로 가시죠, 뭐."

정원은 속력을 낼 듯이 액셀러레이터를 밟았으나 차가 곧 신호등에 걸렸다. 신호등에서 벗어나 조금 가자 이번엔 차들이 밀려 줄지어 선 채 빠져나가지를 못했다. 공사라도 하고 있는 것 같았다. 혹시 늦어 면회를 못 하게 될지도 모른다는 걱정과 함께 오전에 만나지 않은 게 후회되었다. 정원은 오전에 만나고 싶어했으나 피로가 덜 풀려 늑장을 부리느라 범준이 오후로 미룬 것이었다.

"정원씨 말대로 오전에 만날 걸 잘못했죠? 이러다가 늦어 면회 못 하는 것 아닙니까?"

"몇시까진데요?"

"요즈음엔 모르겠고 그전에 내가 기자 할 땐 네시까지였었는데……"

"네시요? 네시면 충분해요. 많이 밀리지 않으면 한 시간이면 갈 수 있을 거예요. 의왕시로 옮긴 후에도 가보신 일 있으세요?"

"없어요."

느린 대로나마 차가 다시 움직이기 시작했다. 도시가스 매립 공사로 이차선이 일차선으로 합쳐지는 곳을 벗어나자 밀려 있던 차들이 갇혀 있다가 풀려난 죄수들처럼 소란스럽고 분주해졌다.

"전 가보았어요. 지난번 영화 촬영 때 그 안에까지는 안 들어가고 입구 주차장까지는 갔었어요."

"촬영을 그곳에서……?"

"〈지하실〉이라는 영화 보셨다는 이야기 김 감독님으로부터 들은 것 같은데…… 잘된 영화는 못 되지만…… 기억 안 나세요, 먼 빛으로 보이는 망루(望樓) 장면……?"

"아, 네. 그게 그곳을 찍은 겁니까?"

구체적으로 떠오르지는 않았지만 그런 장면이 있었던 것 같았다.

"영화, 자주 보신다면서요? 그 영화, 어떠셨어요? 실망하셨었죠?"

"실망했다기보다 내가 도섭이한테도 이야기했었지만 고문 장면이 너무 혐오스럽더군요. 설마 정원씨가 각본에 그런 고문 방법을 쓰시지야 않았겠죠?"

"고문 방법……? 아, 변태적인……? 그냥 변태적이라는 말만 썼죠. 김 감독님이 의도적으로 그렇게 하셨어요. 웬만한 방법으로는 효과를 낼 수 없다고 하시면서…… 제가 쓴 각본인데도 마음에 들지 않았어요. 한국판 〈죽음과 소녀〉거든요. 연극으로만이 아니라 영화로도 상영됐었죠. 시고니 위버가 주연하고 제목을 〈진실〉로 바꾼…… 물론 제 〈지하실〉보다는 늦게 만들어져 상영됐었지만……."

"그 영화도 봤는데 비슷하지만 꼭 같지는 않죠. 우리나라에서 실제로 그와 비슷한 일이 있었으니까 모방으로는 안 보겠죠"

"영화의 모방은 아니지만 희곡의 모방은 부정하기 힘들죠. 김 감독님이 제게 청탁한 게 성고문에 관한 것이었는데 그 말을 듣자 실제로 일어났던 일보다 먼저 희곡 〈죽음과 소녀〉 생각이 나더라구요. 그래서 그 말씀을 드렸더니 상관없다는 거예요. 흥행에나 성공했다면 그 나름대로 위안이 됐을 텐데, 그렇지도 못하게 되니까 그냥 찜찜하기만 하더라구요. 이번 영화로 그 찜찜함을 만회하는 기회가 되어야 할 텐데…… 선생님 모셨으니까 회

263

복시켜주시겠죠?"

"너무 믿지 마세요. 지난번에 헤어지면서도 말했었죠? 나도 나를 믿을 수 없다고…… 이성이니 사랑이니 하는 문제만이 아니라 모든 문제에 있어서 사실이 그래요. 모르겠어요, 나도 나를. 그냥 힘닿는 데까지 애써볼 뿐이죠."

"그렇게 말씀하시니까 심각하게 들리지 않고 한때 유행했던 유행가가 떠올라요. 내가 나를 모르는데 네가 나를 알겠느냐……."

정원은 돌아보며 눈을 흘겼다. 범준은 웃을 수밖에 없었다. 유행가 이야기를 꺼내면서 음악에 생각이 미친데다 그 웃음과의 부딪침이 어색했던지 정원은 차가 밀리는 틈을 타 카세트 옆 박스에 들어 있는 테이프들을 오른손으로 뒤적이며 물었다.

"선생님은 누구 음악 좋아하세요?"

"뭐, 특별히…… 음악을 잘 모르거든요. 들으면 좋은데 그게 누구의 곡인지 그건 잘 몰라요. 따로 공부를 하지 않아서……."

"따로 공부는…… 그거야 전공자들 이야기구요. 그냥 생활하면서 듣잖아요? 좋아서 듣다보면 하나씩 알게 되는 거죠, 뭐."

테이프 하나를 골라 정원이 집어넣었다. 차내에 퍼지는 선율이 역시 감미롭게 젖어들긴 하는데 누구의 곡인지는 알 수 없었다.

"그게 젊은 시절 집에 전축이 있었거나 아니면 음악감상실에라도 드나들 만한 형편이 되었던 사람들 이야기지요. 그렇지 못했던 사람들은 귀가 훈련이 되지 않아 나이가 들어 형편이 되어도 잘 안 듣게 되죠."

"그래서 지금 이 곡도 모르신단 말씀이에요?"

"모르겠는데요. 바흐, 모차르트, 베토벤, 차이코프스키, 무소

르그스키의 유명한 곡들이나 겨우 몇 아는 정도인데 이건 다른 데요."

"베버예요. 〈마탄의 사수〉 서곡. 베버 정도는 아셔야죠. 베버야 작곡만이 아니라 문필에도 뛰어나 소설도 시도 썼던 사람인데…… 그리고 특히 이 곡은 우리가 앞으로 만들게 될 영화와도 연관된 내용일 수 있는데…… 자연과 인간, 선과 악, 사랑과 죽음……."

"아, 그래요? 미안합니다, 무식해서…… 베버라고 했죠? 기억해두죠."

"어머, 제가 또 실언했나봐요. 자존심 상하세요? 죄송해요. 유식한 사람도 충분히 모르실 수 있어요. 소설가라고 뭐 다 알아야 되나요? 소설가야 모든 면에서 박식해야 한다고 하지만 어떻게 사람인데 그럴 수 있겠어요? 지금은 전문화 시대라 다들 무식하다잖아요? 깊이 들어가야 되니까 자기 전공만 파고들기에도 바쁜 거죠. 당연해요. 심지어는 한 인체를 다루는 의사들까지도 자기 전문과 외에는 아무것도 모른다던데요, 뭐."

"핫하, 역시 정원씨는 마음이 참 고우세요. 내가 좀 민망해한다고 그렇게까지 장황하게 위로를…… 나 자신 인정을 해요. 물론 다른 분야에 대해서야 말할 것도 없지만 예술 분야에 대해서만이라도 좀 잘 알아야 될 텐데 음악에 대해서는 미술에 대해서만큼도 몰라요. 모르면 당연히 일부러라도 공부를 했어야 되죠."

"그렇게 말씀하시니까 제가 부끄러워지잖아요? 저라고 뭐 잘 아는 줄 아세요? 어쩌다가 선생님보다 이 곡 하나 더 알아가지고 괜히…… 미술에 대해서는 잘 아시겠어요, 사모님이 전공이시니까……?"

"별로 그렇지도 못하지만 음악에 대해서보다는 좀 낫죠."

"저는 미술은 정말 몰라요. 입체화니 설치미술이니 하는 것들은 전혀 모르겠던데요. 사모님과는 연애 결혼이시겠죠? 처음에 어떻게 사귀시게 됐어요?"

"왜, 갑자기 그 사람 얘긴…… 재미 없으니까 다른 얘기 해요."

"듣고 싶어요. 그림은 잘 그리세요? 어떤 그림을 그리시는지 작품 한번 보고 싶어요."

"그 사람은 작품은 하지 않아요. 작품보다 하나님을 택했죠."

"작품은 작품이고 하나님은 하나님이지 한쪽을 택하면 다른 한쪽은 포기해야 하나요?"

"그런 건 아닐 텐데 어쨌든 그 사람은 그림을 전공하긴 했지만 아이들을 가르칠 뿐이지 지금은 직접 자기 작품을 하지는 않아요."

"그전에는 했었는데요?"

"결혼하기 전엔 전람회도 한 번 했었죠. 돌이켜보면 나이와 시대에 걸맞지 않게 꽤 앞서간 작품이었던 것 같은데 나와 살면서 포기를 해버렸어요."

"앞서간 작품……? 어떤 작품이었는데요?"

"혹시 재일교포 화가인 이우환씨라고 아세요? 우리나라에 와서도 가끔 전람회를 하고 세계적으로도 많이 알려진 화가인데……."

"이우환씨? 잘 모르겠는데요."

"그분이 수년 전부터 집착해 있는 '점과 선' 시리즈라는 게 있어요. 작품이라는 게 화폭에 어떤 형체를 그리는 게 아니라 그냥 점을 찍거나 선을 그리는 것만으로 이루어져 있어요. 얼핏 보면 아무라도 할 수 있는 어린애 장난 같은 건데 무한히 자유로우면서 끝이 가늠될 수 없도록 형이상학적이죠. 문외한들이 보기엔 우스꽝스럽지만 그 자신은 점을 하나 찍고 나면 몸살이 날 정도로 땀이 나고 온몸에서 힘이 죽 빠진다나요. 그런데 그런 걸 이 사람이 이우환씨보다 십여 년 먼저 전람회로 보여줬었죠. 그것도 물감 아닌 먹만 가지고 화선지에……."

"어머, 그래요? 그런데 왜?"

"자신이 시도해놓고도 그것이 어떤 건지를 잘 몰랐었던 건지 뭔지…… 화단에서는 젊은 여자답지 않게 너무나 초탈을 한 실험성이 강한 작품이라는 평과 함께 별로 주목을 끌지 못했지만 『공간』이라는 잡지에 작품이 게재되기까지는 했었죠. 모르긴 몰라도 아마 계속 그 경향으로 나가 깊이 파고들었으면 지금쯤은 위치가 확고해졌을 거예요."

"어머, 아까워라. 선생님이 좀 적극적으로 하게 하시지 그랬어요?"

"나로서야 하기를 바랐죠. 그러나 그 사람 자신이 생활 핑계를 대며 무시해버렸어요. 물론 생활이 말이 아니었지만 예술혼이라는 건 생활을 얼마든지 뛰어넘을 수 있잖아요?"

고개를 끄덕인 후 무슨 생각에 사로잡힌 듯 심각한 표정으로 아무 말 없이 한동안 운전만 계속하다가 정원은 시선은 그대로 앞을 향한 채 뜬금없이 말했다.

"제가 나쁘죠?"

"뭐가요?"

"기분이 이상해요. 제가 물은 건데도 선생님이 사모님에 대해서 열심히 이야기를 하시니까 은근히 질투가 나지 뭐예요."

"네?"

범준이 웃음을 터뜨려도 정원은 웃지 않았다. 약간 화가 나 있는 것 같은 그 모습이 더 우스웠으나 계속 웃을 수는 없었다. 표정으로 보아 웃기 위한 농담은 아닌 것 같았기 때문이다. 농담이 아니라면 그것은 무엇을 의미하는가. 사랑한다거나 좋아하고 있지는 않다고 하더라도 최소한 자기에 대한 감정이 사무적이거나 형식적인 것만은 아니라는 뜻이 아닌가. 설령 그렇다고 해도 어떻게 이렇게 쉽게 솔직해질 수 있단 말인가. 어색함을 무마시키기 위해 무슨 말이든 해줘야 할 것 같았으나 범준은 말이 나와지지 않았다. 정원만큼 솔직해질 수 없는 자신의 비겁함이 혐오스러울 뿐이었다.

의왕시에 있는 서울구치소 앞에 도착해 시계를 보니 세시 십분 전이었다. 예상했던 시간보다 더 걸리기는 했으나 많이 늦지는 않은 셈이었다. 입구 철조망 울타리 밖 주차장엔 많은 차들이 세워져 있을 뿐만 아니라 나가고 들어오는 차들로 한창 붐비고 있었다. 그러나 서울시가 아닌데다 주차장이 넓어서 그런지 복잡하다는 느낌은 주지 않았다. 복잡하다는 느낌보다는 오히려 쓸쓸하다는 느낌을 더 주었다. 입구로 들어가거나 나오는 사람들, 차에서 내리거나 오르는 사람들의 표정도 그렇고 세워져 있는 차들도 그랬다. 구치소에 갇혀 있는 사람들과 어느 면으로든 얽혀 있을 사람들의 것이라는 선입감 때문인지 갓 뽑아낸 듯한 새 차도 말끔하게 청소가 되어 있는 차도 밝아 보이지를 않았다. 수십 대나 되는 그들 속의 한 지점 비어 있는 곳에 차를 세우고 두 사람은 입구로 향했다. 경찰이 주민등록증을 요구해 보인 후 안으로 들어섰다. 걸어 올라가자 건물의 이마에 붙어 있는 '어서 오십시오 성심껏 모시겠습니다' 라는 글씨가 먼저 눈에 들어왔다. 흡사 거리에서 한 표를 부탁하는 의원 출마자들, 교를 전도하는 교인들, 고객을 유치하려는 은행원들의 가슴띠 같았다.

형식적인 안내문이라고 해도 이곳을 찾는 가슴 떨리는 사람들한 테는 위안이 되리라 생각되었다. 건물 안으로 들어서자 역 대합 실처럼 사람들이 웅성거렸다. 그들 속에 섞이자 그들의 소리보 다 이제 벽을 위시해 여기저기 안내판에 붙여져 있는 글씨들이 더 신경을 어지럽혔다. 옛날 기자 시절 다른 건물 안에서 보았 던 풍경이나 크게 다를 건 없었으나 혹시 그 사이 달라진 게 있 을는지도 몰랐다. 각진 나무통으로 된, 가운데 구멍 속에 서 있 는 여경을 중심으로 돌아가며 볼 수 있게 된 '민원 안내' 중 최 소한 '접견 신청 절차'만은 읽어보아야 될 것 같았다. 정원도 이 미 그 앞에 서서 그것을 읽고 있었다.

1. 접견 신청
＊접견 신청은 08:00부터 받으며 마감 시간은 계절에 따라 다소 조정 운영하고 있습니다.
신청 시간
3∼10월 08:00∼16:00
11∼2월 08:00∼15:30
＊접견 회수는 1일 1회이며 접견 가능 인원은 3인을 원칙으 로 하고 있습니다.
＊가족에게 접견의 우선권을 드리기 위해 가족이 아닌 분은 가족이 접견을 하지 않을 경우에 한하여 11:00 이후에 신청을 받고 있습니다.

2. 접견 신청 절차
＊민원 봉사실 내의 '오늘의 재소자 이동 상황판'에 붙어 있 는 재소자 명단을 확인하시고 접견 신청서에 재소자의 번호,

성명, 재소자와의 관계 등을 기록하신 후 주민등록증, 신분을 확인할 수 있는 증명과 함께 재소자 번호에 해당하는 창구에 제출하시면 됩니다.

*새로 들어온 재소자는 수용 생활에 필요한 준비 관계로 13:00부터 접견 신청이 됩니다.

*신청이 끝나신 분은 접견 회수와 호실이 지정된 접견 원표를 창구에서 받으신 후 잠시 기다리시면서 안내 방송을 잘 들으시기 바랍니다.

3. 접견 실시

*해당 접견 회수를 알리는 안내 방송이 나오면 접견장 입구로 가셔서 접견 원표와 주민등록증 등을 제시하신 후 지정된 접견 호실 앞에서 기다리시다가 시작을 알리는 신호가 들리면 접견하시기 바랍니다.

*우리 구치소의 접견 시설과 직원 사정상 접견을 하실 수 있는 시간은 부득이 7분까지 드리고 있습니다.

*접견을 하실 때는 직원의 안내에 따라주시기 바라며 접견 진행을 방해하거나 질서를 문란하게 하여서는 안 됩니다.

4. 접견이 허가되지 않거나 늦어지는 경우

#아래의 경우에는 접견이 허가되지 않습니다.

*재소자가 법원이나 검찰청에 나갔을 때

*재소자가 접견 금지 처분을 받았을 때

*재소자가 준수 사항을 위반하였을 때

*재소자가 접견을 거부할 때

#아래의 경우에는 접견이 늦어지게 됩니다.

* 접견 신청이 잘못되었을 때
* 공범자가 같은 시간에 접견 신청이 됐을 때
* 재소자가 운동, 목욕, 진료, 교화 행사 중이거나 변호사와 접견중일 때

 돈을 넣고 찾는 절차, 물품을 넣고 찾는 절차, 구매물 가격표…… 등 너절하게 씌어 있는 것들이 많았으나 그것들은 읽지 않고 정원은 서둘렀다. 손목시계를 보더니 "지금이 1월이니까 오늘은 네시까지가 아니라 세시 반까지잖아요? 자칫하다가는 늦겠어요"라면서 '접견 신청' 용지만을 가지고 민원 봉사실 앞으로 가 창구에 대고 박광렬 교수의 재소자 번호를 물었다. 접견 신청 용지에는 재소자의 번호와 성명, 신청인의 성명과 관계를 쓰도록 되어 있었다. 창구 안에 앉아 있는 여자가 컴퓨터를 두들겨 찾아 241이라고 가르쳐주었다. 번호와 박광렬 교수의 이름을 쓰고 두 신청인의 이름까지 쓰고 나서 정원은 범준에게 물었다.
 "재소자와의 관계를 뭐라고 쓰죠? 친척? 선배?"
 "좋으실 대로 쓰세요, 별 상관없을 테니까"
 범준은 선배로, 자기는 친척으로 쓰고 나서 정원은 주민등록증과 함께 재소자 번호에 해당하는 창구에 접수해 접견 회수와 호실이 지정된 접견 원표를 받았다. 그리고 복도를 지나 대기실로 갔다. 복도에는 요일별 접견 접수 현황과 시간별 접견 접수 현황을 그려놓은 그래프가 붙여져 있었고, 대기실엔 사랑이며 효성에 대한 글이 쓰인 조잡하게 보이는 족자들이 걸려 있었다. 민원 안내실만큼 번잡하지는 않았으나 이곳도 소란하기는 마찬가지였다. 자리에 앉아서도 사람들은 거의가 다 입을 가만히 두

고 있지 않았다. 이 사람들이 기다리고 있는 재소자들의 접견이 다 끝난 후에나 박광렬 교수의 접견이 가능할 테니 오래 기다려야 될 것 같았다. 앉을 수 있도록 비어 있는 의자도 없었지만 있다고 해도 앉아 있고 싶지는 않았다. 범준은 민원 안내실 쪽으로 다시 나와 여기저기를 구경했다. 필요가 없는 글들까지 구경 삼아 읽었다.

@돈을 넣고 찾는 절차

* 재소자 한 사람에 넣어줄 수 있는 돈은 하루에 3만원, 한 달에 50만원까지입니다.

* 한 달 동안 넣으실 수 있는 50만원을 넘지 않으면 아래 주소로 송금하셔도 됩니다.

우편 번호 : 437-120

경기도 의왕시 포일동 산 18-1

서울 구치소 ○○○번 성명 ○○○

* 수표는 받지 않으니 참고하시기 바랍니다.

* 재소자가 보관하고 있는 돈은 재소자의 신청이 있을 때에만 가족이 찾아가실 수 있습니다.

@물품을 넣고 찾는 절차

* 재소자에게 필요한 물품을 넣으시고자 할 때에는 신청서 2장을 작성하여 물품과 함께 해당 창구에 제출하시면 됩니다.

* 재소자가 소지하고 있는 물품을 찾으시고자 하실 때에는 신청서 2장을 작성하여 도장과 신분을 확인할 수 있는 증명서 등을 해당 창구에 제출하시면 됩니다.

* 의류 등을 넣으실 수 있는 품목과 수량은 해당 창구에 표

시되어 있습니다.

@ 구매물 가격표

* 재소자 기준으로 1일 1회 신청됩니다.

* 오늘 신청하신 구매물은 내일 전달됩니다. 토요일 12:00 까지 신청하신 것은 월요일에 전달되며 12:00 후(마감 후) 신청하신 것은 화요일 본인에게 전달됩니다.

* 신청서는 2장 작성하시고 1일 한도액은 3만원입니다.

오징어(마리) : 800 땅콩(봉) : 1,000

평상복 : 남; 27,000 여; 25,000

구경할 만큼 구경하고 정원과 이 이야기, 저 이야기 나눌 만큼 나누고서도 한참이나 기다린 후에야 비로소 차례가 왔다. 혹시나 뭐가 잘못되어, 또는 박광렬 교수가 거부해 접견을 못 하게 되지나 않을까 불안했는데 그렇지는 않았다. 호실을 알리는 안내 방송이 나와 절차를 끝내고 접견호실 앞에서 기다리자 박광렬 교수가 나왔고, 시작을 알리는 신호가 들렸다. 두 사람을 보자 박광렬 교수는 혹시 사람을 잘못 찾아온 게 아니냐는 듯 돌아 들어갈 것처럼 주춤거리며 의아스러운 눈빛으로 쏘아보았다. 쏘아볼 뿐만 아니라 두 사람의 아래위를 번갈아 훑어보았다. 하지만 눈빛이 차갑지는 않았다. 그 눈빛에다 아무렇게나 헝클어진 희끗희끗한 머리칼이며 깎지 않은 수염 때문인지 풍기는 분위기가 약간 강렬하기는 했으나 그다지 특이한 인상이라고는 할 수 없었다. 빼어나게 잘생기지도 혐오감을 일으킬 정도로 못생기지도 않았고 키가 특별히 크거나 작지도 않았다. 몸집도 마찬가지였다. 좀 마른 편이기는 하지만 그렇게 깡마르지는 않았다. 뭐라고 말을 꺼내야 할지 몰라 범준이 머뭇거리자 정원이 나섰다.

"박 교수님, 고생이 많으시죠? 처음 뵙겠어요. 저는 유정원이라고 하는데 평소에 신학에 대해서 관심을 좀 가져왔던 사람이구요. 여기 이분은, 혹시 아실지 모르겠는데 소설 쓰시는 하범준 선생님이에요. 박 교수님의 사건에 접하시고 많은 충격을 받아 한번 뵙고 싶어해서 제가 모시고 왔어요."

말하고 나서 정원은 범준에게 하실 말씀이 있으시면 하시라는 눈짓을 했다. 지정된 시간이 칠 분이라는 걸 떠올리며 범준은 조급한 마음으로, 그러나 침착한 어조로 말했다.

"혹시 불쾌해하실지 몰라 많이 망설이다 찾아왔습니다. 교수님에 대한 기사를 보고 적지않이 의아해했던 사람입니다. 저만이 아니라 주위 사람들 중에도 그렇게 느끼고 무언가 잘못된 게 아닌가 의문을 품는 사람들이 많았습니다. 사건의 내막에 대한 진실을 알고 싶습니다."

박광렬 교수는 아무 말 없이 시선을 피했다. 그러나 고개를 숙인 건 아니고 옆으로 돌려 두 사람을 보지 않을 뿐이었다. 한참을 기다려도 말이 없자 범준이 이어 말했다.

"물론 저야 변호사도 기자도 아닙니다만 알고 싶습니다. 누구를 통해서가 아니라 직접 듣고 싶습니다. 박 교수님이 아버지를 죽인 게 확실합니까?"

계속 아무 말도 하지 않고 가만히 있던 박광렬 교수가 범준이 다시 말을 하려고 하자 고개는 그대로 돌린 채 남의 이야기를 하듯 가라앉은 어조로 말했다.

"그건 알아서 뭣하려고 그러십니까. 그 내막을 글로 쓰시려고 그러십니까."

묻는 형식을 취하고는 있었으나 그것은 물음이라고는 할 수 없었다. 그러나 범준은 진지하게 대답해주었다.

"꼭 그런 건 아니고 먼저 진실을 알고 싶을 뿐입니다."

"세상에 이미 다 알려진 사실을 왜 믿으려고 하지 않는 거죠?"

"사실과 진실은 다르기 때문입니다."

"늘 다른 건 아니지 않습니까?"

"물론 같을 때도 있기는 하지만 다른 때가 더 많죠."

박광렬 교수는 침묵했다. 이상했다. 만나보는 것만으로도 죽였는지 안 죽였는지 감이 잡히리라 생각했는데 그렇지 않았다. 어느 쪽으로도 판단이 서지 않았다. 범준이 말했다.

"박 교수님은 학문이 깊으시고 평소에 훌륭한 일도 많이 해오시고 무엇보다 하나님을 믿는 독실한 신자이신 걸로 알고 있습니다. 단순히 신학대학에 몸담고 계셔서가 아니라 쓰신 책을 보고서 그런 확신을 가졌습니다."

박광렬 교수가 범준에게로 시선을 돌렸다.

"쓴 책이라뇨?"

"『아우슈비츠』를 읽어보았습니다."

"그 책을 어떻게? 시중에 없을 텐데……?"

"시중에는 없더군요. 왜 없죠?"

"많이 찍지도 않았지만 그나마도 판금 판정을 받아 배포가 안 됐죠."

"아, 그래서 구해보기가 힘들었군요. 왜 판금 판정을……?"

"그때까지도 군사 정권이 끝나지 않지 않았습니까?"

범준이 고개를 끄덕인 후 말했다.

"민정이 되고 난 후에라도 왜 다시 찍으시지 않고……."

"그땐 이미 별 필요를 못 느꼈죠. 진작부터 내려던 것이었는데 계엄령이다 소요다 뭐다 해서 못 내고 있다가 많이 완화되어 괜찮을 거라고 해서 냈던 건데 그나마도 그렇게 된 거죠."

"군사 정권하였기 때문에 필요했던 책이라는 말씀이군요?"

"꼭 그런 건 아니지만 내가 그 책을 펴내려고 했던 취지가……."

"네, 알겠습니다. 머리말에 광주에 대한 이야기가 씌어 있더군요. 어쨌든 그 책을 구해보고 나서 느낀 점이 많았습니다. 박 교수님이 하나님의 주관에 대해서 얼마나 확신을 가지고 계시는가도 파악했습니다. 그런데 그렇게 하나님을 독실하게 믿으시는 분이 어떻게 살인을, 그것도 자기 아버지를 죽일 수 있단 말입니까?"

박광렬 교수가 말문이 막히는지 아니면 말할 필요가 없다고 느꼈는지 아무 말도 하지 않았다. 그냥 시선을 다시 옆쪽으로 돌리고 가만히 있다가 한참 후에야 대답 대신 쓴웃음을 웃었다. 섬뜩했다. 아무리 자조(自嘲)가 섞인 웃음이라고 해도 그렇게 느껴진다는 게 이해가 되지 않았다. 쓴웃음을 웃고 나서 박광렬 교수는 범준에게로 시선을 돌려 다시 쏘아보다가 말없이 그냥 들어갔다. 아니, 더이상 할말이 없다는 듯이 들어가려고 몸을 돌려 한 걸음 떼어놓다가 다시 이쪽으로 몸을 돌려 무슨 물건을 던지듯이 말했다.

"믿는 사람이 어떻게 죽일 수 있느냐가 아니라 믿기 때문에 죽일 수 있다고는 생각해보지 않았습니까?"

그러고는 접견의 끝을 알리는 신호가 울림과 동시에 들어가 버렸다. 신호가 울려 들어간 게 아니라 들어가자마자 신호가 울렸다. 머리가 멍해왔다. 뭐가 뭔지 어지러울 뿐 판단이 서지 않았다. 접견실 밖으로 나오자 정원도 비슷하게 느꼈는지 물었다.

"그게 무슨 이야기예요? 믿기 때문에 죽일 수 있다뇨?"

"글쎄요."

"그러니까 죽인 건 사실이라는 이야기 아녜요?"

"그런 것 같은데…… 하나님을 믿기 때문에 아버지를 죽였다……?"

"하나님의 뜻에 따라 죽였다는 이야기인 모양이죠? 머리가 어떻게 된 것 아녜요?"

"유대인의 학살도 광주학살도 다 하나님의 주관에 따른 역사적 사건이라고 믿는 사람이니까……."

"아무리 그래도 그렇죠. 자기가 아버지를 죽여놓고 그것이 하나님의 뜻이라니……."

배반감이라도 느낀 듯 정원은 실소했다. 그러나 범준은 그렇게 넘겨버릴 수가 없었다. 죽였는지 어쨌는지 그것부터가 확실하지 않지만 만약 죽인 게 사실이고 그것이 그의 말대로 하나님의 뜻에 따른 것이라면 거기엔 그럴 만한 어떤 이유가 있으리라고 생각되었다. 그 이유를 차영규 형사는 사업 때문이라고 했었으나 그것은 말이 되지 않았다. 자기로 하여금 아버지를 죽여 사업을 하게 하는 것이 하나님의 뜻이라고야 어떻게 말할 수 있겠는가. 그 이유를 들어보면 그가 제 정신인지 아닌지, 정말로 죽였는지 안 죽였는지를 확실히 알 수 있을 텐데 듣지 못한 것이다.

아까 구경 삼아 읽어보았던 절차에 따라 범준은 일주일분의 사식에 대한 돈을 넣어주었다. 먹든 안 먹든 평생 처음 보는 사람이 면회를 해 말을 시킨 데에 대한 최소한의 예의로 생각되었다. 무슨 일인지를 몰라 옆에 따라다니며 지켜보기만 하던 정원은 나중에야 알아차리고 당연히 자기가 했어야 하는데 깜박 잊었다는 듯, 어머! 소리를 지르며 부끄러워하는 표정으로 말했다.

"죄송해요. 제가 했어야 되는데…… 이래서 경험이라는 게 필요하다고들 하는 모양이에요. 저는 그쪽으론 전혀 생각지를 못했어요. 제게 말씀을 하시지 그러셨어요?…… 좀더 넣어드릴까요? 저 돈 많은데……."

"그럴 필요까지야 뭐 있겠어요? 집이 가난한 것도 아닌데…… 안 넣어줘도 상관없겠지만 예의가 그게 아닌 것 같아서……."

"그렇죠. 돈이 문제가 아니죠. 잘하신 거예요."

정원은 그렇게 말한 후 구치소 밖으로 나와 차에 올라 시동을 걸면서까지 아무 말이 없었다. 자기 손으로 사식을 넣어주지 못한 데에 대한 황송함 때문에 계속 그런 게 아닌가 했는데 그렇지는 않다는 걸 곧 알 수 있었다. 출발해 좁은 길을 벗어나 큰길로 우회전을 하며 다른 이야기를 꺼냈다.

"너무 상상 밖이에요. 전 안 죽인 줄 알았어요. 자기 아버지를 죽여놓고 그게 하나님의 뜻이라니…… 정신이 좀 이상한 것 같다는 생각이 안 드세요?"

"그렇게만 생각할 것도 아니죠. 확실한 거야 아직도 알 수 없지만 죽인 것처럼 말하니까 나는 오히려 더 캐보고 싶은 충동이 일어나는데요. 죽이지 않았다면 거기에 무슨 특별한 이야기가 있겠어요?"

"죽인 것이 사실이기를 기대하셨다는 이야기예요?"

"기대가 아니라 애초에 관심을 가졌던 게……."

"잔인하세요. 하나님을 믿는 신학대학의 교수가 아버지를 죽

278

인 게 어떻게 사실이기를 바래요?"

"바란 게 아니라 그것이 사실인지 아닌지를 우선 알아보고 사실이라면 어떻게 그런 사실이 일어날 수 있었는가에 대해서 알아보려고 했던 게 아닌가요?"

"하지만 저는 사실이 아니기를 바랬어요."

"당연하겠죠. 정원씨야 마음이 고우시니까. 하지만 우리의 목적이 어디에 있었는가를 먼저 잊지 않으셔야죠. 그렇게 단순한 내용만으로야 어떻게 좋은 영화가 될 수 있겠어요?"

"비꼬시는 것 같아요. 제 마음이 곱다뇨?"

"무슨 말이에요? 그럼 곱지 않아요?"

"안 고와요. 안 고와도 안 죽였기를 바랬어요."

"안 곱다면 그럴 수가 없죠. 영화 각본을 써야 되는 판인데……."

"영화 각본이야 사건 그대로를 쓰려고 했던 건 아니잖아요?"

"그거야 물론 그렇지만……."

"저는 사건은 사건이고 영화는 영화라고 생각했는데…… 이 사건은 전체적인 이야기의 한 발단 역할만 해주면 되는 게 아녜요?"

"그래요. 그런데 그 발단이 문제죠. 하나님을 믿는 신학대학의 교수가 자기의 아버지를 죽였다더라, 그래서 추적해보았더니 그것은 사실이 아니더라, 범인은 따로 있는데 그가 기독교적인 정신에서 누명을 뒤집어쓴 것이더라…… 그런 식으로 이야기가 되어서야 그게 신파지 무슨 오늘에 맞는 영화가 될 수 있겠어요?"

"꼭 그런 식이 아니더라도……."

정원은 큰길로 한동안 가다가 지저분해 보이는 오른쪽 골목길로 다시 우회전을 했다. 아무리 봐도 서울로 가는 오솔길 같은 길은 아닌 것 같아 어디로 가는 거냐고 범준이 묻자 아무 말도 않고 있다가 깊숙이 들어가서야 말했다.

"지난번 이야기했었잖아요? 좋은 보리밥집이 있다고……"

"벌써 식사를 하려구요? 이제 다섯시 조금 넘었는데……"

"밥 아닌 다른 것도 팔아요. 감자전이 아주 맛있어요. 술도 있구요. 제 집으로 모시고 싶었지만 저를 무서워하시니까……"

"핫하, 내가 언제 정원씨를……?"

"좀팽이라고 스스로 인정하셨잖아요?"

"좀팽이야 좀팽이죠."

"좀팽이한텐 이 집이 아주 잘 어울려요. 값도 싸고 맛도 좋고 공기도 맑고 주위 경치도 볼만하고……"

웃다가 보니 길이 점점 더 좁아졌다. 차가 한 대씩밖에 오고 갈 수 없어 마주오는 차가 있으면 폭이 좀 넓은 곳을 찾아 옆으로 비켜서 있다가 가야 되었다. 들어갈수록 풍광이 그럴듯했다. 시원하게 트이지는 않았으나 냉기를 머금은 푸르스름한 바람 속에 검누르스름한 비탈의 나무들과 그 앞의 황막한 밭과 논들이 어우러져 청전 이상범이나 소정 변관식의 한 풍경을 연상시켰다. 범준으로서는 물론 이제껏 한 번도 와보지 않은 곳이었다. 그 풍광을 앞에 거느리고 야산 길 옆에 시골 어디에서나 흔히 볼 수 있는 협수룩한 집이 몇 채 보였다. 그 집들 중 '보리밥'이라고 쓴 판대기가 붙여져 있는 집 앞 공터에 이미 대여섯 대의 차들이 세워져 있었다. 그 차들이 빠져나가는 데 지장이 없을 만한 곳에 차를 세워놓고 정원은 앞장을 서 안으로 들어섰다. 시골집 거의 그대로였다. 창호지문이 달린 방으로 안내를 받아 들어가자 아무런 장식도 없고 그다지 깨끗해 보이지도 않는 온

돌방에 호마이카상이 놓여 있었다. 벽에 붙여져 있는 메뉴를 보니 보리밥, 감자전 외에 닭도리탕과 백숙이 있었다.

"닭 안 좋아하시죠? 감자전 들어보세요. 아주 맛있어요. 술은……? 동동주도 있고 옥미주라는 것도 있는데……?"

"술을 마시라구요? 나 혼자?"

"뭐 어때요? 저야 차 때문에 안 되잖아요? 드시기 싫으면 안 드셔도 되구요. 억지로 드실 필요야 뭐 있겠어요?"

"술집에 와 감자전만 먹으라구요?"

"그러니까 드세요. 무슨 술 드시겠어요? 옥미주 어때요?"

"옥미주? 그게 어떤 건데요? 마셔보지 않아 모르겠는데…….
그냥 소주 마시죠. 마셔보지 않은 술을 마시면 가늠이 잘 안 되어 실수하기 쉽거든요."

"실수 좀 하시면 어때요? 선생님이 실수하시면 어떻게 되는지 실수하시는 것 좀 보고 싶어요. 사람이 살면서 실수도 좀 가끔 해야 매력 있는 것 아녜요?"

"우리집에 함께 사는 사람이 정원씨처럼 이해를 해주었으면 좋겠는데 그렇지를 못하거든요."

"지난번에 만났을 땐 사모님에게 잘못하신 게 많으시다고 하더니…… 사모님이 그렇게 무서우세요?"

"무섭죠."

"역시 좀팽이신가봐요. 그럼 소주 드세요."

감자전에 소주를 마신 후 범준은 정원이 권하는 대로 보리밥까지 먹었다. 감자전도 감자전이지만 열 몇 가지나 되는 나물에, 또다른 생야채에 고추장과 된장을 넣어 비벼 토하젓을 곁들여 먹도록 된 보리밥은 정원이 강조했던 대로 별미였다. 비슷한 밥을 먹어본 일이 없지는 않았으나 어느 때보다도 구미에 맞았다.

그것은 말로, 분위기로 기분을 한껏 고조시켜주는 정원 때문일지도 몰랐다. 취기와 포만감에 젖어 조금은 허물어진 채로 범준은 평소의 그답지 않게 이야기를 많이 했다. 그 기회를 놓치지 않고 정원이 붙들고 늘어졌다.

"궁금해요, 선생님이 사모님을 그렇게 무서워하시는 이유. 잘못을 많이 하셨다느니 실수를 할까봐 무섭다느니 하는 말씀 뒤엔 무언가가 숨어 있는 것 같은데 혹시 결혼 후 따로 연애 같은 거 하시다가 들키셨던 것 아녜요?"

그렇게까지 구체적으로 나오니 딱 잡아떼기가 오히려 어색했다. 술을 마시지 않았다면 어물쩍 넘겨버렸을지 모르나 취기로 인해 그렇게 되지 않았다. 자기도 모르게 긍정하는 웃음을 어색하게 웃고 나서 범준은 말했다.

"그런 건 알아서 뭣하려고 그러세요? 그래요, 그런 일이 있었어요."

"연애를 하셨다구요?"

"연앤지 뭔지 그거야 잘 모르겠지만 사건이 있었죠."

"어떤 여자였는데요?"

"그거야…… 함께 문학을 공부하는 여자였다는 것만 알아두세요."

"어머, 멋져라. 질투가 나면서도 그런 일이 있었다니까 선생님이 오히려 더 매력 있어 보이는데요. 어떻게 생긴 여자였을까…… 예뻤어요? 저보다 더 젊고 매력 있었어요?"

"아뇨. 나이야 비슷하지만 정원씨가 훨씬 더 매력 있어요."

"에이, 거짓말. 괜히 그러시는 거죠? 지금 그 여잔 어떻게 됐는데요?"

"결혼해서 잘살아요. 헤어진 후 만난 적도 통화를 한 적도 없지만 들리는 소문에 의하면 아주 잘산다고 해요. 두 사람 다 작품 활동도 열심히 하고…….."

"어떤 남자였는데요?"

"같은 또래의 총각이었죠. 좋은 대학 대학원을 졸업한, 글도 잘 쓰고 번역도 잘 하는…….."

"저로선 이해가 안 가요. 아무리 그 남자가 구애를 했다고 해도 선생님을 진실로 사랑했다면 어떻게 그럴 수 있어요? 더욱이나 선생님이나 마찬가지로 문학을 전공하는 남자한테…….."

"나를 진실로 사랑한 게 아니었던 거죠. 나로서도 마찬가지고. 피차 서로를 이용하기 위해 만나놓고 그것을 사랑이라고 착각했던 거죠."

"이용하다뇨? 그 여자로서야 선생님을 이용했을지 모르지만 선생님이 그 여자를 이용하실 게 뭐 있어요?"

"젊지 않아요? 그 젊음을 훔친 셈 아닌가요?"

정원은 범준의 어색함을 풀어주기 위해서인지 아니면 자기의 당혹스러움을 감추기 위해서인지 쉬지 않고 질문을 계속하다가 갑자기 침묵하기 시작했다. 두 사람 사이의 사건에 대해서 자기 나름대로의 상상에 빠져 있는 듯 무언가에 골몰해 있는 표정을 짓고 있었다. 숨겨도 좋을 이야기를 털어놓은 게 후회되었다. 그러나 그 고백의 이면엔 그와 비슷한 사건을 되풀이해 저지르지 않기 위한 자기 채찍 같은 게 숨어 있을지도 모른다는 생각과 함께 차라리 잘됐다는 생각이 들기도 했다. 정원의 침묵을 깨기 위해 범준이 말했다.

"내 이야긴 했으니까 이젠 정원씨 차례예요. 이 나이가 되도록 왜 혼자 사시는지 말해보세요. 모르긴 몰라도 세기적인 로맨스가 있을 것 같은데…….."

그렇게 말을 해도 정원은 넋을 놓고 아무 말이 없었다. 한참을 기다려도 계속 그러고 있어 범준이 다시 "빨리 말씀해보시라니까요. 세기적인 로맨스를……"이라고 재촉하자 그제야 정원은 혼잣말로 "세기적인 로맨스는 무슨……"이라고 중얼거리며 범준의 시선을 맞받더니 밝게 웃었다. 아니 밝은 웃음인 줄 알았는데 그것은 결코 밝은 웃음이 아니었다. 환하게 웃고는 있었으나 정원은 눈물을 글썽거리고 있었던 것이다. 순간 범준은 당황해 "아니 지금 울고 있는 거 아니에요?"라고 말하지 않을 수 없었다.

"몰라요. 저 쇼크받았나 봐요. 선생님이 다른 여자와 연애하셨다고 하니까 멋있다는 생각이 들면서도 갑자기 슬퍼지지 뭐예요."

"핫하, 정원씨가 슬플 게 뭐 있어요?"

"모르겠어요. 저도 선생님을 사랑하나봐요."

"네?"

범준은 놀라는 표정에 이어 크게 웃고 나서 말했다.

"내가 얼마나 염치 없고 이기적인 놈인지 모르시죠? 그런 말 하면 나는 그것이 농담인 줄 알면서도 진담으로 받아들이려는 못된 버릇이 있어요. 곤욕을 치르지 않으려면 그런 말 함부로 하시지 마세요."

"곤욕? 곤욕 좀 한번 치러봤으면 좋겠네."

범준이야 술에 취해서라고 하지만 정원은 술도 마시지 않았는데 마신 것처럼 흡사 주정하듯 말했다. 아니 범준이 예의로 그냥 한잔 따라줬는데 그걸 한 모금 마시더니 그 기운이 올라서 그런 것인지도 알 수 없었다. 범준은 와락 끌어안지는 못하더라도 손이라도 잡고 싶은 충동을 느꼈다. 방 안에 두 사람만 있으니 마음만 먹는다면 그거야 얼마든지 가능했다. 그러나 범준은 참으며 말했다.

"나이 많은 사람 그만 놀리고 빨리 말해보시라니까. 세기적인 로맨스나……."

"세기적인 로맨스는 무슨 세기적인 로맨스예요? 전 그런 것 없어요."

"이제껏 살아오는 동안 아무런 일도 없었다구요? 내가 그 말을 믿을 것 같아요? 아무리 삼류라고 해도 내가 소설갑니다. 이야기하기 싫으면 안 해도 좋지만 아무런 일이 없었다는 말은 믿지 않아요."

"있긴 있었지만 너무 시시해요. 떠올리고 싶지도 않아요. 소설에서 많이 읽으셨지요? 운동권 학생들에 관한 이야기? 그런 거나 비슷한 일이 좀 있었는데 세기적인 로맨스는커녕 삼류 드라마도 안 돼요."

"운동권 학생? 아, 그래요? 운동권 학생을 사랑했었어요?"

"사랑이었는지 뭔지 저도 잘 모르겠어요. 고등학교 시절부터 알게 되어 대학교 때 주로 만났는데 잡혀가는 바람에 흐지부지 끝나고 말았어요."

"잡혀가요? 학생운동을 하다가……? 그 이후엔 어떻게 됐는데요?"

"풀려나 유명 인사가 되어 다른 여자와 결혼해 잘살아요."

"80년대 후반에 한창 유행했던 소설의 주인공 여자가 바로 이 앞에 있었구먼. 그런 것 같았어요. 그런 사연이 없고서야 정원씨 같은 미인이 아직 혼자이실 리 없죠. 많이 사랑했었나보죠? 그 사람 생각에 눈물까지 흘리시는 걸 보면……?"

"아녜요. 눈물이야 선생님한테 화가 나서 흘린 거예요. 저는

라이벌로 사모님만 생각했지 또다른 여자가 있으리라고는 생각
못 했었거든요."

"핫하, 나한테 화가 나서……? 그 말을 정말로 믿어버릴까
요?"

"네에."

정원도 함께 웃었다. 웃으면서도 눈 안에 글썽거리는 눈물을
아직도 완전히 거두지 못하고 있었다. 그 남자를 흔한 연인들처
럼 가볍게 사랑한 게 아니었음을 알 수 있었다. 그 상처를 빨리
잊게 하기 위해서라도 가볍게 맞받을 수밖에 없었다.

"화를 내려면 속이 튼튼한 젊은 남자한테 화를 내야지 나같이
나이 들어 껍데기만 있는 남자한테 화를 내봤자…… 그 이후에
다른 남자는 없었어요? 또 있었을 것 같은데……?"

"어떻게 아세요?"

"나야 다 안다니까……."

"있었는데, 아니 있는데, 며칠 전에도 만났는데 그 남자는 지
금 병원에 있어요."

"병원?"

"두 다리를 자른 채 누워 있어요."

"무슨 이야기예요?"

"양쪽 다리를 다 자른 불구의 몸으로 누워 있다구요."

눈 안 깊숙이에서 맴돌고 있는 눈물이 방울져 떨어졌다. 금방
큰 소리로 울음을 터뜨리기라도 할 것 같은 표정이었으나 애써
참으며 눈을 깜박거리다가 정원은 손수건을 꺼내어 닦았다. 아
까부터의 눈물이 운동권 학생으로 인한 것만은 아니었던 것인
가.

"무슨 이야긴지 자세히 좀 말해보세요. 사랑하고 있는 남자가

다치기라도 했어요?"

"아녜요. 내가 왜 이러지…… 선생님한테 정말 쇼크가 컸었나봐. 나와는 아무런 상관도 없는 사람인데…… 우리 다른 얘기해요."

"무슨 이야긴지 종잡을 수 있게 말씀을 해야죠. 누가 다쳤는데요? 사랑하는 남자가 아니에요?"

"사랑은 무슨…… 사랑이 뭐 그렇게 쉽게 돼요? 그냥 좀 아는 남잔데 병에 걸려 다리를 잘랐어요."

"무슨 병인데요?"

"부르거병이라나…… 혈관의 피가 통하지 않아 발끝에서부터 점차 썩어간대요. 몇 년 전엔 한쪽 다리만 잘랐었는데 며칠 전에 만났더니 다른 한쪽까지 마저 자르고 입원해 있지 뭐예요? 왜 이렇게 주변에 슬픈 사람들이 많아요? 선생님도 겉으로야 아무렇지 않은 듯이 말씀하시지만 속으로는 많이 아프셨을 것 같아요. 결혼해 사시면서 사랑한 다른 여자가 그렇게 되었는데 왜 안 아프셨겠어요? 박광렬 교수님도 만나보고 나서 상상과 달라 기분이 이상했어요. 전 죽이지 않았다고 말할 줄 알았어요. 그런데 죽였다니, 죽인 게 사실이라니 아무리 깊은 사연이 숨어 있다고 해도 하나님까지 믿는 신학대학의 교수가 어떻게 자기 아버지를…… 전 어떻게 구상을 해야 될지 그냥 막막해요. 선생님 이야기를 듣고 싶어요. 김 감독님이 말씀하시는 기독교니 신이니 하는 것과 연관된 이야기를 박광렬 교수님 이야기를 가지고 어떻게 꾸미실지…… 전 시나리오를 써왔다고는 하지만 기독교니 신이니 하는 계통의 문학 작품에 대해서는 아는 게 너무나 없거든요."

그 남자에 대해서 더 묻고 싶었으나 정원이 이야기의 방향을 돌리니 따를 수밖에 없었다. 그 남자가 누구이며 그와 어떤 관계에 있는지 많이 궁금하기야 했지만 범준은 참고 물음에 착실히 대답을 해주었다. 늘어놓다보니 취기로 인해 이야기가 장황하고 어설퍼졌다. 요약하자면 다음과 같은 내용이었다.

……어쩌다가 친구 덕으로 기독교니 신이니 하는 문제에 이렇게 집착하게 되었습니다만 그런 계통에 대한 내 관심도 집에 함께 사는 사람과 그 문제로 실생활에서 갈등을 겪기 전엔 유별나게 없었습니다. 읽었던 문학작품들이라는 것도 상식선을 뛰어넘지 못합니다. 제목은 기억나지 않지만 아주 어렸을 때 읽은 국내 대중소설 중에 그런 게 있었습니다. 독실한 신자인 한 화가 집에 그의 애인을 사랑한 이웃 사람이 강도를 가장해 들어옵니다. 그 이웃 사람이 휘두른 꽃병에 맞아 그 화가는 눈이 멉니다. 장님이 된 그는 자연히 애인까지 그 이웃 사람에게 빼앗기게 됩니다. 사실을 다 알고 괴로워하고 갈등하면서도 결국 그는 모른 척 용서합니다. 용서하는 정도가 아니라 교통 사고로 그 이웃 사람이 크게 다쳐 죽을 지경에 이르자 그에게 자기의 피를 수혈하게 하여 살려주기까지 합니다. 그것이 기독교적인 사랑이라는 거지요. 그때는 너무 어려 그 소박한 이야기에도 감동했습니다. 좀 자라서는 그 주제가 무엇인지도 모르고 그냥 내용이 재미있어 『좁은문』이나 『전원교향악』 같은 것에도 잠깐 빠졌었으나 그보다는 『레미제라블』에 더 빠졌었지요. 밀라에르 주교의 신적인 사랑도 사랑이지만 인간애를 깨달은 자베르의 자살에 충격을 받기까지 했습니다. 동시에 그 무렵엔 순교자들의 전기를 읽고도 감동을 받았습니다. 하나님을 부정하는 말 한마디면 살아날 수 있는데도 끝까지 부정하지 않고 찬양하며 주저 없이 죽어간 그 순교자들…… 그러다가 성경을 읽고 문학 작품들에 본격적으로

접하면서부터 번연, 셰익스피어, 밀턴, 초서, 헤밍웨이, 스타인
벡, 포크너, 괴테, 릴케, 헤세, 토마스만, 톨스토이, 도스토예프
스키 등을 읽고 기독교, 또는 신과 연관된 그 깊고 무한한 세계
에 잠을 못 잤습니다. 함께 위대하지만 톨스토이보다는 도스토
예프스키에 더 빠지지 않을 수 없었습니다. 휴머니즘의 근본적
인 오류를 파헤치고 인간 생명의 근원이어야 할 진리를 휴머니
즘에 오염되지 않은 순수한 신인론(神人論)에서 찾은 그가 훨씬
더 마음에 들었습니다. 김도섭 감독이 자주 말하는 우리의 재미
작가가 쓴 그 『순교자』라는 소설은 좀 나중에 읽었는데 또다른
감동을 받았지요. 신이 없다고 깨달으면서도 민중의 신앙적 요
구에 부응하기 위해 순교를 하는 신보다도 그 시대의 가치 체계
며 생존을 더 생각하게 만드는 그 신 목사가 깨달음을 주었습니
다. 비슷한 무렵에 읽은 엔도 슈사쿠라는 일본 작가의 『침묵』도
기억에 남습니다. 로드리고가 가시관을 쓰고 슬픈 눈으로 자신
을 쳐다보고 있는 예수의 얼굴이 그려진 성화를 짓밟는 그 행위
야말로 참기독교 정신이 어떤 것인가를 다시 생각하게 해주었습
니다. "네 자신의 구원을 위해 저 가련한 농부들을 죽게 하려는
가?"라는 페레이라의 외침을 무시한 채 그가 배교를 하지 않고
순교했다면 아마 아무런 감동도 받지 못했을지 모릅니다. 내가
정원씨로 하여금 쓰게 하고자 하는 시나리오의 내용도 이와 크
게 다르지 않은 유형의 것이 될 것 같은 예감이 듭니다. 무조건
적인 감상에 젖은 신파 같은 순교가 아니라 배교를 통한 순
교…… 무한히 고통스럽지만 하나님이 그 고통을 함께 나눌 수
밖에 없는, 인간이기에 어쩔 수 없이 저지르고 마는 죄악……
박광렬 교수가 그의 아버지를 죽였다고 해서 그것이 하나님에
대한 부정이라고 믿지 않는 것도 그 때문입니다. 그 이유는 아

직 밝혀지지 않았습니다만 하나님을 믿기 때문에 죽였다는 생각은 들지 않느냐는 박광렬 교수의 말이 더 가슴 깊이 젖어드는 것도 그렇게 받아들여져서인지 모르겠습니다…….

11

언제부터 그런 버릇이 생겼는지 알 수 없었다. 아마 언론에 대한 탄압과 검열로 보나마나 빤하다는 의식이 굳어져 그런 것일지도 몰랐다. 범준은 신문을 보긴 보면서도 정치면은 아예 읽지 않고 다른 면들도 큰 글자나 대강 훑어보는 일이 많았다. 군사정권이 끝나고 문민정부가 시작된 지도 몇 년이 되었으니 이제 달라져야 할 텐데 거의 마찬가지였다. 연이어 발표되는 온갖 개혁 기사에도 별로 크게 관심을 두지 않았다. 관심을 두지 않으려고 해서가 아니라 너무나 오랫동안 그렇게 길들여져 잘 고쳐지지가 않았다. 그런데 요즈음 들어 이상하게 관심을 끄는 기사가 하나 있었다. '이것이 지구촌 숙제다' 라는 기획 기사였다. 자기 자신의 문제나 집안의 문제도 해결하지 못하면서 지구촌에 대한 관심이라니 그 누구라도 웃을 일이나 자꾸 신경이 쓰여짐을 어쩌지 못했다. 이날은 '식량 위기와 절대 빈곤'에 대해서 다루고 있었다. '年 1300만 어린이 굶어죽는다' '8억이 기아 허덕, 세계 인구 27%가 하루 생계비 1弗 이하' '中 등 亞洲 산업화로 곡물 생산 격감…… 올 흉작 땐 식량 大亂'이라는 큰 글자들과 함께 지난 몇 년 간 세계 곡창 지대를 휩쓴 가뭄, 홍수 등 자연 재해로 빚어진 곡물 생산의 감소는 식량 위기론을 한층 고조시키고 있다며 그래프까지 그려 생산량과 소비량을 '91 – 1795.8 : 1827.8, '92 – 1885.0 : 1849.3, '93 – 1812.7 : 1869.0, '94 – 1882.4 : 1894.0, '95 – 1804.7 : 1878.0(백만) 톤으로 자세히 대비시키고 있었다. (미국 농무부 자료)

그 기사를 읽고, 그래도 우리집은 하루에 두 끼만을 먹고 있으니 크게 죄를 짓고 있는 건 아니라는 자위와 함께 쓴웃음을 웃어 넘겼는데 세월은 그렇게 지나칠 수 있도록 내버려두지 않았다. 이날 도착한 우편물들 속엔 그 동안 유니세프 등 기아 대책 기구나 자선 단체에서 정기적으로 보내오는 편지와는 또다른 편지가 끼여 있었다.

선생님을 '우리민족서로돕기운동'의 발기인으로 모시고 싶습니다

안녕하십니까.

오늘도 삶의 현장에서 우리 사회 발전을 위해 땀흘리고 계시는 선생님께 경의를 표합니다. 저는 '우리민족서로돕기운동'의 준비위원장을 맡고 있는 사람입니다. 이 기구의 출범을 선생님과 함께하고자 글월 올리게 되었습니다.

잘 아시겠지만 북한은 작년 백 년 만의 수재로 인해 심각한

기근을 겪고 있고, 이는 올 7,8월에는 가장 극심할 것으로 예상되고 있습니다. 그간 종교 단체를 중심으로 하여 국내외 단체들이 모금을 하였으나 이것이 실제로 북한 동포들에게 도움이 되기에는 턱없이 부족한 실정입니다. 이미 보도된 바와 같이 산모의 영양실조로 어린이들이 유전자가 변형된 왜소한 인간으로 태어나고 있으며 특히 황해도를 중심으로 한 지역은 실제로 풀뿌리를 캐고 나무 껍질을 벗기는 상상을 불허하는 대기근을 겪고 있습니다. 동포의 굶주림으로 인한 한숨과 애통함이 북녘 하늘에 사무치고 있습니다. 바로 우리 곁에서 벌어지고 있는 참혹한 굶주림과 고통을 두고 동포로서, 아니 인간으로서 차마 외면할 수 없는 상황입니다.

저희들은 이런 때 우리 전 국민이 나서서 정성을 모아 북한 동포들에게 우리의 뜨거운 동포애를 전달하는 운동이 필요하다는 뜻을 모았습니다. 통일 후 북녘 동포들이 "당신들은 그때 무엇을 했느냐"고 물어올 때 동포로서 부끄럼이 없어야 할 것입니다.

또한 북한의 수재가 단지 천재지변 때문만은 아니고 북한 농업경제의 구조적인 문제에서 비롯된 측면도 있으니만큼 앞으로도 굶주림의 문제는 지속될 것으로 보입니다. 따라서 북한동포돕기운동만을 전담하여 지속적으로 캠페인을 벌이는 기구가 필요하다는 데 의견이 일치되었습니다.

이 일은 다만 동포로서 해야 할 도리를 다하는 일일 뿐 아니라 서로 꾸준히 온정을 주고받는 가운데 해묵은 감정이나 이질감이 녹아 자연스레 화합될 수 있다는 점에서 우리 민족의 장래를 위해서도 너무나도 중요한 의미를 지니고 있다 할 수 있습니다.

이 기구를 설립하는 데는 주춧돌 하나 벽돌 한 장이 되어줄 발기인들의 참여가 절실합니다. 선생님을 모시고 함께 이 운동을 출발하고자 하오니 부디 응낙해주시길 원합니다.

선생님의 가정과 하시는 일에 평화와 번영이 있으시길 기원합니다.

안녕히 계십시오.

지로 용지를 통해 닥치는 대로 얼마 넣어주면 되는 다른 편지들과는 달리 특히 신경을 쓰게 만들었으나 그렇다고 그런 일에 앞장서 나설 수는 없었다. 체질적으로 범준은 그렇게 되어 있지를 못했다. 교회에서 헌금이며 십일조 외에 따로 북한동포돕기운동 구좌를 만들어 온라인으로 입금시키게 하고 있어 거기에 외면하지 않는 것으로 자위해왔는데 앞으로 좀더 신경을 써야겠다는 생각만을 했을 뿐이었다. 그러나 계속 찜찜한 기분에서 벗어나기는 힘들었다. 박광렬 교수를 위시해 많은 기독교인들이 믿고 있는 것처럼 공산주의가 무너져 소련이 망하고 북한이 이 지경이 된 것도 모두 하나님의 주관에 의해서일까. 하나님을 믿지 않거나 믿고 싶어도 믿을 수가 없는 사람들, 정신이 아닌 물질을 최상의 것으로 삼는 그들이기 때문에 당연히 겪어야 될 시련일까. 역사를 하나님이 주관한다고 믿는 이상 그렇게 보는 것이 옳은 일일지 몰랐다. 그런데 경애는 세계의 이런 동향만이 아니라 우리의 문민정부 대통령이 기독교인인 데 비해 군사정권하의 대통령들이 불교인이었던 사실에 대해서도 열을 올려 이야기한 적이 있었다. 공산주의자들, 유물론자들만이 아니라 타종교인들까지도 비슷하게 취급하려고 들었는데 그것은 어떻게 받아들여야 할지 정말 판단이 서지 않았다.

기분이 아무리 찜찜하다고 해도 참신앙인이라면 마땅히 기도로 풀 수 있어야 될 것이다. 풀 수 없다고 해도 풀려고 애써야 될 것 같았다. 젊을 때는 세계가 달라지기를, 중년에는 이웃이 달라지기를, 늙어서는 자신이 달라지기를 기도했다는 안토니오라는 사람처럼 이제 중년을 넘어섰으니 자신이 달라지기만을 기도하면 될 텐데 그렇게 되지가 않았다. 기분이 계속 찜찜한 채 아직 대낮인데도 술만 마시고 싶어졌다. 그렇다고 대낮부터 혼자 술을 마시다가는 경애한테 무슨 소리를 들을지 몰라 견디고 견디다가 범준은 끝내 도섭에게 전화를 하고 말았다. 술도 술이지만 『아우슈비츠』를 읽고 정원과 함께 구치소로 가 박광렬 교수를 만나본 이야기도 해야 되니 충분한 구실이 되었다. 휴대폰 번호를 눌러 부르자 기다리기라도 했었던 듯 도섭은 반색을 했다.

"전화를 하려고 하다가 네가 너무 피곤해할 것 같아서 참았는데 만날까? 만나도 괜찮겠냐? 별로 하고 싶지도 않은 일 떠맡아 가지고 스트레스 쌓여 병이라도 나면 곤란하지."

"유정원을 통해 얘기 안 들었어?"

"들었어. 그저께 박광렬이 만났다면서……? 유정원 이야기론 그가 죽인 게 확실한 것 같다고 하던데……?"

"그렇게 단정하기는 성급하지만 말하는 게 좀……."

"『아우슈비츠』라는 책도 읽어봤다면서?"

"응. 딸이 우송해주어서 읽어봤는데…… 판금 서적이었다더구면. 그래서 그렇게 구하기가 힘들었던 모양이야."

"아, 그래? 그런 이야기는 못 들었는데……어떤 내용인데……?"

"별것 아닌데…… 어쨌든 바쁘지 않으면 만나지."

"좋아. 그렇지 않아도 남윤철이 부인도 만나야 될 것 아냐? 영화 제작을 맡은 장로님 부부도 모두 같이 한번 만나야 되는데 그거야 다음으로 미루더라도……."

"남윤철이 부인을 벌써……?"

"좀 빠르기야 하지만 계속 미루어갈 수도 없잖아? 병 수발에 장례 치르느라 고생한 데에 대한 인사도 할 겸 한번 찾아가지 뭐. 그러려면 그 집 부근에서 만나는 게 좋을 것 같은데……?"

도섭은 옛날에 남윤철과 함께 만난 일이 있는, 그의 집과 병원 사이에 있는 '영'이라는 다방 이름을 기억해 범준에게 알려주었다. 남윤철이 입원하기 전에는 더러 갔지만 입원한 이후에는 한 번도 간 일이 없는 곳이었다. 한글로 써놓았기 때문에 그것이 英인지 永인지 榮인지 影인지 零인지 靈인지 鈴인지 嶺인지는 알 수 없었다. 靈으로 생각하고 남윤철의 靈을 만나러 가는 셈 잡아도 괜찮을 것 같다는 치기스런 생각이 불현듯 들었다.

다방으로 나가 잠깐 기다리고 있자 도섭이 가죽 잠바나 오리털 파카 차림이었던 다른 때와는 달리 이제까지 보지 못했던 값비싸 보이는 무스탕 반코트를 입고 나타났다. 수염도 말쑥이 깎아 얼핏 보기에 돈깨나 있어 보이는 중년 신사 같았다.

"어, 웬일이야? 그 사이 누구 등이라도 쳤나?"

"뭐, 이거?"

무슨 말인지 도섭은 금방 알아차리고 자신의 무스탕을 내려다보고 나서 말했다.

"누가 사준 건데 그 동안 입지를 않았지. 딴따라들이 입을 건 못 되잖아?"

"왜, 좋아 보이는데…… 누구야, 그런 걸 사준 게……? 또 어떤 순진한 아가씨가 영화에 출연시켜달라고 뇌물로 준 거 아

296

나?"

"요즈음 나한테 그럴 애가 어디 있어? 주가가 치솟던 옛날이
라면 몰라도……."

"그럼? 수상하잖아?"

"묻지 마. 괴로우니까. 딴따라가 입으니까 거슬려 보이는 모양
인데 오늘만 입고 안 입을게. 입으라고 해도 평소 때는 주체스
러워서 입지도 못할 것 같아."

자리에 앉자마자 도섭은 또 담배부터 입으로 가져갔다. 두 사
람 다 녹차를 시켰다.

"주체스러워도 가끔은 입는 게 좋겠어. 주가가 떨어졌다고 굳
이 궁상을 떨고 다닐 필요는 없잖아?"

"그 동안 내가 궁상스러웠던 모양이지? 하긴 가죽 잠바라고
소매가 너덜거리는 걸 입고 다녔으니…… 그래도 그걸 입고 다
녀 이걸 얻어 입게 된 거야."

"누군데, 사준 게……?"

"이번 영화 제작을 맡은 이진영 장로 부인이야. 내가 이야기
하지 않았는데 너도 알 거야. 지금은 은퇴한 채리라는 배우. 옛
날에 내 영화에 몇 번 출연한 일이 있는……."

"채리……? 네가 데뷔시키고 예명도 지어준……? 돈 많고 나
이 많은 남자의 후처가 됐다는……?"

"그래. 네가 혹 어떻게 생각할지 몰라 얘기하지 않았는데 결
국 알게 될 테니까 숨기지 않을게. 그애가 옛날의 은덕에 대한
보답으로, 뇌출혈로 쓰러졌다 회복되어 하나님에 빠져 있는 남
편을 졸라 이번 영화를 내게 만들게 한 거야. 하도 졸라대니까
남편이 그러면 기독교 영화여야 한다는 조건을 내세우며 허락한
거고…… 그런 일이 아니면 얼마나 젊고 유능한 감독들이 많은

데 누가 이미 한물이 간 나한테 그 많은 돈을 투자하려고 하겠냐? 이것도 언젠가 만났더니 백화점으로 끌고 가 무조건 안겨주더라구. 네 말처럼 내가 궁상스러워 보였던 모양이야."

"아냐, 그냥 한 말이지 그 정도로 거슬릴 정도는 아니었어. 그런 내막이 있었구먼. 그렇다면 특히 더 신경쓰지 않을 수 없겠구먼."

"그래, 바로 그거야. 오죽하면 네 성격 알면서 내가 그런 부탁까지 했겠냐? 그야말로 나한테는 이번 영화에 생사의 기로가 달려 있는 거나 마찬가지라구."

레지가 녹차를 가져오자 피우던 담배를 재떨이에 비벼 끄고 나서 도섭은 말을 이었다.

"젊은 나이라면 몰라도 네 나이가 되어 경찰서니 구치소니 찾아다니는 게 어디 보통 일이겠냐? 데이트 삼아 다니라고 젊은 미인을 붙여주기야 했지만…… 어떻게, 돌아다녀본 결과 뭣 좀 떠오른 건 있었냐?"

"글쎄, 어떻게든 만들어는 봐야겠지. 너나 그 제작자 마음에 들지 어쩔지는 몰라도……."

"박광렬이 좀 끌리는 데가 있기는 해? 아버지를 죽인 게 사실이라면 도대체 그 이유가 뭐야?"

"나도 아직은 그걸 모르고 있지."

"그 책 내용은 어떤데?"

"별게 없고 그냥 아우슈비츠 학살에 관한 거야. 그 학살을 지금에 와서 새삼스럽게 끄집어내게 된 동기는 광주학살이라는 거고……."

"광주학살……?"

"아우슈비츠 학살이든 광주학살이든 그런 끔찍한 역사적인 사건들도 다 하나님의 주관에 의해 일어난다는 거지. 확실히는 모르지만 자기가 아버지를 죽인 것도 하나님의 뜻이라는 식 같았어. 하나님을 믿는 사람이 어떻게 자기 아버지를 죽일 수 있느냐고 하니까 믿기 때문에 죽인 것이라는 생각은 안 드느냐고 반문을 하는 거야."

"그래? 별난 친구군. 더 파볼 필요는 있을 것 같구먼."

녹차를 한 모금 마신 후 도섭은 말을 이었다.

"오늘 남윤철이 부인 만나 자세히 좀 물어보지. 부인과 연애는 어떤 식으로 했는지…… 상식적인 사람이 아니라면 연애도 좀 색다르지 않았을까?"

"그거야 이쪽의 희망 사항이겠지. 부인한테 전화는 했어?"

"찾아보겠다고 했더니 이쪽 속셈은 모르고 펄쩍 뛰더구먼. 자기가 찾아뵈어야 되는데 못 찾아뵈어 죄송하다고…… 며칠 후 자기가 찾아뵈면 안 되겠느냐구…… 그래서 다 말했지. 인사도 인사지만 뭣 좀 물어볼게 있어서라구…… 궁금할 거야. 도대체 무얼 물어볼까 하구……."

범준도 차를 마시면서 말했다.

"너무 빠르긴 빨라. 장례 치른 지가 언제라구 벌써……."

"나도 그런 생각이 안 드는 건 아니지만 내가 급한 걸 어떻게 해? 이해할 거야. 갑작스레 죽은 것도 아니고 그렇게 오랫동안 고생시키다가 죽었으니 상심이 클 것도 아니고……."

좀더 이야기하다가 두 사람은 다방에서 나와 과일 바구니 하나를 사가지고 남윤철의 집으로 향했다. 주택가 골목으로 들어가 걸어서 오 분 정도의 거리에 있었다. 초인종을 누르자 기다리고 있었던 듯 직접 부인이 나왔다. 도섭의 말처럼 상심이 클 게 없어서 그런지 장례식을 끝낸 지 며칠 되지도 않았는데 상상했던 것보다 표정이 훨씬 밝아 보였다. 병원에서 보았을 때와는 완전히 다른 사람 같았다. 진하지는 않지만 화장까지도 한 얼굴이었다. 과일 바구니를 받아들면서 미안해하는 표정이며 동작이 호들갑스러울 정도였다.

"고생 많으셨죠? 어차피 갈 사람이라면 쉽게 가는 것도 좋은데 너무 고생시켜드리고 간 것 같아요." 도섭.

"저야 뭐…… 주위 친구분들이 고생 많으셨죠. 특히 두 분은 입원해 있을 때도 얼마나 마음을 써주셨어요? 하 선생님은 비명까지도 써주시고."

"마음에 드셨는지나 모르겠어요. 그런 글을 처음 써보아서……." 범준.

"들고말구요. 마음에 드는 정도가 아니라 과분했어요. 그렇게까지 좋은 말만 쓰시지 않아도 되는데…… 그렇게까지 훌륭한 사람인 줄 알았으면 살아 있을 때 좀더 잘해줄 걸 그랬나봐요."

부인은 두 사람을 소파에 앉게 하고 무슨 차를 드시겠느냐고 물었다. 괜찮다고, 지금 다방에서 차를 마시고 오는 길이라고 범준이 말해도 한잔 더 드시라고 하면서 주방으로 들어갔다.

그러고 보니 그렇게 오래 사귄 친구 집인데도 이번이 두번째 방문에 불과했다. 수년 전 집을 새로 지어 집들이할 때 여럿이 한 번 오고 그 이후론 처음이었다. 남윤철을 만날 때는 언제나 병원으로 가 만나거나 아니면 다방이며 술집에서 불러냈었다.

의사치고는 돈벌이에 그다지 신경을 쓰는 것 같지 않았던 친구이기는 하지만 거실의 꾸밈새가 너무나 단순 소박했다. 삼십호쯤 되어 보이는 묵으로 그려진 연(蓮) 그림이 하나 한쪽 벽 중앙에 걸려 있고 옛것으로 보이는 반닫이 위에 요즈음 것으로 보이는 백자 항아리가 한 점 놓여 있을 뿐 어느 집에서나 쉽게 볼 수 있는 텔레비전과 비디오, 전축, 시계 외에 특별히 눈에 띄는 건 없었다. 그런데 잘 보이지 않는 주방 쪽 좁은 측면 벽에 걸려져 있는 판대기 하나가 시선을 끌었다. "항상 기뻐하라 쉬지 말고 기도하라 범사에 감사하라 이는 그리스도 예수 안에서 너희를 향하신 하나님의 뜻이니라(살전 5:16)"라는 성경 구절이 새겨져 있는 판대기였다. 물론 부인이 걸어놓은 것이겠지만 하나님을 그렇게 부정했던 그 친구가 거실에 그런 걸 걸어놓도록 묵인을 해주었다는 사실이 잘 납득되지 않았다. 하긴 어쩌다가 술에 취해, 애들만 놓아둔 채 새벽 기도를 갔다고 부인을 교회까지 찾아가 끌어온 일이 있다고는 하나 성격상 부인의 일거일동을 시시콜콜히 간섭했을 친구는 아니었다.

"드세요, 유자차니까 더 드셔도 될 거예요."

차를 날라다 놓고 부인은 접시에 배와 단감을 담아가지고 와 탁자에 내려놓더니 마주 앉아 과도로 깎기 시작했다.

"과일은 깎지 않으셔도 되는데…… 시동생 장인어른 되시는 분은 미국으로 가셨습니까?" 도섭.

"네, 장례식 다음날……."

"떠나갈 때 인사도 못 드렸군요. 기도는 해주셨나요? 가까운 저승 아닌 먼 저승으로 가도록……." 도섭.

"네. 천국으로 갔대요. 갔다니까 믿어야죠, 뭐."

부인은 미소를 지어 보였다.

"그분이 영계를 통하신다는 게 사실이에요?" 도섭.

"그렇대요. 사실인지 아닌지는 저도 모르죠. 애들 작은아버지가 그런다고 하니까 그런가보다 하는 거죠. 그런데 그분 자신은 그렇게 말씀 안 하시죠?"

"그렇더군요. 그러니까 오히려 더 예사롭게 생각되지가 않던데요." 범준.

"공부도 많이 한 분이거든요. 아무리 공부를 많이 했다고 해도 그 세계를 누가 알겠어요? 하지만 믿고 싶어요. 이이가 살아 있을 때 하나님을 믿지 않았기 때문에 걱정을 많이 했었거든요. 그런데 제가 잘 믿은데다 교회 사람들이 계속 기도를 해주었고, 이이도 눈을 감기 직전엔 믿지 않은 데에 대한 회개를 했고, 또 그분까지 길 안내 기도를 해줘 큰 어려움 없이 가게 됐대요."

"다행이군요. 마음 놓으셔도 되겠어요. 앞으로 힘 잃지 않고 살아가시겠죠?" 도섭.

"그럼요. 전 죽음이라는 걸 두려워해본 적은 없어요. 누구든 언젠가는 다 죽는 건데 두려워할 게 뭐 있겠어요? 문제는 죽을 때 어떻게 죽느냐 하는 것인데 이이처럼 심하게 고생을 하다가 죽는 건 잘 죽는 게 아니죠. 전 오래 전부터 죽는 기도를 해왔어요. 죽을 때 고생하지 않고 죽게 해달라고…… 자신도 고생이지만 주위 사람들한테도 못할 일이죠."

말의 내용이 어쩌면 그렇게 닮아 있는지 몰랐다. 경애의 말을 듣고 있는 것 같았다. 더 들어보나마나 비슷한 이야기의 되풀이일 게 분명했다. 이런 범준의 심중을 헤아리기라도 한 듯 도섭이 더 망설이지 않고 말했다.

"그렇죠. 우린들 앞으로 살면 얼마나 살겠습니까. 앞으로 힘 잃지 않고 살아가실 줄 믿고 그 걱정은 않겠습니다. 우리가 오늘 찾아온 건 인사도 인사지만 아까 전화로 말씀드렸듯이 무엇 좀 한 가지 물어보고 싶어서였습니다. 그전에 얼핏 들었던 것 같은데 신문에 난, 자기 아버지를 죽였다는 박광렬이라는 교수 말입니다. 그 부인과 동창이라고 하셨죠?"

너무나 뜻밖의 질문이라고 생각되어 그러는지 부인은 깎은 단감을 썰다가 놀라는 표정으로 도섭을 바라보았다.

"그건 왜요?"

"그 부부에 대해서 좀 알아보려구요."

"그 교수를 잘 아세요?"

"아뇨, 전혀 모르기 때문에 알아보려는 거죠."

"알아서 어쩌시려구요? 무슨 관계가 있으세요?"

도섭이 대답하기 곤란한지 범준을 바라보았다. 범준이 나서서 대꾸했다.

"네, 좀…… 하나님을 독실하게 믿는 신학대학 교수가 자기 아버지를 죽였다니……."

부인이 범준에게로 시선을 돌리며 물었다.

"아, 하 선생님이 아시고 싶어서요? 그 사람에 대한 무슨 글을 쓰시려나보죠?"

"그건 아니지만…… 쓸 거리가 있으면 쓸 수도 있고…… 어쨌든 좀 알고 싶어서요. 실은 엊그제 구치소로 가 그 사람을 만나보기도 했는데 말하는 게 이상하더군요."

"뭐라고 했는데요?"

"하나님을 믿는 분이 어떻게 자기 아버지를 죽일 수 있느냐고 하니까 믿기 때문에 죽일 수 있다는 생각은 안 드느냐는 거예요. 그 말이 이해가 되세요?"

"글쎄요. 어떤 뜻으로 그런 말을 했는지……."

"아버지를 죽인 것도 하나님의 뜻에 따른 거라는 이야기 아닌가요? 그 사람이 쓴 책을 봐도 세상만사가 다…… 아무리 안 좋은 일이라고 해도 그것은 모두 하나님이 주관해서 일어나는 일이라는 걸 강조했던데……."

"그거야 그 사람만이 하는 이야기는 아니죠. 믿는 사람들은 다 그렇게 말하죠."

"알아요. 하지만 그렇다고 아들이 자기 아버지를 죽이는 것까지 하나님의 뜻이라면……."

"혹시 모르죠. 그럴 만한 무슨 충분한 이유가 있었는지…… 저는 만나본 일은 없지만 보통 사람들과 다른 면이 있는 분이라는 이야기는 들었어요. 한마디로 좀 괴짜였다나봐요."

두 사람이 듣고만 있자 부인은 이야기를 계속했다.

"윤정이―그분 부인 되는 제 친구 말이에요. 그애는 고등학교를 졸업하고 전문대를 나와 스튜어디스를 했었거든요. 공부야 별로 잘하지 못했지만 친구들이 시샘을 할 정도로 외모가 뛰어났어요. 눈이 부실 정도로 얼굴이 고혹적이고 키도 컸는데 생긴 것만큼이나 특이한 면이 많은 애였어요. 성격이 활달한 듯하면서도 내성적이고 대범한 듯하면서도 지극히 여렸어요. 자존심이 강하면서도 감성이 풍부해 슬픈 이야기를 들으면 금방 눈물을 보이기도 했어요. 욕심도 시기심도 많고 무엇보다 고등학교 때부터 모든 남자 선생님들이 자기를 좋아해주지 않으면 견디지를 못했어요. 뭐라고 할까, 끼가 굉장한 애였다고 할 수 있는데 그런데도 워낙 이쁘게 생겨 남자 선생님들은 모두 그애한테 꼼짝을 못했고, 친구들도 서로 다투어 그애와 가까이 지내지 못해 안달이었어요. 학교 선생님들이며 같은 여자 친구들도 그랬는데 다른 남자들이야 오죽 했겠어요? 스튜어디스를 일 년 조금 넘게 한 그 동안에도 별별스럽게 접근해온 남자들이 많았던 모양이에요. 그런데 딱 한 사람 그 박광렬씨라는 사람만이 달랐대요. 듣고 보니 그 인연이 우연치고는 억지로 꾸민 것처럼 영화적이었어요. 비행기 안에서 서빙을 하던 중 치근대는 어떤 손님으로부터 피하다가 윤정이가 커피를 쏟았는데 그 커피가 바로 박광렬

씨라는 사람 옷에 쏟아졌대요. 그런데 윤정이가 미안해 쩔쩔매며 죄송하다고 해도 그 사람은 화를 내기는커녕 괜찮다면서 계속 책만 보며 똑바로 쳐다보지도 않더라지 뭐예요? 그 잘못에만 무관심한 게 아니라 윤정이 자체에 대해서도 거들떠보려고 하지조차 않았다는 거예요. 남자 승객들은 나이가 적건 많건 자기 얼굴을 한번 더 훔쳐보지 못해 난리들이라는 걸 늘 느껴온 마당에 그 사람은 그러니 윤정이가 얼마나 자존심이 상했겠어요? 오기가 생겨 결국 그 남자 좌석 번호를 기억해두었다가 그의 비행기표를 추적해 그 인적 사항을 알아가지고 윤정이가 의도적으로 접근을 했대요. 박광렬씨가 유학중일 땐데 독일에 갈 때마다 그의 숙소로 전화를 하고 찾아다니고 했었대요. 그래서 차츰 친해졌는데 윤정이가 결혼을 하자고 하니까 싫다고 하더래요. 왜 싫으냐, 자기가 좋은 대학을 나오지 못해 무식해 싫으냐고 하니까 그게 아니라 너무나 잘생겨서 부담스러워서 싫다고 하더래요. 여자가 못생겨 한이지 세상에 그런 남자가 어디 있어요? 처음엔 괜히 농담으로 하는 소리인가 했는데 정말이더래요. 그럴수록 윤정이는 포기하고 싶지 않아 붙들고 늘어졌더니, 하나님을 믿느냐고 물어 믿긴 하지만 교회에는 안 다녔다고 하자, 앞으로는 교회에도 다니겠다고 약속할 수 있겠느냐고 해 그러겠다고 했더니 그러면 하나님께 기도를 해보고, 응답이 있으면 하겠다고 하면서 무려 일주일씩이나 금식 기도에 들어갔대요. 열흘 만에 만나자 수척해진 얼굴로 응답이 있었다고, 하나님으로부터 결혼을 해도 좋다는 허락을 받았다며 말하더래요. 네가 하고 싶으면 해도 좋다, 그러나 시련도 축복임을 항상 잊어서는 안 된다고 하나님이 말씀하셨다고…… 결혼 후 고생한다는 이야기는 듣지 못했는데 언젠가 다른 친구한테서 그 친구 작은딸이 독일에 가

305

바이올린 레슨을 받으러 다니다가 비행기 사고로 죽었다는 소식을 들었죠. 그 친구를 직접 만나 이야기를 나눈 지는 십 년도 더 넘었구요. 저도 잘 나가지 않았지만 그애도 동창회에는 일체 나오지를 않았으니까요."

듣다보니 그야말로 부인의 말마따나 영화적이라는 느낌이 강했다. 결혼을 하기까지의 사연만이 아니라 하나님의 말씀이라는 시련 운운……의 이야기도 그랬다. 그렇다면 딸의 사고만이 아니라 지금의 이 시련도 예정이 되어 있던 축복이라는 이야기가 아닌가. 도섭은 말없이 고개를 끄덕였고, 범준이 물었다.

"그 부인이 현재 정신병원에 입원해 있다는 이야기는 들으셨어요?"

"아뇨. 처음 듣는데요. 그렇대요? 정신병원에 입원해 있대요? 저도 그 동안 정신이 없어 남들 소식 들을 짬이 없었죠. 작은딸을 잃고 그애가 사람이 좀 달라졌다는 이야기는 들었어요. 그러나 정신병원에 입원까지 했다는 이야기는 금시초문인데요. 남편이 사건을 저지른 이후 그렇게 됐나보죠?"

"그런 것 같아요. 우리도 사건을 맡았던 형사한테 들은 이야기니까 자세히는 모르겠어요. 혹시 죽은 시아버지에 대해서는 들으신 일이 있나요?"

"돈은 많은데 지독한 구두쇠라는 이야기는 들었어요. 군인이었다가 예편이 되어 군수물자를 취급해 많은 돈을 벌었다는 이야기도 들었고…… 그애가 결혼을 할 당시만 해도 군인이었는데 80년대 초에 예편이 되었다죠, 아마……."

"다른 이야기는……?"

고아원 같은 데에 자선사업을 많이 했다든가 특별히 여자를 좋아했다든가 하는 이야기를 들었는가 해서 물었으나 부인은 고개를 저었다.

"못 들었어요. 무슨 이야기를 들은 게 있으세요? 자식이 죽일 정도였다면…… 돈 때문이었다고 하는 것 같던데 그 남편이 그렇게 돈을 밝혔을까요? 아주 검소하고 뭘 특별히 즐기는 것도 없었다고 하던데……."

"형사 이야기로는 사업을 하고 싶어했대요. 교수를 그만두고……."

"그래요? 그랬다면 혹시 모르겠지만…… 그러나 아무리 그렇다고 해도 사업을 하기 위해 아버지를……."

부인은 고개를 갸웃거렸다. 도섭이 손목시계를 보았다. 그만 일어나자는 신호로 보였다. 더 들을 게 없을 것 같았다. 과일에는 손도 대지 않고 유자차만을 비운 후 두 사람은 일어섰다. 과일도 드시면서 좀더 이야기하다가 가시지 왜 그렇게 서두르시느냐는 부인의 인사에 좀 바빠서……라는 말로 대응을 하며 앞장을 선 도섭은 대문 밖으로 나오더니 범준에게 말했다.

"그 부인이 정신병원에 입원해 있다는 이야기는 나한테 한 일이 없잖아? 그 이야기를 누구한테 들었다고……?"

"아, 그 이야기를 안 했었나? 유정원한테도 안 듣고……? 담당 형사가 그러더구먼. 그리고 그 노인, 박광렬 교수 아버지 말이야. 여자를 아주 좋아했었다고 하더구먼. 늙어서도 만나온 여자가 한둘이 아니었다는 거야."

"돈 있는 사람들이야 빤한 것 아냐? 어떤 재벌 회장은 각도만이 아니라 세계 각국에마다 젊은 미인들을 하나씩 두고 있었다는 이야기 듣지도 못했냐? 아무리 늙은이라도 돈이 많고 수족을 움직일 만하면 남자는 누구든 도박이나 술, 아니면 여자 중 한 가지는 다 좋아하게 되어 있어. 너는 돈도 없으면서 술만 좋아하는 게 아니라 여자까지도 좋아하잖아? 도대체 인생이라는 게 뭔데…… 밥만 먹고는 살 수 없다는 이야기가 어디에서 나왔겠나?"

"핫, 사람…… 엉뚱하게 나는…… 내가 무슨 여자를 그렇게 좋아한다고……."

"네 이야기를 하려는 게 아니라 열 계집 싫어하는 남자 없다는 옛날 말이 틀리지 않다는 이야기를 하려는 거야. 그 노인이 계집을 몇 명 거느렸기로서니 유별날 건 없다는 이야기야. 구두쇠라고 하더니 그런 호인 기질도 있었다니 오히려 인간답게 느껴지는구먼……."

도섭은 다시 손목시계를 보더니 말했다.

"아직 네시가 채 안 됐다. 지금 술집으로 갈 수는 없고, 또 어때? 한동안 못 봤잖아?"

"뭐, 영화?"

"보고 싶은 게 있는데 너랑 같이 보려고 안 봤거든. 아까 시간표를 보니까 네시 이십분에 시작하는 프로가 있던데 지금 택시를 타고 가면 꼭 맞겠다."

그걸 계산하고 남윤철이 집에서 일부러 서둘렀던 모양이었다.

"무슨 영화데……?"

"〈비포 더 레인〉이라고 밀코 만체부스키가 감독한 건데 작년도 베니스 영화제에서 그랑프리를 받은 거야. 데뷔작으로 그 상을 받은 건 〈붉은 수수밭〉으로 받은 장이모우 감독 이래 처음일 걸. 상을 받아서가 아니라 평들이 대단하더라구."

범준의 대답이 떨어지지도 않았는데 도섭은 택시를 잡았다. 시간이 촉박할 것 같아서인지 다른 때와는 달리 모범택시인데도 망설이지 않았다. 택시에 오른 후 범준이 물었다.

"감독이 누구라고?"

"밀코 만체부스키"

"어느 나라 사람인데……?"

"마케도니아. 그러나 미국으로 망명해 살았지. 일리노이대 영화과 출신이야."

"나는 들어보지도 못한 사람인데, 이게 데뷔 작품이라고……?"

"영화는 처음이고, 광고 다큐멘터리라든가 뮤직 비디오 같은 건 만든 경력이 있지. 〈테네시〉라는 뮤직 비디오가 유명하지. 그것도 무슨 상인가를 받았을걸. 보통 감독들과는 좀 다른 자기 나름의 철학을 가진 친구야. 독창적인 이야기라는 게 별게 아니라 아주 진부한 이야기라도 어떻게 재구성을 하느냐에 달려 있다는 게 그의 주장이야."

영화관 앞에 도착하니 도섭이 말했던 대로 시간이 꼭 맞았다. 화장실을 들러 안으로 들어가자 예고편을 상영하고 있었다. 좋은 영화로 알려져 그런지 휴일도 아니고 영화를 보기에는 아직 이른 시간인데도 관객이 적은 편이 아니었다. 좌석이 절반은 넘게 채워져 있었다. 번호를 찾아 앉지 않고 아무 곳이나 편한 자리에 앉자마자 바로 본영화가 시작되었다.

긴 영화가 아닌데도 3부로 나뉘어져 이야기가 펼쳐졌다.

1부 〈말〉은 마케도니아가 배경이다. 풍경이 삭막하면서도 아름다운 언덕길에서 나약해 보이는 한 알바니아 소녀가 무장을 한 자들로부터 쫓기는 것으로부터 장면이 시작된다. 헐레벌떡 숨가쁘게 쫓기던 소녀는 성당으로 뛰어들어가 숨을 곳을 찾는다. 죽음의 공포에 떨고 있는 소녀를 본 젊은 수도사는 위법임을 알면서도 자신도 모르는 사이 엉겁결에 숨겨주고 만다. 그러나 무장을 한 자들이 쫓아와 수색함으로써 결국 소녀의 존재는 발각되고 만다. 소녀보다도 소녀를 구해주기 위해 침묵의 서약을 깨는 젊은 수도사에게 더 초점이 맞춰져 있다.

2부 〈얼굴〉은 영국의 런던이 배경이다. 번잡한 대도시 사진 대리상에서 일하는, 나이도 웬만큼 들고, 겉생김새도 별로 예쁘지 않으나 생각은 깊은 여자가 매일 접하는 사진들은 전쟁의 포화에 떨고 있는, 나라는 다르나 시대는 같은 사람들이다. 남편이 있으나 생각하는 게 달라 사이가 좋지 않은 여자는 이 시대 전 세계인의 고통을 읽게 해주는 거칠면서도 몽상가적인 마케도니아의 사진작가에게 사랑을 느낀다. 사진작가는 그녀에게 함께 마케도니아로 가자며 비행기표를 건넨다. 남편과의 마지막 만남을 위해 식사를 하는 그녀. 그러나 식사를 하는 도중 예기치 않았던 충격적이고 비극적인 사건이 벌어진다.

3부 〈사진〉은 다시 마케도니아가 배경이다. 퓰리처상을 받을 정도로 뛰어난 사진작가는 런던에서의 명성과 영예를 뒤로 하고 십육 년 만에 고향을 찾는다. 정이 든 사진대리상에서 일하는 여자와 함께 찾으려고 했으나 뜻 아니한 사고로 혼자 쓸쓸히 찾아간다. 그러나 고향은 상상했던 고향이 아니다. 전쟁의 아픔과 함께 그리스 정교회와 회교도인 알바니아인들 사이에 돌이킬 수 없는 반목이 생겨 있다. 젊은 시절 사랑했던 여인에 대한 추억도 어느새 옛이야기가 되어버렸다. 보고 싶어 만났으나 이미 다른 남자의 부인이 되어 있는 여인은 반색을 해주기보다는 실종된 딸을 찾아달라는 눈물 섞인 부탁만을 안겨준다. 그 부탁을 들어주자면 위험을 각오해야 하나 그는 거절하지 않는다. 그 여인의 딸은 바로 1부의 첫 장면에 나왔던 소녀다. 그 소녀를 찾다가 사진작가는 잘 아는, 믿었던 고향 사람의 총에 쓰러진다.

쓰러지는 그의 몸뚱이 위로 흙먼지를 잠재우는 비가 쏟아진다.

내면의 표현인 말, 외면의 표현인 얼굴, 내면과 외면의 경계선 상에 있는 사진…… 이 세 가지 이야기가 순환적인 서술 구조로 뫼비우스의 띠처럼 전개되어 있다. 가슴 저리도록 아름다운 풍경과 험상궂은 사건들을 대비시키고 과거와 현재를 엇갈리게 하여 아무리 평화로운 세계 어느 곳에서라도 언제든 이런 비극은 되풀이될 수 있다는 것을 암시해주고 있다. 그러나 그 비극보다도 그 비극 속에 어우러진 세 가지 유형의 사랑이 더 긴 여운을 남겨준다.

마지막 장면을 첫 장면으로 끌어내 되풀이하게 한, 소설에서 자주 쓰는 형식 때문인지 영화가 아닌, 잘 짜여진 한 편의 소설을 읽은 느낌이었다. 근래에 보았던 어떤 영화들보다도 인상적이었다. 도섭이 서두르는 대로 허겁지겁 따라와 소변조차 마음 편히 보지 못하고 본 것이 결코 후회스럽지 않았다. 영화관 밖으로 나와 부근 골목으로 들어가 술집을 찾아 앉은 후까지도 영화 속의 장면들이 쉽게 지워지지 않았다. 간처녑도 북어찜도 없다고 하자 도섭은 육회와 부추두부를 시켰다. 소주를 마시면서 범준이 말했다.

"좋더군. 근래에 본 영화 중에 가장 괜찮은 것 같았어."

"그래? 〈라스베가스……〉보다 더 나아?

"물론…… 그거야 오락적인 면이 더 강했잖아?"

"그럴 거야. 네 취향으론 당연히 이쪽이겠지. 그런데 이런 영화는 너무 심각해서 말이야. 뜻이 깊은 건 인정하는데 너무 숨통이 막히잖아?"

"왜, 전체가 사랑 이야기인데……."

"사랑 이야기라도 뭐 조금 달콤한 데가 있어? 나는 그 카틀리지라는 여배우부터 마음에 안 들어."

"카틀리지?"

"사진대리상에서 일한 여자. 그런 여자가 무슨 사랑스러운 마음이 들어? 몇 년 전 칸 영화제에서 감독상을 받은 마이크 리 감독의 〈네이키드〉라는 영화에 나왔던 여잔데 거기에서는 괜찮더니 여기에선 영 어울리지를 않는데……."

"잘생기지를 않아서?"

"못생긴 것보다도 분위기가 별로잖아? 그리고 연극이 전공이어서 그런지 연기도 영화에는 잘 안 맞는 것 같아."

"연극배우야?"

"영국 연극계에선 유명하지. 그러나 영화배우로는 별로인 것 같아. 세르베치야는 괜찮던데……."

"누구……?"

"사진작가 알렉산더로 나온 남자 말이야. 이 친구는 연출도 하고 시도 쓰고 교수 노릇도 하고 연극 배우도 했지만 영화에서도 잘 어울리잖아? 생긴 것도 그렇고 분위기도……."

범준이 고개를 끄덕이자 도섭은 말을 계속했다.

"실제 처지가 이 영화 속의 처지와 비슷하거든. 활동은 주로 영국에서 했지만 원래는 크로아티아 사람이야. 전쟁이 일어나 망명을 한 거지."

"소녀로 나온 애도 인상적이던데……?"

"자미라……? 그애 이름은 나도 모르겠는데 신인일 거야. 현재 고등학생이라지, 아마…… 그애도 좋고, 다 좋은데 카틀리지는 마음에 안 들어. 나 같으면 그 역에 그런 여자 안 쓰겠어."

"특별히 거슬리지는 않던데……."

"표정들은 거슬릴 것 없는데 너라도 그런 유부녀 사랑할 마음이 나겠냐? 남자가 나이가 좀 많더라도 인물을 다루는 세계적인 사진작간데 세상에 여자가 없어 그런 여자를 사랑해?"

"말하는 것 보면 넌 작품과 현실을 혼동하는 것 같아. 아주 매력 있게 생겼으면서 그 역에 맞는 연기를 제대로 해낼 수 있는 배우가 어디 그리 흔하겠어? 결국 두 가지 중에서 한 가지만이라도 만족시켜줄 수 있으면 선택할 수밖에 없을 텐데 너는 연기 쪽보다 매력 쪽을 더 선호하니……."

"나만이 그런 게 아니라 우리 현실이 그래. 흥행사들이 영화 내용보다 어떤 배우가 출연했느냐에 더 신경을 쓰니 자연히 그렇지 않을 수가 없지. 비싼 값을 주고 잘 팔리는 배우들을 서로 붙잡으려고 하는 것도 그렇고……."

나이가 든 후 흥행에 계속 실패를 해 풀이 죽어 있다고는 하나 행동하는 것이나 말하는 걸 보면 도섭은 이미 예술가라고는 할 수 없었다. 친구니까 이해를 하려고 해도 어떤 때는 화가 났다. 그러나 그 화는 자신을 향한 것이기도 했다. 자신 역시 언젠가부터인지 모르게 상당히 많이 타협적이 되어 있지 않은가. 도섭의 청을 물리치지 못한 것부터가 그렇지 않은가.

도섭은 다른 날보다도 더 술을 달게 마셨다. 오랫동안 굶주려 오늘은 한번 마음껏 마셔보려는 사람처럼 범준이 미처 따라주지 않으면 자기가 스스로 따라 마셨다. 연거푸 혼자 반 병을 넘게 마시더니 곧 불쾌해져 말했다.

"작품으로서도 좋고, 관객도 많이 들어 돈도 좀 벌 수 있으면 오죽 좋겠냐? 최후 수단으로 너까지 끌어들였지만 난 한물 간 게 분명한 것 같아. 우리나라 거야 젊은 애들이 만든 것들도 별 다를 게 없지만 그래도 나름대로의 공부를 한 애들은 좀 다른 것 같애. 한때 내 밑에서 조감독을 하다가 뉴욕으로 가 이 년 공

부하고 돌아와 만든 애가 있는데 시사회를 한다고 해 며칠 전에
가봤더니 꽤 괜찮더라구. 새로운 걸 시도해보겠다고 겁없이 덤
벼들어 죽도 밥도 아닌 걸 만들어내는 애들 것 같지 않고 그럴
듯하더라구. 아마 흥행에도 성공하고 상도 몇 개 탈 거야."

"조감독하던 애라니, 누구……?"

"넌 모를 거야. 정태호라는 앤데, 애가 착실했어. 겸손하기도
하고……."

"제목이 뭔데?"

"〈얼굴과 거울〉이라는 덤덤한 제목인데 너도 보면 아마 실망
하지는 않을 거야."

"〈얼굴과 거울〉? 그런 비슷한 제목의 외국 소설이 있는 것 같
은데, 원작이 소설인가?"

"아냐, 그애가 직접 쓴 오리지널이야. 원래 글솜씨도 좀 있는
애였거든. 좋은 각본이 워낙 없으니 그것도 나쁘지 않을 거야.
노래 잘 부르는 애들은 작사, 작곡도 다 자기가 하잖아? 마찬가
지로 감독이 각본도 쓰고 주연도 하면 좋지. 주연까지는 못할망
정 각본만이라도 쓸 수 있으면 좋지."

"너도 그렇게 해보지. 구차하게 나나 유정원이 끌어들이지 말
고……."

"그럴 수 있으면 오죽 좋겠나? 하지만 네가 잘 알다시피 난
글이라고는 편지 한 장도 제대로 못 쓰잖아? 글로는 왜 그렇게
표현이 안 되는지……."

"글로는 표현이 안 되더라도 생각을 이야기할 수는 있잖아?
그 생각을 유정원을 통해 쓰게 하면 되지."

"지금까지 그렇게 해왔지. 유정원의 각본들 자체가 유정원의
머리에서만이 아니라 내 머리에서도 나왔지. 유정원이야 사람

좋고 말은 잘 듣는데 그런 쪽의 머리는 별로 뛰어나지 못해. 그래서 너를 끌어들인 것 아냐? 그 동안 만나면서 느낀 바가 있을 텐데……."

"모르겠어. 아직 작품에 대한 구체적인 구상은 서로 이야기한 바가 없으니까…… 말하는 걸 보니까 내 머리에서 뭐가 나오기만을 바라는 것 같던데…… 자기로서도 생각은 하고 있겠지."

"불러낼까? 만난 지도 꽤 됐는데…… 너도 보고 싶지?"

"불러낸다고? 나야 그저께 봤는데 뭘……."

이상했다. 말은 그렇게 했지만 범준은 정원이 연인이거나 한 것처럼 보고 싶었다. 말할 때며 웃을 때의 매력적인 입 모습이 떠오른 채 지워지지 않았다. 이런 범준의 표정을 읽지 못할 리 없는 도섭은 더 말하지 않고 곧바로 무스탕의 바른쪽 주머니에서 휴대폰을 꺼냈다. 손님이 꽤 있기는 했지만 넓어서 그런지 전화를 못 할 정도로 소란스럽지는 않았으나 도섭은 휴대폰을 들고 화장실 쪽으로 갔다. 당연히 뭐라고 했는지 범준으로서는 전화 내용을 들을 수가 없었다. 전화만 한 게 아니라 아예 소변까지 보고 왔는지 한참이나 기다리게 하더니 나타나 도섭은 말했다.

"이것만 비우고 나가자. 자기 집으로 오란다."

"뭐, 자기 집?"

"유정원이 자기 집으로 오래. 자기가 한잔 내겠다고……."

"그래서 간다고 했단 말이야?"

"왜, 싫냐? 혼자 사는 여자가 자기 집으로 오라는데 망설일 게 뭐 있어?"

"야, 그래도 어떻게…… 밖으로 나오라고 하지."

"잔소리 말고 일어나."

도섭은 선 채로 잔에 채워진 소주를 비우더니 서둘러 앞장을 섰다. 혼자만 가라고 할 수도 없고, 그렇다고 따라가자니 난처했다. 아니 난처하다는 건 자기 자신의 이성을 향한 제스처일 뿐 결코 싫을 게 없었다. 혼자 유정원을 따라가는 경우와는 다르지 않은가.

이번에도 도섭은 모범택시를 잡았다. 택시에 오르자 히터 때문인지 술기가 더 올라 얼굴이 화끈거렸다. 도섭이 서초동으로 가자고 기사에게 지시하고 나서 범준에게 말했다.

"지난 언젠가 자기 집으로 가 한잔 하자고 했더니 네가 사양했다면서? 사양할 게 뭐 있어? 그 여자가 자기 혼자 사는 집에 아무나 데리고 갈 줄 아냐? 나도 이제껏 데리고 가본 적은 한 번도 없어. 영화를 함께 만든 떨거지들하고 술에 취해 연락도 않고 몰려가 강제로 빼앗아 얻어먹은 적은 있지만…… 왜, 그 집에서 한잔 하는 게 싫지는 않았을 텐데……?"

"싫지 않더라도 체면이라는 게 있지. 젊은 여자 혼자 사는 집에 어떻게……."

"핫, 자식…… 누가 꽁생원 아니랄까봐. 야, 진작부터 좀 그래보지. 진작부터 그랬으면 최경애 여사가 지금처럼 칼날 같아지지는 않았을 거 아냐? 남자놈들쳐놓고 병신이 아닌 바에야 너만큼도 한눈 안 파는 놈이 세상에 어디 있어? 병신같이 들통은 내가지고……."

범준은 취중에도 민망했다. 아무 말 없이 운전에만 열중하고 있는 것 같지만 기사는 다 들을 게 아닌가. 그러나 도섭은 아랑곳하지 않았다. 혀가 꼬부라질 정도는 아니지만 누가 들어도 취해 있다는 걸 부정할 수는 없는 목소리로 말을 계속했다.

"유정원이 여자로 보이긴 보였던 모양이지? 그냥 단지 함께 일하는 사람이라고만 느껴졌다면 그런 걸 따질 게 뭐 있어? 솔직히 말해봐. 너 유정원이한테 빠지게 될까봐 겁이 나는 거지?"

"그렇지 않아도 그런 말 했다. 나도 나 자신을 믿을 수 없다고……."

"나 자신을 믿을 수 없다니? 일을 저지를지도 모르겠다는 거야, 뭐야? 그 정도야?"

"나이야 들었지만 아직은 나도 남자다. 미인이 눈에 보이긴 한다구. 남자로서의 기능을 상실하지 않았다면 그런 미인한테 무관심할 남자가 어디 있겠냐?"

"이 친구 이제 바른말 하네. 영화 속의 그 여자…… 카틀리지보다도 훨씬 낫지? 내가 보기에도 훨씬 나아. 카틀리지가 아니라 줄리아 로버츠, 아니 데미 무어나 조디 포스터보다도 더 나아."

"핫, 사람…… 그럼 유정원이를 주연으로 내세워 영화를 한번 만들어보지 그래?"

말하면서 범준은 두 사람이 주인공이 되어 영화를 만들어보자고 정원과 주고받던 농담을 떠올렸다.

"그럴까? 그래도 괜찮을 거야. 나이가 들어 젊은 처녀로야 곤란하겠지만 미시족쯤으로 출연시킨다면 흠잡을 게 없지."

"젊은 처녀로는 왜 곤란해? 분장사라는 게 언제 필요한 건데……."

"핫하하, 말하는 걸 보니 너 못 말리겠다. 네가 그렇게 나오니까 은근히 걱정된다, 야. 이러다가 나 최경애 여사한테 손톱 세례나 받지 않을지 모르겠다. 말조심해야지. 너, 건드리면 안 돼. 다 늙은 유부남놈이 감히……."

이런 식의 이야기로 떠들며 반 시간쯤 갔을까. 도섭이 웃다가 깜박 잊고 지나칠 뻔했다는 듯이 정신을 차리고 사거리에서 좌회전해 서초 오피스텔 앞에 세워달라고 기사에게 지시했다. 택시에서 내려보니 지은 지 얼마 안 되어 보이는 새 건물이었다. 다른 데서 살다가 최근에 옮기기라도 한 모양이었다.

"여기서 살아? 꽤 비싸 보이는데, 처녀가 무슨 돈이 있었지? 시나리오 써서야 이렇게 벌지 못했을 텐데……."

"부모가 잘사는 모양이야. 시집갈 돈 대신 달라고 해서 분양을 받았다는 이야기를 들은 적이 있어. 크지는 않아. 열세 평짜리라던가……."

부근 슈퍼로 들어가 따라 들어가니 도섭은 세 통이 한 묶음으로 묶여져 있는 티슈 화장지만을 치켜들고 얼마냐고 물었다. 왜 하필 화장지냐고, 다른 과일 같은 걸 좀 사자며 범준이 고르려고 하자 가로막으며 완강하게 만류했다.

"이거면 됐어. 다른 것 이것저것 사가면 오히려 우스워."

"그렇다고 왜 하필 화장지야? 지저분하게……."

"지저분하긴…… 지저분한 걸 닦는 건데 왜 지저분해? 더욱이나 이건 화장실에서 쓰는 화장지가 아니라 고급 티슈야."

"고급?"

"침대에서 쓰는 거라구."

"침대? 처녀가 침대에서……?"

"처녀라도 나이가 들었으니까 닦긴 닦아야 할 것 아냐? 처녀라고 안 닦고 살 줄 아냐? 여자라고 다르지 않아. 삼십대도 중반쯤 되면 남자나 마찬가지로 한참 닦아내야 해. 닦아낼 바엔 가능한 한 깨끗이 좀 닦아내라고…… 총명한 여자니까 무슨 의민지 금방 알아차릴 거야. 그러고 보면 화장지라는 게 아주 매력적인 상징물이거든. 영화에서도 베드신을 찍을 때 왜 곧잘 화

318

장지를 클로즈업시키는 줄 아냐? 베드신보다도 어둑어둑한 강변이나 산길 자동차 안에서 카섹스 신을 찍을 때 더 그렇지."

"핫, 사람…… 지저분하긴……."

도섭의 뜻을 정말로 알아차린 것일까. 들고 간 티슈 화장지를 안겨주자 혼자 여름을 맞이한 듯 초록색 반팔티에 흰 바지로 날아갈 듯 가볍게 차려입은 정원은 얼굴색이 변하며 눈을 흘겼다.

"침대에서만 써야 돼."

"뭐라구요?"

"이건 그냥 화장지가 아니라 고급 티슈니까 침대에서만 써야 된다구……."

"어머 참, 감독님도…… 그렇게 말씀하시니까 김 감독님이 뭐 같아 보이는 줄 아세요?"

"뭐 같아 보이다니……?"

"꼭 포르노 감독 같아 보여요."

세 사람은 유쾌히 웃었다. 웃고 나서 정원은 범준에게 따로 애교스럽게 눈을 흘기며 말했다.

"이렇게나 오시라고 해야 오시네요. 혼자 모시려고 했을 땐 그렇게나 사양을 하시더니…… 이렇게 화장지나 사들고 오시는 포르노 감독님을 따라오시니까 기분이 좋으세요?"

도섭이 말을 막았다.

"유 작가 유감 있어. 나한텐 언제 한번 혼자 오게 한 적 있었어? 사람 차별이 너무 심하잖아?"

"화장지나 사들고 오실 게 뻔하니까 그랬죠. 저 모르세요? 저도 사람 볼 줄 안다구요."

"이 친구는 오자고 해도 혼자는 안 따라올 것 같아 일부러 그랬다는 이야기인가?"

"그거야 아니지만······."

정원은 두 사람으로 하여금 주체스러운 겉옷을 벗게 해 옷걸이에 걸어주고 나서 식탁 앞 의자에 앉도록 했다. 안락의자가 있기는 했으나 두 개밖에 없어 셋이 함께 앉으려면 그 방법밖에 없을 것 같았다. 혼자 살면서도 식탁은 4인용이었다. 식탁도 의자도 모두 하얀색이었다. 식탁 위엔 달랑 흰색과 빨간색의 국화 두 송이가 꽂혀 있는, 맥주컵보다 약간 긴 크리스탈 화병이 있을 뿐 아무것도 놓여 있지 않았다. 원룸이므로 식탁 앞 싱크대며 찬장, 주방 용품들······은 물론 오디오, 비디오, 텔레비전, 책상, 노트북, 책장, 침대······까지 다 노출되어 있었으나 그다지 거슬려 보이지 않았다. 모양들이 세련되고 색깔들이 가라앉아 있는데다 깔끔하게 정돈되어 있어서인지도 몰랐다. 창 옆에 놓인, 꽃은 피지 않은, 이파리가 보기 좋은 화분 세 개와 벽에 걸려 있는 십 호 안팎의 판화 두 점도 마땅히 있을 자리에 있는 비품들로 보였다. 추상에 속하는 판화는 아마추어 화가의 작품인 듯 뛰어난 작품으로는 보이지 않았으나 방의 분위기에는 어울리는 편이었다. 음악은 범준으로서도 더러 들어본 적이 있는 바흐의 〈무반주 바이올린 소나타와 파르티타〉를 틀어놓고 있었다.

냅킨을 펼쳐놓은 위에 숟가락과 젓가락을 가지런히 놓고, 싱크대에서 오이, 당근, 풋고추가 담긴 야채 접시를 가져다 놓더니 정원은 말했다.

"술은 뭘로 하실래요? 양주, 소주, 맥주, 포도주······ 청주만 빼놓고 다 있어요"

"양주? 양주, 뭐 있는데······?" 도섭.

"시바스 리갈······."

"대통령이 마시다가 총 맞은……? 그것 괜찮지." 도섭.

"괜찮긴…… 총 맞은 게 좋아? 그냥 소주 마셔." 범준.

"뭐 어때요? 여긴 총 쏠 사람 없는데……."

"그래. 그것 마셔. 그냥 가져와." 도섭.

"그럼 각각 마시지, 뭐. 난 소주로…… 총 맞은 술이어서가 아니라 난 양주를 잘 안 마시거든요. 잘 마셔보지 않아 체질에 안 맞아요." 범준.

"실수하실까봐서요? 지난번엔 옥미주도 싫다고 하시더니…… 그리고 보면 하 선생님은 술꾼은 아니신가봐요. 술꾼은 술 종류를 가리지 않는다고 하던데……."

"이 친구? 술꾼 아냐. 마시긴 좀 마셔도 술꾼 되려면 어림없어. 가려도 보통 가리지 않아. 소주 아니면 잘 마시려고 하지를 않는데, 뭐." 도섭.

"지조가 있으신 모양이죠?"

"지조? 글쎄. 술만이 아니라 여자도 많이 가리거든. 미추를 보통 따지지 않는다구. 그렇군. 좋게 말하면 지조가 있다고 할 수 있겠군." 도섭.

"어째 비꼬는 말 같은데…… 너처럼 나도 청탁 불사, 미추 불사……로 나갈 필요는 없잖아?" 범준.

"술은 안 가리는데 나도 여자는 가려. 오입쟁이들은 미추 불사야 말할 것도 없고, 더 심한 놈은 미 쪽보다 오히려 추 쪽을 더 선호한다던데 나도 그 경지는 못 되거든." 도섭.

정원은 시바스 리갈과 소주를 함께 내놓았다. 그러나 잔은 양주잔으로 통일했다. 안주로는 양상추를 위주로 한 샐러드와 치즈, 햄, 간처녑을 냉장고에서 꺼내놓더니 기름소금까지 가져다 놓고 나서 프라이팬을 가스레인지에 올려놓고 다른 요리를 하기 시작했다.

"야아, 어느 사이에 간처녑까지…… 술집에도 없던데…… 이 거면 됐어. 다른 게 뭐가 더 필요해? 앉으라구. 앉아 함께 하자 구." 도섭.

"그러세요. 앉으세요." 범준.

"잠깐요. 김 감독님은 그걸로 되실지 모르지만 하 선생님은 안 되실지 모르니까 한 가지만 더 할게요."

그렇게 말한 후 정원이 서둘러 프라이팬에 요리해 내놓은 건 불고기와 낙지볶음이었다. 혼자 사는 처녀로서는 솜씨가 보통을 넘어섰다.

"왜 이래? 이 친구 왔다고 이러는 거야? 유 작가가 아무리 이래 봤자 다 늙은 유부남이야. 점수를 딸 데 가서 따야지……." 도섭.

"제가 실력 발휘하기로 하면 이 정도는 아무것도 아녜요. 오늘은 급히 오셨으니까 그냥 이 정도로 때울게요. 많이 드세요. 제 정성이 들어갔으니 맛은 있을 거예요."

대개의 여자들처럼 "맛이 있을지 모르겠다" "맛이 없더라도 드시라"가 아니라 "정성이 들어갔으니 맛이 있을" 거라는 말도 그야말로 맛있게 들렸다. 맛을 보니 실제로 너무 달거나 맵거나 짜지 않고 맛이 좋았다. 흠뻑 취하게 되도록 마실 것 같은 예감 이 들었다.

그런데 바로 이때였다. 도섭이 양주 한 잔에 간처녑 한 점을 막 먹고 났는데 전화벨이 울렸다. 정원의 집 전화가 아니라 옷 걸이에 걸어놓은 도섭의 무스탕 주머니에 들어 있는 휴대폰이었 다. "감독님 주머니에서 우는 거예요"라며 정원이 일어나 무스 탕을 가져다 도섭에게 내밀었다. 주머니에서 도섭이 휴대폰을 꺼내 받았다.

"여보세요. 응. 나야. 아니. 친구랑 같이 한잔 하고 있는 중인데, 왜? 하범준. 아냐. 그렇지는 않아. 지금? 왜? 무슨 일인데? 안 될 거야 없지만 좀…… 그래? 아냐, 그렇지는 않은데…… 그럴까? 그러지, 뭐 그럼……."

정원으로부터 무스탕을 받아 주머니에 휴대폰을 집어넣으며 동시에 도섭은 자리에서 일어섰다. 두 사람이 어안이 벙벙해 올려다보자 난색을 표하며 말했다.

"어쩌지? 마시고들 있으라구. 나 좀 다녀올 테니까."

누구신데 그러느냐고 정원이 묻자, "일과 관계 있는 사람. 급히 할 이야기가 있는 모양이야"라며 서둘러 나섰다. 채리일 것이라는 짐작이 갔으나 범준은 묻거나 붙잡지는 않고 다짐만 했다.

"분명히 말하라구. 오긴 올 건지 아니면……?"

"온다니까. 한 시간, 늦어도 두 시간 안에는 올게."

도섭이 나가 두 사람만 남게 되자 자연스럽게 분위기가 이상해졌다. 식당이나 커피숍에 앉아 있을 때와는 완전히 달랐다. 일부러 의도적으로 도섭과 정원이 공모해 이렇게 자리를 만든 게 아닌가 하는 의심까지 순간적으로 들었다. 그러나 결코 그럴 리는 없을 것 같았다. 범준이 총각이거나 홀아비라면 몰라도 그렇지 않은데 이렇게까지 할 만큼 두 사람이 야비하거나 어리석지는 않다는 걸 너무나 잘 알기 때문이었다. 일이 공교롭게 되었지만 그렇다고 긴장이 되지는 않았다. 술까지 들어가니 이것저것 복잡하게 따져지지가 않았다.

"하 선생님이 소주 마시니까 저도 소주 마실래요."

정원은 잔을 내밀어 범준으로 하여금 소주를 따르게 했다. 따르자 잔을 범준의 잔에 부딪치고 나서 한 모금 마신 후 얼굴을 찡그리며 어깨를 부르르 떨었다. 다른 술은 몰라도 소주는 많이 마셔본 체질이 아님을 곧 알 수 있었다. 소주가 잘 받지 않으면 맥주를 마시지 그러냐고 해도 말을 듣지 않았다. 쉽게 비우지 않고 오래 끈 후 한 모금씩 두세 번에 걸쳐 한 잔씩 비우긴 했으나 소주로 일관하며 이야기했다. 범준이 남윤철이라는 친구의 집에 가 그의 부인으로부터 들은 박광렬 교수 부부의 연애담이며 영화 〈비포 더 레인〉에 관한 이야기를 하자 얼굴이 발그레해져 말했다.

"멋지네요. 박광렬 교수님 부인도 멋있고, 영화도 멋있네요. 그런 영화 김 감독님하고만 보시지 말고 저하고도 좀 봐요."

"그래요. 언제 기회 봐서……"

"기회야 만들면 되죠 뭐. 문제는 마음이죠. 제가 박광렬 교수님 부인처럼 나간다면 하 선생님은 어떻게 하시겠어요? 저도 그렇게 적극적인 연애를 할까봐요."

"하세요."

"그래도 되겠어요?"

"안 될 게 뭐 있어요?"

"절 받아주시겠다, 그거죠?"

"내가? 나한테 그러시겠다는 거예요?"

"그럼요. 선생님이 아니면 누구한테 그래요?"

"핫, 처녀가 유부남한테……?"

"그게 무슨 상관 있어요? 사랑에도 꼭 그런 걸 따져야 돼요? 그런 걸 따지는 건 사랑이 아니라는 생각이 안 드세요?"

정원은 한 모금 마시고 다시 얼굴을 찡그리며 어깨를 부르르 떨고 나서 대뜸 물었다.

"그 여자는 무슨 술 마셨어요?"

"그 여자라뇨? 영화 속……?"

"아니. 선생님과 연애했다는…… 지금은 결혼해서 잘산다는……."

"아, 난 또…… 그 여자 애긴 왜 또 꺼내세요? 안 마셨어요. 어쩌다가 포도주 한 잔…… 술이 체질에 받지를 않았던 것 같아요. 포도주 한 잔을 마시고도 얼굴이 많이 빨개져 주정을 할 정도였어요."

"주정도 했어요? 무슨 주정을 해요?"

"이렇게 살고 싶지 않다, 숨어 살고 싶지 않고 단 한 달 간만이라도 떳떳이 함께 살다 죽고 싶다……."

"저로선 이해가 안 돼요. 사랑하면 그것으로 됐지, 꼭 함께 살아야만 돼요? 처음 시작할 때부터 선생님이 혼자가 아니라는 건 알았지 않아요? 떳떳이라는 것도 그래요. 둘이 떳떳하면 됐지 남들이 무슨 문제예요?"

또다시 한 모금 비우고 얼굴을 찡그리며 어깨를 부르르 떨더니 정원은 말을 계속했다.

"저도 한 남자를 좋아하다가 변하긴 했지만 그 남자야 제가 좋아할 땐 혼자였었거든요. 혼자였다가 다른 여자를 택했는데, 제가 정말 좋아했다면 그렇다고 해도 계속 좋아했어야 되는데 그렇게는 되지 않던데요."

"계속 좋아하는 것 아닌가요? 그래서 혼자 사는 것 아니에요?"

"아녜요. 그렇게 생각하실 수도 있지만 그건 오해예요. 그 남자를 잊지 못해 혼자 사는 건 결코 아니에요. 그 남자를 잊지 못한다면 제가 선생님과 이런 시간을 보내면서 즐거울 수 있겠어요?"

"즐거우세요?"

"즐거운 정도가 아니에요. 황홀해요."

"핫, 황홀……."

"왜요, 제 말이 믿어지지 않으세요? 황홀하긴 한데……."

정원은 잔을 마저 비우고 아까처럼 똑같이 얼굴을 찡그리며 어깨를 떨고 나더니 말을 이었다.

"좀 덜 황홀해요. 소원이 있는데, 들어주시겠어요?"

"소원……?"

"저, 한번 안아주시면 안 돼요?"

범준은 화들짝 놀랐다. 정원은 범준을 응시했다. 어떻게 받아들여야 할지 몰랐다. 단순히 취해서라고는 느껴지지 않았다. 그런 말을 하면서도 눈빛이 요염하거나 천하거나 비굴해 보이지 않았다. 한없이 맑고 천진해 보였다. 어린애의 눈빛을 연상시켰다. 범준이 아무 말도 못하고 그 눈빛을 맞받아 응시하자 정원은 방금 전에 술잔을 쥐었던 손으로 범준의 손을 잡았다.

"제가 우습게 보이세요?"

범준이 미소를 보이며 고개를 내젓자 용기를 얻은 듯 정원은 의자를 당겨 옆으로 다가앉으며 식탁과 의자 사이 비좁은 틈에 세워져 있는 범준의 무릎에 얼굴을 묻었다. 잠들어 있던 신경들을 일으켜 깨우는 뭐라고 형용하기 힘든 향기로운 체취, 바닷속 심연에서 막 채취해낸 해초처럼 싱그러운 머리칼…… 얼굴의 무게와 함께 정원이 드내쉬는 입김으로 무릎 부근이 후끈거렸다. 어떻게 해야 할지 몰랐다. 이미 정원을 처음 만나는 순간부터 예감하고 있었던 일이고 은근히 기다려왔던 순간인지도 몰랐다. 기다려왔으면서도, 아니 스스로 만들고 싶으면서도 윤리, 도덕

326

에 얽매여, 별로 곧거나 강하지도 못한 이성을 억누르지 못해 애써 참아온 순간이 드디어 오고야 말았다는 아찔함이 느껴졌다. 욕구대로라면 당연히 끌어안아야만 되었다. 그러나 그렇게 되지 않았다. 정원의 머리칼을, 등을 손으로 어루만지지 않아도 따뜻함이, 전율이 느껴졌고, 이렇게 참고 있는 자신이 얼마나 옹졸하고 비겁한가 하는 생각이 분수처럼 솟구쳤다. 거의 발작적으로 정원의 상체를 자기 무릎으로부터 일으켜 세우는 자신의 모습이 떠올랐다. 상체를 일으켜 세워 얼굴을 들여다보듯이 응시하다가 격정적으로, 전쟁으로 헤어졌던 연인을 수년 만에 만나기라도 한 듯 껴안고 애무하는 모습이 눈앞을 가로막았다. 기억 속의 그 무엇에서도 느낄 수 없었던 촉촉함과 감미로움과 뜨거움이 느껴졌다. 그야말로 그냥 이대로 눈을 감은 채 뜨지 못해도 부러울 게 없을 것 같은 느낌이 서서히 온몸으로 퍼져나갔다.

이날 밤 도섭은 돌아오지 않았다. 나간 지 두 시간이 지나 오지 못하겠다는 전화만 왔다. 욕구에 솔직해졌다면 일이야 얼마든지 저지를 수 있었다. 두 사람 다 나이가 들 만큼 들었기 때문에 애무만이 아니라 성관계에까지도 충분히 이를 수 있었다. 그러나 범준은 참았다. 오빠가 누이동생을, 또는 아버지가 딸을 안아주듯 가볍게 안아주는 것만으로 욕구를 잠재웠다. 그것만으로도 정원은 눈물을 글썽거렸다. 눈물을 글썽거리며 목메어 속삭였다.

"제가 나쁘죠? 이러는 제가 싫죠?"

그 속삭임을 들으며 범준은 혼란스러워졌다. 이 여자의 이 행동이 단순한 외로움, 또는 자기에 대한 일종의 나이에 걸맞지 않은 호기심에서일까, 아니면 정말로 자기를 사랑해서일까. 사랑해서라면 그 무모한 사랑은 도대체 자기의 어느 면에서 비롯된 것일까. 그러한 혼란에 빠지다가 범준은 마침내 돌이킬 수 없는, 강수정에게 저질렀던 것보다도 훨씬 더 큰일을 저지르게 될지도 모른다는 두려움으로 머리가 어지러움을 느끼며 중얼거리듯 대꾸했다.

"아뇨. 내가 나쁘죠. 너무 비겁하죠. 솔직하지 못하고 위선적이고…… 미안해요. 지난번 말했었죠? 나는 좀팽이라고…… 그래요, 맞아요. 난 어쩔 수 없는 좀팽이예요."

12

박광렬 교수의 딸 박혜전이라는 학생으로부터의 전화는 뜻밖이었다. 그렇지 않아도 『아우슈비츠』를 보내왔으니까 마땅히 잘 받았다는 인사를 해줬어야 되는데, 전화번호도 모르고 또 누구한테 물어 알아낸다고 해도 전화로 그런 인사를 한다는 게 자연스럽지 못할 것 같아, 언제 한번 찾아가 만나려니 했는데 혼자 집에 있는 시간에 전화를 해온 것이었다. 소설 쓰시는 하범준 선생님 댁이냐고 물어 그렇다고 하자, 박혜전은 자기가 누구라는 걸 밝힌 후, 책을 부쳐드렸는데 받아보셨느냐고 물었다. 잘 받아보았다, 고맙다, 도움이 많이 되었다. 받고서도 연락을 못해줘 미안하다고 하자, 박혜전은 침착하게 어른스러운 어조로 말했다.

"비망록도 말씀하셨는데 못 보내드려 어떻게 생각하실지 모르 겠어요. 마땅히 비망록이라고 할 만한 게 없어서…… 컴퓨터 안 에 그런 건 없고…… 낡은 옛날 노트는 몇 권 있던데……."

"아, 그래요? 컴퓨터에 내장된 것보다 그런 게 더 좋죠."

"아녜요. 제가 대강 봤는데 선생님이 보시고 싶어하시는 그런 건 아니에요. 선생님이 보시고 싶어하시는 건 일기라든가 사색 록 같은 것이잖아요? 이건 그게 아니고……."

"상관없어요. 아무 거라도 좋아요. 뭐든 아버지가 쓰신 거라 면……."

"쓰시긴 쓰신 건데 말 그대로 그냥 노트예요. 주로 읽으신 책 들에 대한 메모라고 할까."

"상관없다니까요. 좋을 것 같은데……."

"이런 것들을 제 마음대로 드렸다가 아버지가 나중에 아시면 어떻게 해요? 괜히……."

"지금 그런 걸 생각할 때가 아니죠. 아버지가 지금 어떤 입장 에 처해 계신데…… 무죄가 되어 풀려나실 것이라고 생각돼요? 참, 혜전 학생은 그것 모르죠? 우리가 아버지 만나본 것…… 구 치소로 가서 만나 이야기까지 나눴어요."

"어머, 그래요? 저도 어제 뵈었는데 그런 말씀 없으시던 데…… 만나보시니까 어때요?"

"예상 밖이었어요."

"예상 밖이라뇨?"

"전화로 이야기할 게 아니고 지금 좀 만나요. 내가 집 부근으 로 갈까요?"

"이 노트를 보시겠다구요?"

"그래요. 일단 한번 가지고 나와보세요. 먼저 그 빵집으로 갈까요?"

"아녜요. 이건 보셔봤자 아무런 도움이 안 되실 것 같은
데…… 알았어요. 그럼 제가 어디 좀 가야 하니까 종로쯤에서
뵙죠. '종로 서적' 아시죠? 그 입구로 갈게요."

시간 약속을 한 후 범준은 정원을 부를까 말까 하다가 그냥
혼자 나갔다. 그러나 전동차를 타고 가면서는 박혜전 학생보다
정원에 대해서 더 많은 생각을 했다. 친구를 위한 일을 한다는
명분으로 함께 다니면서 위태위태해지다가 일이 그 지경에까지
이른 상태에서 억지로 참아내긴 했으나 어떻게 해야 할지 자신
이 서지 않았다. 친구의 일이야 이대로 계속 해나갈 수밖에 없
겠지만 앞으로 정원과의 관계를 어떤 식으로 지속해가야 할 것
인지 애매했다. 자신을 속이지 않고, 이성 없이 욕구대로 행동
한다면 정원과의 관계도 강수정과의 관계처럼 발전되고 말 수밖
에 없었다. 그렇게 발전된다고 해도 정원이 옭아 묶는 식의 문
제를 일으키리라는 생각은 들지 않았다. 강수정처럼 은근히 이
혼하도록 옥죄기는커녕 범준이 이혼할 테니까 함께 살자고 해도
끝까지 뿌리칠지 몰랐다. 그러나 정원이야 어쨌든 그렇게 발전
되면 자기로서는 또 속일 수는 없으니 경애에게 사실 그대로를
숨김없이 털어놓아야 될 게 아닌가. 남달리 특별히 새삼스럽게
도덕적이 되고 싶어서가 아니라 정원에 대한 자기의 감정이 아
무리 참기 힘든 것이라고 할지라도, 그리고 자기가 아무리 세속
적인 윤리에 얽매여 살고 싶지 않다고 하더라도 그것은 최소한
아무렇지 않게 그냥 넘어가도 좋을 일은 아니지 않은가.

종로 3가에서 내려 걸어서 '종로 서적'으로 가자 박혜전이 비
슷한 나이의 남녀 학생들 틈에 끼어 입구에 서 있다가 맞이해
주었다.

"춥지 않아요? 안에 들어가 있지 않구. 오래 기다렸어요?"

"아녜요. 저도 방금 왔어요."

전에 만났을 때 입었던, 청바지 위에 모자 달린 진록색 코트 차림이었으나 역시 얼굴은 가슴이 섬뜩할 정도로 예뻤다. 함께 서 있는 학생들 중 단연 두드러져 보였다. 남윤철의 부인이 그렇게 강조했던 박광렬 교수 부인의 미모가 어느 정도인지 딸을 통해서도 재삼 상상이 갔다. 화장을 전혀 하지 않은 것인지 아니면 기본 화장만은 한 것인지 모르겠으나 눈썹이며 입술은 아무것도 칠하지 않은 게 분명했다. 그런데도 딸 같은 애와는 다른 제법 성숙한 여자 분위기가 풍겼다.

"여러 권인데 두 권만 가져왔어요. 다른 것들은 강의 노트 같은 것들이고 이것 두 권이 그래도 비교적 비망록 비슷한 것이었어요."

만나기가 바쁘게 박혜전은 손에 들고 있던 서류 봉투를 두 손으로 내밀며 미소를 보였다. 서류 봉투치고는 꽤 고급스러워 보였다. 색깔도 흔히 볼 수 있는 노란색 아닌 엷은 자주색이고 주둥이를 봉할 수 있는 똑딱단추가 달려 있었다. 봉투가 아니라 간이용 서류 가방처럼 느껴졌다.

"어디 좀 들어가야죠? 빵을 먹든 차를 마시든……."

봉투를 받아들며 고맙다는 인사와 함께 범준이 말하자 박혜전은 고개를 저었다.

"아녜요. 가야 돼요. 갈 데가 있거든요."

"어딜 가려는지 모르지만 그렇게까지 급해요? 아무리 바빠도 이야기는 잠깐 해야죠. 시간을 많이 빼앗진 않을게요. 정말 고마워요. 지난번 책도 그렇고……."

범준이 돌아보며 가자는 표정과 함께 발걸음을 떼어놓자 박혜전은 뿌리치지 않고 못 이기는 척 따라 걸었다. 다른 곳들도 그렇지만 특히 종로 중에서도 이 부근은 왜 이렇게 사람들이 많은지, 책들을 사기 위해서만은 아닐 것 같고, 아마 박혜전 아닌 다른 학생들도 이곳을 약속 장소로 정해 만나기라도 하는 것 같았다. 주로 학생들이 짝을 지어 끼리끼리 서 있거나 어깨를 부딪친다는 의식도 없이 스쳐 지나가며 떠들어댔다. 너무 소란스러워 이 부근 어디엔 감히 들어갈 엄두가 나지 않았다. 골목 안으로 들어가면 어떨지 몰라도 길가엔 마땅히 들어갈 만한 조용해 보이는 커피숍 같은 것도 없었다. 조금 벗어나자 다방이 더러 보이긴 했으나 너무나 낡고 우중충한 건물의 이층이나 지하에 있어 장사하는 사람들의 상담용으로나 잠깐씩 마지못해 쓰일 것 같았다. 범준으로서야 상관없지만 박혜전은 분명히 거부감을 느낄 것 같아 들어가자는 말이 나오지 않았다.

"저 그냥 갈게요."

어물어물 걷다보니 어느 사이 종로 3가역까지 와 있었는데 역 앞에 이르러 더 걷지 않고 박혜전은 지하로 내려갈 태세를 보였다.

"그렇게 급해요?"

"시간 안에 가야 되거든요."

"그렇게 중요한 약속이에요?"

"약속한 건 아니지만 시간이 늦으면……."

"여기서 전철 탈 거예요?"

"네."

"그러면 가는 데까지 함께 가죠. 나도 여기서 타면 되니까."

범준이 함께 내려가자는 표정과 함께 손짓을 하자 앞장서 내려가며 박혜전이 말했다.

"죄송해요. 지난번에 이야기를 나누어서 오늘은 전 그냥 노트
만 전해드릴 생각이었는데…… 늦으면 원장 선생님이 퇴근을
하시거든요."

"원장 선생? 어디 고아원 같은 데 가세요?"

"아녜요, 고아원은 무슨……."

박혜전은 어이없다는 웃음을 웃고 나서 말했다.

"병원에 가는 거예요."

"병원? 어디가 아프세요?"

"제가 아픈 게 아니라……."

머리에 퍼뜩 떠오르는 게 있었다. 박혜전의 어머니였다. 틀림
없을 것 같아 범준은 물었다.

"아, 어머니한테 가시는군요? 그렇죠? 어머니가 병원에 계시
다는 이야기 들었는데……."

흠칫 놀라는 얼굴로 박혜전은 쳐다봤다.

"누구한테 들으셨어요?"

"사건을 담당했던 형사가 그러더군요. 병환이 심하세요?"

박혜전은 고개를 숙였다. 표를 사려는 사람들과 차를 타려고
들어가는 사람들, 그리고 차에서 내려 나오는 사람들로 출입구
는 시장보다도 훨씬 더 붐볐다. 그것이 이 순간엔 오히려 도움
이 되었다. 주위의 누구도 두 사람에게 시선을 보내오지는 않았
다. 고개를 숙인 채 아무 말 없이 서 있던 박혜전이 화라도 난
것처럼 갑자기 몸을 움직여 매표소로 가, 범준이 미처 어떻게
하지 못하고 그냥 쳐다보고만 있자, 돌아와 표 한 장을 내밀었
다. 동행하자는 뜻으로 받아들여져 반가우면서도 한편으로는 민
망하기도 해 어색한 웃음과 함께 고맙다고 말했다. 두 사람은
입구로 들어서 계단을 걸어 내려가 철길 앞 대기 장소에 이르렀

다. 출입구만큼 많이 붐비지는 않았으나 사람들이 밀물처럼 계속 불어났다. 박혜전이 아까와는 달리 바짝 다가서 아무렇지도 않은 듯한 얼굴로 물었다.

"바쁘시지 않으세요?"

"아니."

"그래서 절 따라가신다구요?"

"왜, 그러면 안 되겠어요?"

"안 될 거야 없지만 제가 죄송해서 그렇죠. 다음에 제가 다시 연락드리면 안 될까요?"

"다음은 다음이고 오늘도 내가 방해만 되지 않는다면 나로선 상관이 없는데…… 혜전양과 나누고 싶은 이야기가 많거든요. 어머니도 한번 뵈었으면 좋겠고……."

"엄만 보셔봤자예요. 아마 면회도 안 시켜줄 거예요."

"병환이 심하신 모양이죠?"

"사람들을 무서워하셔요. 저까지도 무서워하셔서 원장 선생님이 저도 잘 만나지 못하게 하셔요."

전동차가 들어와 여러 사람들과 함께 두 사람도 차에 올랐다. 스스로 오르기보다 떠밀려 오르다시피 했다. 그러나 차를 타고 가면서 이야기를 나누기 힘들 만큼 만원은 아니었다. 손잡이에 의지해 나란히 서서 갔기 때문에 얼마든지 나눌 수 있었다. 하지만 두 사람은 전동차 안에서는 내내 침묵했다. 침묵했을 뿐만 아니라 피차 모르는 사람처럼 서먹한 상태가 되어 있었다. 박혜전은 박혜전대로 어떤 생각에 골몰해 있었겠지만 범준은 범준대로 소위 정신병이라는 것에 대한 생각에 사로잡혀 있었다. 다른 많은 작가들처럼 범준도 소설에서 많은 정신병자들을 다루었다. 일부러 다루려고 해서가 아니라 쓰다보니까 자연히 그렇게 되었다. 그만큼 살아온 세월이, 또는 자신을 포함한 주위의 많은 사람들이 정상이 아니라는 강박관념에서 벗어나지를 못한 적이 많았다. 전문적인 지식을 얻기 위해 그 방면에 관한 책도 좀 읽고 의사를 직접 만나 취재를 하기도 했다. 외인성(外因性), 내인성(內因性), 심인성(心因性) 중 박혜전의 어머니는 딸의 죽음과 남편의 범죄로 인한 것이라면 일단 심인성으로 보아야 될 것 같았다. 그러나 남윤철의 부인 이야기에 의하면 평소부터 유별난 면이 있었다고 하니까 내인성에 의한 것인지도 알 수 없었다. 집안 선대의 누구로부터 그런 형질을 물려받았는지도 모를 일이었다. 아니면 워낙 간단한 병이 아니니까 복합적으로 작용했다고 볼 수도 있었다. 그런 형질을 타고난데다가 그런 충격을 받아 그렇게 되었다고 보는 게 타당할 것 같기도 했다. 남윤철의 부인은 그 미모에 고혹적이라는 표현을 썼는데 박혜전을 통해 미루어 보아도 그 표현이 결코 과장이 아닌 걸 보면 생김새부터가 그렇게 유별나다는 게 벌써 정상과는 다른, 이상한 어떤 일면의 표출일 수 있지 않은가.

두 사람이 이야기를 다시 시작한 건 청량리역에 내려서였다. 범준이 과거에 국립정신병원에야 가본 일이 있지만 평화신경정신과병원엔 가본 일이 없어 여기서 얼마나 가야 되느냐, 많이 가야 되면 택시를 타고 가자고 하니까, 박혜전은 멀지 않다고 하며 그냥 걸었다. 바람이 찬데다가 길도 미끄러웠으나 걷는 것이 부담되지는 않았다. 부담되기보다는 택시를 타는 것보다도 이야기를 자유스럽게 나눌 수 있어 오히려 더 좋았다.

"견디기가 많이 힘들죠? 아버지가 그런 상태에 계신데다 어머니마저 이러고 계시니……."

"……."

"아직 많지 않은 나이라 정말 힘들 것이라고 생각돼요. 그러나 살다보면 별별 일을 다 겪게 되는 게 사람살이죠. 혜전양이 지금 겪고 있는 일도 너무나 큰 일이긴 하지만 세상엔 이보다 더 큰 일을 겪고 있는 사람들도 많다는 걸 잊으면 안 돼요. 사고로 부모님을 한꺼번에 잃는 사람들도 얼마나 많아요? 어떤 상태로든 그분들이 세상에 살아 계시다는 것과 계시지 않는 것의 차이는 비교도 될 수가 없죠."

"모르겠어요. 뭐가 뭔지…… 우리집이 어쩌다가 하루아침에 이 지경이 되었는지…… 밥을 먹으면서도 어느 한 끼 감사 기도를 드리지 않고 먹은 적이 없는데……."

"그래서 하나님이 원망스러우세요?"

"당연히 원망스럽죠. 하지만 이런 때일수록 원망을 해서는 안 된다고 배웠어요. 시련도 축복임을 알아야 된다는 이야기를 아빠는 늘 해오셨거든요. 어제 가 뵈었을 때도 그와 비슷한 말씀을 하셨어요. 그렇게 계시면서도 아빠는 자신보다 제 걱정을 더 많이 하셔요."

"어머니가 병원에 계시는 것도 아세요?"

"처음엔 숨겼지만 말씀을 안 드릴 수가 없었죠. 아무렇지도 않으면서 면회 한 번 안 오면 어떻게 생각하시겠어요?"

"어머니가 이렇게 되신 건 이번 사건 때문에……?"

"동생이 죽고 나서부터 좀 이상하긴 하셨죠. 그전과는 다르게 아주 사소한 일에도 얼굴이 빨개지시며 병적으로 화를 많이 내셨어요. 소리를 치시는 정도가 아니라 거울까지도 깨뜨리실 정도였어요. 그러나 그때는 사람을 무서워하시지는 않았어요. 무서워하기보다 오히려 화를 막 내시다가도 누구든 사람이 끌어안아주면 숨을 가라앉히며 조용해지셨어요. 그런데 언젠가부터 완전히 반대가 되신 거예요. 멀쩡하시다가도 어느 순간 사람이 옆에 다가가기만 하면 비명을 지르시며 벌벌 떠시는 거예요."

"아버지와의 사이는 어떠셨는데……?"

"좋으셨죠. 제가 질투를 느낄 정도로 아빠는 엄마를 사랑하셨어요. 엄마도 마찬가지셨구요. 화야 잘 내셨지만 아빠를 싫어하셔 그런 건 아니셨어요. 다만 엄마의 신앙이 아빠만큼 깊지는 못하셨죠. 동생이 죽은 후부터 엄마는 하나님을 많이 원망하셨어요. 그러면 안 된다고 아빠가 말씀하셔도 잘 듣지 않으셨어요."

"사람들을 무서워하시기 시작한 건 이번 사건을 겪으시고 나서부터……?"

"그것도 확실치 않아요. 그 이전부터도 좀 그러셨던 것 같아요. 그때야 지금처럼 심하시지는 않았지만……."

"그 이전부터? 할아버지가 돌아가시기 전부터?"

"잘 모르겠어요. 그러셨던 것 같아요."

그렇다면 이야기가 다르지 않은가. 박광렬 교수가 아버지를 죽인 충격만으로 인한 발작은 아니라는 이야기가 아닌가.

평화신경정신과병원은 혜전의 말을 듣고 상상했던 것보다 훨씬 더 멀었다. 역에서 걷기 시작한 지 십 분도 더 지나서야 당도할 수 있었다. 골목으로 두 차례나 꺾어져 들어가 인가들이 밀집해 있는 지역 한 귀퉁이에 얼핏 보기에 소도시의 교회 건물 비슷한 형태로 세워져 있었다. 누가 입원시켰는지 모르나 병원치고는 건물이 너무 낡고 초라해, 돈도 많은 집에서 왜 하필 이병원에 입원시켰을까 하는 의구심을 갖게 했다. 정신병원을 배경으로 한 소설을 쓰기 위해 취재를 다녔으면서도 이런 정신병원이 있는 줄은 알지도 못했다.

"여기에 이런 병원이 있는 줄은 전혀 몰랐는데요. 큰 병원들 많은데 왜 하필 이 병원에……?"

"원장 선생님이 아빠 친구분이세요. 집에도 더러 놀러 오신 일이 있어 할머니와도 잘 아세요."

"아, 그래요?"

전혀 뜻하지 않았던 수확이라는 생각이 들었다. 원장이 박광렬 교수의 친구라면 비단 부인에 대해서만이 아니라 박광렬 교수에 대해서도, 할머니와도 잘 안다면 할머니에 대해서도, 아니 가족들 전체에 대해서 어떤 이야기든 들을 수 있을 게 아닌가.

그러나 박혜전은 범준이 함께 원장을 만나는 걸 달가워하지 않았다. 병원 안으로 들어간 후 원장 선생님을 만나고 올 테니 잠깐 기다리시라고 말했다. 함께 만나면 안 되겠느냐고 하니까, 왜요?라며, 그렇지 않아도 큰 눈을 더욱 크게, 정도 이상으로 똥그랗게 뜨며 놀라는 표정을 보였다.

"나도 좀 물어볼 게 있는데……."

"엄마에 대해서요?"

"어머니도 어머니고, 아버지 친구시라니까……."

"친구시라도 이번 일에 대해서는 잘 알지 못하세요. 그리고 엄마에 대한 이야기라면 제가 다 대답해드릴 수 있구요."

"혜전양의 이야기는 이야기고…… 왜, 내가 원장님 만나는 게 싫어요?"

"싫어서보다 저와 함께 가면 이상하게 생각하실 것 아니에요? 뭐가 자랑이라고 별 사람을 다 모셔왔다고……."

"아, 그렇겠군요. 알았어요. 내가 미처 생각을 못했군요. 그러면 일단 먼저 들어갔다 와요."

박혜전이 원장실로 들어간 후 범준은 복도에서 서성거릴 수밖에 없었다. 일반 병원 아닌 특수 병원이라고 해도 다 이렇지는 않을 텐데 작고 낡은 병원이어서 그런지 여느 병원들과는 달리 썰렁했다. 난방 시설도 잘 되어 있는 것 같지 않은데다 입원 환자가 얼마나 되는지는 몰라도 외래 환자로 진료를 기다리는 사람은 하나도 눈에 띄지 않았다. 마감 시간이 다 되어가 이미 진료를 받고 돌아갔기 때문인지 몰랐다. 레지던트인지 남자 간호사인지 잘 분간이 안 가는 흰 가운을 입은 젊은 남자들과 여자 간호사들이 어쩌다가 지나쳐 갈 뿐이었다. 범준은 서성이다가 의자에 앉은 후 손에 들고 있던 봉투를 열어 내용물들을 보았다. 겉표지가 회색인 4·6판 크기의 작은 노트 하나와 누른 빛깔인 4·6배판 크기의 큰 노트 하나였다. 언제 것들인지 둘 다 꽤 오래 된 듯 낡아 있고 손때가 많이 묻어 있었다. 대강 넘겨보니 혜전의 말 그대로였다. 읽은 책들에 대한 메모장인지 강의를 위한 노트인지 잡동사니 글들이 달필이기는 하나 낙서들처럼 질서 없이 씌어져 있었다. 아무 곳이나 펼쳐지는 대로 읽어보았다.

1968년 4월 4일 킹 목사는 제임스 얼 레이에 의해 射殺됨. 63개 도시 흑인 폭동. 방화. 약탈. 4월 8일 아틀란타에서 장례식. 15만 이상 운집. 두 마리의 노새가 끄는 運柩車.

1968년 2월 4일 아틀란타 침례교회에서 행한 설교
때때로 나는 나 자신의 죽음과 장례식을 생각합니다. 때때로 나는 사람들이 나에 대해서 뭐라고 말하게 될까 스스로 자문해봅니다. 킹 목사는 다른 사람에게 봉사했다는 말을 듣고 싶습니다. 사랑을 실천하려고 했다는 말을 듣고 싶습니다. 전쟁 문화와 관련해서 올바른 편에 서려고 했다는 말을 듣고 싶습니다. 굶주린 사람들에게 음식을 주었다는 말을 듣고 싶습니다. 헐벗은 사람들에게 옷을 벗어 주었다는 말을 듣고 싶습니다. 감옥에 갇힌 자들을 찾아가주었다는 말을 듣고 싶습니다.

그렇습니다. 내가 군악대의 樂長처럼 앞서갔다고 말하기를 원하면 그대들은 내가 정의를 위한 악장이었다고 말해주십시오. 평화와 공평의 악장이었다고…….

여러 장을 넘겨 다른 한 곳을 펼쳤다.

누가복음 17:34~36을 보면 예수님 재림하실 때가 어느 곳은 대낮, 어느 곳은 초저녁, 어느 곳은 깊은 밤으로 기록되어 있음을 볼 수 있다. 이 말은 세 번 재림하신다는 뜻이 아니라 지구가 둥글다는 것을 의미한다. 사람들은 콜럼버스시대(1451~1506)까지도 지구가 네모꼴인 줄 알았는데 성경은 이미 1세기에 지구가 둥글다고 말한 셈이다.

다시 여러 장을 넘겨 다른 또 한 곳을 펼쳤다.

아버지의 벌거벗은 몸을 보는 아들들의 서로 다른 반응(창 9:20~25)
남성 동성연애자들의 소동(창 19:21~22, 삿 19:22~24)
두 딸이 아버지와 관계하여 각자 아들을 낳음(창 19:30~38)
자식이 아버지의 소실을 범함(창 35:22, 49:4)
임신을 피하기 위해 질 밖에 사정(창 38:9~11)

며느리가 시아버지를 유인, 관계하여 출산(창 38:11~30)

주인의 아내가 사내종을 유혹(창 39:1~23)

강간금지법(출 22:16~17)

사람이 짐승과 성관계할 수 없는 법(출 22:19, 레 18:23)

금지된 성관계 대상자(레 18:6~18)

화간과 강간에 관한 법(신 22:22~29)

윤간 살해(삿 19:1~30)

남자 육백 짝짓기 작전(삿 20:42, 21:25)

젊은 과부가 밤에 홀로 자는 남자 곁에 가서 잠(룻 1:4)

왕이 부하의 아내를 범함(삼하 11:1~27)

이복누이를 강간(삼하 13:1~18)

자식이 대낮에 사람들이 보는 앞에서 부왕의 후궁들과 관계
(삼하 16:20~23)

늙은 왕이 체온 유지를 위해 어린 처녀와 잠자리를 같이함
(왕상 1:1~4)

탕녀(잠 5:3~11)

남의 아내와의 간통 금지(잠 6:10~15)

음탕한 유부녀의 꾐에 넘어가는 젊은 사내(잠 7:6~2)

읽어가다가 범준은 포르노를 보다가 딸에게라도 들킨 것처럼
놀라 노트를 덮었다. 박혜전이 원장실에서 나왔기 때문이다. 노
트를 봉투 속에 집어넣고 의자에서 일어서자 박혜전이 침울한
얼굴로 다가왔다.

"어떻대요?"

박혜전은 고개를 숙인 채 아무 말도 하지 않았다. 금방 눈물
이라도 쏟을 듯한 모습이었다. 원장을 만나고 올 테니 좀 기다

려주겠느냐는 말을 하고 싶었으나 할 수가 없어 다른 말을 했다.

"어머니 뵈러 가야죠?"

박혜전은 고개를 숙인 채 가로저었다.

"왜, 안 뵙고 갈 거예요?"

"뵙지 말래요. 뵈어도 자고 계실 거래요. 아까 전에 정온 주사를 맞히셨대요."

"그래도 여기까지 와가지고……."

"아녜요. 다음에 뵙지요, 뭐. 오늘 오지 말라는 걸 제가 그냥 왔거든요. 뵐 때마다 제가 울었더니 우는 꼴이 보기 싫으셨나 봐요. 만나서 또 울지 말고 그냥 가래요."

말을 하면서 박혜전은 끝내 눈물을 흘렸다. 고개를 숙이고 있어도 눈물이 볼 위로 흘러내리는 게 보였다. 범준이 손수건을 꺼내주며 말했다.

"그러면 다음에 와서 만나요. 나도 다음에 만날게요. 그전에 함께 만났었던 사람 있죠? 사실은 그 사람과 함께 왔어야 되는데…… 일을 함께 해야 될 사람이거든요."

눈물을 닦고 손수건을 돌려주며 박혜전이 일부러 밝은 표정을 지으려 애썼다.

"무슨 일이신데요? 선생님이 글 쓰시려는 것 아니에요?"

"아니라고 내가 먼저 말했었죠? 글은 쓰게 되면 그 여자가 쓸 거고 나는 사건의 진실만을 좀 제대로 알고 싶을 뿐이에요."

"그 여자분이 기자이신가요?"

"기자가 아니라 시나리오 작간데……."

"시나리오? 영화? 아버지 사건을 영화로……?"

"그게 아니라 기독교와 연관이 있는 영화를 만들려고 하는데 아버지가 신학대학의 교수이신데다 이 사건이 보통 사건이 아니기 때문에 혹시 참고할 점이 있는가 해서…… 그러나 요즈음 난 그 일과 상관없이 아버지에 대해서 관심이 많아졌어요. 특히 혜전양이 지난번에 보내준 책을 읽어보고 난 후엔…… 나가요. 나가서 이야기 좀 해요."

"원장 선생님 안 만나시고요?"

"만나지 말라고 했잖아요?"

"제가 언제…… 저와 함께 만나시지 말라고 한 거죠. 만나시려면 지금이 좋아요. 다른 땐 환자들 때문에 바쁘셔서 시간 내시기 힘들어요."

"괜찮겠어요?"

"기다릴게요."

"고마워요. 몇 마디만 물어보고 금방 나올게요."

범준이 원장실로 향하자 박혜전이 노트가 든 봉투를 빼앗아 들었다. 맡기고 다녀오시라는 뜻 같았다. 어려도 행동하는 게 전혀 어리게 느껴지지 않았다. 원장을 오늘 만나는 건 포기하려고 했는데 이렇게까지 신경을 써주니 감탄스럽지 않을 수 없었다.

노크를 하고 원장실로 들어서자 퇴근 준비를 하고 있던 중이었는지 원장은 가운 아닌 신사복을 입은 채 테이블 부근에 서 있다가 맞이해주었다. 반백의 머리에 이마가 벗어진데다 금테 안경을 쓰고 있어 박광렬 교수의 친구라기엔 나이가 많아 보였다.

"죄송합니다. 소설 쓰는 하범준이라고 합니다. 뭣 좀 여쭤볼게 있어 왔습니다."

정신병원을 배경으로 한 소설을 쓸 무렵 취재를 다니던 생각이 나 그다지 어색하지 않았다. 손바닥을 펴 소파를 가리키며 앞으시라는 원장의 말에 앉으면서도 범준은 환자의 보호자라도 되는 것처럼 태연했다. 환자의 보호자가 아니라 소설을 쓰는 사람이라는 말 때문인지 원장이 테이블 앞 자기 의자에 앉지 않고 소파에 마주앉으며 쳐다봤다.

"무슨……?"

"박광렬 교수님을 아시죠? 지금 구치소에 계시는……?"

"네, 잘 알죠. 그건 왜……?"

"사건을 담당했던 형사한테 들었습니다. 부인이 이 병원에 계시다면서요?"

"그런데요. 방금 전에 딸이 다녀갔는데 함께 오신 모양이죠?"

"아, 네. 안내를 해줘 온 게 아니고 제가 뭣 좀 넘겨받을 게 있어 만났다가 따라왔습니다. 그렇지 않아도 쓸데없이 괜한 사람 데려왔다고 원장님이 안 좋게 생각하실까봐 신경을 쓰더군요. 그냥 제가 따로 온 걸로 생각해주시지요. 박 교수님의 사건을 접하고 나서 충격이 커 그 내막을 좀 자세히 알고 싶었습니다."

"박 교수를 아세요?"

"아뇨. 엊그제 구치소에 가 뵙긴 했습니다만 전에는 모르는 분이었죠."

"그런데 왜? 아는 사람이 아니라도 소설을 쓰자면 그런 일에 관심을 가져야 되는 모양이죠?"

"아닙니다. 꼭 그런 건 아니지만……."

"그러니까 아시고 싶은 게 뭐죠?"

"신문에 난 그대로가 맞습니까? 박 교수님이 실제로 부친을……?"

"그건 나도 잘 몰라요. 처음엔 믿어지지 않았는데 자신이 부

345

정을 하지 않으니까 사실일지도 모른다고 생각을 하고 있죠."

"사실이라면 사업을 물려받기 위해……?"

범준의 말뜻을 이해 못했는지 원장은 무슨 말이냐는 표정으로 바라보았다. 범준이 말소리에 좀더 힘을 주었다.

"박 교수님이 교수직을 그만두고 사업을 하시고 싶어하셨다면서요? 그런데 부친이 뜻을 받아주지 않자……."

원장이 어처구니없다는 표정과 함께 큰 소리로 말을 가로막았다.

"뭐라구요? 누가 그래요?"

"담당 형사가 그러던데요."

"이유를 끌어대려다 댈 게 없으니까 이제 별별…… 그런 말은 신문에도 난 일이 없잖아요? 단순히 돈 때문이라는 이야기는 있었어도…… 아니에요. 그 친구는 사업이니 돈이니 하는 것들과는 거리가 먼 사람이에요. 사업이라도 혹시 선교 사업이라면 모를까…… 부친을 죽였는지 안 죽였는지도 잘 모르겠지만 죽였다고 한다면 다른 이유가 있을 겁니다. 절대로 돈을 탐내서는 아니에요. 그것만은 내가 자신 있게 말할 수 있어요."

"다른 이유라면……?"

"몰라요. 혹시 짐작가는 게 있다고 해도 재판이 끝나지 않은 상태에서 내가 말할 수는 없죠. 그러나 아무리 큰 이유가 있었다고 해도 어쨌든 부친을 죽였다면 지탄은 피할 수 없죠. 아무리 세월이 험하다지만 배울 만큼 배운 자식이 어떻게 부친을 죽입니까? 내 친구라고 해도 나로서는 용납이 안 가요."

"짐작가는 이유라는 게……?"

"말할 수가 없다니까요. 확실하지도 않을 뿐만 아니라 어느 정도 확실하다고 해도 미리 내 입으로 말할 수는 없죠."

346

말하는 걸로 보아 원장은 그 이유를 알고 있는 것 같기도 했다. 그러나 스스로 털어놓지 않는 이상 애걸로, 또는 강제적으로 털어놓게 할 수는 없었다. 털어놓을 기색이 보인다면 애걸이야 가능하겠지만 그런 기색이 전혀 보이지 않았다.

　"박 교수님과 많이 친하시다는 이야기를 들었는데 평소에 어떤 분이었는지 이야기 좀 해주시죠"

　"머리가 뛰어나 집의 돈 한푼 들이지 않고 유학까지 가 박사 학위를 받아온 친구죠 별로 나무랄 데가 없는 친구이기는 한데 한 가지 잘 참지 못하는 성격이 좀 문제이기는 했죠 나하고도 의견 대립이 많아 자주 다퉜어요 그 친구는 타협이니 중용이니 하는 말들을 아주 싫어했어요 젊을 때는 그러다가도 나이가 들면 달라지는 게 사람인데 그 친구는 나이가 들어서도 똑같았어요 주위 사람들과 잘 싸웠어요"

　"온순하셨다고 하던데……?"

　"물론 평소에 온순하고 점잖기야 하죠 절대로 경망스러운 말이나 행동은 안 하죠 그러나 자기 판단에 옳지 않다고 생각되면 그 상대가 누구고 거기가 어떤 자리라고 해도 참지를 못하는 성격이었어요 아마 부친과도 많이 싸웠을 겁니다."

　"부친에 대해서도 잘 아시겠군요 어떤 분이셨는지……?"

　"돌아가신 분을 함부로 입에 올리고 싶지는 않지만 그 친구로선 못마땅한 게 한두 가지가 아니었을 겁니다. 믿음이 독실한 친구이기 때문에 하나님이 노하실 것 같은 행동을 하는 걸 아주 못 견뎌했거든요"

　"그렇다면 부친이 무슨 그럴 만한 일이라도……?"

　"돈을 많이 버는 사람들 대개 다 그렇잖아요? 정상적인 방법만으로 돈을 많이 버는 사람이 몇이나 되겠어요? 돈만이 아니라 그 어른은…… 어쨌든 그 친구 성격으로 참기가 힘들었을 게 뻔해요. 종교 문제만 해도 그 어른은 바른 신을 섬기지 않으셨던 것 같아요. 그 친구가 보기엔 우상이나 마찬가지였겠죠."

우상? 우상이라면 하나님이 무엇보다도 용서를 안 하시는 문제가 아닌가. 그렇다면 살해하게 된 이유가 그것이란 말인가.

"그분도 교회야 다르지만 기성 기독교를 믿으셨다던데……?"

원장은 고개를 완강히 가로저었다.

"아닐 겁니다. 누구한테 들으셨는지 모르지만 잘못 아셨을 거예요. 하나님이니 예수님이니를 표방하기야 했지만 성격이 좀 이상한—사교라고 해야 할지 어쩔지는 모르겠지만 기독교라고는 할 수 없는 교예요."

고개를 끄덕이는 것으로 범준은 대꾸를 대신했다. '이상한 교회'라는 이야기는 처음에 만났을 때 박혜전의 입에서도 나왔던 말이었다. 그러나 그때는 별로 심각하게 들리지 않았는데 지금은 달랐다. 살해의 이유가 종교 문제에 있는지도 알 수 없었다. 동서고금 남녀노소를 막론하고 종교 문제라는 건 얼마나 무서운가. 자식이 아버지를 고발하여 처형당하게 하는 이데올로기 문제도 비할 바가 아니지 않은가. 그런데 왜 경찰이나 매스컴에선 그 문제와는 하등의 연관도 시키지 않았던 것일까. 다른 사람들을 통해서 더 자세히 알아봐야 될 것 같았다.

한동안의 침묵 끝에 범준이 말의 방향을 바꾸었다.

"부인의 상태는 어떤가요?"

"안 좋은 편이에요."

"이번 사건이 원인인가요?"

"그전부터 안 좋긴 했지만 그전에야 지금처럼 심하지는 않았죠."

"심각한 상태인 모양이죠?"

"네, 많이 안 좋아요."

"증상이……?"

원장이 잠시 침묵하다가 나무라는 투로 말했다.

"가족도 아니시면서 그런 것까지 아셔야 됩니까?"

"아, 죄송합니다."

더이상 어떻게 할 수 없었다. 면회 좀 할 수 없겠느냐고 요구하고 싶었지만 그런 말까지 했다가는 무슨 소리를 듣게 될지 몰랐다. 기대를 걸었었는데 결과적으로는 새로운 아무것도 더 알아내지 못한 셈이 되고 말았다. 다만 박광렬 교수가 그의 아버지를 죽인 게 거의 확실하다는 것과 그 이유가 설령 돈에 있다고 해도 결코 돈을 탐내서는 아니라는 것, 그리고 또한 그것이 어쩌면 종교 문제와 연관이 되어 있을지도 모른다는 것 정도를 알아냈을 뿐이었다. 아니, 따지고 보면 그것도 적은 수확이라고는 할 수 없었다.

감사하다는 인사와 함께 다음에 또 찾아뵙게 될지 모르겠다는 말을 남기고 범준은 원장실을 나왔다. 이상했다. 의자에 앉아 있을 줄 알았던 박혜전이 보이지 않았다. 의자 아닌 부근 어디를 둘러봐도 없었다. 혹시 화장실에 간 게 아닐까 하고 서성거리는데 문득 박혜전의 어머니 생각이 났다. 입원실이 어디 있는가를 살펴 삼층으로 올라가보니 짐작대로였다. 창이 철책으로 되어 있는 한 병실 앞에서 박혜전이 병실 안을 들여다보며 손바닥으로 입을 가리고 있었다. 터져나오려는 울음을 애써 참고 있는 모습이었다. 범준이 다가가도 알아차리지 못해 함께 안을 들여다보자 정온 주사를 언제 맞혔는지 박혜전의 어머니는 이미 깨어나 있었다. 방금 전에 정온 주사를 맞혔다는 원장의 말이 박혜전으로 하여금 못 만나게 하기 위한 거짓말이었는지도 알수 없었다. 자고 있으리라던 박혜전의 어머니가 이쪽으로 등을 돌린 채 침대에 앉아 뭐라고 중얼거리고 있었다. 자세히 들리지는 않았으나 '주 여호와'니 '죄'니 '죽은 자'니 '흑암'이니 '사랑'이니 '말씀'이니 '영광'이니 하는 낱말들이 섞여 있는 걸로 보아 성경 구절을 암송하고 있는 것 같기도 했다. 아무렇게나 풀어헤쳐진 긴 머리와 입고 있는 환자복뿐 얼굴은 볼 수 없었다. 얼굴만이 아니라 목도 옆 부분, 그나마 머리칼에 가리어 조금밖에 보이지 않았으나 가늘고 길다는 건 헤아려졌다. 박혜전이 놀라며 울음을 참는 얼굴로 반색을 한 건 범준이 등뒤에 서 있는지 일 분쯤 지나서였다. 박혜전은 아버지에게라도 그러듯이 눈물에 젖은 얼굴을 범준의 가슴께에 가져다 댔다. 그러나 곧 바른 자세가 되어 말했다.

"죄송해요. 언제 오셨어요? 만나보셨어요?"

고개를 끄덕인 후 범준이 걷자 박혜전이 따라 걸었다.

"뵙고 싶으면 꼭 뵈어야 된다고 떼라도 써서 안으로 들어가 뵙지 왜 밖에서 그래요?"

"아녜요. 뵈었자 엄마한테 좋을 게 없다는데 뭣하러 그래요? 됐어요. 저는 봤으니까."

창을 유리 없이 창살만으로 한 건 환자를 위해서만이 아니라 지금의 박혜전 같은 사람을 위해서도 좋을 것 같았다. 물론 그랬을 리야 없고 오직 환자의 안전 사고를 예방하기 위해서였겠지만 그 창살로 된 창이 뇌리에서 지워지지 않았다. 박혜전의 아버지도 그와 비슷한 창 저쪽에 있지 않았던가. 부모를 둘 다 한꺼번에 쇠창살 저쪽에 두고 번갈아 양쪽을 오가며 눈물을 흘려야 되는 박혜전의 처지가 새삼 실감되었다.

두 사람은 병원을 나와 걷다가 변두리에서 흔히 볼 수 있는 소박한, 이름마저 미소를 자아내게 하는 '꽃'이라는 다방에 들어갔다. 관계가 애매한, 이 다방에는 잘 오지 않는 남녀 쌍으로 보였던지 화장을 어린애들 크레파스 그림처럼 서투르고 진하게 한 여종업원이 이상한 눈으로 맞이했다. 커피를 시켜 마시면서 두 사람은 꽤 오랜 시간 이야기했다. 이야기하다 보니 몇 가지 미처 알지 못했던 사실들이 튀어나왔다. 몇 마디 다른 이야기 끝에 범준이, 아까 원장이 잘 이해가 가지 않는 소리를 하던데 할아버지의 종교가 구체적으로 어떤 것이었느냐, 기성 기독교가 아니었느냐고 묻자 박혜전은 대답했다.

"지난번 말씀드렸었지 않아요? 좀 이상한 교회라고……."

"듣긴 들었었는데 이상한 교회라니, 그러니까 그게 사교라는 이야긴지 아니면 무슨 신흥 종교 같은 것인지……."

"그것도 그렇지는 않다고 지난번에 말씀드렸는데…… 자세히는 저도 잘 몰라요. 그 교회엔 가본 적 없고, 이야기만 들었으니까…… 그러나 어쨌든 하나님과 예수님을 믿는 교회인 것만은 틀림없었어요. 성경, 찬송가도 똑같은 걸 사용했구요. 그런데 우선 그 교회 목사가 사기, 폭행죄로 잡혀들어간 적이 있어요."

"사기, 폭행……?"

"재산을 갈취하고 여자 신도들에게 나쁜 짓을 했다는 거죠. 신문에도 난 일이 있는데…… 그러나 할아버지는 그것이 모두가 음해라고 말씀하셨어요."

지난번 만났을 때 박혜전이 스스럼없이 썼던 '사숙'이라는 낱말처럼 '음해'라는 낱말도 스무 살 여대생의 언어로는 부자연스럽게 들렸다. 비슷한 기사를 더러 본 것 같기도 했으나 어떤 교회를 가리키는 것인지 분명히는 알 수 없었다. 굳이 알 필요도 없을 것 같았다. 문제는 박광렬 교수와 그의 부친이 종교 문제로도 다툼이 많았다는 사실만을 재확인하면 되었다. 그의 부친은 교회가 어떤 교회든 우상이 아닌 하나님을 믿기는 믿는 걸로 표방했지만 실제로는 믿지 않는 모양이었다. 할아버지가 이북에서 목사였던 선친이 학살당하는 걸 직접 목격한 후 자기는 하나님을 믿지 않겠다고 맹세했다는 말을 한 적이 있다고 지난번 박혜전이 이야기하지 않았는가.

또 한 가지는 어머니의 병에 대해서였다. 지난번 만났을 때만이 아니라 이번에 만나서도 숨기려고 한 것이 단순히 그 병이 정신병이기 때문인지 아니면 다른 이유가 있는지 궁금해 범준은 할아버지, 아버지에 대한 이야기가 더이상 나올 것 같지 않을 때 자연스럽게 물었다.

"오늘 가까이서 보지 못해 섭섭하지만 공교롭게도 내 친구의 부인 중에 혜전양의 어머니와 고등학교 동창이 있어 이야기를 들었는데 그렇게 미인이시라면서요? 혜전양을 봐도 증명이 되지만……."

박혜전은 알아보게 얼굴이 붉어지며 부끄러워하는 웃음을 보였다.

"제가 뭐 미인인가요? 그런 분이 계셨어요? 어떤 분이신데요? 엄마 동창이시라면 저도 알는지 모르는데……."

"얼마 전에 암으로 죽은 의사 친구의 부인인데 어쩌면 모를 거예요. 학교 때야 가까웠지만 만난 지는 오래 된다고 하니까. 스튜어디스를 하셨다면서요? 아버지도 그때 만나시고……?"

"그러셨대요."

"주위 사람들로부터 인기가 대단하셨었다고 하던데……? 여자 친구, 남자 친구, 선생님들로부터도…… 그리고 스튜어디스로 계실 땐 탑승객들로부터까지도…… 그런데 아버지만 안 좋아하셨다면서요?"

"안 좋아하신 게 아니라 부담스러워하셨대요. 나이 차이도 좀 많은데다 너무나 예쁘면 그럴 거 아녜요?"

"그 정도로 예쁘세요?"

"네, 제가 봐도 질투가 날 정도였어요. 마흔이 넘은 후부턴 좀 달라지셨지만 여전히 예쁘신 건 사실이었어요."

"혜전양이 질투를 느낄 정도였다면…… 오늘 만나보지 못한 게 정말 유감스러운데요."

"아녜요. 오늘 보셨으면 실망하셨죠. 아무리 예쁘다고 해도 저러고 계시는데…… 예쁘신데다 환자가 되시니까 오히려 더 이상하게 보여요. 이 세상에 사는 사람 같지 않고 이야기 속에 나오는 무슨…… 다른 사람들은 무섭게 느낄 거예요."

이 세상에 사는 사람 같지 않고 무섭다니…… 아마 귀신 같다는 말을 하고 싶은데 참는 것 같았다. 무슨 말인지 충분히 상상이 갔다.

"잘생기신 것만큼 성격도 좀 유별나신 편이었다면서요?"

"좋게 표현하면 감정이 풍부한 편이고 나쁘게 표현하면 변덕이 심하다고 할까요? 할머니는 변덕이 죽 끓듯 한다는 표현을 자주 쓰셨어요. 절더러 너는 엄마 성격 닮지 않아 다행이라는 말씀도 하셨구요. 그러나 감정의 기복이 심하긴 하지만 제가 보기엔 그것이 그렇게 나쁜 것 같지 않았어요. 『바람과 함께 사라지다』의 스칼렛 오하라 비슷하다고 느꼈었거든요."

범준은 고개를 끄덕인 후 한참 있다가 말했다.

"그러니까 병환이 생긴 건 동생이 죽고서부터……?"

"그 이후부터 많이 달라지셨죠. 말씀을 거의 하시지 않고 낮에나 밤에나 방에만 계시는 때가 많았어요."

"아버지가 많이 힘드셨겠군요? 금슬은 어떠셨어요?"

'금슬'이라는 말을 제대로 알아듣지 못했는지 혜전은 '네?'라며 쳐다봤다.

"금슬이 어떠셨느냐구?"

"아빠와 엄마 사이요? 상상하시는 대로예요. 아빠가 힘이 많이 드셨죠. 일관성 없이 아무 때나 변하시는 엄마 비위를 맞추시느라 애 많이 쓰셨어요. 잘 참지 못하시는 성격이시면서도 아빠가 그 비위를 다 맞추셨던 건 아마 엄마를 환자로 생각하셨기 때문일 거예요. 그러나 결혼 전부터도 그러셨듯이 엄마도 아빠를 보통 좋아하시지 않았어요. 일 년 동안 떨어져 사시는 것도 무척 못 견뎌하실 정도였어요."

"떨어져 살다뇨?"

"제가 고등학교 2학년 때 아빠가 독일에 교환교수로 가 계셨는데 저 때문에 엄마가 함께 가시지를 못했거든요. 함께 가시고 싶었으면서도 제 입시가 신경 쓰여 못 가신 거죠. 괜찮으니 가 계시라고 해도 안 가시고는 아빠가 보고 싶으실 때마다 제게 신경질을 부리셨어요. 저 때문이라고. 저 때문에 못 간 거니 공부 열심히 하라고…… 낙엽이 지고 비바람이 부는 날 같은 땐 아빠가 보고 싶다며 울기도 하셨어요. 바보 같아 보기 싫었지만 환자이신 걸 어떻게 해요? 제 위로로 안 되어 언젠가는 할아버지께 전화를 드려 함께 외식이라도 시켜달라고 졸랐죠. 할아버지도 역정을 내실 때는 무섭지만 아빠보다 오히려 엄마를 더 좋아하셨기 때문에 거절하시지 않고 맛있는 요리를 사주셨어요. 구두쇠로 소문이 나셨으면서도 엄마와 저한테 요리를 사주실 땐 일류 호텔 식당에 가 최고급으로 사주시곤 했어요. 술을 못하시

354

면서도 포도주까지 사주셨는데 포도주 한 잔에도 엄마는 다른 사람처럼 변하셨어요. 즐거워 집에 돌아와선 혼자 노래를 부르시기도 했어요. 그게 보기 좋아서 저는 틈만 나면 할아버지한테 졸랐어요. 제가 학원에 다니느라 바쁜 날엔 엄마 혼자에게만 사주시게 하기도 했어요."

"왜, 할머니는 안 가시고?"

"할머니는 건강이 안 좋으셔서 누워서 계시는 일이 많으셨기 때문에 나들이하시는 걸 싫어하셨어요. 어떤 땐 가시기도 했지만 대개는 안 가셨어요."

"할아버지가 엄하시고 완고하신 편이셨다면서 혜전양 말을 그렇게 잘 들으시다니…… 혜전양을 몹시 사랑하셨던 모양이구먼?"

"저보다도 엄마를 더 사랑하시는 것 같았어요. 제 말씀은 안 들어도 엄마 말씀은 안 들으시는 일이 거의 없으셨어요."

범준은 화들짝 놀랐다. 순간적으로 수수께끼가 풀렸을 때와 같은 일종의 희열까지 전신을 타고 흘렀다. 〈데미지〉라는 영화가 불현듯 떠올랐기 때문이었다. 그렇다. 혹시 알 수 없는 일이었다. 그 영화 속의 아버지 제레미 아이언스와 아들의 애인 줄리에트 비노쉬 사이에 일어났던 일이나 비슷한 일이 일어나지 않았다고 어떻게 단언할 수 있겠는가. 물론 박혜전의 입에서 나온 사랑이라는 낱말은 며느리에 대한 시아버지의 사랑을 뜻할 뿐 추호라도 여자에 대한 남자의 사랑을 뜻한 건 아니었겠지만 엉뚱하게도 범준은 그렇게 느꼈다. 박태봉씨가 평소에 병적으로 여자를 좋아해온데다 박혜전의 어머니가 그토록 미인이라는 소리를 들어와 그런 것인지도 몰랐다. 그것이 사실이고 그 사실을 박광렬 교수가 알았다면 아버지든 아내든 죽일 수도 있지 않은

가. 그렇게 느끼는 자신의 엉뚱함에 스스로 놀라고 우스워하면서도 범준은 물었다.

"그런 일이 자주 있었어요?"

"자주는 아니었지만 제가 조를 때 거절하신 적은 없었어요. 할아버지가 보통때는 남같이 느껴졌었는데 그때만은 진짜 우리 할아버지 같은 생각이 들었어요."

"어머니가 싫다고 하신 적은 없고……?"

"처음엔 주저하셨죠. 그러나 나중엔 전화를 걸라고 저한테 시키기도 하셨어요."

"그렇다면 할아버지만 어머니를 좋아하신 게 아니라 어머니도 할아버지를 좋아하셨던 모양이구먼요?"

"할아버지가 워낙 잘 위해주시니까 싫어하셨을 리는 없죠."

"아버지가 독일에서 돌아오신 후엔 어떠셨어요?"

"그럴 필요가 없었죠. 아빠가 옆에 계시는데 왜 외로우셨겠어요? 할아버지가 그렇게 해주셨다고 말씀드리고 아빠도 좀 그렇게 해보시라고 말씀드렸다가 야단만 맞았어요. 아빠는 그런 비싼 곳에 가서 외식 같은 것 하실 줄 몰라요."

"두 분이 싸우신 적은 없어요?"

"아까 말씀 드렸잖아요? 엄마가 투정 부리시면 아빠가 달래시느라 애 먹으셨죠. 제가 없을 때는 어땠는지 몰라도 있을 때 큰 소리로 싸우신 적은 없어요."

그 무엇도 분명하지는 않았다. 그러나 이날 박혜전을 만나기 전까지는 전혀 상상조차 해본 일이 없는 사실 하나만은 알아낸 셈이었다. 박혜전의 어머니와 박태봉씨 사이에 며느리와 시아버지 아닌 어떤 다른 엉뚱한 관계가 있었을지도 모른다는 사실이었다. 혹 담당 변호사는 자세히 알고 있지 않을까. 그러나 설령 알고 있다고 해도 공판이 있기 전에 그런 사실을 누구한테 발설할 리는 없었다. 담당 변호사 이름이 뭐냐고 물어 최세일이라는 걸 알아내고서도 그를 만나야겠다는 생각을 하지 않은 것은 그 때문이었다. 변호사 이야기는 들어본 적이 있느냐고 묻자 박혜전은 말했다.

"아빠는 변호사를 사지 못하게 하셨는데 할머니가 사셨거든요. 스스로 죽였다는 걸 부정하지 않으시니까 변호사로서도 어떻게 하실 수가 없는 모양이에요. 죽인 이유에 대해서만 여러 각도로 알아보시는 것 같았는데 어떤 결론을 얻으셨는지 그건 모르겠어요."

박혜전과 헤어져 집으로 돌아온 범준은 병원에서 잠깐 훑어보다 만 노트부터 펼쳐보았다. 특히 상식적으로 이해가 안 가는 메모들이어 무엇을 훔치다가 들켰을 때처럼 화들짝 놀라게 만들었던 읽다 만 곳부터 우선 찾아 마저 읽었다.

······
하나님의 신부가 창녀가 됨(겔 16:13~16)
하나님과 결혼했던 두 자매가 창녀가 됨(겔 23:1~8)

여러 번 완독하지는 않았더라도 성경을 어느 정도는 읽은 편인데 이거야말로 보지도 듣지도 상상하지도 못한 해괴한 메모 같았다. 그렇다고 거짓 메모를 해놓았을 리는 없을 것 같아 범준은 노트를 읽다 말고 당장 성경부터 펼쳐 에스겔을 찾아 읽어보았다.

……이와 같이 네가 금, 은으로 장식하고 가는 베와 명주와 수놓은 것을 입으며 또 고운 밀가루와 꿀과 기름을 먹음으로 극히 곱고 형통하여 왕후의 지위에 나아갔느니라 네 화려함을 인하여 네 명성이 이방인 중에 퍼졌음은 내가 네게 입힌 영화로 네 화려함이 온전함이니라 나 주 여호와의 말이니라 그러나 네가 네 화려함을 믿고 네 명성을 인하여 행음하되 무릇 지나가는 자면 더불어 음란을 많이 행하므로 네 몸이 그들의 것이 되도다 네가 네 의복을 취하여 색스러운 산당을 너를 위하여 만들고 거기서 행음하였나니 이런 일은 전무후무하니라

……여호와의 말씀이 또 임하여 가라사대 인자야 두 여인이 있었으니 한 어미의 딸이라 그들이 애굽에서 행음하되 어렸을 때에 행음하여 그들의 유방이 눌리며 그 처녀의 가슴이 어루만진 바 되었나니 그 이름이 형은 오홀라요 아우는 오홀리바라 그들이 내게 속하여 자녀를 낳았나니 그 이름으로 말하면 오홀라는 사마리아요 오홀리바는 예루살렘이니라 오홀라가 내게 속하였을 때에 행음하여 그 연애하는 자 곧 그 이웃 앗수르 사람을 사모하였나니 그들은 다 자색 옷을 입은 방백과 감독이요, 준수한 소년, 말 타는 자들이라 그가 앗수르 중에 잘생긴 모든 자들과 행음하고 누구를 연애하든지 그들의 모든 우상으로 스스로 더럽혔으며 그가 젊었을 때에 애굽 사람과 동침하여 그 처녀의 가슴이 어루만진 바 되며 그 몸에 음란을 쏟음을 당한 바 되었더니 그가 그때부터 행음함을 마지아니하였느니라…….

범준은 미소를 짓지 않을 수 없었다. 이런 구절을 그런 식으로 표현해놓은 데서 박광렬 교수의 장난스러운 어떤 일면이 느껴졌기 때문이었다. 박혜전을 포함한 주위 사람들로부터 이제껏 들어온 바에 의하면 박광렬 교수에게 그런 장난스러운 면이 있을 것 같지는 않지 않았는가. 성경에서 성(性)과 연관이 있는 부분들만을 떼어 메모해놓은 것부터도 그랬다. 무엇에 필요해, 무슨 연구를 하기 위해 그런 것들이 필요했단 말인가.

범준은 다시 노트로 눈을 가져갔다. 처음부터 차근차근 읽어보니 별별 것들이 다 메모되어 있었다. 굳이 메모할 필요가 없을 것 같은 상식적인 것들도 많고, 기독교에 대한 것만이 아니라 다른 교에 대한 것들도 있었다.

……불교는 인간의 무지, 무명의 일체가 고뇌의 원인임을 주장하며 고통의 그릇인 인간의 마음과 몸은 12인연으로 분류했다. 無明(진리에 어두움), 行(행동), 義(의식), 名色(정신과 물질의 현상계), 六處(눈, 코, 귀, 혀, 몸, 의지), 觸(감촉), 受(감수), 愛(애욕), 取(집착), 有(존재), 生(출생), 生老病死(인간 삶)…… 여기에서 어떻게 하면 해탈할 수 있느냐 그것을 문제삼고 있다…….

……유교는 인간을 영과 육으로 분류하지 않고 오직 현실에서의 참과 선, 즉 仁을 실현하는 데 역점을 둔다. 살아 생전에 仁者가 되는 것이 궁극 목적이다. 道를 통하여 인의 세계를 만드는 것이 최종 목표다. 그러나 이것은 하나의 이상론이다. 인간은 선천적으로 원죄와 불완전성을 지니고 태어났기 때문에 인위적인 도덕적 훈련으로 자아 완성이 불가능하다…….

…….

모든 메모를 다 신경을 써 읽을 필요는 없을 것 같아 범준은 대충대충 넘겨 건너뛰어가며 읽었다.

……부활을 한갓 신화적 설화로 취급하는 사람들이 있다. 슐라이에르 마허, 쉬트라우스, 볼트만, 릿츨 같은 신학자들도 부활을 예수 이전부터 전해 내려오는 전승사적 메시아관에서 발생한 신화를 복음서 제자들이 예수의 생애에 결부시켰다고 말한다. 그러나 칼 바르트는 "그리스도의 부활 사건이 없다면 기독교는 생명 없는 종교로 몰락할 수밖에 없으며 따라서 교회의 기반도 여지없이 무너질 수밖에 없다"고 그의 『교의학』에서 분명히 말하고 있다. 예수의 부활을 부정한다면, 아니 성경 속의 네 가지 기적을 부정한다면 우리나라에서의 기독교는 어떻게 될까…….

……사복음서에 있는 12제자의 이름이 일치하지 않는 이유는 무엇인가. 마태, 마가, 누가, 사도행전 중 마태와 마가는 일치하고 누가만 다대오 대신 야고보의 아들 유다를 기록하고 있는데 이 둘은 같은 사람이다. 사도행전에 유다가 빠진 것은 그가 예수를 팔아 탈락되었기 때문이다. 요한복음 10:40에는 베드로, 안드레, 빌립과 더불어 나다니엘을 부르신 기록이 있는데 공관복음에는 나다니엘이 없고 바돌로매가 있다. 이 둘도 같은 사람으로 추측된다. 바돌로매는 돌로매의 아들이라는 뜻으로 다른 이름이 있었을 것이다…….

……하나님께서 악인들을 왜 세상에 그냥 두느냐고 묻는 사람들이 의외로 많다. 그들에게 빌더 슈미트의 『왜 하나님은 악을 허용하시는가』를 읽어보라고 권하고 싶다. 아니 우선 마태복음 13:24~30부터 읽어보라고 하고 싶다. 간단히 쉽게 말하자면 밭에 곡식과 함께 자라는 가라지를 곡식의 뿌리가 상할까 염려하여 그냥 두었다가 추수할 때 함께 뽑아 곡식은 창고에 가라지는 아궁이에 넣는 것과 같은 이유가 아니고 무엇이겠는가…….

……국기에 경례하는 것은 우상 숭배인가? 허리 굽혀 절하면 우상 숭배가 되는 것으로 역사가 말해주고 있다. 해방 직후 일제식으로 국기에 배례한 적이 있었는데 이로 인해 충돌을 빚었다. 1949년 3월 파주 봉일천국민학교에서 국기 배례 거부로 43명이 퇴학당한 적이 있었는데 그 중 36명이 주일학교 학생이었다. 이 사건으로 1950년 4월 25일 '묵도'에서 '주목'으로, 배례 대신 가슴에 오른손을 얹는 것으로 바뀌었다…….

……새벽 기도를 꼭 교회에 가서 해야만 되느냐고 묻는 사람들이 있다. 꼭 그렇지는 않다. 다른 나라 교회에서는 하고 있지 않는데 우리나라에서만 하고 있다. 기도에는 시간적 공간적 제한이 있을 수 없다. 마가복음 1:35에 예수가 새벽에 한적한 곳에서 기도했다고 되어 있고, 시편 119:147에 다윗이 새벽 전에 부르짖는다고 되어 있을 뿐 새벽엔 반드시 기도해야 된다는 말은 성경 어디에도 없다. 그러나 길선주 목사가 1906년 평양에서 처음으로 실시, 우리나라 교회의 아름다운

전통이 되어 현재까지 이어지고 있다. 이것을 다른 나라 교회들이 많이 부러워하고 있다고 한다. 그러나 신앙인, 아니 목사 중에도 교회에서의 새벽 기도를 부담으로 느끼는 사람이 없지 않은 건 사실이다. 하루의 시작을 기도로 하는 건 당연하지만 꼭 교회에 나가서까지 해야만 참교인이 된다면 직장인들 중엔 참교인의 대열에 낄 수 없는 사람들이 많을 것이다……

……신성해야 할 교회 안에서도 왜 분쟁이 일어나는가. 한 교회에서 함께 일하던 임원들이 싸우고 나가 다른 교회를 세우는 이유는 무엇인가. 하나님이 분쟁도 교회 확장에 이용하시기 때문인지 모른다. 빌립보서 1:15~18을 보면 "어떤 이들은 투기와 분쟁으로, 어떤 이들은 착한 뜻으로 그리스도를 전파하나니…… 저들은 나의 매임에 괴로움을 더하게 할 줄로 생각하여 순전치 못하게 다툼으로 그리스도를 전파하느니라 그러면 무엇이뇨 외모로 하나 참으로 하나 무슨 방도로 하든지 전파되는 것은 그리스도니 이로써 내가 기뻐하고 또한 기뻐하리라"로 되어 있다……

……교회와 정치는? 가톨릭과 일부 기독교 단체가 정치와 사회며 부조리에 적극 대처하는 것은? 역사적으로 가톨릭은 정치에 깊이 관여해왔다. 중세 교황의 전성기(1073~1303)엔 교황이 국왕을 지배했으니 그레고리 7세가 독일왕 헨리 4세의 무릎을 꿇게 한 '카노사의 굴욕'은 서양 역사상 유명한 사건이다. 교황 이노센트 3세가 교황은 하나님과 그리스도의 대리자요 왕의 왕이기 때문에 왕을 심판할 수 있다고 하여 영국왕을 굴복시키고 프랑스 헨리 2세의 가정 문제까지 관여하여

이혼한 왕비와 재결합시키는 등 막강한 교황권을 휘둘러 왕권과 교황권 사이에 충돌이 잦았고 가톨릭이 부패한 요인이 되기도 했다. 이와 같은 교황권과 부패에 반기를 든 프로테스탄트는 자연히 정치와는 간격을 두게 되었다. 이런 역사와 전통 때문에 오늘날에도 가톨릭은 국가 정치에 깊이 관여하고 신교는 정교 분리 원칙에 따라 심각한 진리 문제가 아닌 한 관여하지 않으려고 한다. 그러나 일단 비상한 사태에는 신교도 현실 참여에 주저하지 않으니 일제 때 신사참배 반대는 구교보다는 신교가 앞장섰고 3·1운동 당시 33인 중 목사 12명 포함 기독교인이 15명이나 됐지만 신부는 한 명도 없었다. 단군신전 건립 반대 투쟁을 성공적으로 이끈 것도 구교보다는 신교다. 다만 교회의 본분이 영혼 구원이기 때문에 사회개혁이나 체제개혁을 앞세울 수는 없었다. 교회가 정치 상황이나 사회 현실에 너무 무감각해도 안 되겠지만 과민 반응을 보여 크고 작은 일에 일일이 관여하는 것도 바람직하지 못하다……

……교회 종탑에 피뢰침을 세우는 것은 우스운 일이 아니냐고 말하는 사람들이 있다. 그러나 섭리가 어떤 것인지를 아는 사람은 그런 말을 할 수 없다. 섭리란 창조하신 세계에 대한 관리인데 하나님께서 지으신 법칙에 준해서 관리한다. 그것은 제2원리 즉 자연법칙이다. 교인도 이 섭리, 법칙에 순응해야 한다. 교인이라고 자연법칙, 천재지변에 치외법권을 누리도록 허락하시지는 않았다. 교회라고 해서 벼락을 맞지 않거나 교인이라고 무슨 큰 사고를 당하지 않으리라고 믿는 것은 오만이다……

……진화론에서 빠진 고리를 학교에서 오스트랄로 피테쿠스냐로 가르쳐왔는데 그렇지 않다는 게 증명되었다. 영국의 유명한 해부학자 주커만 경이 그것은 긴팔원숭이였고 라마피테쿠스는 멸종된 원숭이뼈였다고 발표했다. 예일 대학의 인류진화론자 데이비드 필범 교수팀은 1973년 파키스탄에서 많은 화석을 발견하고 라마피테쿠스는 인류와 관계가 없다고 종전의 주장을 번복했다. 피테칸 트로푸스를 유인원이라고 발표한 네덜란드 의사 듀보다도 죽기 전에 그것은 긴팔원숭이라고 선언, 초기에 반쯤 걸어다니는 유인원으로 소개된 네안데르탈인은 비타민 부족으로 인한 꼽추병 환자라고 했다. 1912년 영국의 필드타운에서 발견되어 50만 년 전 인류의 조상이라고 했던 필드타운인은 1950년 새로운 방법으로 연대 측정한 결과 수천 년 전 것에 지나지 않음이 밝혀졌을 뿐만 아니라 철염으로 화학 처리되고 이빨도 줄로 간 자국이 발견되었다. 법정에까지 세워져 진화론에게 패배한 창조론이여. 한낱 인간의 법이 어찌 하나님의 법을 뛰어넘을 수 있겠는가…….

……성경의 기록이 역사책들의 기록과 달라 성경을 불신하는 사람들이 많다. 그러나 고고학은 갈수록 이런 불신들을 씻어주고 있다. 예를 들면 바벨론의 마지막 통치자가 역사책에는 나보니더스로 되어 있고 다니엘서 5장에는 벨사살로 되어 있어 불신했는데 고고학자 헨리 로린슨 경이 1854년 갈대아 우르 지방에서 나보니더스 왕의 이름이 새겨진 원통형의 도자기를 발굴했다. 그 도자기에 '나의 장남 벨사살'이라는 기록이 있었다. 열왕기하 18:14에 보면 히스기야 왕이 앗시리아에

은 300달란트와 금 30달란트를 조공으로 바쳤다고 되어 있고, 받은 앗시리아측 기록에는 금 30달란트는 같으나 은은 800달란트로 되어 있어 불신했는데 고고학이 당시 달란트 계산법이 금은 유대와 앗시리아가 동일하나 은의 경우는 달라 유대의 은 300달란트가 앗시리아의 은 800달란트에 해당한다는 것을 밝혔다. 사도행전 17:8에 보면 데살로니가 읍장을 포리탈케로 기록하고 있으나 로마에는 그런 관직이 없어 불신했는데 스코틀랜드의 벨던 대학 교수 람세아가 소아시아에서 이 관직이 사용된 비문을 발굴했다······.

······칼빈은 갖가지 병에 다 시달렸다. 편두통, 위장병, 치질, 장신경통, 신경성경련, 저혈압, 담석증, 부스럼증, 류머티즘, 방광염······ 그 병들이 지나친 금욕 때문이었을 것이라고 말하는 사람들이 있다. 다른 종교개혁자 츠빙글리가 목사직에 취임하고서도 사생아를 낳고 루터가 마누라가 싫어하면 하녀와라도 잠자리를 해야 한다며 폭음을 했던 것에 비하면 그는 분명히 보통 사람은 아니었다. 그러나 비록 말씀과 성령에 누구보다도 충실했다고는 하나 결혼을 하고 아이도 낳은 그가 왜 금욕주의자란 말인가······.

······칼빈과 카스텔리오를 코끼리와 파리로 비유한 사람이 있다. 칼빈이 거인인 것은 분명하다. 그러나 카스텔리오에게 더 애정이 가는 것은 무엇 때문일까. 無名? 가난? 두 차례의 亡命? 狂信의 세계가 지배해온 시대에 서로 싸우는 광신자들 사이에서 광신주의자들과 결탁하지 않고 독재권력과 대항했기 때문에?······

……"하나님이 가라사대 우리의 형상을 따라 우리의 모양대로 우리가 사람을 만들고…… 하나님이 자기 형상 곧 하나님의 형상대로 사람을 창조하시되"(창 1:26~27)라는 말을 오해하는 사람들이 있다. 아우구스티누스의 말이 아니더라도 하나님의 형상(image of God)이라는 말은 인간의 지성적 기능, 하나님의 모양(likeness of God)이라는 말은 인간의 도덕적 기능에 대한 표현으로 보는 게 타당할 것이다. 인간 영혼의 어느 한 부분이 하나님과 닮은 점이 있다는 뜻으로 받아들이기도 하나 모든 피조물과의 관계에서 인간의 우수성, 그리고 하나님과의 관계에 있어서 인간의 위치를 나타내는 말일 것이다…….

……퀴블러 로스는 죽음의 단계를 다섯 단계로 구분하고 있다. 첫째 죽음에게 자신을 내맡기기를 거부한다. 둘째 왜 하필이면 죽음의 위험이 자신에게 닥쳤는지 분노한다. 셋째 이미 절박하게 다가온 미지의 운명의 세력인 죽음을 피하기 위해 하나님과 담판한다. 넷째 체념과 절망으로 의기소침해진다. 다섯째 동의한다…….

……신앙인은 죽음의 예술가가 아니라고 하는 윙엘의 견해에 따르면 죽음으로 의식을 집중시키고 죽음을 연습하는 것은 자신의 자아를 과대 평가하는 것이다. 기독교에서 다양하게 실행되었던 죽음의 기술을 그는 이교적으로 단정한다. 죽음을 인간 삶을 완전히 형성하는 인간적 행위의 하나로 보는 라너의 견해와 근본적으로 차이가 있다…….

……죽음이 다른 생명을 위해 생물학적으로 자리를 마련해 주는 사회학적 의미를 지닌다고 하는 것은 칼 라흐너 같은 사람이나 말할 수 있는 진화론적 세계관이다. 한 개인이 충만된 삶을 산 뒤에 자연스럽게 맞이하는 죽음이라면 몰라도 전쟁으로, 굶주림으로, 고문으로, 천재지변으로, 온갖 사고로 맞게 되는 죽음도 그렇게 말할 수 있을까…….

　……섭리적 동시성의 시대를 대조해 보여주고 있는 도표가 있다. 참고할 만하다.

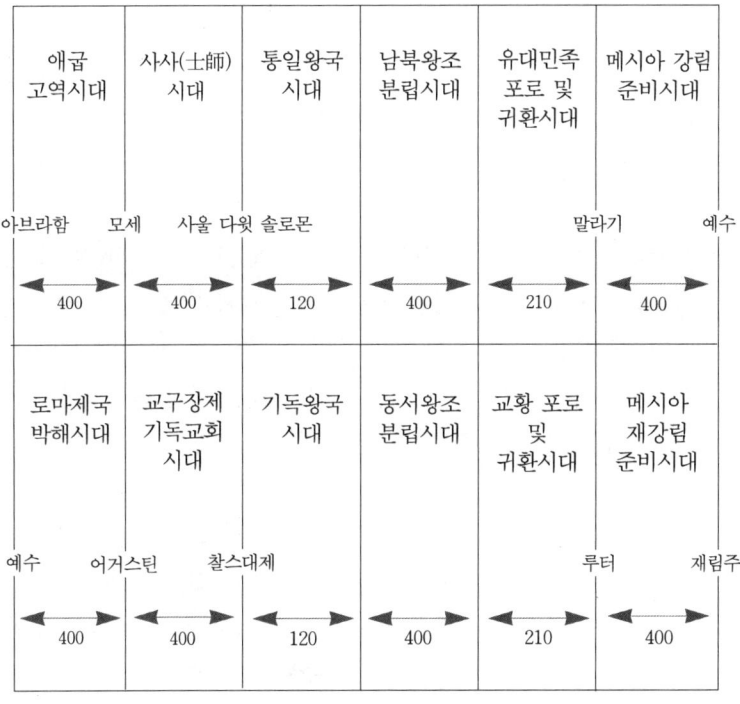

애굽 고역시대	사사(士師) 시대	통일왕국 시대	남북왕조 분립시대	유대민족 포로 및 귀환시대	메시아 강림 준비시대
아브라함　모세	사울 다윗 솔로몬			말라기	예수
◀▶ 400	◀▶ 400	◀▶ 120	◀▶ 400	◀▶ 210	◀▶ 400
로마제국 박해시대	교구장제 기독교회 시대	기독왕국 시대	동서왕조 분립시대	교황 포로 및 귀환시대	메시아 재강림 준비시대
예수　어거스틴	찰스대제			루터	재림주
◀▶ 400	◀▶ 400	◀▶ 120	◀▶ 400	◀▶ 210	◀▶ 400

……요즘 너무 많이 인용해 통속화된 느낌이 없지 않지만 에리히 프롬은 간과하기 힘들다. 추종에의 향수와 지배에의 욕망. 자유를 부담으로 느끼고 자유로부터 도망하려는 경향. 그 경향이 권위주의적 전체주의적 정치체제라는 현대의 망령을 불러일으켰고 오랜 세기 동안 피로써 싸워 얻은 자유와 인간의 존엄을 송두리째 앗아가는 결과를 가져왔다. 현대 사회에 대한 사회심리학적 분석면에서 그의 『자유로부터의 도피』는 심리학적 환원론에 빠진 프로이트나 지나친 사회주의에 기울어진 뒤르켕의 책들에 비할 바가 아니다……

……오랜 식민통치와 군사독재로 인구의 절대 다수가 빈곤과 억압 속에 있는 라틴아메리카로부터 가난한 자와 눌린 자를 해방시키려는 역사적 관계를 기독교적 관점에서 해석하려고 시도한 해방신학이 우리 신학계에 소개된 지도 꽤 되었다. 우리 정치, 경제, 사회적 경향과 맞물려 열광적일 수밖에 없었던 건 당연하다. 비참한 현실을 변혁하여 자유롭고 인간적인 사회를 건설하려는 그 의도와 목적은 얼마나 훌륭한가. 그러나 그 의도와 목적을 실현하기 위한 수단과 방법은 비판을 받아 마땅하다. 현실 분석과 극복의 수단으로 마르크스주의를 신학에 도입해 어쩌자는 것인가. 이분법적 사회 분석, 계급투쟁, 폭력적 사회주의혁명……

……해방신학을 통해 역으로 전통신학과 교회가 소홀히 했던 문제나 문제점이 무엇인지를 발견할 수 있다. 성서 본문만을 강조하여 현실 생활을 외면하는 것이나 상황을 강조하여 성서 본문을 소홀히 하는 것, 모두가 성서적이 아님을 깨닫는

다. 현실을 올바로 보면서 문제점을 파악하고 성서로 대답하는 것이 복음적이며 현대의 도전을 극복하는 길일 것이다……
　……

　더 읽지 않아도 될 것 같았다. 박광렬 교수가 어떤 생각을 해왔고 어떤 삶을 살아왔을지 대강은 파악이 되었다. 입체적인 특별한 사람일 줄 알았는데 별로 그렇지 않은, 지극히 상식적이며 정상적인 사고를 가진 사람이라는 생각이 들었다. 이런 사고를 가진 사람이 어떻게 자기 아버지를 죽일 수 있단 말인가. 머리가 아파 범준은 노트를 덮고 쓰러지듯 벌렁 자리에 몸을 던졌다.

13

"……유, 정, 원, 씨……?"

생소하다. 나이가 좀 든 것 같기는 하나 정확히는 잘 헤아려지지 않는 여자의 목소리다.

"그런데요, 누구세요?"

"죄송해요. 어떻게 해야 할지…… 많이 망설였어요."

"누구신데, 무슨……?"

"……."

"여보세요, 여보세요!"

의아스럽다. 대답이 없다. 전화가 끊긴 게 아닌가 해서 송수화기를 내려놓으려고 하는데 흐느끼는 소리가 들린다. 흠칫 등이 오싹해진다. 도대체 누군데 무엇 때문에? 덜컥 겁조차 난다. 영화 속의 기괴스런 장면들이 눈앞에서 머릿속에서 수없이 명멸한다. 자기가 죽인, 죽은 줄 알았던 사람의 목소리가 전화를 통해 들리는…… 밤중이 아니어서 그나마 다행이다. 떠올려봐도 이런 이상한 전화를 걸어올 만한 사람은 아무도 떠오르지 않는다. 정원은 목소리를 가다듬어 침착하면서도 다감하게 말한다.

"여보세요, 누구신데 무엇 때문인지 말씀을 하셔야 될 것 아녜요?"

흐느낌을 멈추더니 여자는 잠시 후 비로소 이야기한다.

"죄송해요. 말씀 안 드려야 되는데 죽은 애가 곧 떠나게 되어…… 저, 이치훈이 누나예요."

"네? 이치훈씨 누나요? 그런데 뭐가 어떻게 됐다구요?"

"죽었어요. 그젯밤에…… 오늘 발인이거든요."

"죽다뇨? 누가요? 이치훈씨가요? 아니, 어떻게? 생명에는 지장이 없는 줄 알았는데…… 그 병원인가요?"

"오시지는 마세요. 장례 치른 후 나중에 한번 만나요. 쪽지를 남겼거든요."

"발인이 몇신데요?"

"오시지 말라니까요. 괜히 우리 애가 뭐라고……."

"아녜요. 금방 갈게요. 가까우니까 금방 갈 수 있어요. 먼저 그 병원이죠?"

전화를 끊고 정원은 시계를 본다. 아홉시가 조금 지나고 있다. 정확히 몇시에 발인인지, 설령 발인 후에 도착된다고 해도 가보지 않을 수는 없을 것 같다. 샤워를 해야 되는데, 최소한 머리라도 감아야 되는데 시간이 없을 것 같아 서둘러 대강 세수만 한다. 어리벙벙해져 슬픔까지 깊게 밀려오는 건 못 느끼겠으나 허망하기도 하고 안쓰럽기도 하다. 천형, 조물주…… 어쩌고 하며 살아야겠다고 하더니…… 그전부터 느껴오지 않은 바는 아니나 새삼 인생이라는 것이 무엇이고 사람과 사람 사이의 만남이라는 것이 무엇인가 하는 감상에 젖어듦을 어쩔 수가 없다. 전화번호는 이치훈에게 가르쳐줬는데 그는 전화해온 일이 없고 누나가 해온 것이다. 아니 이것은 누나의 전화가 아니라 그의 전화로 간주해야 옳다. 살아서는 하지 못하고 죽어서 다른 사람의 손을 통해 해온 셈이다. 함부로 누구한테 전화번호를 가르쳐주는 체질이 아닌데도 엉겁결에 가르쳐줬었는데 아마 이런 일이 있으려고 그랬는가보다. 연민 때문에, 그런 처지에 있는 그를 매정하게 외면하는 것 같아 예의로 가르쳐줬던 것에 불과한데 이런 결과까지 가져오다니…….

검정 스커트에 검정 스웨터, 검정 코트를 입고 밖으로 나와 승용차에 오른다. 시동을 걸고 잠시 쉬는데 이치훈의 얼굴에 겹쳐 장형빈과 조철환 신부의 얼굴이 이어서 떠오른다. 장형빈은 떠올랐다 금방 사라지고 오히려 조철환 신부가 오랫동안 사라지지 않는다. 왜 이 모양인가. 가장 외로운 시절에 이상하게 만난 조철환 신부가 그런 꼴로 죽더니 역시 이상하게 만난 이치훈마저 또 이런 꼴로…… 〈비를 부르는 여자〉니 〈폭풍을 몰고 오는 여자〉니 하는 낯간지러운 영화들의 제목처럼 자기도 그런 계통의 여자인가. 자기가 시도했다가 실패한 죽음이 죽음들을 불러오는 것인가.

병원에 도착하니 세 대의 영구차가 세워져 있고 검정 옷에 삼베 두건을 쓴 몇몇 사람들과 함께 꽤 많은 사람들이 추위 속에 서서 웅성거리고 있다. 물론 모두 이치훈만을 배웅할 사람들은 아닐 것이고 이치훈과 함께 있을 다른 주검들을 배웅할 사람들도 섞여 있을 것이다. 병원 안에 몇 구의 주검이 보관되어 있는지는 모르나 세워져 있는 영구차들로 보면 오늘, 아니 곧 발인할 집은 세 집인 모양이다.

영안실 안으로 들어가자 역시 사람들이 웅성거리고 있고 역겨운 냄새가 코를 찌른다. 향내에 뒤섞인 음식 냄새, 사람 냄새, 촛불 냄새, 국화 냄새…… 같은 것들이겠지만 익숙해 있지 않아 그런지 시체 썩는 냄새를 연상시키며 메스꺼워지게 만든다. 칸막이가 제대로 되어 있지 않아 어느 상가가 어느 상가인지 잘 구분이 되지 않는다. 기웃거리다가 제일 사람이 적은, 초라해 보이는 집이 이치훈의 상가가 아닐까 하고 확인해보니 그렇지가 않다. 이치훈의 상가는 초라하긴 초라하되 제일 초라한 집보다는 좀 덜 초라해 보인다. 커다란 화환까지 세 개나 세워져 있다. 이치훈의 영정을 발견하고 다가가자 이치훈의 누나가 손을 잡아준다.

"오시지 말랬더니…… 오시라고 전화드린 건 아닌데……."

"아녜요, 잘하셨어요."

분향을 하고 가톨릭 식으로 예를 올린 후 안내하는 대로 자리에 앉으니 이치훈의 누나가 환타인지 뭔지 불그스름한 음료수를 가지고 와 따라주며 옆에 와 앉는다. 전화기를 통해서는 흐느끼기까지 하더니 지금의 표정은 그렇게까지 어둡지는 않다.

"힘드시게 괜히 전화드린 것 아닌지 모르겠어요. 바쁘실 텐데…… 어쩌려고 애가 정원씨한테 쪽지를 남겼지 뭐예요? 무시하고 없애버리려고 했는데 애가 살아 있다면 몰라도 죽었다고 생각하니 그게 쉽지가 않더라구요. 그래서 그 쪽지나 나중에 전해드릴까 하다가……."

"잘하셨다니까요. 어떻게 해요, 가는 것도 못 보면 나중에 섭섭해서…… 그런데 생명에는 지장이 없는 줄 알았더니 어떻

373

게……? 지난번 만났을 때도 다리만 그렇지 모습은 건강해 보이던데…….”

“모르시는군요, 자살했어요.”

“네?”

“휠체어를 탄 채 스스로 계단에서 굴렀어요. 실수가 아닌가 했는데 실수라면 계단에서 좀 굴렀다고 그렇게까지 뇌를 심하게 다쳤을 리는 없을 것 같아 알아보니 쪽지를 남겼더라구요, 나한테, 그리고 정원씨한테도…….”

말문이 막힌다. 지난번 만났을 때 그가 들려주던 말이며 그 순간의 표정이 떠오른다. 자신도 한때 시도했었던 짓이긴 하지만 자살이라는 게 사실 따지고 보면 순간적인 충동을 이겨내지 못한 결과일 뿐인데…… 그 순간을 견뎌내고 나서 훗날 돌이켜보면 어리석고 낯뜨거운 객기일 뿐인데…… 정원이 묵묵히 고개만 끄덕이자 이치훈의 누나가 한쪽에 놓여 있는 핸드백에서 쪽지를 꺼내어 내밀며 말한다.

“그냥 가벼운 마음으로 조금도 부담 느끼지 말고 보세요. 정말로 어쩔 수 없어서 보여드리는 거니까…….”

유정원씨, 살고 싶었습니다. 이를 악물고 어떻게든 살아야겠다고 몇 번이나 다짐했습니다. 그 다짐의 이유는 이 세상에 유정원씨가 존재한다는 사실 하나만으로도 충분했습니다. 우리가 만나 이야기한 건 불과 몇 차례 안 되지만 그 동안 유정원씨는 어느 한순간도 내게서 떠나 있지 않았습니다. 떠나지 못하도록 내가 나의 가장 깊숙한 곳에 가두어두었습니다. 그러나 그것은 즐거움이 아니라 고통이었습니다. 두 다리를 잘린 고통보다도 훨씬 더 큰 고통이었습니다. 두 다리를 잘린 고통은 이겨낼 수 있었는데 그 고통은 도저히 이겨낼 수가 없었습니다. 날이 가면 이겨낼 수 있을 줄 알았더니 전혀 그렇지가 않았습니다. 결국 나는 그 고통에 지고 말았습니다. 지고 만 자신을 용서할 수가 없습니다. 유정원씨도 절대로 용서하지 마십시오. 어쨌든 그 동안 고마웠습니다. 대학 시절에 만나고 못 만나다가 십 년이 넘어 우연히 만났듯이 저승이라는 게 있다면 수십 년 후엔 그곳에서 또 우연히 만나게 될지도 모른다는 생각이 듭니다. 혹시 그렇더라도 그때는 우리 서로 절대로 아는 체하지 않기로 합시다. 이치훈.

이럴 수가…… 너무나 뜻밖이다. 쪽지라고 해서 형식적인 두세 마디 인사말 정도가 씌어 있을 줄 알았더니 엉뚱하다. 나이 많은 사람은 돋보기를 써야만 읽을 수 있을 정도로 깨알 같은 글씨로 썼기에 망정이지 그렇지 않다면 수첩 종이 한 장에는 쓸 수도 없었을 것 같다. 길이만이 아니라 내용도 그렇다. 어리둥절해진다. 자기를 그토록 사랑했다는 이야기인가. 사랑의 고통을 이겨낼 수 없어서? 표현들이 지나치게 과장되어 있어 어처구니가 없을 정도다. 그러나 웃음이나 눈물은 나오지 않는다. 처지가 처지였던 만큼 보통 사람들보다 훨씬 더 감상적이기는 했을 것이다. 결과적으로 자기가 보인 연민이 상처를 주고 큰 화만 불러일으킨 꼴이 되고 만 셈이다.
　쪽지를 다 읽고도 정원이 말을 못하고 있자 이치훈의 누나가 난처해하는 표정으로 말한다.
　"기분이 안 좋으실 거예요. 애가 글쎄 그 꼴이 되어가지고도 마음속으로 정원씨를 그토록이나 생각하고 있었으니……."
　"너무 뜻밖이에요. 죄송해요. 전 그렇게까지…… 제가 전화번호를 가르쳐줬는데도 전화 한 번 한 적이 없거든요."

"얼마나 하고 싶었겠어요? 그러나 참은 거겠죠. 그 번호, 내게 남긴 쪽지에 적어놨더라구요. 그 번호를 거기에 적어놓지만 않았더라도 내가 전화 안 했을 거예요. 이게 무슨 실례예요?"

"제가 만나 이야기 나눈 게 오히려 잘못이었던 것 같아요. 대학교 때부터 안 사이여서 저는 깊은 생각 없이 그랬던 건데……"

"정원씨처럼 고운 여자가 그렇게 따뜻하게 해주니 어찌 마음을 안 빼앗겼겠어요? 몸이 그 꼴이 된 후엔 친구들과도 연락들을 끊다시피 하고 지냈는데……"

먼 친척이기라도 한 듯한, 회갑이 지나 보이는 한 문상객이 오자 이치훈의 누나가 그를 맞이한다. 발인 시간이 가까워오는지 한쪽에선 짐들을 정리하기도 한다. 무심히 지나쳤던 '謹弔' 화환들을 보다가 정원은 깜짝 놀란다. 세 개 중 한 개에서 '國會議員 張炯彬'이라는 글자를 발견했기 때문이다. 깜짝 놀라는 것만으로 그치지 않고 자연히 주위를 두리번거리게까지 된다. 그러나 다행히 장형빈은 보이지 않는다. 비서든 누구든 시켜 화환이나 보내왔을 뿐 설마 직접 다녀가지야 않았겠지. 다녀갔든 어쨌든 그것이 무슨 상관인가.

문상객을 자리에 앉혀 음식을 대접하고 몇 마디 말을 건네고 나서 이치훈의 누나가 다시 다가와 앉으며 말한다.

"바쁘실 텐데……"

"아녜요. 장지는 어디에……?"

"화장하려구요. 애가 그렇게 해달라고 쓰기도 했고, 내 생각도……"

"그게 깨끗해서 오히려 좋을 것 같기도 해요. 그러나저러나

정말 뭐라고 드릴 말씀이 없네요. 어쩌다가 그런 병에 걸려가지
고……."

"고문 후유증일 거예요."

"네?"

"애가 그런 말 안 했어요?"

"무슨……?"

"잡혀들어가 발가락이 으깨지고 담뱃불에 지져지는 고문을 당
했다는…… 했을 리가 없을 거예요."

"어머, 그랬대요? 치훈씨가 가담했었던 서클 자체가 그런 계
통이어서 불구의 원인이 그게 아니냐고 제가 물은 일이 있는데
딱 잡아떼던데요. 그렇기라도 했다면 얼마나 떳떳하겠느냐
고…… 그럼 그 병이 버거씬지 부르거씬지 하는 병이 아니었어
요?"

"그 병인지 뭔지 어쨌든 잡혀들어갔다가 나온 일이 있고 나서
생긴 병이거든요. 물론 바로 생긴 건 아니고 몇 년 후에 생긴 거
지만……."

"원인이 밝혀지지 않은, 천형 같은 병이라고 하던데……."

"혈관이 막혀 피가 흐르지 못해 썩는 병인데 담배가 원인이라
고 하기도 하고, 고엽제 같은 약의 후유증이라는 설도 있는 모
양이에요. 그런데 애는 담배를 그다지 심하게 피우지도 않았고,
월남전 같은 전쟁에 참여한 일도 없고 오직 데모를 하다 붙잡혀
가 고문을 당한 일밖에 없는데 그 몇 년 후에 그런 병이 생겼으
니 원인이 뭐겠어요?"

"그 사실을 저한텐 왜 숨겼죠?"

"고문은 당했어도 실형을 선고받지 않고 풀려나자 서클 친구
들로부터 손가락질을 당했거든요. 스스로도 자기가 친구들을 배

반했다는 자책감에서 헤어나지 못했던 것 같아요"

"숨겨야 할 사실들을 고문에 못 이겨 실토했다는 이야긴가요?"

"확실한 내막이야 나도 모르지만 풀려났으니까 그런 추측이 가는 거죠. 하여튼 애는 붙잡혀 들어가고 고문을 당하고 한 사실들을 부정하고 싶어했어요. 그래서 아마 정원씨한테도 그렇게 말했을 거예요"

이치훈의 누나 말이 거짓말이라는 생각은 들지 않는다. 그러나 그 병의 원인이 고문의 후유증일 것이라는 말은 혼자만의 생각일지도 모른다. 혹시 으깨어지고 담뱃불에 지져진 그 상처에 어떤 균이 침범해 그런 병이 생긴 것인지도 알 수는 없지만 그렇게 생각한다는 건 좀 억지스러운 느낌이 없지 않다. 일종의 보상심리에서 나온 말에 지나지 않을 것 같다. 그렇다고 해도 이치훈이 흥분해 말했던 것과는 달리 천형이 아닐지도 모른다고 생각하니 한결 마음이 가벼워진다. 단순하게 어쩌다가 운이 나빠 걸린 희한한 병에 불과한 줄 알았는데 그 이면에 그 병과 연관이 있을지도 모르는 그런 일이 있었다니 생각이 많이 달라진다. 그가 왜 두 다리를 자른 데서 와지는 고통보다 더 참을 수 없었던 고통이 사랑의 고통이라고 감상적으로, 과장되게 썼는가를 조금은 이해할 수 있을 것 같다.

화장터까지 함께 가줘야 되는 게 아닐까, 아니 화장이 다 끝날 때까지 기다렸다가 골분을 받아 자기가 뿌려주어야 되는 게 아닐까 하는 생각에 사로잡히기도 했으나 정원은 그냥 장의차를 떠나보낸다. 장의차에 오르는 이치훈의 누나에게 목례를 보내는 것으로 마음을 다스린다. 장의차가 떠나고 나자 비로소 눈물이 글썽여진다. 이성으로서 사랑이라고 할 수 있는 감정 같은 걸 느꼈던 적은 전혀 없었던 것 같은데도 순간적으로 사랑했었던 사람 같은 생각이 든다. 장의차에 탄 사람들 외에 장의차를 배웅해준 사람들은 몇 되지 않으나 그 중에 대학교 때 이치훈의 서클 친구로 혹시 자기를 알아볼 사람이 있을지도 모른다는 생각이 퍼뜩 들어 정원은 얼른 주차장 쪽으로 향한다. 서클 친구가 아니라 장형빈이 있을지도 모른다는 생각조차 드니 이상하게 겁조차 난다. 화환을 보내오고, 또 발인하는 날 와볼 만큼 적극적이거나 시간이 많지는 않을 테니 절대로 그럴 리는 없겠지만 만의 하나 그가 이 자리에 나왔다가 자기를 발견하고 말을 걸어온다면 어떻게 할까. 막상 만나면 어떨지 모르나 상상으로는 별다른 감정의 파문이 일어날 것 같지 않은데도 신경이 쓰인다. 그러나 차를 끌고 병원을 벗어날 때까지 다행히 그런 일은 벌어지지 않는다. 아무도 자기 차를 눈여겨보지 않고 제각기 흩어져 자기 갈 곳들로 가버린다.

아무리 차를 끌고 밖에 나왔다고 해도 샤워도 하지 않은 몸으로, 더욱이나 상가를 다녀온 복장으로 어디를 돌아다닌다는 게 찜찜해 일단 집으로 다시 들어가자는 생각에 차의 방향을 집 쪽으로 향한 후 라디오를 켠다. 음악 아닌 멘트가 흘러나오는데 공교롭다.

……곧 개봉 예정에 있는 〈꽃잎〉이라는 영화는 장선우 감독 작품으로 최윤이라는 중견 여류 작가의 「저기 소리 없이 한 점 꽃잎이 지고」라는 소설을 원작으로 하고 있습니다. 광주 민주화항쟁을 다룬 작품인데 주인공은 14세 소녀입니다. 광주항쟁 때 어머니를 잃고 미쳐버린 한 소녀의 모습을 통해 순수한 영혼이 그 끔찍한 사태로 얼마나 처참하게 상처받았는가를

379

생생하게 보여주고 있습니다…….

정원은 다 듣지 않고 테이프를 집어넣는다. 드보르작의 첼로 협주곡이다. 그 영화 음악을 들려주겠다는 것인지 뭔지는 모르겠으나 이런 날 아침 하필 광주사태라니…… 따지고 보면 이치훈도 장형빈도 조철환 신부도 모두 그 사태, 그 투쟁과 연관이 되어 있는 셈 아닌가. 아니 『아우슈비츠』 머리말을 보면 박광렬 교수도 그 학살의 충격에서 얼마나 헤어나지 못하고 있었던 것인가. 복잡한 머리를 잠시라도 쉬게 하기 위해 음악을 들으려고 했더니 음악까지도…… 이미 십오 년도 더 지난 일인데 아직까지 이렇게 부딪치는 모든 것들에 생생히 살아 있다니…….

집으로 돌아와 샤워를 마친 후 토스트에 커피를 한 잔 마시고 나서 정원은 어제 사다놓고 읽지는 않은 『예수라면 어떻게 할 것인가』라는 책을 펼쳐본다. Charles Monroe Sheldon이라는 미국인이 지은 *In His Steps*라는 소설인데 역자가 번역을 그런 제목으로 해놓고 있다. 씌어진 지 백 년이나 되고 우리나라에 번역된 지도 십 년이 넘은 묵은 책이긴 하나 미국에서만도 삼천만 부가 넘게 팔린 세계적으로 유명한 불후의 종교 소설이라고 해서 이번 시나리오를 쓰는 데 혹 참조할 점이 있을까 하고 산 것이다. 역자의 서문을 보니 이런 구절이 보인다.

……신도들로부터 존경과 신뢰를 받으며 안락한 생활을 누리던 맥스웰 목사는 실직한 한 인쇄공을 만나 충격을 받는다. 그 인쇄공이 냉정하고도 이기적인 기독교인들을 신랄하게 비판하며 죽어갔기 때문이다. 그 인쇄공이 부르짖은 절규가 바로 "예수님이라면 어떻게 하실까"였다. 맥스웰 목사는 스스로

이 질문에 대한 양심적인 대답을 하고 그대로 실천하기로 서약한다. 그리고 신도들 중에서도 이 질문에 대한 양심적 응답에 따라 앞으로 동행하기로 서약할 지원자를 모집한다. 그후 예수님의 발자취를 따르는, 강력하고도 성령에 힘입은 역사(役事)가 시작된다. 곧 이 역사는 가난하고 외면당한 빈민촌에까지 파급된다. 그리하여 교회를 빙자하여 안일무사하게 살아가던 교인들과 성직자들의 생활에 일대 경종과 개혁의 선풍을 일으킨다. ……한마디로 타락한 기독교 정신에 과감히 도전한 소설이라 할 수 있다…….

역자의 서문을 읽고 1장 '고통 없는 고난자'를 거의 다 읽어갈 무렵 전화벨이 울린다.
"뭣하고 있어?"
김도섭 감독이다.
"왜요?"
"별일 없으면 나오지. 점심이나 하게……."
"누구랑요? 하 선생님과 함께 계세요? 조금 있다가 하 선생님께 연락해 만날까 했는데……."
"그 친구, 오늘 못 만날 거야. 회사에 나갈 일이 있다고 했어."
"그래요? 그럼 다음에 함께 만나시죠, 뭐."
"아냐, 오늘은 다른 일이 있어. 하범준보다 훨씬 젊고 멋진 데이트 상대 한 사람 소개해주려고……."
"제 중매를 하시겠다구요?"
"중매야 아니지. 유부남이니까."
"사양하고 싶은데요, 뭣하는 누군데요? 영화와 관계되는 사람이에요?"

"그렇다고 볼 수 있지. 그냥 데이트하라는 게 아니고 일이야, 일. 어디가 좋겠어? 내 사무실로 오겠어?"

"몇시까지요? 그분은 몇시에 만나기로 하셨는데요?"

"그거야 상관없고…… 지금 바로 나와. 올 때까지 기다릴 테니까."

누구를 소개해주겠다면서 그거야 상관없다니…… 무슨 영문인지 모르는 채로 정원은 머리와 얼굴을 대강 손질하고 옷을 갈아입는다. 차를 가지고 갈까 말까. 하범준을 안 만난다면 굳이 가지고 갈 필요가 없을 것 같기도 하나 또 혹시 다른 일이 있을지 모르니…… 아니 자꾸 늦어지니까 혼자라도 한만규 교수, 심은희 교수를 만나 알아볼까? 그러자면 전철 타는 것보다 주체스럽더라도…… 정원은 차를 몰고 충무로로 향한다. 각오했는데도 강남을 벗어나기 전부터 막히니 후회가 되려고 한다. 한강대교를 건널 때는 답답함을 견디다 못해 음악의 볼륨을 높인다.

충무로에 도착해 유료 주차장에 차를 세우고 사무실로 가자 김도섭 감독이 혼자 앉아 있다가 손을 들어준다.

"어서 와. 빨리 왔네. 차 안 가지고 왔어?"

"빨리 오긴요. 얼마나 막혔는데……."

"아냐, 차를 가지고 왔는데도 이 정도면 빠른 편이야."

어제도 술을 마셨는지 얼굴이 부석부석하고 눈이 뻘겋게 충혈되어 있다. 석유 난로 위의 주전자가 겨울날 가파른 산길을 올라온 심약한 여자의 입김 같은 김을 뿜어내고 있어도 사무실 안은 밖이나 별로 다르지 않게 냉랭하다. 김 감독을 초빙해 일을 하게 하던 큰 영화사 사무실들이야 말할 것 없고 김 감독 개인이 쓰고 있는 이 사무실도 조감독을 위시한 스텝들이 드나들 때는 난로 아닌 사람들의 열기만으로도 땀이 날 정도였는데……

그런 냉랭함을 느끼게 해주는 게 민망해서인지 김 감독은 정원으로 하여금 자리에 앉을 틈도 주지 않은 채 책상 위에 놓인 무슨 책을 한 권 집어들고 일어서며 말한다.

"나가지."

"누굴 소개해주시겠다고 하더니…… 밖에서 만나기로 하셨나 보죠?"

정원의 말에는 대꾸하지 않고 앞장서 나서며 김 감독은 묻는다.

"뭘로 할까? 일식으로 할까?"

"감독님 좋으실 대로요. 감독님은 아침 안 하셨죠? 전 토스트 먹은 지 얼마 안 돼요."

김 감독은 언젠가도 함께 간 적이 있는 부근의 일식집으로 들어가 방에 자리를 잡은 후 뭘로 들겠느냐고 다시 묻는다. 김초밥을 먹겠다고 하자 자기는 우럭매운탕을 시킨다. 그리고 손에 들고 온 책을 정원에게 던지듯 내민다. 소설인지 뭔지 장정이 희화적으로 부드럽게 되어 있는 『내 작은 등불 켜서』라는 제목의 책이다. 제목의 글씨도 장정 속의 등불이며 여자 그림도 모두 목탄으로 스케치한 것처럼 보인다.

"무슨 책이에요?"

집어들고 보니 '백영식 목사 지음'으로 되어 있다. 그렇다면 소설이 아니고 흔히 볼 수 있는 설교집 같은 것인가.

"집에 가지고 가서 한번 읽어봐. 일종의 수기 비슷한 건데 재미있는 목사야. 삼십대 후반에 목사가 되어 지금까지 오 년을 넘게 목회 활동을 해온 곳이 창녀촌이야. 창녀며 포주며 부랑아들을 상대로 목회하는 일이 오죽했겠어? 별별 일을 다 겪었더라구."

"그래서 오늘 저한테 소개시켜주시겠다는 분이 이분이에요?"

"읽어보고 끌리면 만나보라구."

"아시는 분이에요?"

"아냐, 누가 읽어보라고 해서 이 책만 읽어봤을 뿐이야. 기독교와 관계되는 영화를 만들겠다고 했더니 이 목사를 모델로 하면 어떻겠느냐고 권고를 하는 사람이 있어서 유 작가 의견을 들어보려고……."

"박광렬 교수님은 어떡하구요?"

"자꾸 늦어지니까…… 물론 믿고 있는 쪽이야 그쪽이지만, 혹시 모르잖아? 이쪽 것이 더 좋을지……."

"그렇다면 저보다 하범준 선생님께 보여드려야죠."

"그러면 그 친구야 무조건 이쪽 것으로 하라고 하겠지. 요즘 얼마나 귀찮겠어? 내가 매달리는데다 유 작가가 애를 쓰니까 어쩌지 못하고 붙들려 있는 거지…… 아마 속으로야 하루에도 몇 번씩 팽개치고 싶었을 거야."

"설마 그러시기야 하겠어요? 이제 거의 다 끝나가고 있는데……."

"그 친구 머리를 빌리면 작품이야 나을 게 틀림없지만 홍행은 오히려 이쪽이 더 나을지 몰라. 이 목사 이야기를 바탕으로 잘 꾸미면 〈낮은 데로 임하소서〉보다 더 재미있을 것 같더라니까."

"그러면 하 선생님께 부탁해서 이분 이야기를 바탕으로 꾸며보라면 되실 것 아녜요?"

"지금까지 실컷 애쓰게 해놓고 어떻게…… 잘 꾸며봤자 목사와 창녀의 사랑 이야기 정도가 될 텐데 그 친구 체질상 그런 단순하고 빤한 이야기를 작품이라고 내놓으려고 하겠어? 『주홍글씨』니 『전원교향곡』 같은 것도 우습게 생각하는 친군데…… 그리고 박광렬 이야기는 제작을 맡은 분이 한번 취재해보라고 해서 하는 것이기도 하니까 일단 추진은 끝까지 해봐야지."

여종업원이 양상추에 소스를 끼얹은 것 등 반찬들을 가져다 놓자 김 감독은 정원에게 맥주 한잔 하겠느냐고 묻는다. 낮인데다 차까지 가지고 와 싫다고 하니까 자신이 마실 소주만 한 병 시킨다. 나이가 들어도 변함이 없다. 영화 촬영이 없을 때는 점심을 먹으면서도 소주를 시키는 일이 자주 있었다. 김 감독만이 아니라 영화판엔 그런 사람들이 적지 않았다. 힘겨운 막일을 하는 사람들이 달리는 힘을 술로 보충하는 것이나 비슷하나 다른 점은 일을 하는 도중에는 마시지 않고 그날 일을 일단 끝내거나 일이 없을 때 마신다는 점이었다. 소주를 내오자 스스로 잔에 따르며 김 감독은 말을 잇는다.

"그러니까 이건 참고로 유 작가선에서 한번 검토해보라고…… 만약을 대비하기 위해서이기도 하고…… 또 좋으면 둘 다 만들 수도 있는 거니까. 유 작가도 잘 알다시피 창녀들이 나오는 영화치고 흥행에 참패하는 일은 거의 없었잖아?"

김 감독 입에서 연거푸 나오는 '흥행'이라는 낱말이 귓가를 떠나지 않고 맴돈다. 영화에 있어서 흥행이 얼마나 중요한가를 정원으로서도 모르는 바 아니다. 그러나 그 낱말이 '창녀'라는 낱말과 동반되니까 마치 창녀 노릇을 해서라도 돈을 벌어야 한다는 말처럼 들려 우울해진다. 정원이 말없이 고개를 끄덕이자 김 감독이 소주를 입에 털어넣고 다시 말한다.

"그전에 하범준이와 〈라스베가스를 떠나며〉라는 걸 봤는데 좋더라구. 유 작가도 물론 보았겠지? 창녀가 나오는 영화라도 그 정도만 만든다면 나쁠 게 없지. 주인공을 알코올중독자가 아니라 목사로 설정하고 그 상대역으로 창녀를 설정한다면 또다른 맛이 있지 않겠어?"

"이번엔 흥행이 목적이 아니라 작품이 목적이잖아요? 제작자
도 그걸 원한다면서요?"

"말이 그렇지, 작품이 괜찮더라도 흥행에서 참패를 한다면 내
입장이 어떻게 되겠어? 기독교 계통의 영화라고 해서 창녀가 나
오지 않으라는 법 없고, 또 창녀가 나온다고 해서 작품이 나쁘
라는 법 없잖아? 문제는 어떻게 꾸미느냐 하는 것인데 이걸 읽
어보면 도움이 될 거야."

근래 몇 년 동안 만든 영화들이 흥행면에서 신통치 않아 난처
한 입장에 있는 걸 모르는 바 아니지만 김 감독이 확고한 신념
을 갖지 못하고 갈팡질팡하는 것 같아 기분이 좋지를 않다. 직
장에서 퇴직을 당한 사람처럼 풀이 죽어 있는 게 어느 때보다도
역력히 느껴진다. 허세일망정 평소의 그 패기며 넉살이며 유머
가 좋았는데 오늘은 그런 것들마저 잃어버리고 있는 그 앞에 화
를 내거나 짜증을 부릴 수도 없어 정원은 알았다고 고개를 끄덕
여주면서, 어떻게 해서든 박광렬 교수의 이야기를 김 감독이나
제작자가 흡족할 수 있게 꾸며봐야겠다고 마음먹는다.

일식집에서 나와 옆 커피숍에서 커피까지 마신 후 김 감독과
헤어져 정원은 차의 방향을 한만규 교수 집 쪽으로 잡는다. 커
피숍에서 하범준이 실제로 집에 없는지 한번 확인을 해보라고
하자 김 감독은 휴대폰으로 확인을 해주었다. 그렇다면 혼자라
도 두 교수들을 만나봐야겠다는 생각에 전화를 걸자 심은희 교
수는 해외 여행중이라고 했고, 한만규 교수만이 집에 있었다.
직접 전화를 받은 한만규 교수는 정원이 좀 찾아뵙고 여쭤볼 게
있다고 하자 출판사 여직원쯤으로 아는지 대뜸 그 원고 이미 다

른 출판사에 넘겼으니 그것 때문이라면 올 필요 없다고 했다. 원고라뇨, 그런 게 아니고 다른 일 때문이라고 하자 무슨 일이 냐고 구체적으로 물었다. 글을 쓰는 사람이라느니 박광렬 교수에 대해서라느니 하는 말들을 꺼내기가 어색해 망설이다가 유일신학대학을 나오지야 않았지만 신학을 공부하는 사람인데 교수님한테 특별히 여쭤볼 게 있어서라고 얼버무리자 그제야 집으로 찾아오라며 약도를 가르쳐주었다. 학교 경비 말로는 박광렬 교수와 한 동네라고 했던 것 같은데 방향만 비슷할 뿐 동은 달랐다. 사직동이 아니라 아현동이었다.

약도대로 동네로 가 골목길에 차를 세워놓고 좀 헤매다가 문패를 확인하고 보니 상상했던 것보다 훨씬 평범하다. 주택가에서는 아무 동네에서나 쉽게 발견할 수 있는, 집장수들이 벽돌과 시멘트를 뒤섞어 엉성하게 지은 이층집이다. 지은 지도 꽤 오래된 듯 철대문부터 퇴색해 있는데다 녹까지 슬어 있다. 초인종을 누르자 자동 여닫이 장치도 안 되어 있는지 누구시냐는 여자의 목소리와 함께 달려나와 대문을 열어준다. 부인인 듯 안경을 썼을 뿐 외모도 차림도 특별한 면이 없는 사십대 후반의 여자다. 아까 전화 건 사람인데 한만규 교수님 계시냐고 하자 들어오시라며 거실 소파로 안내한다. 거실도 지나치게 상식적이다. 텔레비전, 전축, 화분, 동양화, 성경 구절을 써놓은 액자…… 그런데 성경 구절 중에서도 특히 많이 알려진 구절을 써놓은 보통의 다른 기독교 집안과는 달리 '창세기 1장' 첫부분을 써놓은 것이 좀 특이할 뿐이다. "태초에 하나님이 천지를 창조하시니라 땅이 혼돈하고 공허하며 흑암이 깊음 위에 있고 하나님의 신은 수면에 운행하시니라 하나님이 가라사대 빛이 있으라 하시매 빛이 있었고 그 빛이 하나님이 보시기에 좋았더라 하나님이 빛과 어둠을 나누사 빛을 낮이라 칭하시고 어두움을 밤이라 칭하시니라 저녁이 되며 아침이 되니 이는 첫째 날이니라……."

정원이 소파에 앉아 기다리고 있자 서재가 이층에 있는지 한만규 교수가 이층에서 내려온다.

"아까 전화드린 유정원이라고 해요. 바쁘실 텐데……."

일어서서 인사하자 괜찮다며 앉으라고 권한다. 부인보다 더 두꺼워 보이는 안경을 썼고, 이마가 많이 벗겨져 있다. 그러나 머리칼이 많지 않을 뿐 흰 머리칼은 별로 없다. 이목구비가 비교적 뚜렷한 편이고 키도 작은 편은 아니다. 곤색 바지에 곤색 체크무늬 남방을 입었는데 집에서 입고 있었던 옷 같지 않고 손님을 맞이하기 위해 일부러 갈아입은 옷 같다. 정원의 생김새며 차림새가 거부감을 느끼게 해주지는 않는지 아까 전화를 통해서와는 달리 온화한 표정으로 마주 앉으며 묻는다.

"신학을 공부하신다구요? 어떤 쪽……?"

"아녜요, 아무것도 몰라요. 그냥 관심만 좀 가지고 있을 뿐이에요."

"그래, 물어보고 싶다는 건……?"

"죄송해요. 학문에 관한 것이 아니구요. 박광렬 교수님 아시죠?"

한만규 교수는 의외라는 듯 눈을 깜박거리고 나서 말없이 빤히 쳐다본다. 쳐다만 보다가 한참 후에야 묻는다.

"어디, 기자세요?"

"아녜요, 기자면 기자라고 말씀드리죠."

"기자도 아니면서 박 교수는 왜……?"

"그냥 좀 알고 싶어서요. 그분이 쓰시고 번역한 책들을 읽기도 했는데, 그런 일을 저지르셨다는 게 도무지 믿어지지 않아서…… 하나님을 독실하게 믿으시는 신학대학의 교수님이 어떻게 자기 아버지를……."

기자는 아니라고 해도 그와 비슷한 계통의 일을 하는 사람이려니 해서 그러는지 한만규 교수는 더 캐묻지는 않고 정원으로부터 시선을 피해 허공을 보며 고개를 끄덕이다가 중얼거리듯이 말한다.

"그러니까 박 교수의 믿음이며 학문이라는 것이 엉터리가 아니냐……."

"그보다도 교수님으로서도 그분이 그런 범행을 저질렀다는 걸 믿으시는지……."

"물론 믿고 싶지야 않죠. 하지만 사실이 그렇게 밝혀져 있는 걸 어떡합니까?"

"누명일 수도 있지 않아요?"

"누명? 누명이라면 본인이 부정을 하겠죠. 자기가 저지르지도 않은 범행을 스스로 저질렀다고 자백을 하겠어요? 고문에 못 이겨 어쩌다가 거짓 자백을 하는 일이 없는 건 아니지만 박 교수는 경우가 다르죠. 그 누구도, 심지어는 경찰에서까지도 처음엔 박 교수의 자백을 믿으려고 하지 않았으니까. 나도 믿어지지 않아 직접 묻기도 했는데 끝까지 사실이라고 하니 안 믿을 수가 없죠."

부인이 차를 가져다 놓은 후, 구기자찬데 젊은 분이라 입에 맞으실지 모르겠다며 입에 안 맞으시면 커피 드릴까요?라고 묻는다. 아니라고 고맙다고, 아무런 선물도 못 가져왔는데 이런 좋은 차까지 주시니 황송하다고·하자, 무슨 그런 말을 하냐며 어서 드시라면서 방으로 들어간다. 한만규 교수가 묻는다.

"아까 이름이……?"

"유정원이에요."

"그래 유정원씨는 박 교수가 그렇게 자백을 했는데도 아직까지 잘 믿어지지 않는단 말이죠? 그렇다면 박 교수가 거짓 자백을 했다는 이야긴데 무슨 이유로 거짓 자백을 했다고 생각되세요?"

"아주 소박한 이유에서죠. 웃으실지 모르지만 남의 죄를 대신 뒤집어쓰는 게 그리스도 정신 아닌가요?"

뜻밖이다. 정원으로서는 가볍게 그냥 별 생각 없이 한 말인데 한만규 교수는 심각한 표정으로 고개를 무겁게 끄덕인다. 거기에서 힘을 얻어 좀 주제넘은 게 아닌가 생각하면서도 정원은 일부러 덧붙인다.

"교수님도 읽으셨겠지만 쉘든이라는 작가가 쓴 『인 히즈 스텝스』, 우리말로는 『예수라면 어떻게 할 것인가』라고 번역했던데 그 소설에서도 그런 문제를 제기했듯이 정말로 예수님이라면, 박 교수님이 예수님이라면 어떻게 했을까 하는 생각을 해보았거든요."

"아, 그래요?"

놀라는 표정으로 일단 정원을 응시하고 난 후에 한만규 교수는 한동안 생각하는 표정을 보이다가 빙긋 웃으며 말한다.

"글쎄, 훌륭한 생각이긴 한데 현실적으로 보통 사람이 과연 그렇게 할 수 있을까요? 박 교수가 아무리 신앙이 독실하고 보통 사람들과는 좀 다른 삶을 살아왔다고 해도 내가 그 동안 만나오면서 느낀 바로는 그렇게까지 할 사람 같지는 않아요. 다른 사람도 아니고 자기 아버지를 죽인 범인의 죄를 스스로 뒤집어쓴다는 게…… 또 모르죠. 같은 집안 식구 중의 누구…… 부모라든가 아내라든가 자식이라든가 하는 사람들의 죄라면 몰라도……."

"그거야 독실한 신앙인 아닌 그 누구라도 경우에 따라선 그럴수 있겠죠. 실제로 과거에 그런 일이 있기도 했구요."

식구 중의 누구라면 어머니, 아니 어머니야 정신이 멀쩡한데 자기가 죽여놓고 아들이 잡혀 들어가도록 두지는 않았을 것 같고, 지금 정신병원에 있다는 아내가 혹시……? 하는 생각이 들었으나 경망한 물음일 것 같아 입 밖으로 꺼내지는 않는다. 이런 정원의 생각을 헤아리기라도 한 듯 한만규 교수는 말한다.

"실제로 있었다고 해도 보통 사람으로선 그것도 쉬운 일은 아니죠. 더욱이나 말세라는 소리를 듣는 요즈음 같은 세상에 어디 그게…… 그래서 나는 이런 생각은 해봤어요. 지금 정신병원에 있는 박 교수의 아내…… 발작 상태에서야 무슨 일이든 저지를수 있는 거니까…… 그리고 평소에 박 교수가 그 부인을 많이 사랑했었으니까…… 잠깐 그런 추리를 해본 적이 있는데, 그러나 그거야 너무나 위험한 추리고…… 혹시 만의 하나 그렇다고 해도 그렇다면 박 교수가 너무 우매하죠. 정신이상자가 저지른 범죄는 범죄로 취급이 안 되거나, 취급이 되더라도 아주 가볍게 취급될 수 있는데, 박 교수가 그것을 모를 리 없는데 왜……."

한만규 교수는 장황히 더 늘어놓고 싶은 걸 참는 표정으로 고개를 가로젓는다. 정신이 번쩍 든다. 듣고 보니 정말 그랬을지도 모르겠다는 생각이 훨씬 더 굳어진다.

"아니죠. 처벌이 가볍고 무거운 게 문제가 아니죠. 정말 사랑한다면 사랑하는 사람으로 하여금 눈곱만큼이라도 상처받지 않게 하고 싶은 게 사람의 심리 아녜요? 사랑하는 사람이 더욱이나 그런 병을 앓고 있으니 충분히 그럴 수 있을 것 같아요."

정원이 그게 확실할 것 같다는 표정을 보이자 한만규 교수는 손을 강하게 내저으며 말한다.

"아뇨, 아뇨. 젊고 예쁜 여자분이라 역시 환상이 크군요. 환상이 아니라 실제로 세상엔 그런 사랑이 존재하기도 하죠. 아무리 말세라고 해도 그런 사랑이 존재하지 않는다면 너무 삭막하겠죠. 나도 박 교수가 그랬기를 바라고 싶어요. 그러나 잠깐 생각만 해봤을 뿐 그럴 확률은 아주 미약해요. 그리고……."

잠깐 쉬었다가 묻는다.

"이런 말은 하고 싶지 않았는데…… 죽은 박 교수 아버지에 대해서 들어보셨어요?"

"네, 조금 듣긴 들었지만 잘은 몰라요. 어떤 분이셨어요? 돈에 많이 인색하시고 여자들을 유난히 좋아하셨다면서요?"

"돈이니 여자 문제보다 군인으로 오래 복무하시다가 예편되셨다는 것도 알고 있어요?"

"네, 장성까지 지내셨다면서요?"

"광주사태와 깊이 연관이 되어 있다는 것도……?"

"네에? 그건 처음 듣는 이야긴데요."

전혀 생각지 못했던 이야기라 정원은 큰 소리와 함께 눈까지 흡뜬다. 박광렬 교수가 지은 『아우슈비츠』가 떠오른다. 아, 그래서 그가 머리말에 그런 이야기를…… 그리고 오늘 일진이 희한하다는 생각이 든다. 아침에 라디오에서도 그런 멘트가 흘러나오더니…….

"세상에 알려져 있지는 않지만 그분이 그 사태에 깊이 연관이 되어 있었다는 사실 때문에 박 교수가 많이 괴로워했었어요."

"깊이 연관이 되어 있었다뇨? 그 부대를 지휘라도 했다는 이야긴가요? 연관이 되어 있는 사람들은 다 밝혀진 게 아닌가요?"

"구체적으로는 나도 잘 모르겠지만 그것 때문에 많이 괴로워하면서 나에게 그런 말을 한 적이 있어요. 하나님이 그 아들 이삭을 제물로 바치라고 했을 때 서슴없이 바친 아브라함에 대해서 어떻게 생각하느냐고, 자네 같으면 그럴 수 있겠느냐고…… 그것이 아들이 아니고 아버지일 경우에는 어떡하겠느냐고…… 혈육이라는 이유 하나로 하나님의 뜻을 따르지 못하고 있는 자신을 정말 참기 힘들다고……."

무슨 이야기인지 얼른 납득이 되지 않는다. 그래서 박광렬 교수가 아버지를 죽였다는 이야기인가. 아버지를 죽인 게 하나님의 뜻에 따른 것이란 이야기인가. 하긴 그의 아버지가 광주학살을 지령한 장본인이기라도 하다면 또 혹시 모를 일이다. 그러나 그 학살을 지령하고 지휘한 자는 따로 있지 않은가. 그러나 어쨌든 박광렬 교수가 그것 때문에 아버지를 죽였다면 어떻게 받아들여야 할지 애매해진다. 아무리 역사에 씻을 수 없는 죄를 졌다고 해도 자기 아버지를 살해한 일이 정당화될 수 있을까. 4·19 때 부모를 죽이고 자결한 아들의 이야기를 들어 알고 있지만 이 경우는 그 경우와는 완전히 다르다. 그리고 그 이유 때문이라면 그 무렵 바로 이행하지 왜 십오 년이나 지난 세월에 새삼스럽게…… 정원은 고개를 내젓고 나서 말한다.

"무슨 말씀이신지 잘 이해가 안 가요."

"그럴 거예요. 그러나 이것 한 가지는 분명히 알아두세요. 박교수가 죽이지 않았다고 확실히 말할 수는 없다는 것과, 죽였다면 세상에 알려진 것처럼 돈 때문은 아니라는 것을……."

"아내를 너무 사랑해 아내의 죄를 뒤집어쓴 것이라고 생각하는 쪽이 훨씬 좋을 것 같은데요."

"글쎄요, 물론 그쪽이 아름답기야 하겠지만 사실이 그렇지 않다면…… 그리고 죽였다고 해도 광주사태와 연관이 되어 있다면 독실한 신앙인이며 신학대학의 교수가 어떻게……라고 가볍게 매도할 수만은 없겠죠. 변호사가 있고, 아직 확정 판결이 나지 않았으니까 기다려보는 게 좋을 거예요. 어디 잡지 같은 데 쓰려고 그러세요? 함부로 쓰시지 마세요. 괜히…….”

“잘 알겠어요. 고맙습니다. 진작에 교수님부터 찾아뵐 걸 그랬나봐요. 교수님 말씀이 많이 도움이 될 것 같아요.”

한만규 교수의 집을 나와 차를 몰면서 정원은 줄곧 생각에 사로잡힌다. 그냥 한 소리가 아니라 정말로 처음에 이분부터 만났더라면 힘이 훨씬 덜 들었을 것 같은 생각이 든다. 죽였든 죽이지 않았는데 대신 죄를 뒤집어썼든 오늘 들은 이야기만으로도 한 편의 시나리오는 충분히 될 수 있을 것 같다. 어서 하범준을 만나 오늘 들은 이야기를 들려주고 싶다.

그러나 집으로 돌아온 정원은 배가 암초에 부딪치듯 기우뚱 심하게 흔들린다. 김도섭 감독이 준 『내 작은 등불 켜서』를 훑어보다가 흠뻑 빠져들었기 때문이다. 복잡하게 취재하고 꾸미고 어쩌고 할 것도 없이 그냥 책 내용 그대로를 각색해 영화를 만들어도 재미있고 감동적일 것 같다. 이런 게 바로 영화 소재가 아닐까 생각된다. 오락성만이 아니라 작품성도 있을 것 같다. 오늘날 우리나라 교회의 문제점들, 나아가서는 가짜 신앙인들에 대해서 많은 질문을 던지며 참신앙인에 이르는 길이 얼마나 어려운가를 제시해 보여준다. 목사 자신의 자랑을 곳곳에서 은근히 늘어놓고 있는 점이 좀 메스껍기는 하지만 그거야 각색 과정에서 다듬으면 될 것이다. 종교라는 딱딱한 문제에 초점을 맞추고 있으면서도 창녀촌을 배경으로 섹스와 폭력과 희생이 주조를 이루고 있어 우습고 슬프고 따뜻하다. 하고 싶지 않은 일을 친구의 애걸에 못 견뎌 어쩔 수 없이 해온 하범준의 그 동안 애씀이 아쉽기는 하지만 솔직해지자면 정원으로서도 이쪽에 더 끌리는 게 사실이다. 박광렬 교수의 이야기는 너무 무겁고 깊고 복잡하다. 아들이 아버지를 죽였다는 이야기 자체도 거부감을 느끼게 하지만 거기에 광주 문제까지 곁들여진다면 이미 한물이 간 소재이기도 하다. 그보다도 우선 오락적인 요소를 어떻게 살려야 할지 엄두가 나지 않는다. 일단 하범준을 만나 결론적인 이야기를 들어봐야 할 것 같다.

14

　범준은 두 사람으로부터 연이어 전화를 받았다. 정원으로부터
받고 만나기로 약속을 했는데 도섭으로부터 또 온 것이다. 제작
자 부부가 모두 함께 한번 만나자고 하니 시간을 내라고 했다.
유정원을 만나기로 했다고 하자 그럼 마침 잘됐다면서 둘이 만
나 이야기한 후 연락을 해달라고 했다. 정원이 전화를 해온 것
은 오전이었으나 피곤하기도 하고 다른 할 일도 있어 약속은 점
심 이후로 정했다. 아침을 안 먹기 때문에 이른 점심을 먹은 후
범준이 오후 한시 반 약속 장소로 가자 언제나처럼 정원은 정신
을 맑게 할 만큼 상큼한 모습으로 미리 나와 앉아 있다가 일어
서 맞이해주었다. 목례와 미소를 보내와 범준도 똑같이 해주었
다. 마주 앉자 다른 때의 그녀와는 다르게 수줍음을 감추지 못

하는 듯한 약간 홍조 띤 얼굴로 말했다.

"지난번 저희 집에선 제가 실례했죠?"

"그랬죠. 실례했죠."

"네에?"

"핫하, 실례는 무슨…… 그러면 그게 주정이었던 모양이죠?"

"주정은요? 전 주정 안 해요."

"그렇다면 실례는 내가 한 셈이죠."

"왜요?"

"내가 위선을 부렸잖아요?"

"위선이셨다구요? 정말로 그렇게 생각하세요?"

"좀팽이이기도 하고……."

"엄숙주의자에 도덕군자여서가 아니구요?"

"전혀…… 내가 제일 싫어하는 게 그런 사람들인데……."

"좀팽이 취급받으시는 건 괜찮으시구요?"

"좀팽이야 틀림없는 좀팽이이니까……."

두 사람은 동시에 소리를 내어 웃었다. 웃고 나서 정원이 말했다.

"모르겠어요. 오늘은 일 이야기나 해요."

그러더니 한만규 교수 만난 이야기를 했다. 그를 왜 혼자 만났는가와 만나 그로부터 들은 이야기를 자세히 했다. 아내의 죄를 대신 뒤집어썼을지도 모른다는 생각은 스치듯이 한 적 있으나 박태봉씨가 광주학살과 연관이 되어 있다는 이야기는 범준으로서도 상상 못한 일이었다. 자다가 깨어난 느낌이었다.

"아, 그래서 박 교수가 그런 책을……? 충분히 이해가 가는데요. 광주항쟁이야 누구나 충격에서 벗어나기 힘든 사태지만 박 교수는 그 학살에 대해서 특히 좀 남달랐던 것 같지 않아요? 직접적인 피해자도 아니면서 왜 그렇게 남달랐을까 생각했었는데 아버지가 세상에 알려지지 않은 숨은 지휘자의 한 사람이었다면……."

"그러게요. 그 책 머리말이 아주 심각했었잖아요? 하지만 그렇다고 독실한 신앙인이 그 이유 때문에 아버지를 살해할 수 있을까요?"

"독실한 신앙인이기 때문에 오히려 가능한 일이었을지 모르죠."

"그렇다면 그 사태 직후에 살해하지 않고 왜 십오 년이나 지난 후에……?"

"그만큼 회개할 시간을 준 것인지도 모르죠. 원래 하나님의 뜻이 그렇다지 않습니까? 오래 참고 기다리면서 충분히 회개할 시간을 주다가 그래도 회개하지 않으면 치시는…… 그러니까 박 교수는 교인들이 기도할 때마다 끝에 끌어다 붙이는 말처럼 예수님 이름을 받들어 그런 행동을 했다고 봐야죠."

"그래서 하 선생님은 수긍이 가신다는 이야기예요?"

"이유가 돈 때문이었다는 것보다는 훨씬 수긍이 가는데요. 물론 그것이 옳은 행동이냐 아니냐 하는 문제와는 별도로…… 박 교수가 『아우슈비츠』라는 책만 쓰지 않았어도 생각이 다를지 모르는데 그 책과 연관을 시키니까 어느 정도 수긍할 수 있을 것 같아요."

"아내의 죄를 대신 뒤집어썼다는 생각은 안 드시고요?"

"그런 상상이야 나로서도 이미 해봤었지만 그건 어린 날 내가 읽었던 신파 같은 소설과 크게 다르지 않은 행동에 지나지 않죠. 하긴 그의 노트를 읽어보니까 상상했던 것보다는 훨씬 상식적인 인물인 것 같기는 했지만."

"노트라뇨?"

"아, 내가 이야기 안 했죠? 그의 딸을 만나 노트 받았어요. 그의 아내가 입원해 있는 병원에도 가봤구요."

범준은 그날 있었던 일들과 노트의 내용에 대해서 이야기하고 노트는 나중에 직접 한번 읽어보라고 했다. 범준의 이야기를 다 듣고 난 후 정원은 고개를 끄덕이면서 자기도 함께 가봤으면 좋을 걸 그랬다고 서운해하는 표정으로 말했다.

"한만규 교수님은 보통 사람과는 많이 다른 사람이라는 걸 강조하시던데 하 선생님이 노트를 읽고 느끼시기에 상상하셨던 것보다는 훨씬 상식적이라면 그런 보편적인 그리스도 정신을 발휘할 수도 있지 않았겠어요? 다른 사람 아닌 병이 든 사랑하는 아내를 위해서인데…… 아무리 신파 같다고 해도 요즈음 세월에 얼마나 아름다워요?"

"정원씨는 그쪽이기를 바라시는군요?"

"그래요. 박 교수님이 직접 살해하셨다는 건 아무래도…… 정신이상자야 무슨 일이라도 저지를 수 있잖아요?"

"그러니까 정원씨는 이런 방향으로 시나리오를 잡아보는 게 어떠냐 그거죠? 아버지가 광주항쟁 때 학살을 지휘한 숨은 지휘자의 한 사람으로 크게 가담한 자였다, 역사와 민족 앞에 씻을 수 없는 죄를 진 아버지를 독실한 신앙인이며 양심적인 지식인인 아들은 도저히 용서할 수가 없었다, 그래서 늘 살의를 품어왔다, 살의를 품어오긴 했지만 차마 실행에 옮길 수는 없었다, 아들은 괴로워하면서 십오 년을 견뎌왔다, 그런데 정신이상자인 사랑하는 아내가 그 아버지를 죽였다, 그래서 아들은 그 죄를 스스로 뒤집어썼다, 아니 그리스도인들은 마음속의 범죄도 범죄로 인정하니까 그는 실제로 그것이 진실이라고 믿었다, 그의 아내가 죽이기 이전에 자기가 죽였다는 생각을 떨쳐버릴 수 없었다……."

오래 해온 구상이 아니고 정원의 이야기를 듣고 즉흥적으로 한 구상이니 자연히 상투적이고 신파조일 수밖에 없었다. 그런데 정원의 반응은 놀랄 정도였다. 눈에 빛을 세우며 듣고 있다가 환성을 지르다시피 기쁨에 찬 얼굴로 말했다.

"어머, 좋아요. 너무 좋아요. 아니 실제로도 그랬을지 모르겠어요. 박 교수님이 직접 죽였다는 것보다, 또는 다른 이유는 없이 단순히 아내를 사랑해 그 죄를 뒤집어썼다는 것보다 훨씬 더 설득력이 있어요."

정원의 반응이 재미있어 범준은 깊은 생각 없이 덧붙였다.

"아무리 정신이상이라도 아무런 동기 없이 살해했다는 게 좀 이상할 테니까 까짓 것 그것도 드라마틱하게 꾸미죠, 뭐. 그의 딸 이야기를 들으면서 문득 〈데미지〉라는 영화를 떠올렸었는데 아들의 아내에 대한 박태봉씨의 감정도 좀 묘한 데가 있었던 것 같아요. 며느리를 며느리로서가 아니라 한 여자로서 좋아했는지도 모르겠다는 생각이 들더라구요."

"무슨 이야기예요? 자세히 좀 들려주세요."

"박태봉씨가 며느리를 그렇게 좋아했대요. 박 교수가 일 년 동안 독일에 교환교수로 가 있을 때 단둘이 호텔로 외식을 하러 간 적이 있을 정도로…… 며느리가 뛰어난 미인인데다 박태봉씨가 여자를 병적으로 좋아했다니까 상상을 비약시켜볼 수 있죠."

"어머, 그것도 좋아요. 그런 식으로 전개해가면 재미도 있을 것 같아요. 심은희 교수님을 만나면 또 무슨 이야기를 들려줄지 모르지만 외국에 가셨다니까 취재는 그만 하기로 해요. 일단 김 감독님을 만나 상의를 해보죠."

"그렇지 않아도 아까 전화가 왔었어요. 정원씨 만나기로 했다니까 만나 이야기 나누고 연락을 하라고 하더군요. 제작자 부부가 우리를 만나보고 싶어한대요."

"잘됐네요. 그럼 제가 전화드려볼까요?"

"그러셔도 되고, 아니면 내가 해도 되고……."

"아녜요, 제가 할게요."

정원은 일어서더니 공중전화기가 있는 곳으로 갔다. 박태봉씨가 광주학살의 숨은 지휘자라니…… 『아우슈비츠』를 읽으면서도 그것은 상상도 못했던 일이 아닌가. 80년대 후반에 한창 쏟아져나온 광주항쟁을 다룬 소설들이 떠올라 뒷북을 치는 기분도 없지 않지만 영화니까, 그리고 초점이 그 사태 자체에 맞춰져 있는 게 아니니까 상관은 없을 것 같았다. 문제는 신과 인간이라는 큰 주제를 얼마나 깊이 있으면서도 새롭게 잘 살려가느냐 하는 것인데 그것이 정원과 도섭과의 논의 과정에서 제대로 될지 몰랐다.

전화를 걸고 와 정원은 말했다.

"집으로 저녁 초대를 했대요. 제작을 맡은 장로 되시는 분이 거동이 불편하시기 때문에 밖으로 나오시기 힘들어 우리가 집으로 가야 되는 모양이에요. 여섯시까지 가면 되니까 김 감독님을 그보다 좀 전에 만나면 될 것 같은데 어떡하죠? 이제 두시 겨우 지났는데……."

"글쎄요. 저녁을 먹지 않고 그냥 일찍 만나 이야기만 하면 안될까요?"

"일단 초대를 했는데 그쪽에서 그러도록 하겠어요? 일찍 갔다가 괜히 저녁때까지 붙잡히기나 하겠죠. 아, 좋은 수가 있어요. 일도 대충 끝나가는데 기념으로 우리 함께 영화 한 편 봐요. 김 감독님하고는 자주 보셨다면서 저하고는 한 번도 안 보셨잖아요?"

"영화? 뭐, 볼만한 게 있어요?"

"짐 자무시 감독의 〈천국보다 낯선〉. 예술영화 전용관인 동숭시네마텍에서 개관 기념작으로 개봉한 지 오래 됐는데 봐야겠다고 생각하면서도 아직 못 봤거든요. 80년대 나온 흑백 영환데 평론가들의 평이 대단해요. 상도 많이 받았고 전미 비평가협회가 뽑은 그 해 최고의 영화래요. 열한시부터 두 시간 간격으로 상영하니까 지금 가면 시간도 맞을 것 같아요."

"그러죠, 뭐 그럼……."

두 사람은 서둘러 커피를 마시고 커피숍을 나왔다. 아침에 전화를 해와 각자 점심을 먹고 느지막이 두시에 만나는 게 어떻겠느냐고 범준이 말하자 한시 반으로 하자고 하던 그때부터 이미 정원은 계획을 세우고 있었던 것인지도 몰랐다. 도섭과의 통화도 자기가 하겠다고 나선 데엔 그런 이유가 숨어 있는 것 같았다. 어쨌든 기분이 나쁠 건 없었으나 지나치게 의도적이었던 일에 억지로 맞추자니 좀 어색한 느낌도 없지 않았다.

무엇 때문일까. 승용차를 운전하고 동숭동까지 가는 동안 정원은 다른 때와는 달리 별로 말을 하지 않았다. 대개 정원이 어떤 이야기를 꺼냄으로써 화기로워지곤 했었는데 침묵을 지키니 서먹했다. 혹시 지난번 만났을 때의 일이 떠올라 그런 것인지도 알 수 없었다. 세상을 살아가면서 그 무엇에도 구애받지 않고 하고 싶은 대로 마음껏 할 수 있다면 어떻게 될까. 아까 커피숍에서 만났을 때 '위선' 이야기를 했었지만 그냥 한 말이 아니라 사실이 그랬다. 분출되려는 무의식적인 욕망을 짓누르는 자아니 초자아니 하는 것들이 과연 인간을 인간일 수 있게 하는 것일까

의문에 사로잡히는 때가 많았다. 진실을 숨기고 허위로 행동하는 게 어찌 인간다움일 수 있겠는가. 경애 때문에, 강수정과의 사건 때문에 끌어안고 싶은 여자를 끌어안지 못하고 참는 자신이 역겨웠다. 그러나 이상하게 그 역겨움마저 참아내지 않으면 안 된다는 생각에서 벗어나기가 힘들었다.

동숭시네마텍 앞에 도착하니 세시가 조금 지나 있었다. 정원이 서둘러 표를 끊어주는 대로 받아들고 들어가자 영화가 이미 상영중에 있었다. 일반 영화관 같으면 예고편을 상영할 시간인데 본영화인 것 같았다. 그런데 자리를 찾아 앉았더니 정원이 말했다.

"지금 것은 〈천국보다 낯선〉이 아니구요. 〈커피와 시가렛〉이라는 단편영화예요. 본영화 앞에 보여주는 건데 저것도 칸 영화제에서 상 받은 거래요. 좋다던데 처음부터 보지 않아…… 저건 그냥 대강 보시고요. 다음에 하는 〈천국보다 낯선〉이나 보세요"

그러는 사이 〈커피와 시가렛〉은 끝나버렸다. 후줄그레한 차림의 두 사내가 마주 앉아 커피를 마셔대고 담배를 피워대는 장면밖에 인상에 남지 않아 뭐가 뭔지 이해할 수도 짐작할 수도 없었다. 〈천국보다 낯선〉이나 신경을 써 보아야 될 것 같았다.

특별한 사건도 내세울 만한 줄거리도 없는 한 시간 반짜리 영화인데 3부로 나뉘어져 있다. 1부 〈신세계〉. 뉴욕 빈민가가 배경이다. 피곤에 지친, 찌들 대로 찌든 부다페스트에서 온 헝가리인 두 사내가 기거하고 있는 낡고 지저분한 아파트에 한 여자가 찾아온다. 새로운 삶을 찾아 이곳이 새로운 세계가 아닐까 해서 온 역시 헝가리 여자로 한 사내의 사촌동생이다. 처음엔 서먹했지만 시간이 흐르면서 사내들과 여자는 조금은 가까워진다. 그러나 자기가 찾던 세계가 아님을 깨닫고 여자는 곧 아주머니가 사는 클리블랜드로 떠난다. 2부 〈1년 후〉. 사기 도박으로 600불을 딴 두 사내가 무작정 차를 몰고 여자를 찾아 클리블랜드로 간다. 오랜만에 만난 세 사람은 뭔가 재미있는 일이 없을까를 궁리하며 모처럼 영화도 보고 호수로 가 풍경도 즐긴다. 그러나 기대는 충족되지 않는다. 3부 〈천국〉. 세 사람이 미국의 천국으로 알려진 플로리다로 여행을 떠난다. 그러나 그곳도 그들에게는 천국이 되지 못한다. 우연히 여자에게 굴러들어온 거액으로 세 사람은 뿔뿔이 흩어진다. 한 남자는 부다페스트로 다른 남자는 뉴욕으로 떠나고 여자는 모텔로 돌아온다……

　낯선 면이 많은, 개성이 강한 영화라는 것뿐 전문가 아닌 보통의 관객들을 감동시키기는 힘든 일종의 실험 영화였다. 무엇보다 다듬어지지 않은 습작품 같은 거친 흑백의 영상들이 쓸쓸하고 황량한 전체적인 분위기에 잘 맞았다. 소통의 단절을 느끼게 하는, 영사기가 고장나 상영이 잠시 중단된 것 같은 검은 화면의 삽입과 총천연색을 철저히 거부함으로써 존재하고 있는 주위의 모든 것이 낯설고 무의미하게 느껴지도록 하는데도 성공한 것처럼 보였다. 분위기에 맞는 현악기의 선율도 좋았다. 그러나 낯선 땅 미국에서 떠돌이 헝가리인들이 다다를 수 있는 천국 같은 약속의 땅은 어디에도 없다는 소박한 주제를 굳이 이런 식으로밖에 그려갈 수 없었을까, 주제의 과잉 노출에 작위성이 지나치지 않은가 하는 자문을 안겨주었다. 어쨌든 미국을 부정하는 전혀 미국 영화답지 않은 미국 영화라는 점은 크게 인상적이었다.

　영화를 보고 나오니 다섯시가 다 되어 있었다. 정원은 시계를 보더니 극장 입구 공중전화에서 다시 도섭에게 전화를 걸었다. 함께 만날 장소를 정하는 것 같았다. 전화를 끊은 후 정원은 "창경궁 앞으로 오라고 하니까 그쪽으로 가시죠"라며 앞장을 서더니 차에 오른 후엔 영화가 어떠셨느냐고 물었다. 괜찮았다고, 특이한 면이 있어서 좋았다고 하자 정원은 미소를 지으면서 돌아보았다.

"그러실 줄 알았어요. 하 선생님 취향에는 맞으실 거예요."

"왜요, 정원씨는 재미없었어요?"

"재미야 별로였지만 좋은 영화라니까 공부하는 기분으로 보았어요."

"내 취향도 아니에요. 나 같아도 저런 테마를 저런 식으로 그리고 싶지는 않아요. 나쁘게 말하면 습작기에 있는 영화학도들이 만든 단편 영화 같은 느낌이 들지 않아요?"

"실제로가 그래요. 어디 잡지에 실린 해설을 보니까 처음엔 단편으로 만들어졌던 영화래요. 〈파리텍사스〉를 감독한 빔 벤더스 감독이 짐 자무시 감독의 재능을 인정해 자기의 작품 〈사물의 상태〉를 찍고 남은 사십 분 분량의 필름을 그에게 주었대요. 짐 자무시 감독은 그 필름에 걸맞는 이야기를 구성, 삼십 분짜리 〈신세계〉를 내놓았대요. 그런데 그것이 로테르담 영화제에서 국제비평가상을 받자 빚을 얻어 〈1년 후〉 〈천국〉을 계속 만들어 장편으로 늘린 거래요."

"아, 그런 사연이 있었군요. 어쩐지…… 그러니까 다른 영화들과 다르지 않을래야 않을 수가 없었겠군요."

"생각하면 제작 과정 자체부터가 감동적이죠. 그런 열악한 조건 속에서 어떻게 저런 영화를…… 우리나라 영화인들도 조건 나쁜 것만 탓해선 안 될 것 같아요."

창경궁 앞에 도착해 둘러보아도 도섭의 차는 보이지 않았다. 몇 대의 차가 세워져 있기는 하나 비슷해 보이는 차도 없었다.

아직 도착하지 않은 게 분명했다. 충무로에서 여기까지 오자면 아무래도 동숭동에서보다는 더 걸릴 것 같았다. 두 사람은 차 안에서 도섭의 차가 도착할 때까지 기다려야만 되었다. 그런데 십 분쯤 지났을까. 택시가 한 대 굴러와 서더니 그 안에서 도섭이 내렸다. 앞좌석에 나란히 앉아 있는 두 사람에게 눈길을 주다가 뒷좌석으로 타면서 말했다.

"누구 아는 사람이 보면 오해하겠어. 소설가 하범준이 멋진 젊은 여자와 데이트를 즐기는 걸로……"

말이 떨어지기가 바쁘게 정원이 받았다.

"오해가 아니라 사실이 그런걸요, 뭐. 물론 별로 멋진 여자는 못 되지만…… 차는 어디에 두고 택시로 오신 거예요?"

"번잡스러워 두고 왔어."

"그래도 택시보다는 낫지 않아?"

"나을 게 뭐 있어? 요즈음 얼마나 단속이 심한데…… 장로님 댁이니까 술이야 안 내놓겠지만, 그걸로 말 건 아니잖아? 나와서 우리끼리는 한잔 해야지."

"그래서 술 마실 생각으로 일부러 택시를 타고 온 거라고? 사람, 참 철저하긴……"

"왜? 둘이 데이트하는 차에 끼어들어 불만이야?"

범준은 어이없이 웃고 정원이 말했다.

"불만이기야 하지만 어쩌겠어요? 잘하셨어요. 기름도 절약하고 이야기하기도 좋고…… 사직동이라고 하셨죠? 사직동 어디쯤이에요?"

차가 창경궁 앞을 벗어나 한국일보사 쪽으로 향하고 있었다. 사직공원 쪽으로 쭉 가라고 가르쳐준 후 도섭은 본론적인 이야기를 꺼냈다.

"대충 만나볼 만한 사람은 다 만났다면 이제 어떤 실마리가 잡혔을 법한데…… 범준이 네 결론은 어떠냐? 뭐, 좀 괜찮을 것 같냐, 어떠냐?"

"글쎄."

범준이 구체적인 대답을 미루자 정원이 나섰다.

"아까 저와 이야기 나누셨는데 그럴듯해요. 좋을 것 같아요."

"뭐가 어떻게 된 건데?" 도섭.

"하 선생님이 말씀하세요."

"제작자도 그 집안에 대해서 잘 안다니까 일단 만나보고 이따 이야기하지." 범준.

"제작자는 제작자고…… 박광렬이 실제로 죽이긴 죽인 거야?"

"정원씨 이야기는 죽인 걸로 하면 안 된다는 거지. 다른 사람이 죽인 걸 대신 뒤집어쓴 걸로 해야 그리스도 정신에 맞는다는 거야."

"실제로는 어떤데?"

"모르는 거지. 추측이야 할 수 있지만 그런 큰 사건을 추측만으로 어떻게 단정을 내려?"

"죽였을 수도 있다는 거야?"

"있지."

"이유가 뭔데? 돈 때문에?"

"아냐, 아주 큰 이유가 있어. 가볍게 할 이야기가 아니니까 이따가 자세한 이야기를 하자구."

"이진영 장로를 만나면 대강의 줄거리를 말해줘야 가타부타 그쪽에서 의견을 들려줄 것 아냐?"

좀더 신중히 생각해본 후 이야기하고 싶었으나 도섭의 말을 들으니 사실이 그럴 것 같아 범준은 정원으로 하여금 아까 두 사람 사이에 나눴던 이야기를 되풀이하게 했다. 정원의 이야기를 다 듣고 난 도섭은 말했다.

"상당히 복잡하구먼. 거기에 광주사태가? 광주사태는 한물 간 소재 아냐? 텔레비전에서도 대대적으로 방영된 바 있고 또 현재 어떤 감독이 여류 소설가의 소설을 각색해 만들고 있다던데……"

"〈꽃잎〉요?" 정원.

"〈꽃잎〉인지 뭔지."

"이거야 광주사태가 들어가긴 하지만 그것이 테마는 아니지." 범준.

"테마는 아니라도 중요한 부분을 차지하는 소재 아냐? 일단 이진영 장로 이야기를 들어봐야겠구먼."

이진영 장로라는 사람의 집은 같은 사직동이기는 해도 박태봉의 집과는 많이 떨어져 있었다. 박태봉의 집 못지않은 대저택이었으나 분위기는 완전히 다르게 느껴졌다. 한마디로 평화로워 보였다. 붉은 벽돌 담이 낮아 집 안 정원이 보일 정도였고 대문도 요란스럽지 않았다. 정원사인 듯이 보이는 중년 남자의 안내를 받아 안으로 들어가자 먼저 부인이 맞이해주었다. 범준으로서는 십여 년 전에 영화에서밖에 본 일이 없는, 예명이 채리라는 여자였다. 한복 차림으로 나와 거실 입구에서 맞이해 따라들어가자 이진영 장로가 예수의 초상과 기도하는 자신의 초상을 그린 대형 유화가 나란히 걸린 벽을 배경으로 외국 제품 같은 고급 소파에 앉은 채 맞이했다.

"어서들 오쇼 두 작가분이 모두 미남, 미녀시구먼. 배우들 같아. 김 감독하고 함께 다니면 주인공 배우들로 착각하겠어."

뇌출혈로 쓰러졌다 회복되었다고 해서 휠체어에 앉아 있는 걸 연상했는데 휠체어는 한쪽 구석에 접혀져 세워져 있었다. 한쪽 팔이 굽어져 있는 상태이기는 하나 얼굴은 멀쩡했다. 입이 돌아 갔을 것 같은 흔적은커녕 혈색이 아주 좋아 보였다. 염색을 한 듯 새까만 머리에 무스까지 발라 병든 노인답지 않고 깔끔해 보였다. 거실이 넓어 두 초상 외에 성경 구절을 쓴 몇 개의 대형 액자가 다른 쪽 벽에 걸려 있는데도 그다지 거슬려 보이지 않았다. 탁자 위엔 커다란 성경과 작은 성경이 겹쳐 놓여 있었다. 도섭이 소개하는 대로 두 사람이 정식으로 각각 인사하자 앉으라고 권한 후 이진영 장로는 말했다.

"하 선생은 뛰어난 소설가시라는데 내가 요즈음엔 소설을 읽지 않아서…… 나도 젊을 때는 영화도 좋아했고, 소설도 더러 읽긴 했는데…… 김은국씨던가요? 재미 작가라는 분? 그분의 『순교자』를 읽고는 얼마나 감동을 받았던지…… 영화도 괜찮게 만들었었죠. 하 선생의 소설은 아직 읽지 못했지만 유 선생이 시나리오를 쓰셨다는 영화는 봤어요. 비디오로 봤는데 잘 쓰셨더구먼. 최근 것이 〈지하실〉이던가요? 재미있던데 관객은 별로 안 들었다면서요?"

정원은 수줍어하며 미소 띤 얼굴로 고개를 끄떡해 보인 후 대꾸했다.

"부끄럽습니다. 그건 별로였지만 이번 것은 아주 잘 쓸 거예요."

"아뇨, 소질이 있어 보여요. 오리지널이 그 정도라면 훌륭해요. 훌륭하다고 느꼈기 때문에 김 감독이 유 선생에게 맡기겠다고 할 때 쾌히 받아들였던 거요. 거기에다 이번엔 하 선생까지 수고를 해주신다니 두말이 무슨 필요 있겠소? 충분히 기대가 가는데 내가 제약을 두어 미안하게 생각하고 있소. 자유롭게 쓰시도록 하셔야 좋으실 텐데 내가 이렇게나마 생명을 유지하고 있는 게 하나님의 보살핌으로 인해서니 어쩌겠소? 일을 해도 우선 거기에 대한 보답을 하고 나서 해야 될 것 아니겠소? 앞으로 남은 생이야 하나님을 찬양하는 일로만 다 보내도 아쉬울 게 없는데……."

부엌 쪽으로 가 있던 부인이 나타나 좌중을 둘러보며 말했다.

"식사가 준비되는 동안 차들부터 한잔 하시죠. 무슨 차들로……?"

지금도 옛날 영화에서 보았던 모습과 별로 달라 보이지 않았다. 젊을 때보다 오히려 더 품위 있게 느껴졌다. 노래에 나오는 물항라 저고리를 입고 있어서인지도 몰랐다. 아무리 돈이 많다고 해도 이런 노인의 후처 노릇을 하기에는 억울할 것 같았다. 도섭이 대답했다.

"이 집 오미자차가 일품인데 그걸로들 하지, 뭐."

도섭의 말에 부인은 두 사람에게 괜찮겠느냐고 의견을 물었다. 두 사람이 고개를 끄덕이자 이진영 장로가 "그래, 그걸로 가져와"라고 부인을 손짓으로 가게 한 후 말했다.

"두 작가분도 신앙을 가지셨다는 이야기를 들었는데……?"

"하 선생님은 교회에 다니시고, 전 성당에 좀 다녔었어요." 정원.

"교회에야 다닌다고 하지만 아직 신앙이 깊지는 못합니다." 범준.

"그거야 누구나 비슷하죠. 나도 장로라는 직분은 가지고 있지만 아직도 신심이 부족하다는 건 늘 느끼고 있어요. 어느 교회에 다니시는데……?"

"하늘문교회입니다."

410

"하늘문교회? 곽성현 목사가 계시는……? 그분 말씀이 아주 좋죠. 내가 다니는 교회에도 오신 적이 있는데 소문대로 말씀이 아주 좋으시더구먼. 그러고 보니 하 선생도 잘 만난 것 같고…… 그래 박광렬 교수 사건에 대해서는 좀 알아보셨소?"

"만날 만한 사람들을 거의 다 만나 나름대로의 판단은 내렸답니다." 도섭.

"어떻게……? 실제로 죽인 게 확실해요?"

"그거야 확실한 판단은 못 내리고 있지만 죽였다면 그 이유가 돈에 있지 않고 다른 데에 있다는 건 알아냈다고 합니다." 도섭.

"다른 데에? 어디에?"

"그분이 광주사태에 크게 관여하셨다면서요? 세상에는 다른 사람들로만 알려져 있지만……?"

"그 이야긴 누구한테 들었소?"

"박 교수님과 같은 학교 교수이신 친한 친구분으로부터 들었는데요." 정원.

"그래서 그것 때문에 아들이 죽었단 말이오? 그 일이 일어난 지가 언젠데……?"

"십오 년이 넘었지만 그 동안은 회개하도록 참아온 기간으로 봐야죠." 정원.

"그것이 이유라는 증거는……?"

"박광렬 교수님이 쓰신 『아우슈비츠』라는 책을 보고서죠. 그 책의 머리말에 그 책을 펴낸 이유가 광주사태 때문이라고 했거든요."

"아우슈비츠? 유태인들 학살한 곳 말이오? 그 학살에 대해서 쓴 거요?"

"네."

"아무리 그렇다고 박 교수같이 신앙이 깊고 지식도 많을 뿐만 아니라 어느 면에서나 하나 나무랄 데 없는 사람이 아버지를 죽일 수 있겠소? 도저히 믿어지지 않아 알아보라고 한 건데……."

"하 선생님 말씀은 신앙이 깊기 때문에 오히려 예수님의 이름으로 죽일 수도 있지 않겠느냐는 거예요. 그 죄가 하나님으로서도 도저히 용서하실 수 없을 만큼 씻을 수 없는 거라면……."

정원은 범준을 돌아보았다. 그런 대답까지 왜 자기로 하여금 하게 하느냐는 표정이었다. 부인이 가져다 놓은 오미자차를 마시라고 권한 후 자기도 한 모금 마시고 나서 이진영 장로는 고개를 천천히 가로젓더니 물었다.

"죽이지 않았다는 어떤 꼬투리는 찾지 못했고……?"

"죽이지 않았다면 아내의 죄를 뒤집어썼다고 봐야죠." 정원.

"아내? 박 교수의 아내? 그 근거는?"

"지금 정신병원에 있는 것 아시죠? 정신이상 상태에서야 무슨 일이든 저지를 수 있는 것 아니겠어요?" 정원.

"그거야 그런데…… 그랬다면 왜 박 교수가……?"

"사랑하는 아내로 하여금 상처를 받지 않도록 대신 나선 거죠. 그게 바로 그리스도 정신 아닌가요?" 정원.

"그렇구먼. 그게 옳을 것 같구먼. 그렇다면 이야기가 될 수 있지."

이제까지 말없이 듣고만 있던 범준이 비로소 말했다.

"다 추측일 뿐 아직 확실한 건 아무것도 없습니다. 장로님이 아시는 박태봉씨라는 분에 대해서 좀 자세히 말씀해주시죠. 아들이나 누구로부터 살해를 당할 만큼 안 좋은 면이 있으신 분인지 어쩐지……."

한동안 침묵하다가 고개를 끄덕인 후 이진영 장로가 말했다.

"지금은 돌아가셨지만 내 형님 친구분이시라 내가 좀 아는데 그런 면이 있기는 있는 노인이었어요. 고향 친군데도 말년엔 형님이 절교를 하셨는데 노골적으로 분개해하셨어요. 광주사태에 관여한 것도 큰 죄니 평생을 두고 회개를 해야 하는데도 회개는 커녕 온갖 악한 짓만 다 저지른다며, 너 이놈 하나님이 무섭지 않느냐고 소리를 치셨어요. 이런 이야기는 함부로 해서는 안 되지만 박 교수 생각을 해서 하는 거요. 첫째는 신앙인데 그 노인은 하나님 아닌 하나님을 빙자한 다른 우상을 섬겼대요. 그 문제로 형님과 틀어지기 시작했는데 그것만이 아니라 다른 나쁜 짓, 여자 문제만 해도 변태적으로 좋아해 간음을 밥먹듯 했대요. 한두 여자가 아니고 닥치는 대로…… 심지어는 고아원 애들까지도…… 고아원에 기부금을 몇 푼씩 내주어가며 그곳 원장을 통해 그 어린것들을 끌어다 정기적으로 골고루…… 그러나 문제는……."

이진영 장로는 말을 잇지 못하고 한숨을 쉬었다. 정원의 입에서는 '어머' 소리가 튀어나왔고 도섭과 범준은 서로 돌아보았다. 한참 있다가 이진영 장로가 말을 이었다.

"만약 박 교수가 죽인 게 확실하다면 이 이유가 제일 클 것 같기도 한데…… 실성기가 좀 있던 그 며느리까지도 가만히 두지 않았다는 소문이 있어요. 소문이 아니라 확실하다고 형님을 통해 들은 일이 있어요."

도섭, 정원, 범준은 서로들 번갈아가며 마주 보고 고개를 끄덕였다. 정원이 말했다.

"그렇지 않아도 하 선생님이 박 교수님 딸을 통해 그 비슷한 이야기를 들으셨다고 하더니……."

"그랬어요? 무슨 이야기를 들으셨는데……?"

"별 이야기가 아니구요. 할아버지가 자기보다 어머니를 더 좋아했다고 하더군요. 다른 사람들에게는 인색하면서도 어머니에게는 아주 잘했다는 거예요. 호텔 레스토랑으로 데리고 가 외식을 시켜줄 정도로……." 범준.

"그렇다면 틀림없어요."

"〈데미지〉라는 영화와 비슷한데 사랑이 아니라 농락이라는 게 다르구먼. 아들이 멀쩡히 살아 있는데 어떻게 며느리를…… 그럼 결론이 난 셈이군요. 박 교수가 죽인 게 틀림없는 걸로……." 도섭.

"아니죠. 그런 결론이라면 내가 여러분들에게 이 일에 대한 협조를 바라지도 않았죠. 설사 그렇다고 해도, 박태봉씨가 한마디로 악마라고 해도 박 교수가 죽였다는 건 옳다고 할 수 없는 거죠. 아무리 악마라도 아버지인데…… 자기를 낳고 길러준 아버지인데…… 하나님의 뜻이라면……이라고 아까 말씀하셨지만 나의 하나님은 그런 분이 아니기 때문이죠."

"그렇다면 아까 말씀드린 대로예요. 아내가 죽였는데 박 교수님이 스스로 뒤집어쓴…… 옛날의 신파 같다고 하 선생님은 말씀하시지만 결론은 그렇게밖에 될 수 없을 것 같아요." 정원.

식당으로 안내되어 흔한 표현 그대로 진수성찬에 식사를 하면서도 범준은 식욕을 느끼지 못했다. 도섭과 정원도 비슷한 것 같았다. 술이 없어서이기도 했으나 무엇보다 고아원 애들에 대한 이야기가 음식들과 섞여 목에 걸려 잘 넘어가지 않았다. 소파에는 한 번도 앉지 않더니 식당에서는 함께 앉은 부인이 물었다.

"어떻게, 좋은 작품이 될 것 같아요? 제 생각엔 기독교 영화라도 마음대로 구상하셔서 하시게 하는 게 좋을 것 같은데 우리 장로님은 그게 아니신 거예요. 박 교수님 사건만큼 충격적인 이야기가 없으시다는 거죠. 박 교수님이 죽인 게 사실이라면 기독교 자체를 다시 생각해봐야 된다는 거죠. 가짜 기독교인이야 혜아릴 수 없이 많고 또 별별 일을 다 저지르지만 진짜 기독교인이 살인을, 그것도 자기 아버지를 죽였다면 그것을 어떻게 이해해야 하느냐고 잠을 못 주무시는 거예요. 그래서 그것이 사실이 아니라고 뒤집어 하나님을 증언하시고 싶은 거죠."

정원이 말했다.

"뒤집을 수 있어요. 사실이야 어쨌든 영화는 그렇게 만들면 되니까요. 그랬을 가능성도 충분히 있구요."

"어떻게요?"

"박 교수님 아내가 죽였는데 박 교수님이 스스로 뒤집어쓴 걸로……."

"왜 하필 아내예요? 연약한 여자가 어떻게 그런 분을 죽여요? 여자라도 굉장히 고운 분이신데…… 아내 아닌 다른 엉뚱한 사람으로 하면 안 되는 거예요?"

이진영 장로가 답답하다는 듯이 말했다.

"아무렇게나 마음대로 하면 되나? 거짓말을 해도 듣는 사람들이 곧이듣도록 해야지. 아내가 죽였다는 건 그만한 타당성이 있으니까 하는 이야기지……."

"엉뚱한 사람으로 설정을 한다고 해서 안 되는 건 아니죠. 오히려 자기 가족, 그 중에서도 자기 아내 죄를 뒤집어썼다는 것보다는 전혀 상관이 없는 사람의 죄를 뒤집어썼다는 게 폭이 넓은 진짜 기독교 정신 아닐까요?" 도섭.

"그거야 누가 모르나요? 하지만 설득력이 있어야 하니까 하는 이야기죠." 정원.

"설득력이야 그렇게 복선을 깔면 되지." 도섭.

"그래서 괜찮은 영화가 될 것 같아요?" 이진영 장로.

"제가 장로님한테 여쭤고 싶은 이야긴데요. 의견이 어떠신지……?" 도섭.

"영화야 나는 모르니까 판단은 김 감독이 하셔야지." 이진영 장로.

"영화가 아니라 이 이야기 자체가 말입니다. 아내든 다른 사람이든 박광렬이 다른 사람의 죄를 뒤집어쓴 걸로 전개해가면 되겠습니까?" 도섭.

"되죠. 나는 된다고 생각하는데 하 선생 생각은 어떠신지……?" 이진영 장로.

"안 될 거야 없지만, 그것이 기독교 정신인 줄로 알고 있는 경우가 많지만 박광렬 교수가 직접 죽인 걸로 한다고 해서 기독교 정신이 안 되는 건 아니겠죠. 죽인 게 사실이라면 사실대로 해야 오히려 참기독교 정신이 될지도 모르죠. 충분히 타당한 이유가 있는 한…… 픽션이라고 해서 영화든 소설이든 작품을 만들면서 사실과 반대로 죄를 대신 뒤집어쓴 걸로 한다면 전도용의 그야말로 너무 빤한 위장된 가짜 작품이 되기 쉽죠." 범준.

"그래요? 그렇다면 문제가 다른데……."

상당한 시간을 끌며, 식사를 마친 후 다시 커피까지 마시며 이야기를 나누었으나 결과는 마찬가지였다. 죄를 대신 뒤집어쓴 걸로 만드는 데 대해서 범준이 회의를 보이자 "그렇다면 좀더 생각해보자"고 이진영 장로가 결론적으로 말했다.

이진영 장로 집에서 나와 술집에 가서도 그 문제로 세 사람은 논란을 벌였다. 도섭은 그렇게 간곡히 범준에게 일을 부탁해놓고서도 범준의 의견을 따르지 않았다. 나중에는 화까지 내며 소리쳤다.

"그렇다면 그만둬. 뭘 그렇게 까다롭게…… 신파, 신파하는데 신파가 어떻다는 거야? 세상 일이 다 신판데……."

에필로그

    결국 박광렬 교수는 재판에서 무기징역형을 선고받았다. 아버지를 살해한 이유가 단순히 돈 때문만은 아니라는 사실은 변호사의 변론에서 밝혀졌다. 아버지가 하나님을 빙자한 다른 우상을 섬기고 사채놀이로 선량한 사람들의 재산을 사취하고 어머니를 두고도 많은 여자들과 불륜 관계를 맺어오는 등 여러 가지 비인간적인 행동을 해왔기 때문이라는 사실은 밝혀졌으나 고아원 애들이며 며느리까지 유린하고 광주항쟁 때 학살의 숨은 지휘자였다는 사실은 밝혀지지 않았다. 재판 결과를 보고 범준은 도저히 그냥 넘어갈 수 없어 담당 변호사인 최세일 변호사의 전화번호를 알아내 전화를 했다. 그런 사실들을 몰라서였느냐, 아니면 알면서도 일부러 밝히지 않은 것이냐고 하자 최세일 변호사는 누구시냐고 놀라는 반응을 보였다. 박광렬 교수를 잘 아는 사람이라고 하자 후자 쪽이라고 하며 피해자가 가해자의 아버지인데 그런 것까지 구체적으로 세상에 밝혀서 득될 게 무엇이 있겠느냐고 반문했다. 가족 전부(박 교수까지도)도 그 사실들만은 밝히지 않기를 원했다며 밝혔다고 해도 재판 결과는 마찬가지였을 것이라고 했다.

박광렬 교수의 이야기는 영화로 만들어지지 않았다. 직접 죽이지 않고 아내의 죄를 뒤집어쓴 쪽으로 이야기를 전개해가지 않는 한 의미가 없다고 제작자인 이진영 장로가 끝까지 주장했기 때문이었다. 제작자가 원하는 대로 만들어도 상관은 없으나 그렇게 되면 자기가 생각하는 작품과는 다르게 되는 것이니 알아서 하라고 범준이 말하자 그렇지 않아도 광주사태 소재가 바탕에 깔려 마음에 들지 않았는데 잘됐다며 도섭이 포기했다. 대신 자금을 대는 이진영 장로한테 동의를 얻어 〈내 작은 등불 켜서〉라는 제목의 영화를 촬영중이라고 했다. 어떤 목사의 수기를 유정원이 각색을 했다고 해서 어떤 내용이냐고 묻자, 목사와 창녀의 우스우면서도 슬프고 고통스러우면서도 아름다운 사랑 이야기라고 했다.

아직 젊은 독자들을 위한 작가의 짧은 노트

　―이 소설은 광주학살과 아우슈비츠 학살을 원용하여 전개한 인간과 신의 관계에 대한 이야기다. 두 학살을 원용한 것은 그것이 우리 시대 이 땅의 역사와 현대 세계사 속에서 가장 경악할, 그 누구라도 인간 아닌 신을 부를 수밖에 없었던 사건이기 때문이다. 혹시 이 소설을 큰 줄거리에 의존해 광주학살에 깊이 관여한 자를 응징하는 이야기로만 읽었다면 그것은 옳게 읽은 것이라고 할 수 없다. 그거야말로 나무는 보되 숲은 보지 못한 정도가 아니라 나무들 중에서도 아주 가까이 있는 단 한 그루의 나무만을 본 것에 불과할 뿐이다. 단순히 그 이야기만을 하기 위해서였다면 왜 굳이 그 많은 신에 관한 이야기를 할 필요가 있었겠는가. 등장하는 인물들의 대화, 하범준의 회의와 독

백, 동원되고 있는 책들의 내용, 박광렬의 저서와 노트 등에 주
의를 기울여 보라.

—이야기 전개에 몇 편의 영화를 줄거리까지 도입한 것은 현
대가 영상의 시대인 점을 감안, 우리의 현실을 영화 속의 현실
에서 끌어내 그것을 중첩시켜 보여줌으로써 보다 강한 효과를
거두기 위한 시도이지 영상과의 어떤 타협을 위해서는 아니다.
어떻게 소설이 영화를 따라잡을 수 있으며 영화 또한 소설을 따
라잡을 수 있겠는가. 비록 소설이 설 자리를 조금 빼앗겼다고
할지라도 소설은 소설대로 다른 한쪽에서 영화 못지않게 영원히
제몫을 할 것이다.

—신을 믿는 자든 믿지 않는 자든 어느 한쪽에 확고하게 서
있는 자는 하범준이라는 인물에 대해서 호감을 갖지 못할 게 당
연하다. 하범준은 처음부터 끝까지 등장하기는 하지만 이 소설
의 주인공은 어디까지나 박광렬이다. 하범준이야 그저 박광렬의
행적을 추적해가는, 어느 쪽에도 속하지 못하고 비틀거리는 나
약하고 평범한, 불가지론자들을 대변하는 인물일 뿐이다. 이것
은 물론 종교와 관련된 대부분의 소설들이 전도용으로 추락하고
만 전철을 밟지 않기 위해서 의도적으로 설정한 장치다.

—추적해가는 이야기와 별 상관없어 보이는 하범준과 유정
원의 과거를 장황하게 서술한 것은 한 나라의 역사가 개인사에
어떤 연결 고리를 갖는가를 이야기하기 위해서만이 아니라 그들
의 개인사에 투영된 신의 그림자를 엿볼 수 있도록 하기 위해서
이기도 하다. 종교를 두고 벌어지는 하범준과 아내, 그리고 그

집안 친척들 사이의 갈등, 죽음을 눈앞에 두고도 거들떠보려고 조차 하지 않은 남윤철의 신, 자살에 실패하고 난 후 유정원이 찾은 신, 유정원을 사랑한 이치훈이 죽어가기 전에 증오한 신…….

　─근원적인 문제로서의 생존, 사랑, 죽음, 그리고 죽음 뒤의 영혼 문제까지도 이야기해보려고 했다. 생존 : 하범준의 어린 시절, 유니세프, 우리민족서로돕기운동, 지구촌 숙제로서의 식량 위기와 절대 빈곤…… 사랑 : 하범준과 최경애와 강수정, 유정원과 장형빈과 이치훈, 하범준과 유정원, 박광렬과 지윤정…… 죽음 : 남윤철, 이치훈, 하범준의 부모님, 하범준의 이종조카…… 영혼 : 남윤철의 영안실에서 남윤수의 장인과 하범준, 김도섭 등이 나눈 대화…….

　─상징적인 존재로서 등장하는 아버지를 그의 아들인 박광렬이 죽였느냐, 아니면 며느리 지윤정이 죽였느냐는 매우 중요한 문제다. 그것은 참기독교정신이 어떤 것인가를 묻는 문제가 되기 때문이다. 남의 죄를 대신 뒤집어쓰는 것만이 참기독교정신인가, 또는 이유가 타당하기만 하다면 자기 아버지까지도 죽일 수 있는 것이 참기독교정신인가. 그런데도 누가 죽였는지 분명하게 밝히지 않은 것은 읽는 사람들로 하여금 상상하여 판단할 수 있도록 하기 위해서다. 과연 누가 죽였으며 참기독교정신은 어느 쪽인가.

　─이 소설 속의 기독교는 상대적인 종교로서의 기독교이기보다 한 절대자로서의 신을 내세우고 있는 보편적인 종교로서의

기독교로 확대 해석하는 게 오히려 바람직하다. 나는 기독교에 대해 이야기하고 싶었던 게 아니라 어디까지나 인간과 신의 관계에 대해 이야기하고 싶었을 뿐이니까.

문학동네 장편소설
아우슈비츠
ⓒ 최창학 1997

1판 1쇄 | 1997년 12월 22일
1판 2쇄 | 2006년 9월 11일

지 은 이 | 최창학
펴 낸 이 | 강병선
펴 낸 곳 | (주)문학동네
출판등록 | 1993년 10월 22일 제406-2003-000045호

주   소 | 413-756 경기도 파주시 교하읍 문발리 파주출판도시 513-8
전자우편 | editor@munhak.com
전화번호 | 031) 955-8888
팩   스 | 031) 955-8855

ISBN 89-8281-094-3 03810

www.munhak.com